复旦中文学科建设丛书

文艺与美学理论卷

理论是谦卑的

陆扬 编选

商务印书馆

The Commercial Press

创于1897

图书在版编目(CIP)数据

理论是谦卑的/陆扬编选.—北京:商务印书馆,
2017
(复旦中文学科建设丛书·文艺与美学理论卷)
ISBN 978 - 7 - 100 - 15484 - 0

Ⅰ.①理… Ⅱ.①陆… Ⅲ.①文艺美学-文集
Ⅳ.①I01 - 53

中国版本图书馆 CIP 数据核字(2017)第 273959 号

理论是谦卑的

复旦中文学科建设丛书·文艺与美学理论卷
陆 扬 编选

商 务 印 书 馆 出 版
(北京王府井大街36号 邮政编码100710)
商 务 印 书 馆 发 行
苏 州 市 越 洋 印 刷 有 限 公 司 印 刷
ISBN 978 - 7 - 100 - 15484 - 0

2017年11月第1版 开本710×1000 1/16
2017年11月第1次印刷 印张21.5
定价:60.00元

前　言

　　复旦大学中文学科的开始,追溯起来,应当至1917年国文科的建立,迄今一百年;而中国语言文学系作为系科,则成立于1925年。1950年代之后,汇聚学界各路精英,复旦中文成为中国语言文学教学和研究的重镇,始终处于海内外中文学科的最前列。1980年代以来,复旦中文陆续形成了中国语言文学研究所(1981年)、古籍整理研究所(1983年)、出土文献与古文字研究中心(2005年)、中华古籍保护研究院(2014年)等新的教学研究建制,学科体制更形多元、完整,教研力量更为充实、提升。

　　百年以来,复旦中文潜心教学,名师辈出,桃李芬芳;追求真知,研究精粹,引领学术。复旦中文的前辈大师们在诸多学科领域及方向上,做出过开创性的贡献,他们在学问博通的基础上,勇于开辟及突进,推展了知识的领域,转移一时之风气,而又以海纳百川的气度,相互之间尊重包容,"横看成岭侧成峰",造成复旦中文阔大的学术格局和崇高的学术境界。一代代复旦中文的后学们,承续前贤的精神,持续努力,成绩斐然,始终追求站位学术前沿,希望承而能创,以光大学术为究竟目标。

　　值此复旦中文百年之际,我们编纂本丛书,意在疏理并展现复旦中文传统之中具有领先性及特色,而又承传有序的学科领域及学术方向。其中的文字,有些已进入学术史,堪称经典;有些则印记了积极努力的探索,或许还有后续生长的空间。

　　回顾既往,更多是为了将来。我们愿以此为基石,勉力前行。

陈引驰

2017 年 10 月 12 日

出 版 说 明

　　本书系为庆祝"复旦大学中文学科百年"所策划的丛书《复旦中文学科建设丛书》之一种。该丛书是一套反映复旦中文百年学术传统、源流，旨在突出复旦中文学科特色、学术贡献的学术论文编选集。由于所收文章时间跨度大，所涉学科门类众多，作者语言表述、行文习惯亦各不相同，因此本馆在编辑过程中，除进行基本的文字和体例校订外，原则上不作改动，以保持文稿原貌。部分文章则经作者本人修订后收入。特此说明。

编辑部

2017 年 11 月

目　　录

美 在 创 造 中

实践存在论美学

马克思主义美学问题

中国诗性和思性

艺术理论与评论

重 申 理 论

美在创造中

美学研究的对象

——《美学浅论》之一

蒋孔阳

　　如果说，人对现实的审美关系，是美学研究的出发点①，那么，和人发生审美关系的各种美学现象，则应当是美学研究的对象。由于和人发生审美关系的美学现象，极其繁多，因此，美学研究的对象，不应当是单一的，而应当是多样化的。国外和我国的许多美学家，都承认这一点。但是，美学研究的对象虽然可以多种多样，可是对于每一个美学家来说，他的研究对象却是有重点的。由于重点不同，因此关于美学研究的对象问题，就产生了不同的看法，甚至形成了不同的流派。

　　目前我国美学界对于美学研究的对象问题，据我所知，至少有四种看法：(1)人对现实的审美关系；(2)人类的审美意识，或者美感经验；(3)无往而不在的美，包括自然美、社会美和艺术美；(4)艺术。

　　对于这四种不同的意见，我的态度是：第一，我不排斥任何一派。我认为条条大路通罗马，我们不能说哪一派绝对正确，哪一派绝对错误，它们都各自看到了问题的一个方面。第二，我主张调和和综合各派，兼收并蓄，各取所长，然后

---

　　①　参看拙作《人对现实的审美关系》，见 1983 年 5 月份《文汇月刊》。

以艺术作为主要对象,通过艺术这一最有代表性的美学现象,来研究人对现实的审美关系,来研究人类的审美意识和美感经验,来研究各种形态、各种范畴的美。

我为什么要这么看呢?要说明这个问题,我想先把各派的意见,分别检视一下它们各自的优点和缺点。

首先,拿主张美学研究的对象是人对现实的审美关系这一派来说,它有一个最大的优点,那就是抓住了人类的审美实践,认为人类的审美实践是作为审美主体的人在客观现实中的自我创造。人对现实的审美关系,事实上是以客观的感性世界为中介,丰富地展开人的本质力量,从而在审美对象与审美主体之间所建立起来的一种关系。在这一关系中,人始终处于主动的地位,他不仅不断地改造自然,而且再生产着整个自然,从而不断地发展人与现实的关系。随着人对现实的关系的扩大,人对现实的审美关系也不断扩大,因而美学研究的对象也不断扩大。这样,美学研究的对象,就不仅是某种物态化的审美意识形式,如艺术;而是审美关系的本身,是人按照美的规律所进行的自由的创造。马克思的《1844 年经济学—哲学手稿》,不是谈艺术的,但它却为美学的研究开拓了广阔的天地。这就因为它从人的本质出发,探讨了美的本质和人类是怎样依照"美的规律"来创造的。因此,美学不应当局限于艺术,而应当对在广阔的人类实践中所形成起来的审美关系,进行研究。

这一派,抓住了美学研究的根本问题,强调美学的研究应当从人对现实的审美关系出发。但是,如果说主张美学研究的对象是艺术的同志,容易把艺术学与美学等同起来;那么,这一派则犯了把哲学与美学等同起来的毛病。他们大谈人对现实的关系,大谈人的本质,大谈人的自由创造,等等。这些,对于美学研究来说,应当说都是十分重要的,它们是美学研究的哲学基础。但是,哲学基础能够代替美学吗?人的本质又能够代替美的本质吗?马克思《1844 年经济学—哲学手稿》,是我们研究美学的思想指导,但它既不是关于艺术的著作,也不是美学的专门著作,我们又怎么能够用它来代替美学的研究? 主张美学研究的对象是人对现实的审美关系的同志,他们就忽视了这一点。他们把人的本质问题与美的本质问题混为一谈,并进而把美的本质问题与美学研究的对象问题混为一谈。①我认为他们这样做,是忽视了美学研究对象的特殊性。

同时,人对现实的审美关系,应当具体地体现在人在这一关系中所创造和欣赏的审美现象上。马克思在《资本论》中,不把人与自然的关系、不把劳动价值当成研究的对象,而把商品当成研究的对象,这就因为商品具体地体现了劳动价值,体现了人与自然的关系。正因为这样,所以美学研究的对象,也不应当是人对现实的审美关系,而应当是这一关系的具体的体现者,那就是各种审美现象,如自然美和艺术美。自然和艺术,分别与人建立不同的审美关系,因而形成不同的美的形态。作为美学研究的对象的,应当是自然美,或艺术美,或它们二者,而不应当是人对现实的审美关系的本身。

其次,再拿主张美学研究的对象是人类的审美意识或美感经验这一派来说,他们抓住了审美活动是一种意识的活动,而且由于近代实验心理学的发达,为审美意识的研究提供了广阔的天地,因而这一派在近代美学的研究中,占有特殊重要的地位。一般说来,从古希腊一直到十八世纪,都相信美的客观性,把美当成是某种客观存在的属性(不论是物质的属性或观念的属性)。但是,到了英国的经验派以后,人们开始重视人的趣味和鉴赏力,重视审美过程中人的生理的和心理的活动,从而把美学的研究从外在的世界转移到人的内心的反应,重视对于人的美感经验的研究。不过,英国经验派是以经验的方法来研究人的美感经验,因而美感经验仍然是一种客观的存在,我们研究美感经验就仿佛研究客观存在的自然美或艺术美一样。可是,十九世纪中叶以后,实验心理学勃

---

① 尤西林同志在《关于美学的对象》一文中,说:"美学关注的始终是作为人的自身状态,其核心内容则是体现这种主体性的自由自觉的活动。"就是一例。他把美学研究的对象,仅仅变成了对于人的主体性的哲学探讨,而广大的审美现象,反而不是美学研究的对象了。

兴起来,美感经验乃从外在的客观世界的反映,变成了人类内心的意识活动,甚至是潜意识的活动。正因为这样,所以像李泽厚同志所说的:"对审美经验、审美感受、审美态度,或总称之为审美意识、审美心境的研究,早已成为近代西方美学的主流。""美学作为美的哲学日益让位于作为审美经验的心理学。"①移情说、距离说、心理分析说、格式塔心理学等,都强调美感经验的研究。我国的朱光潜先生,他的《文艺心理学》所研究的,主要也是美感经验。②李泽厚同志,则明确地说:"美学——是以美感经验为中心研究美和艺术的学科。"③

我们说,人是有意识的动物,在人对现实发生审美关系的过程中,必然将要产生审美意识的心理活动。因此,审美意识和美感经验是美学研究的一个重要方面,这是不可否认的。鲍桑葵在《美学史》的《序言》中,声称他将"尽可能地写出一部审美意识的历史来",也正好说明了审美意识在美学研究中的重要地位。但是,审美意识或美感经验,是建立在人与现实发生审美关系时的心理反应之上的。研究美学不从客观的审美关系出发,而从主观的心理反应出发,这在方法论上是不是有悖于唯物主义的反映论? 近代西方美学的历史证明,他们研究美感经验,所采用的方法,或者为内省的心理描写方法,或者为实验的归纳方法。前者容易走向唯心主义的主观臆测,后者容易流为烦琐的形而上学。当然,我们的同志可以说,他们是用马克思主义辩证唯物主义和历史唯物主义的观点和方法,来研究美感经验。我们并不反对他们这样做。不过,我们总认为美感经验只是我们人类审美活动的一个方面,我们不能把美感经验当成美学研究的全部对象。

再者,正像审美关系应当落实到具体的审美对象上一样,美感经验也不应当抽象地作为一种心理现象而存在,而应当具体地落实到对自然美或艺术美的

---

① 李泽厚《美学的对象与范围》,《美学》第三期,第18—19页。
② 朱光潜先生对于美学对象的问题,后来转向于艺术。
③ 李泽厚《美学的对象与范围》,《美学》第三期,第30页。

创造或欣赏上。近代西方研究美感经验的一些心理学派,几乎没有例外地都把艺术作为他们美学研究的具体对象,正好说明了这一点。①也正因为这样,所以美学史上关于美学对象问题的争论,主要表现在自然美或艺术美之上,而不是表现在其他方面。

第三,主张美学研究的对象是美。这所说的美,虽然包括现实美和艺术美,但重点却是放在现实美之上的。因为照这一派的人看来,现实美是艺术美的源泉,因此,研究了现实美,就可以更好地研究艺术美。同时,为了严格地区分美学与艺术学,他们认为美学研究的重点是现实美,而艺术学所研究的重点才是艺术美。这一派最有力的一条理由,就是要把美学与艺术学区别开来。目前有一些美学著作,写得像艺术概论一样,就因为没有认识到美学研究的是美而不是艺术。再者,美学作为哲学的一个分支,探讨美的本质,探讨美在人生中的价值和意义,应当是美学的一个重要任务。因此,美学研究的对象,应当是美,而不是艺术。

美学应当研究美,这是天经地义的。古今的美学家,没有一个不把美作为他们研究的重点。但是,在现实美与艺术美之间,如果不把艺术美放在主要的地位,而把现实美放在主要的地位,将会导致下列一些结果:(1)美学研究的内容,从人类审美意识的结晶艺术,转到对于日常生活中审美现象的研究,将会变得十分肤浅和庸俗。姚文元把美学研究的对象,降低为生活中美与丑的研究,就是一个突出的例子。(2)人类丰富的审美经验和美学遗产,从原始时代开始,都是凝聚和积累在艺术产品之中的。离开了艺术美而过分强调现实生活中的美,将会忽视这一份珍贵的遗产。(3)不强调艺术美的研究,而过分强调现实美的研究,将不是把美学的研究引导到现实生活,而是相反的,将会使美学脱离现实生活。这里的原因,就因为艺术是美学与现实生活的中介环节,离开了艺术,美学将在很大的程度上失去其与现实生活相连系的中介环节。那些逃避现实

---

① 例如弗洛伊德,他的心理分析方法应用到美学的研究上,他所研究的对象都是一些艺术上的例子,如达·芬奇的《蒙娜·丽莎》等。

生活的人,常常到自然美中去寻求陶醉。

因此,把美当成美学研究的主要对象,从常识上看,似乎是无可非议的,但实际上却造成一些不利于美学研究的情况,这是值得令人深思的。

最后,主张美学研究的对象应当是艺术。这一派的讲法,是针对把美学研究的对象看成是美而言的。他们从历史的经验中,总结出过去大多数的美学家都是联系艺术来谈美的;而且美的本质、人类的审美意识,都集中地反映在艺术中;人类与现实的审美关系,也主要是通过艺术来建立的;因此,他们认为美学研究的对象,固然应当包括现实美在内,但从根本上来说,应当是艺术。不仅这样,而且他们有的甚至认为:现实美本身就是一种低级形态的艺术美,因此,只有研究了高级形态的艺术美,才能更好地理解现实美。马克思所说的人体解剖有利于猴体解剖,即是明证。

天下任何理论,都是既有其利,又有其弊。主张美学研究的对象是艺术的讲法,也不能不有其片面性:(1)过分强调艺术,容易使美学的哲学理论,降低为一般的艺术理论;使对于美的本质的哲学探讨,降低为对于艺术创作经验和欣赏经验的总结;从而使美学变成一般的艺术学。(2)美学所研究的艺术,不应当局限于现存的作为观赏形态的艺术产品,而应当是人的自我创造,也就是人通过劳动实践,改造自然,再现自然,从而创造出的第二自然。这样的艺术,作为人的产品是与自然相对而言的。只有这样的艺术,才能包括人的本质力量对象化的全部过程,才能全面地说明美的本质。但是主张美学研究的对象是艺术的同志,却把艺术理解得过于狭隘,以至他们能够解释艺术产品的美学特征,而不能解释人类整个创造活动(包括欣赏活动)的美学特征。(3)美学与艺术的关系是交叉的,而不是等同的。那就是说,美学要研究艺术,但并不限于艺术,艺术集中地反映了人与现实的审美关系和人类的审美意识,但人与现实的审美关系和人类的审美意识却并不限于艺术。这样,仅只把艺术当成美学研究的对象,必然会造成一些局限。

从以上的分析，可见我国目前关于美学研究对象问题的讨论，每一派都各有所长，而又各有所短。英国的李斯托威尔说："我们在每一种对抗的理论中，都发见有一点真理。"①正因为这样，所以我们与其抹煞它们各自的"真理"，而突出它们的缺点，予以否定；不如撷取它们各自的"真理"，弥补它们各自的缺点，从而得出一个比较全面的合理的看法。基于这样的立场，首先，我认为美学是一个广阔的天地，应当允许各种各样看法的存在。既然客观上存在着美，存在着艺术，存在着人与现实的审美关系，存在着人类的审美意识和美感经验，我们就不妨让不同的美学家从不同的途径去进行研究，你可以通过哲学来探讨美的本质，也可以通过心理学来探讨人的美感经验，另一人又可以通过社会学来研究艺术，还有的人可以通过人类学或发生学来探讨人是怎样与客观现实建立审美关系的，等等。其次，对于我自己来说，我愿意把各派的优点综合起来，也就是把美与艺术综合起来，把审美关系与美感经验综合起来，然后以艺术作为主要对象，通过艺术来研究人对现实的审美关系，来研究人类的美感经验，来研究各种形态和各种范畴的美。我认为这样做，有下列几个优点：

（1）它概括了审美关系、美感经验、美和艺术的各个方面。

（2）从洞壁画和原始时代的音乐舞蹈来看，人类的艺术是随同人类的劳动一同诞生的。差不多有了人类就有艺术。人类按照"美的规律"所创造的一切美学现象，人对现实的审美关系，以及人类全部的美感经验，包括美感之外的丑感、悲感、喜感等，都无不积淀和反映在艺术中。因此，以艺术作为美学研究的主要对象，事实上是对人类审美意识最可靠的物化形态，进行历史的和现实的研究。它的稳定性较强，比较适合于科学研究的要求。

（3）有的同志，以"哲学的对象从人到宇宙万物，从精神到物质，其范围之广阔远甚于美学"②为理由，来反对把艺术作为美学研究的主要对象。我认为这样

① 李斯托威尔《近代美学史评述》，上海译文出版社 1980 年版，第 146 页。
② 尤西林《关于美学的对象》，1982 年 10 月份《学术月刊》第 11 页。

讲,首先,他忽视了哲学从人类学问的总体愈来愈专门化的历史趋势;其次,他忽视了哲学的研究也并不是"漫无边际"的,它有它的特殊的问题和特殊的对象,如人的世界观、思维与存在的关系等。美学本来是包含在哲学之内,作为哲学的一个分支的;但现在独立了出来,这不仅说明了哲学已不能包办美学所研究的问题,而且也说明了美学有其不同于哲学的特殊对象和特殊问题。因此,虽然哲学的抽象性很强,普遍性很大,但不能说哲学没有它的主要研究对象。更不能以此作为理由,来反对美学应当有它的主要研究对象。在各种审美现象中,艺术集中地反映了人对现实的审美关系,集中地反映了人类的审美意识;艺术不仅能反映它本身的美,而且能够反映现实的美;因此,美学应当以艺术作为主要的研究对象。但是,美学不同于艺术学。艺术学是研究艺术本身的问题,美学却是通过艺术来研究美。因此,它们研究的对象虽然都是艺术,但它们研究的问题却各不相同。正好像人类学与生理学都研究人,但我们不能把人类学与生理学看成是同一门学问。

总结以上所说,我们认为美学研究的对象,应当包括(1)审美关系;(2)美感经验;(3)美;(4)艺术四个方面。在这四方面中,又应当以艺术作为主要的对象,从而把其他的方面融汇贯通起来。

原载《文艺理论研究》1983 年第 3 期

美在创造中

蒋孔阳

一

有正必有反,有肯定必有否定。美学史上,许多美学家孜孜矻矻,探讨美的本质和普遍规律,力求给美找出一个最恰当最完满的定义。然而,由于美太宽广了,太丰富了,太复杂了,太多样了,因此,他们找来找去,自以为很周密了,很完满了,但在后人看来,却仍然免不了顾此失彼,挂一漏万,不是这里出了破绽,就是那里有所欠缺。于是,有的美学家干脆持否定的态度:他们或者反对美的绝对价值,否定有那么一种"周行而不殆"的美;或者反对探讨美的本质,否定能够给美下任何的定义。

我国先秦时代的老子和庄子,就否定美的绝对价值,而认为美是相对的。例如老子说:

天下皆知美之为美,斯恶已。(第二章)

美之与恶,相去几何?(第二十章)

这都是说,美与恶(丑)是相对而言的。魏源在《老子本义》中解释说:"盖至美无美,至善无善。苟美善而使天下皆知其为美善,则将相与市之托之,而不可常矣……当其时,适其情,则天下谓之美善。不当其时,不适其情,则天下谓之恶与不善。"因此,美和善都是有一定的条件的。离开了一定的条件,美的会变成丑的,善的会变成不善的。正因为这样,所以"美之与恶,相去几何?"美与丑之间,并没有不可逾越的鸿沟,而是可以相互转化的。

庄子也认为美是相对的。他说:

举莛与楹,厉与西施,恢恑憰怪,道通为一。(《齐物论》)

毛嫱丽姬,人之所美也。鱼见之深入,鸟见之高飞,麋鹿见之决骤,四者孰知天下之正色哉?(《齐物论》)

阳子之宋,宿于逆旅。逆旅人有妾二人,其一人美,其一人恶,恶者贵而美者贱。阳子问其故,逆旅小子对曰:"其美者自美,吾不知其美也。其恶者自恶,吾不知其恶也。"(《山木篇》)

庄子的美学思想极其丰富、复杂,不是几句话讲得清楚的。但从上面所引的几段来看,可见他认为从"道"的观点来看,小草与大柱、恶鬼与西施,都是"道"的显现,都可以"通为一",没有谁美谁不美的问题。人间以为美的美人,鸟兽并不以为美,因此,天地之间并没有什么无往而不美的美。至于逆旅主人的话,更说明了我们一般所说的美,不过是"美者自美",更没有一定的客观标准。这样,庄子认为,我们一般所说的美,根本不是美。真正的美,所谓"天地有大美而不言"(《知北游》),那是不可言说的,我们只能听其自然而已。

古希腊的智者派,也对美提出了怀疑的相对论的观点。他们认为女人打扮自己,美;男人打扮自己,却丑。在特雷斯(Trace),黥纹是一种美的装饰;但在其他地方,黥纹却是罪犯的标志。因此,美没有一定的标准。色诺芬说:牛马如有神,并能用手画画,它们将把神画成牛马,因为它们认为牛马最美。埃彼恰尔穆斯(Epicharmus)说过类似的话:"狗对狗说来是美的,牛对牛说来是美的……甚至猪对猪说来也是美的。"①这些讲法,都否定了美的绝对性,而认为美是相对

---

① 引自塔塔尔凯维支《美学史》第 1 卷,第 106 页。

的。这种关于美的相对主义的观点,以后历代差不多都有。例如文艺复兴时德国的大画家丢勒,就说:

> 我确实不知道美的根本尺度究竟是什么,而且也不能描述它。

> 我相信没有人能领悟生动的创造物的整个的美……因为美的概念并不是从人的心灵中产生出来的,只有上帝才知道它是怎么回事。①

这就不仅是强调美的相对性,而且认为美根本不可能被认识。十八世纪的阿里生和托马斯·里德,持有同样的观点。到了二十世纪,西方现代美学重大特点之一,就是否定美能够被认识,能够给美下定义。哈罗德·奥斯本在他谈到二十世纪的美学时,就说:

> 近三十年来,从属于语言学派或者分析学派的哲学家们的美学著作中所表现出来的最明显的特征,或许就是否认美学的系统性,以及对给一些关键性的词汇譬如"艺术"或"美"等下定义的必要性……②

那么,二十世纪的美学,为什么要反对给美和艺术下定义呢? 我们认为主要有两个原因:首先,现代西方的艺术和对美的观念,发生了根本的改变。关于这种情况,李思进同志曾加以介绍说:

> 现代西方艺术的发展摧毁了传统上关于艺术与艺术品的观念,它从根本上混乱了艺术品与非艺术品的区别。在加拿大多伦多市安大略省美术馆里收藏着一个普通的、谁家都有的盥洗池,这个盥洗池在美术馆里是作为一件珍品供人欣赏的。然而,看到这件"艺术品"的人都不禁产生疑问:为什么这个盥洗池是艺术品而我家里的那个却不是呢? ……不久前,美国还出了一位"捆绑粘结"(Binding Bounding) 的艺术家哈蒙妮·哈蒙德 (H.Hommond)。她使用破布、丙烯酸树脂、石膏粉、木头、泡沫橡皮、金属丝、木炭和一些表面粗糙的杂七杂八的东西捆绑胶粘在一起,创造所谓"女

---

① 引自朱狄《当代西方美学》,人民出版社 1984 年版,第 153—154 页。
② 哈·奥斯本《二十世纪的美学》,载《美学与艺术评论》第二集,复旦大学出版社 1985 年版,第 441 页。

权主义者的艺术"。这一类作品使人不能不怀疑,是否历来被认为是丑的东西,比如垃圾,也可以变成艺术品?[①]

由于现代艺术这种反传统的倾向,艺术品与非艺术品之间的界限,变得越来越模糊,因此,美学家要给艺术下定义,感到非常困难。既然艺术难于下定义,美自然也就难于下定义。不同的艺术有不同的美,艺术品与非艺术品也各有自己的美,那么,我们又怎么能够用一个统一的"美"的概念把它们都包括进来呢?

其次,现代艺术和美学理论的国际化和世界化,各种不同文化之间的交流,促使我们放弃原来对于美和艺术的单一的看法。托马斯·门罗说:

> 文化的范围在十九世纪和二十世纪的扩大,对近代美学产生了革命性的影响。美学不仅具有了国际性,而且涉及各种文化之间的相互关系。美学判断所需的资料,已经是来自世界所有民族的艺术产品和经验……这样做的一个明显效果,是使美学理论更具有相对性。这样,如果人们仍然坚持用一种简单的规则或固定的标准来评价极其多样化的风格,就会越发显得没有道理。[②]

这是说,由于现代美学世界性的交流,各个民族都有自己不同的美的观念,要把它们统一起来,形成一个简单化的原则,这是不现实的。因此,西方现代的美学家,他们从不同的角度,用不同的方法,对美进行多元化的解释,而不是像传统的美学,寻求对于美的唯一的解释。

分析美学的代表人物路德维希·维特根斯坦,就认为"善""美"等词,本身是没有意义的。这些词的意义,不在于它们本身,而在于上下文中的运用。用法不同,它们的意义也就不同。他说:

> 在我们对"美的"一词的用法中,也没有任何相同点……我们在许多场合都用这个词,但每次都各不相同。例如一张脸的美跟一把椅子的美,

---

① 李思进《现代西方美学:艺术本体论》,载《美学与艺术评论》第二集,第385—386页。
② 托马斯·门罗《走向科学的美学》,中国文艺联合出版公司1984年版,第184—185页。

一朵花的美或是一本书的装帧的美,是各不相同的。①

我们一般都认为"美的"是令人"赏心悦目的"(agreeable),但维特根斯坦说:有时候我们不愿意去看一部剧作的演出,原因是"我们无法忍受它的伟大"。这里,"美"成了"使人不快的",而不是"赏心悦目的"。莎士比亚的《李尔王》,就是一个例子。一些荒诞和古怪的东西,明明是不美的,但有时也能给人带来审美的愉快,被人认为是美的。

由于美和艺术的这种复杂性,愈到现代愈复杂,因此,现代西方的一些美学家,反对给美和艺术下定义。肯尼克(William E.Kennick)在《传统美学是否建立在错误的基础之上?》一文中,认为传统美学的错误之一,就是要给美和艺术下定义,要在众多的审美现象和艺术门类中,去寻求共同的"本质"。他说:"困难不在于艺术品本身,而在于艺术的概念。"艺术的概念广泛而复杂,具有悠久的历史,每一种概念可以指出艺术的某一个方面,但却不能指出艺术的全部意义。叫一个人到仓库里去取一件艺术品,虽然这个人并不知道任何艺术的定义,但他却可以干得很好。反过来,如果叫他按照"有意味的形式"等定义去取,他反而将无所措手足。奥古斯丁问自己:"时间是什么?"他回答说:"没有人问我,我倒清楚。但一旦有人问我,我倒茫然不知。"对于美的定义,也是一样。我们周围到处都有美的东西,我们也会认为这是美的,那是不美的。可是,要我们回答什么是美,我们马上会碰到一个困难:在这众多的互不相关甚至相互矛盾的美的东西当中,我们怎么能够找出它们共同的本质呢? 正好象同样是刀,砍刀就不同于裁纸刀。不同的艺术,各有其不同的审美要求,因而具有不同的审美特质。在戏剧中认为是美的,到了诗歌中就不一定美;在这一部作品中是美的,到了另外一部作品中就不一定美。因此,要寻找一个适用于各门艺术和各种场合的共同的审美标准,这是不可能的。

---

① 维特根斯坦《美学讲演》,载里斯等编《关于美学、心理学和宗教学的讲演与谈话》。

正因为这样,所以现代西方美学,一反过去传统的哲学方法,而走向心理学美学与科学美学。心理学美学用科学方法研究人的审美心理,偏重于主体;科学美学则用科学方法分析审美对象的结构与功能,偏重于客体。但不管哪种方法,他们都认为对美的本质问题作无穷无尽的哲学上的思辨性的探讨,没有什么意义。瑞恰兹在《意义的意义》一书中,考察了十六种传统美学对于美所作的哲学思考,他认为除了证明美的多义性和歧义性之外,再没有什么了,因而认为传统美学的方法是不科学的,应当抛弃。他采取了语言分析的方法,从美这个词的具体运用中,来探讨美的意义。这样,美就不再是一个玄学的幻影,而是一个约定俗成的词。

现代西方美学这一股否定美的浪潮,无疑的有其时代的背景和世界性的影响。它使本来属于哲学范围的美学,向着科学靠近了一步。对于这一发展的倾向,哈·奥斯本曾经这样加以评价:

> 它那审慎、实证、分析的作风标志着一种更为严密的研究趋势;它不愿作总的概括,却更为重视各门艺术如音乐、绘画、诗、戏剧等等的独特个性。它把兴趣集中在对各门艺术批评所用的概念结构,分别从逻辑上加以澄清;并把所用的不同的评价标准弄清楚。与此相对照,建立一致性的东西,不是被视为不成熟的,就是被视为是危险的蒙昧主义。这种深入的研究,对于阐明一些特殊的问题,做出了显著的贡献,在分辨真假的争论中,也取得了某些进展。但是,从整个领域来看,它除了分解(fragmentation)的方法外,在结论上并没有取得与之相称的结果。这种分解的方法,是把一个个孤立的问题经过麻醉后,放到各自的手术台上,然后用外科医生的解剖刀去解剖。①

奥斯本的讲法,既指出了西方现代美学在方法上的长处,也指出了它的短

---

① 哈·奥斯本《二十世纪的美学》,载《美学与艺术评论》第二集,第445页。

处,基本上是符合事实的。美学问题不仅是一个细节的分析问题,而且是一个关系到整个人类感情价值的问题。对于感情价值,单靠语义和结构的分析,单靠信息和符号,单靠解剖刀,是无济于事的。它归根到底,要在科学的心理学方法之上,诉之于哲学的玄想和沉思,诉之于人类的心灵。人类的心灵,包括已知和未知、局部和整体、现在和未来。科学所面对的,是已知、局部和现在的部分;哲学所面对的,则主要是未知、整体和未来的部分。因此,把科学与哲学统一起来,从已知求未知,从局部求整体,从现在求未来,方才能够满足人类心灵的需要。人类的感情世界,其中主要是美和艺术的世界,是人类心中重要的组成部分,因此,要抛弃对于美和艺术的本质的哲学探讨,这是不可能的。现代西方美学从传统的哲学美学走向科学美学,这是它的进步;但它抛弃了传统的哲学美学,否定美和艺术的本质,这又不能不说是它的退步。

事实上,美的本质问题既无法否定,也无法回避。现代西方美学也仍然有不少人在"孜孜不倦地继续探索着这一难题"①。即使是那些大声疾呼要否定美的美学家,他们那样用尽全力来否定,力求证明没有那么一个大家都公认的"美",不正证明了"美"的存在吗?因为如果没有"美"的存在,又何必声嘶力竭地加以否定呢?

二

从天文学的观点来看,整个天体(包括地球在内)和宇宙,都在不断地生长和消灭,不断地变化,不断地创造。作为人类社会现象之一的美,也在不断地变化和创造。天下没有固定不变的美。社会生活中的美,固然随着时代与社会的变化而变化;就是自然界的美,也随着自然条件及其与人的关系的变化而不断

---

① 引自朱狄《当代西方美学》,第 168 页。

地变化。不仅这样,甚至同样的审美对象,也将因为与人的审美关系不同,而不断地改变其性质与样式,不断地以新的面貌呈现在我们的面前。正因为这样,所以我们探讨美的本质问题,应当打破传统美学的一些观念:把美看成是某种固定不变的实体,无论是物质的实体或精神的实体;把美看成是由某种单纯的因素所构成的某种单一的现象。与此相反,我们应当把美看成是一个开放性的系统,不仅由多方面的原因与契机所形成,而且在主体与客体交相作用的过程中,处于永恒的变化和创造的过程中。美的特点,就是恒新恒异的创造。

那么,美是怎样创造出来的呢?我们说,无不能生有。《创世记》所说的上帝要有光于是就有了光,那不是我们所说的创造。我们所说的创造,是在物质的基础上,通过各种因素相互联系,相互矛盾,相互冲突,然后从量变发展到质变,所产生出来的质的变化。美的创造所遵循的正是马克思主义的这一普遍规律。根据这一普遍规律,我们认为美的创造,是一种多层累的突创(Cumulative emergence)。所谓多层累的突创,包括两方面的意思:一是从美的形成来说,它是空间上的积累与时间上的绵延,相互交错,所造成的时空复合结构。二是从美的产生和出现来说,它具有量变到质变的突然变化,我们还来不及分析和推理,它就突然出现在我们的面前,一下子整个抓住我们。正因为这样,所以美的内容是极其丰富和复杂的,它不仅具有多层次、多侧面的特点,而且囊括了人类文化的成果和人类心理的各种功能、各种因素。但它的表现,却是单纯的、完整的,有如一座晶莹的玲珑宝塔,虽然极尽曲折与雕琢的能事,但却一目了然,浑然一体。为了说明这种多层累的突创,我们不妨举几个例子:

南京的中山陵,一眼望去,气象雄伟,摄人心魄,我们不能不说美。但这美是怎样创造出来的呢?它是由石级一层一层地积累而成的。一层一层的石级,向上积累,向上延伸,到了顶上,配上两旁的白墙和青色的琉璃瓦,在紫金山苍翠的背景上,衬托着蔚蓝的天空,再加上孙中山这一人物的伟大的历史意义,以及观赏者对于这一意义理解的程度,等等,于是本来是一些平凡的石级、白墙、青瓦,忽然相互渗透,相互融合,因缘汇合,组合成了一个崭新的中山陵的完整的形象。我们所欣赏的美,就是这一完整的中山陵的形象。这一形象,离不开石级、白墙、青瓦等等的物质材料,但它却远远超过了这些物质材料,与人类的文化,与建筑师的匠心,与观赏者的心灵,与种种内在的和外在的因素,共同溶化,创造出了中山陵的美的形象。

夏天的晚上,我们仰望天空,群星灿烂,光辉熠熠,美。这个美又是怎样创造的呢?我们分析一下,也是多层累的突创。首先,要有星球群的存在,才能构成满天的星斗;其次,要有太阳光的反射,才能使这些星球发光;第三,要有黑夜的环境,才能使星球的反光照射出来;第四,要有文化历史所积累下来的关于星空的种种神话和传说,这些星球的美方才富有更多的意蕴;最后,观赏星空的人,各自所具备的心理素质、个性特征和文化修养,更会使他们在观赏同一个星空时,品味出不同的韵味和美。因此,星空的美的形成,是由各种因素和条件所积累而成的。这些因素和条件具备了,星空便会突然在人们的眼前亮起来,成为美的形象。否则,如果去掉了某些因素和条件,星空的美或者不再出现,或者会变成另外的美。例如,如果没有星球群的存在,星空当然不会美;如果只有星球群的存在,而没有太阳的反光,星空同样不会美;纵然有太阳的反光,但如果没有黑夜的环境,而是在白天,星空的光辉和美,马上也就消失了。同样的星空,在不同的时间和地点,对于不同的人,也会呈现出不同的美来。例如杜甫,星空对他,有时是"暗水流花径,春星带草堂"(《夜宴左氏庄》)。有时是"星临万户动,月傍九霄多"(《春宿左省》)。有时是"星垂平野阔,月涌大江流"(《旅夜书怀》)。有时又是"五更鼓角声悲壮,三峡星河影动摇"(《阁夜》)。这些,都随着杜甫的生活经历与心情的变化而变化。因此,星空的美,不仅涉及了物质存在的星球群,而且也涉及了审美主体的具体处境和精神状态。这样,星空的美,是由多种因素,层层积累,到了条件都具备的时候,然后突然创造出来的。正好象发电的设备都具备了,然后电钮一揿,电灯便亮了一样。

有的本来不美的现象,但在一定的条件之下,主客契合,也会突然转化成为美。记得1983年9月,我到敦煌参观。敦煌周围都是沙漠,既单调,也荒凉,谈不上什么美。但有一个黄昏,我站在三危山的沙滩上,忽然落日的光辉照射过来,把沙漠笼罩上一层金色的披纱,一时之间,沙漠显得非常美。因此,美并不是某种固定的实体,而是多种因素的积累。当作为审美对象的客体与作为审美主体的人,相互契合了,情与景相互交融了,这时,美就会突然创造出来。主体与客体的关系,永远处于恒新恒变的状态中,因此,美也处于不断的创造过程中。

因为美是多种因素多层次的积累,是时空的复合结构,所以美既不是单一的,也不是纯粹的,而是多样的、复杂的。从多样性方面来说,有各种各样的美:曲线是美的,直线也是美的;古董是美的,新奇也是美的;错金镂采是美的,自然朴质也是美的;完满是美的,残缺也可以是美的;至于艺术上不同的样式、体裁、风格和流派,那更是各美其美。从复杂性方面来说,任何美的形成都是多种因素的汇合、溶化与协调,其中固然包括相异的因素,也包括相反的因素。我国古代的美学思想,强调"和",反对"同"。西方古代的美学思想,强调"和谐"。说明他们都注意到了美是对立因素的统一。黑格尔说:"在音乐里,孤立的单音是无意义的,只有在它和其他的声音发生关系时才在对立、协调、转变和融合之中产生效果,绘画中的颜色也是如此……只有各种颜色的配合才产生闪烁灿烂的效果。"①这和我国古代"声一无听,物一无看"的讲法,可说完全一致。因此,我们探讨美的本质的时候,首先应当看到美的多样性和复杂性,从多种层次多种侧面来探讨美的形成和创造。这些层次和侧面,主要的有下列一些:

(1)自然物质层:审美对象各种物质属性的复合,这是形成和创造美的基础。例如梅花,它的形状、颜色、姿态、香味等,都是梅花作为一种植物所固有的

---

① 黑格尔《美学》第2卷,商务印书馆1979年版,第371页。

物质属性。我们欣赏梅花的美,不能离开这些物质属性。梅花美的物性特征,就是由这些物质属性所决定的。不仅自然美离不开自然的物质属性,就是作为精神产品的艺术美,也离不开物质属性。黑格尔谈到荷兰画家时说:"早期的荷兰画家对颜色的物理学就已进行过极深入的研究。梵·艾克、海姆林和斯柯莱尔都会把金银的色泽以及宝石绸缎和羽毛的光彩摹仿得惟妙惟肖。这种运用颜色的魔术和魔力来产生极显著的效果的巨匠本领现在已获得一种独立的价值。正如思考和领会的心灵用观念来再现(反映)世界,现阶段艺术的主要任务也在于用颜色和光影这些感性因素来对客观世界的外在方面作主观的再现——不管对象本身如何。"①这是说,艺术家要再现客观现实,创造艺术的美,他就应当熟练地掌握对象的物质特性,把它们惟妙惟肖地反映出来。即使是中国的写意画,重视的是主观的"意",而不是客观的"形";但它要表现,也不能离开一定的物质属性。首先,它不能把梅花画成竹子。它画梅花就得考虑到梅花是梅花而不是竹子的物质属性。其次,无论是梅花和竹子,都离不开笔和墨,笔墨也是一种物质的属性。因此,美虽然不是某种固定的物质属性,但却无论怎样都不能离开物质属性。物质属性是形成和创造美的一个重要层次。

(2)知觉表象层:知觉是感觉的复合,表象是感觉形式的复合。通过人脑的分析,知觉反映出客观事物众多的属性及其表现形式,综合而成为多样统一的知觉表象,也就是事物的具体形象。因此,知觉表象是客观事物各种属性、各个部分及其相互关系的整体的反映。它是整体的,但却建立在各个部分细节的真实上。它把个别与一般、感性的知觉与理性的认识、客观的现实与主观的感情,统一起来,使客观的、本来只具有自然物质属性的感觉形象,转化成为人化了的感觉形象。正因为这样,所以费尔巴哈说:

---

① 黑格尔《美学》第 2 卷,第 371 页。

只有人，对星星的无目的的仰望能够给他以上天的喜悦；只有人，当看到宝石的光辉、如镜的水面、花朵和蝴蝶的色彩时，沉醉于单纯视觉的欢乐；只有人的耳朵听到鸟儿的啭声、金属的铿锵声、溪流的潺潺声、风的飒飒声时，感到狂喜……①

这就是说，人的感觉不同于动物的感觉。他既能把原来是分散的、单纯由自然物质所引起的感觉印象，组合成为完整的知觉表象；又能对这一知觉表象作出唯有人才能作出的感情的反应。张若虚的《春江花月夜》，就是一个很好的例子：

春江潮水连海平，海上明月共潮生。

滟滟随波千万里，何处春江无月明？

江流宛转绕芳甸，月照花林皆似霰。

空里流霜不觉飞，汀上白沙看不见。

江天一色无纤尘，皎皎空中孤月轮。

这里，水、月、花，都是自然的物质现象，它们各自独立，互不相关。但人通过自己的感受和知觉，却把它们统一起来，不仅成为一个相互关联的自然的整体，成为一个完整的知觉表象：水月浑融，江天一色；而且灌注进自己的想象和情思，使它们从单纯的知觉表象，转化成为充满了人情味的艺术形象。水、月、花，虽然还各自保持自己不同的物性特征，但它们却又像着了魔似的，仿佛已经不是原来的水、月、花，而是转化成了似乎是从人的心灵中所流溢出来的滚滚不尽的感情的喷泉。《春江花月夜》的美，就在于它能把自然的物质现象心灵化，使之从实走向虚，从自然的限制走向自由的想象。因此，在知觉表象这一个层次中，客观已经在向主观转化，物质已经在向精神转化。它是客观与主观、物质与精神相互联系、相互统一的契机。

---

① 引自《十八世纪末—十九世纪初德国哲学》，商务印书馆 1960 年版，第 551 页。

（3）社会历史层：费尔巴哈看到了人的感觉不同于动物的感觉，看到了人的感觉能够感知到动物的感觉所无法感受到的精神因素，如情感等。但是，他却不能回答为什么人与动物之间会有这样巨大的差别？马克思指出，这是因为他"只是从客体的或者直观的形式去理解，而不是把它们当作人的感性活动，当作实践去理解，不是从主观方面去理解"①。那就是说，费尔巴哈还把人的感觉，看成是自然的人天生的直观能力，而没有看到人的感觉，是社会的人在历史的实践过程中所产生和形成起来的。正因为这样，所以他没有看到：人的感觉具有巨大而又庞杂的历史文化和社会生活的内容，它们的"形成是以往全部世界史的产物"②。因此，人类的审美感觉，既离不开历史的文化传统，又离不开社会的物质生活与精神生活。首先，从历史方面来说，人类的审美活动浸透着全部人类文化的传统，它们渗透和积淀到我们每一次的审美活动中去，使我们处处感觉到美是以往全部文化遗产的积累和结晶。例如姜白石的《疏影》：

昭君不惯胡沙远，但暗忆江南江北。

想佩环月夜归来，化作此花幽独。

把梅花比作昭君，用昭君佩环月夜归来，来描写梅花的美。这就是我国民族文化的传统，融解到了作者审美的感觉活动中，然后通过人的感性的实践活动，转化为客观的审美对象。于是主客两方面统一，梅花不再是单纯的物质性的梅花，而同时是体现了我国民族文化精神的梅花。梅花的美，就这样在姜白石的笔下产生和形成了起来。不仅这样，而且"佩环月夜归来"，用的是杜甫"环佩空归月夜魂"的诗意，这就使梅花的美，具有更多的历史文化内容，从而显得更是意味无尽。

其次，再从社会生活方面来说，人的审美活动，尤其发生了多方面的联系。社会生活包括两大方面，一是社会的经济基础，以及生产方式与生活方式；二是上层建筑，包括与经济基础相适应的政治、法律制度等等。这些方面对于美的

---

① 《马克思恩格斯选集》第1卷，人民出版社1972年版，第16页。

② 马克思《1844年经济学—哲学手稿》，人民出版社1979年版，第79页。

形成和创造，所起的巨大的制约作用和影响，普列汉诺夫在《没有地址的信》中，已经作过雄辩而有力的阐述，我们不想多谈。我们只想指出——有人说，诗人歌颂太阳，小贩诅咒太阳——为什么同一太阳，诗人以为美，而小贩会以为丑呢？举这个例子的同志，是想证明美没有客观的标准，完全是一种主观的产物。但是，我们说，这里起作用的，不仅仅是诗人或小贩的主观意识，而且更主要的是他们的客观的生活方式。大热天中，诗人处在小贩的地位，过小贩的生活，他也将会诅咒太阳的。反过来，小贩不摆小摊，而去写诗，他也会歌颂太阳的。因此，是一个人的生活方式，影响到他对于客观事物的美的看法。他的生活方式，直接转化到审美的对象中，成为构成美的一个重要因素。至于社会生活中政治的变迁和斗争，尤足以影响人们的审美心理，使之转移到审美的对象中，成为构成美的另一个重要因素。英国大革命后的复辟派，产生了一种逆反的心理：凡是英国资产阶级革命派清教徒认为美的，他们都认为丑。上面我们所引的姜白石的《疏影》，之所以会用昭君来比喻梅花的美，从某一个方面来说，也是受了当时政治斗争的影响。前人批说："此盖伤心二帝蒙尘，诸后妃相从北辕，沦落胡地，故以昭君托喻，发言哀断。"①这就很清楚了，政治生活在美的形成和创造的过程中，也是一个重要的侧面和层次，我们绝对不能忽视。

（4）心理意识层：马克思说："有意识的生命活动直接把人跟动物的生命活动区别开来。"②这是说，人之所以和动物不同，在于他有意识。意识指的是人在客观现实的基础上，所展开的主观方面的心理活动。有个人的心理意识，如感觉、知觉、想象、意志、感情、理解、记忆、思维等；也有社会的心理意识，如政治、法律等观点，道德、宗教、文学艺术、哲学等意识形态。它们各自独立，而又相互联系，构成了人类心灵中深层次的结构。它们有的属于理知，其功能是认识；有的属于意志，其功能是行动；有的又属于感情，其功能是对客观事物表示主观的

---

① 引自龙榆生编选《唐宋名家词选》，中华书局 1962 年版，第 281 页。
② 马克思《1844 年经济学—哲学手稿》，第 50 页。

爱憎态度。它们有的是我们人所意识得到的,是自觉的;有的则是我们人所意识不到的,是非自觉的。弗洛伊德的功绩,就是在我们人的意识深处,发掘出了深层次的无意识的结构。我们人的许多心理活动,都是受本能冲动的支配,都是无意识的。做梦,是无意识的;文学艺术的创作,也有很多是无意识的。正因为这样,所以美的形成和创造,离不开无意识。但是,弗洛伊德把美看成是无意识的本能冲动的"升华",并且把这一本能冲动说成是唯一的"里比多"(性冲动),这就片面了,连他的好友和学生容恩都接受不了,改成了"集体无意识"。我们认为,如果我们过去只看到意识而看不到无意识是片面的;那么,弗洛伊德只看到无意识而看不到意识,更是片面的、错误的。我们要把意识与无意识统一起来,把心理活动中的各种功能统一起来,让它们都成为审美主体审美活动中主观方面的构成因素。正是这种具有复杂的多层次的心理意识结构的审美主体,与同样是具有复杂的多层次的复合结构的审美客体,在特定的时空关系的条件下,相互交融和渗透,于是就形成和创造了美。

因此,美的创造,是多层次的积累所造成的一个开放系统:在空间上,它有无限的排列与组合;在时间上,它则生生不已,处于永不停息的创造与革新。而审美主体与审美客体的关系,则像坐标中两条垂直相交的直线,它们在哪里相交,美就在哪里诞生。自然物质层,决定了美的客观性质和感性形式;知觉表象层,决定了美的整体形象和感情色彩;社会历史层,决定了美的生活内容和文化深度;而心理意识层,则决定了美的主观性质和丰富复杂的心理特征。正因为这样,所以美既有内容,又有形式;既是客观的,又是主观的;既是物质的,又是精神的;既是感性的,又是理性的。它是各种因素多层次多侧面的积累,我们既不能把美简单化,也不能固定化。美是一个在不断的创造过程中的复合体。

由于美是一个复合体,所以非常丰富和广阔,永远不能一览无余。同样一个西湖,你今天去看,她是一种美的样子;明天去看,她又有了新的姿态和面貌,呈现出你原来所没有欣赏到的美。至于各人的爱好、性格、心术、遭遇等,那更会使你以不同的眼光,去从同一个对象中欣赏出不同的美来。事实上,审美的过程,往往是一个不断探索和开拓的过程。对于美的这一特点,许多美学家都已注意到了。例如康德就说:

> 审美意象是一种想象力所形成的形象显现。它从属于某一概念,但由于想象力的自由运用,它又丰富多样,很难找出所表现的是某一确定的概念。这样,在思想上就增加了许多不可名言的东西,感情再使认识能力生动活泼起来,语言也就不仅是一种文字,而是与精神(灵魂)紧密地联系在一起了。①

这是说,美表现了某一概念,但又不限于这一概念,它在想象力的自由运用中,有"许多不可名言的东西"。我国古代所谓"言有尽而意无穷"、"味外之旨"、"韵外之致"等等说法,都是就美的这一既丰富复杂而又富有余蕴余味的特点而说的。那么,除了这种丰富复杂的美之外,单纯的美有没有呢?我们说,单纯的美是有的,但单纯的美也并不单纯。一块绿色的草地,康德说它以其"单纯的感觉样式的纯粹性",呈现在我们的面前,因而是美的。但是,我们仔细分析一下,这块单纯的草地并不单纯,它的绿色是由许多色素、色调,多样而又统一地组合起来的。一个画家画草地,决不能用清一色的绿色。最简单的颜色,在画家看来,都是光与色的复杂的组合,都是多种颜色的协调与配合。

美的形成,是多种因素多种层次的相互作用,相互积累;而美的出现,则像母鸡孵小鸡一样,不是一脚一爪地逐步显露出来,而是一下子突然破壳而出。正因为这样,所以我们说它是一种突然的创造。由于是突然的创造,所以我们感受美的时候,首先带有直觉的突然性。那就是说,美以其具体的形象,直接扑向我们。我们还来不及评头论足,就在直觉上被它抓住了。其次,感受的完整性。一块砖头,一层石级,甚至一个碉堡,一堵城墙,都不能令我们欣赏到长城的美。长城的美,是一个完整的形象,是它那像长龙一样蜿蜒在群山峻岭中的伟大而又完整的

---

① 康德《判断力批判》,引自《西方文论选》上卷,上海译文出版社 1983 年版,第 565 页。

形象。第三,思想感情的集中性。美不要求我们理解,但却要求我们陶醉。我们把全部的身心,全部的思想感情,沉入到美的对象中,"神与物游",情与景偕。我们一下子忘记了自己,悠悠然,荡荡然,陶醉在美的境界中。最后,想象的生动性。美的形象突然出现在我们的面前,我们对它的美不会用电子计算机来计算,而是展开想象的翅膀,自由地翱翔。正因为这样,所以它生动,活泼,充满了生命。

因此,美一方面是多层因素的积累,另方面又是突然的创造,所以它能把复杂归于单纯,把多样归为一统,最后成为一个完整的、充满了生命的有机的整体。黑格尔说:艺术品一方面要"每一部分都要保持……各自特有的生气";另方面,"艺术的统一就应只是一种内在的联系,把各部分联系在一起,成为一个有机的整体,而且没有着意联系的痕迹。只有这样由精神灌注生命的有机统一体才是真正的诗"①。那就是说,艺术的美,一方面来自于各个细节,每一个细节都要剔透玲珑,富有生气。芭蕾舞的演员,每一个眼神,每一次转腿,都是富有活力的,充满了生气的,美的;但另方面,它们又要统一成一个有机的整体,全体生气灌注,成为一个活的美的形象。美的创造过程,就是各种因素,各种细节,各个部分,相互矛盾冲突,相互联系转化,然后由量变到质变,所形成的形象的整体。马克思谈到"具体"时,说:"具体之所以具体,因为它是许多规定的综合,因而是多样性的统一。"②美的形成和创造,事实上就是许多规定的综合,就是多样性的统一。

整个宇宙和人生,都在多样的统一中,不断分与合,不断成与消,不断地创造和毁灭。宇宙在创造中,人生在创造中,美自然也在创造之中。让我们打破关于美的形而上学的观点,从变化和运动当中,从多层次的结构当中,来探讨和研究美吧!

原载《文艺研究》1986 年第 2 期

---

① 黑格尔《美学》第 3 卷(下),商务印书馆 1981 年版,第 35 页。
② 《马克思恩格斯选集》第 2 卷,第 103 页。

论"美是生活"

施昌东

"美是生活"这一定义是由俄国天才学者与批评家车尔尼雪夫斯基首先提出的。车尔尼雪夫斯基的学位论文"生活与美学"问世已一百年了。这一唯物论的美学著作,在历史上曾经起了光辉的战斗的作用;现在,它仍然有着新鲜的意义。

车尔尼雪夫斯基运用费尔巴哈的唯物论观点来解决美学上的问题,从而继承和发展了俄国伟大的革命民主主义者伯林斯基在艺术方面的唯物论原则:艺术是客观现实的真实反映。这给予了当时统治的唯心论美学以一个沉重的打击。当时的统治美学认为"美就是观念与形象之完全吻合,完全一致",认为"美的事物就是观念在个别对象上的显现。"唯心论美学恰恰和唯物论美学相反,认为"美"并不存在于客观事物,美的概念不是美的事物的反映,"美"仅仅在于意识之中,在意识之外并没有"美"。在这种唯心论的基础上出现了一派"纯粹艺术"家,他们认为"人在现实中找不出任何真正美的东西"因而艺术家为弥补这个现实的缺陷,为了满足人们对美的渴望,而创造了艺术作品。这样,艺术只是绝对精神的神秘实质的显现。这样,"纯粹艺术"家们就否认了艺术的认识世界和改造世界的意义。

和当时统治的唯心论美学相反,车尔尼雪夫斯基提出"美是生活"这一定义和论证。认为"美"存在于客观事物,美的概念只是美的事物在人们的观念中的反映。他说"真实的最高的美是人在现实世界中找到的,而不是由艺术所创造","现实中的美产生于自然,自然是离人对于美的渴望而独立的"。对于人们的美感的产生,他曾作了如下的说明:

> 美的事物在人心中所唤起的感觉是明朗的欢喜,近似在亲爱的人面前所洋溢于我们心中的那种欢喜。我们无关心地爱美,我们欣赏它喜欢它,如同我们喜欢亲爱的人在面前一样。由此可知美包含可爱的什么事物,愉悦我们胸怀的什么事物。但这个"什么事物"一定是广大无边的,包罗万有,能够采取最变化多端的形式,一句话,是有一般性的什么事物。因为最变化多端的对象,互相间毫不相似的事物对于我们能够是美的。①

在车尔尼雪夫斯基看来,"美感"是美的事物在人心中唤起的明朗的喜欢,而不是像唯心论那样认为人们的美感是一种绝对精神的流露,或是神的赐予。同时,他认为美的事物是广大无边的、包罗万有的事物。美的事物包括客观世界的本质与现象,人与客观世界的关系。植物的丰美、动物的壮健、风景的奇丽、太阳的光芒、云霞的变幻、海洋的汹涌……自然的现象都具有美的本质,社会生活中的庄严和伟大、正义和崇高、爱情和友谊、劳动和斗争……总之生活中充满了美的事物。车尔尼雪夫斯基指出:"生活只有在无光彩的人看来才是空虚而无光彩的。"

在这种唯物论的基础上,车尔尼雪夫斯基认定艺术的第一目的为再现现实;但再现现实并不是巧妙地模拟自然的把戏,而是为了说明生活。认为"无谓地模拟不值得注意的事物,或是描写毫无内容的空虚的外表"是一种"空虚的娱乐""无用的事物不值得我们尊重"。这说明了车尔尼雪夫斯基反对自然主义的艺术倾向。他在结论中说:"生活的再现,是艺术的一般性格的特点和它的本质。艺术作品常常还有另外一个目的——说明生活。他们并且常常对生活现

---

① 车尔尼雪夫斯基《生活与美学》,周扬译,新中国书局 1949 年版。

象下判断。"同时,指出艺术只有成为"生活的教科书"的时候,才能使艺术显出伟大的光辉来。

车尔尼雪夫斯基的"生活与美学"不仅以正确的理论驳斥了当时统治美学的唯心说法,而且创造了唯物论的美学,并从哲学上论证了艺术的现实主义原则,在美学理论中达到车尔尼雪夫斯基以前未曾达到的成就。俄国马克思主义的早期宣传者普列汉诺夫对这一美学著作作了极高的评价:"这篇论文的意义,远远超过作者的企图;我们绝不能简单地把它看作仅仅是应用费尔巴哈的哲学观点来研究美学,它自有作者独自的见地,而且全书还充满了同唯心论美学展开了尖锐的战斗底特点,这是一部为作者的革命观所服务的著作。"[1]

不过,车尔尼雪夫斯基还不是辩证唯物主义者,虽然在美学领域中比费尔巴哈直观唯物论踏进了一步。作者为了驳斥当时统治美学认为艺术的美高于生活的美的理论,要把艺术从天空上面拉到地下,而过低的估价了艺术的美。强调了"艺术不过是现实底苍白的复制",同时又说艺术能解释生活和批判生活,从而达到"生活的教科书"的目的。但是"苍白的复制"怎能解释和批判完美的新鲜的原著(即生活)呢?这就是车尔尼雪夫斯基美学观中的主要矛盾。其实,在辩证唯物主义者看来,自然形态的艺术美的丰富和生动,使一切观念形态的艺术美相形见绌,但后者却是前者经过艺术家加工的结果,因而创造出来的艺术的美就更有组织,更集中、更典型和更理想。也只有这样,艺术才是"生活的教科书",才能教育人民去认识现实世界和改造现实世界。这样,艺术就使生活的美更加丰富起来。这就是说艺术的美和生活的美有着互相渗透作用。

以上只是对车尔尼雪夫斯基美学观的简单理解。我们必须进一步认识他的美学的基本论题"美是生活"。"美是生活"这一定义的具体内容是什么呢?作者是怎样理解"生活"这个概念的呢?车尔尼雪夫斯基写道:

---

[1]　普列汉诺夫《车尔尼雪夫斯基评传》。

在人所宝贵的一切东西中,他所最宝贵的是生活;第一宝贵的是如他所愿意过的,如他所爱过的那样一种生活;其次是一切的生活,因为生活总比不生活好;但凡活的东西在本性上就恐惧死亡,恐惧不存在,而爱恋生活。"美是生活""任何东西我们在那里面看得见来照我们的概念应当如此的生活,那就是美的;任何东西,凡是独自表现生活或使人忆起生活的,那就是美的"——这一个定义似乎可以圆满地说明我们内心唤起美的感情的一切事例。

任何东西,我们在其中看出一如我们所理解和希望、一如我们所喜欢的,那便是美的。①

"生活"这个概念和"美的事物"在车尔尼雪夫斯基看来是"广大无边,包罗万象"的。但我们可以把它归纳为三个方面:第一是"应当如此的生活";第二是"使人忆起生活的"生活;第三是"我们所理解和希望的"生活。现在我们就从这三方面来理解"美是生活"这个定义。

但我们首先要知道在车尔尼雪夫斯基看来,美的概念没有超时间的特质,美的概念也不是生物学性质的范畴,人们对美的概念的理解是随着人们的社会生活条件为转移的,因而形成人们对美的概念的不同看法。车尔尼雪夫斯基说:"在简单的人们看来,'良好的生活''应当如此的生活'就是饱食、安居和睡眠充足;但是在农民,'生活'这个概念同时总是包括工作在内:生活而不工作是不行的,而且,这会叫人慵倦。"同时他举例说农民认为工作勤劳、体格强健是美人的必要条件,"民谣中美人的描写所包含的美的属性,无不是旺盛的健康和均衡的体力的标记",弱不禁风的美人在劳动的农民看来是不漂亮的。但上流阶级认为"纤细的手足""病态、瘦弱、委顿"和"憔悴"都是美人的条件。"忧悒病"对于贵族美人"是一种有趣的病。"这是由上流阶级"无所事事的生活"的结果。"这些就是上流阶级觉

---

① 车尔尼雪夫斯基《生活与美学》,周扬译,新中国书局 1949 年版。

得唯一值得生活的生活——没有肉体劳动的生活的标记。"这些说明了车尔尼雪夫斯基虽然还没有达到马克思主义的阶级论的思想,但已经接触到阶级论的思想。列宁在《俄国工人过去的出版事业》一文中说:"车尔尼雪夫斯基是远为更彻底更战斗的民主主义者,他的著作里,呼吸着阶级斗争的精神。"①

车尔尼雪夫斯基对于上流社会无所事事的奢侈和剥削的生活是仇视的,而对农民的劳动生活是赞美的,因而车尔尼雪夫斯基发现在现实中有剥削阶级的剥削生活,也有被压迫被剥削阶级被奴役的生活、劳动的生活,二者正是对立的。所以"美是生活"就不能理解为一切社会生活都是美的,只有带着健康的、正义的和进步性质的生活,符合于人类先进愿望和理想的生活才是美的。总之,只有我们所喜欢的"应当如此的生活"才是美的。劳动是一切生活的源泉,劳动是最美的生活;其次,正因为在封建贵族与资产阶级社会里,劳动者在被剥削和被奴役之下,劳动成为疾苦的迫不得已的生活,所以革命斗争的生活是最美的生活。我们知道车尔尼雪夫斯基是一个彻底的革命民主主义者,是一个更前进的空想社会主义者,在他的生命史中充满了悲剧性的伟大。普列汉诺夫说:"在整个文学史里,再也没有比车尔尼雪夫斯基底的命运更悲惨的了。"在革命者悲惨的生活中,现出伟大美丽的光辉,革命者的生活是可爱的,美的。从这里我们看出,"美是生活"这一定义不仅有着科学的意义,而且有革命号召的意义。因为要有"应当如此的生活"就要反对和破坏不应当如此的生活;为了生活得"美"就要扫清生活中的丑。

其次,关于"使人忆起生活的"生活也是美的问题,车尔尼雪夫斯基有着精辟的理解。他说:"美的事物是生活,特别是使我们想起以及人生的那种生活,这个观念,我以为毋需从自然一切的领域中来详细追究,理由就是:在美学中,某些地方已带有这种观念,认为凡在自然中使我们想起人来(或者用他们的术

① 原载 1914 年 5 月 5 日《工人日报》,后收入俄文版《列宁全集》第 5 卷。

语,预示人格)的东西,就是美的,并且主张自然中美的事物,只有作为人的一种暗示才显示出美。所以,既经指出美的事物在人看来就是生活,那就毋需再来证明:在现实的一切其他领域内的美——那只是因为当作对于人和他的生活的一种暗示这才在人眼中看来是美的——也是生活。"①如植物的丰美使我们想起"生命的壮盛",动物的声音使我们想起人类的生活和动作。动物界的美,就是那些形状合乎人类所抱的关于新鲜而又充满健康力的生活的观念。但一个覆盖着脏泥的青蛙,它那不愉快的形状会使人想起尸体来,它成为了讨厌的东西。太阳光之所以美是因为它是自然中一切生活的源泉。因而指出"美的东西总是与人生的幸福和乐观相连的东西"。②这样,人们的审美的观念与实用的观念是直接联系着的。

由此可见,使人忆起生活的某些事物所以是美的,那是它们在人们的生活中起了良好的作用。

所有这些意见,对于我们还有着现实的意义。我们对于自然景物美的看法,同车尔尼雪夫斯基的看法应该是一样的。用这些观点,我们可以正确的估计我们中国画中的某些景物画的现实主义的艺术价值。例如齐白石先生的画的艺术价值所以被社会所重视,主要在于他的现实主义艺术创造,这些现实主义的画在现实生活中的意义。用车尔尼雪夫斯基的话来说,就是它们使我们看了"忆起生活"来。我们看了他那活泼的有力的透明的虾,使我们爱好康健的生命,我们看了他那在金黄色的稻穗底下紧张地捕捉害虫的青蛙,使我们想起丰收的愉快和劳动的幸福。总之,这现实主义的景物画虽然没有反映人民的生活,但却使我们享受着艺术的愉快,它们是车尔尼雪夫斯基所说的"美的事物",那是"对于人和他的生活的一种暗示"和"使人忆起生活"的事物。中国画中的某些山水画花鸟画等的艺术价值就在于此。

---

①② 车尔尼雪夫斯基《生活与美学》,周扬译本。

形式主义者常常称自己的艺术作品是"别出心裁"的独具一格的创造。是"从来没有画过的"杰作。但这些"别出心裁"的杰作都是颓废的、厌世的、下意识的、兽性的反人道主义的作品，是精神错乱的梦呓的偶然纪录。例如现代美国的形式主义者阿尔喜平珂用各式各样的几何图形杂乱堆积起来成为一个雕塑的"妇女"，斯梯尔以一幅涂满黑点，右角着一笔白色线条的图画为"杰作"，萨里瓦德·达勒的"夜蜘蛛带来希望"是用稀奇古怪的斑迹，一块拭布似的东西、提琴、墨水瓶、大蜘蛛、大炮、飞机、马匹、天使等组成的无法理解的庸俗的图画，但这些"杰作"却被摆在受亿万富翁洛克斐勒、福特等人所监护和资助的"现代艺术陈列馆"里。这些确是"别出心裁"的作品，但它们并不是使我们忆起生活正视生活，走向生活，而是叫观众厌世、虚无、恐怖、颓废，要观众像作者一样精神错乱。

最后，美是"我们所理解和希望的"生活。这所以是美的，那是因为所理解和希望的生活是和现实的生活联系的，人们的活动总是朝着自己所要达到的目的前进，因而人们的希望就成为生活的动力了。车尔尼雪夫斯基写道："大家都承认，美的感觉在人民中间的发展有这样一种程度……就是说，差不多所有人类生产的对象都在趋向美的意愿的决定影响下来计划与完成。"这和马克思认为"人是按照美的法则而进行着创造的。"①的理解是相同的。

同时，在车尔尼雪夫斯基看来，人们的内心生活和想像的生活也是美的。他说："人常常生活在他的情绪的世界里，这种情绪的状态，假如它们达到了引人兴味的境地，就被艺术所再现。"②想像的内心生活之所以美，也就是它们和现实生活相联系的。健康人的美丽的幻想会使他的生活实践和斗争更有意义，更加坚强和刚毅。除了那些没落者和逃避现实的人以外，人民总是有理想地乐观地生活着，斗争着。这样，美的生活，不仅是人类的今天，而且是人类的明天。

因此，车尔尼雪夫斯基认为艺术也应当表现人类的理想生活。这一点，在艺

---

① ②　车尔尼雪夫斯基《生活与美学》，周扬译本。

术中,被车尔尼雪夫斯基自己的创作所完成了。他的不朽的杰作"做什么?"中描写了俄国六十年代的最先进的人物——民主主义的革命知识分子薇拉·巴夫洛芙娜,罗普霍夫,吉尔沙诺夫和拉赫美托夫等这些"新人"都是为自己崇高理想和希望而战斗着,劳动着。这些人的理想正如作者的理想一样,那就是共产主义。作者不但通过薇拉·巴夫洛芙娜的梦来描绘这理想的社会生活,而且直接来描绘共产主义的将来,来鼓舞读者:"它是光明的,它是美丽的。向大家讲吧;这个将来是光明和美丽的。爱它吧,倾向它吧,为它工作吧,接近它吧,把可能带的都带给它吧;你能够带多少给它,你的生活将有多少光明,多少美德,将充满多少愉快和享受。倾向它吧,为它工作吧,接近它吧,把可能带的都带给它吧。"虽然作者是一个空想的社会主义者,但这些充满信心的言辞,对于我们,那是多么地亲切和有力呀! 正因为"做什么?"表现了具有高度道德品质的"新人",表现了人民的理想和愿望,所以它就成为革命青年的生活教科书,成为社会主义和革命道德的教科书,从而显出它那光辉的艺术的美。使我们永远享受着艺术的愉快。

从此可见,车尔尼雪夫斯基的"美是生活"的定义,不论在美学领域和哲学领域以及生活实践中都有着重大的革命意义。它是马克思主义最宝贵的遗产之一。普罗特金说:"在所有马克思主义的前人之中,他是最接近于马克思主义的。"甚至于马克思主义把"美是生活"这一定义作为自己的美学中的美的定义。

但曾受过马克思主义薰陶的卢那卡尔斯基却抛弃了这上好的定义。他在《艺术论》中写道:"什么是美的呢? 就是在一切要素上是美的,由美的线、色彩、音响等所成立,而唤起快乐的联想的东西。"这就是美不是生活,而美的要素线、色彩、音响的组合。

而马克思主义不是这样,它不但给予"美是生活"这一定义以肯定的承认,而且给予它以科学的论辩和发展。

首先,马克思主义认为美的概念不是属于自然科学性质的范畴,而是属于社会科学性质的范畴。达尔文主义者曾用生物学的观点来解释美的概念是错误的。

根据马克思"人们底社会存在决定人们底意识"这个唯物论的原理,人们的概念是取决于人们的社会物质生活条件。正因为如此,形成了人们对美的概念有各种不同的理解。普列汉诺夫在他的《艺术论》中曾对这个理论作了许多具体的实证。北美印第安种族喜欢用最凶暴的白熊的爪来做装饰,表示自己有像白熊那样勇气、敏捷,表示自己有能战胜最凶暴者的力量。"正因为它们曾是勇气、敏捷、以及力量的标记的结果,这才唤起美的感觉。"非洲的妇女手足戴上笨重的铁圈,在她们看是很美的,因为那"正在经验着铁器时代,换句话说,就是,铁于那些人们是贵金属,正在那样贵族里发达着。贵重的,就见得美,为什么呢? 因为和这联合着富的观念的缘故"。①由培什河上游的巴德卡族那里以拔掉上门牙是美的,那是因为巴德卡种族是牧畜种,他们非常崇拜自己的母牛和公牛,他竭力模仿反刍动物。所有这些以熊爪、笨重的铁圈为装饰和拔掉上门牙在我们看来并不是美的,而是丑的,这就是我们和他们的社会物质生活条件完全不同的缘故。

在阶级社会里,人们总是从自己所属的阶级利益出发来看事物。鲁迅先生在普列汉诺夫《艺术论》的译文序言中说:"社会人之看事物和现象,最初是从功利底观点的,到后来才移到审美底观点去。在一切人类所以为美的东西,就是于他有用——于为了生存而和自然以及别的社会人生的斗争上有着意义的东西。功用由理性而被认识,但美则凭直感底能力而被认识。享乐着美的时候,虽然几乎并不想到功用,但可由科学底分析而被发见。所以美的享乐的特殊性,即在那直接性,然而美底愉快的根柢里,倘不伏着功用,那事物也就不见得美了。并非人为美而存在,乃是美为人而存在的。"②这是对社会的功利底观点和审美观点的关系的非常精辟的见解。这样,美的概念绝不是一个抽象的概念,在阶级社会里,它始终是包含着阶级性的概念。

所以马克思主义认为美学和政治、法律、宗教、道德一样是属于上层建筑。

---

① 普列汉诺夫《艺术论(没有地址的信)》。
② 鲁迅《〈艺术论〉译本序》,载《二心集》。

马克思、恩格斯论证了美学的倾向性,列宁给艺术提出了党性的原则。因而美学成为了真正的科学。

马克思主义者认为:物质世界是不依赖于人们意识而存在的客观现实,而意识是这客观现实的反映。所以,人们对美的概念尽管有着各种不同的理解;但美的事物却是同样的客观存在。这就是说人们的某些美的概念与客观现实的美的事物是并不一致的,这是由于受了社会物质生活条件,阶级地位所决定的缘故。我们知道一切没落的反动的统治阶级总是和客观真理相违背的,一切唯心主义者总是否认客观真理的。因此他们的美的概念就不是和客观现实的美的事物相一致。只有先进的无产阶级才是彻底地承认而且揭露客观真理,因为无产阶级的阶级性、党性和真理的客观性是完全统一的。因而马克思主义者的美的概念是和客观现实的美的事物是相一致的。

资产阶级与无产阶级对于美的概念的理解是截然不同的。现代英美资产阶级美学家极端反动分子桑戴延纳说:"美是偶然的、意外的产物",卡林则认为"美是一切丑恶东西的结合"。这些都和一切真正美的东西完全相反的。而无产阶级确认"美是生活",苏联真理报在一九五一年一月七日以"苏维埃艺术家"为题的社论中写道:"美就是生活,就是正在建设共产主义的人民的自由生活——这是苏维埃艺术家的座右铭。""生活"这个概念在我们看来包含着劳动、革命斗争、远大的理想以及一切能推进我们的生活的东西。

"生活"对于资产阶级就不是这样理解,资产阶级把生活理解为"利润"的获得,把"资本"作为衡量一切事物的美的尺度,一切事物之中,最美的是"资本"。所谓金钱万能的资本拜物教的思想正是资产阶级思想的特征。因为"占有"观念就成为他们一切生活的动力。马克思在写作《神圣家族》的准备材料中写道:"私有制使我们变得如此之迟钝与偏狭,以致使我们觉得,一个物件,只有当我们占有了它,就是说,当对于我们是作为资本而存在,当我们直接掌握它、吃它、喝它、把它穿在自己身上、住在它里面等等的时候,简言之,就是当我们消费着它的时候，它才是我们的。然而从私有制的观点看来，所有这些直接占有的形式，又都是求生的手段，而它们为之充作手段的那一生活，则是私有制的生活——劳动与资本化。因此在一切感觉与感情的地位上就只是所有这些感觉与感情的简单剥离，只是占有的感情。"①

因此，马克思认为资本主义的生产，对于某些精神生产部门是敌对的，因为引起资产阶级的兴趣的、合于资产阶级胃口的、刺激资产阶级的东西，首先是"资本"，是能获得利润的事物。诗人和艺术家的精神劳动，只有给资产阶级带来利润，成为利润的源泉的时候，才被资产阶级所欢迎。马克思说："靠自己的冒险去唱歌底歌手是非生产的工人。然而同是这个歌手受雇于剧团老板，老板强迫他为赚钱而歌唱，这就是生产的工人，因为他生产资本。"资产阶级艺术所以日趋堕落、腐朽、颓废，其原因就在于此：艺术活动服从资本的利益。列宁说："资产阶级的作家、艺术家和演员底自由，不过是戴着假面具的对于钱袋的依赖，对于收买依赖，对于豢养的依赖。"

前面说过，无产阶级认为美就是生活，就是正在建设共产主义的人民的自由生活。生活就是劳动、斗争、理想以及一切能推进我们的生活的东西，所以高尔基说："生活只有两种形式：腐烂和燃烧。胆怯的与贪婪的人选取第一种形式，勇敢的与慷慨的人选取第二种形式，凡是最美的人，都明白什么是伟大。"在高尔基看来最爱劳动的人是最爱美的人，所以他认为美是立功、劳动、斗争。

提出"美是生活"的车尔尼雪夫斯基在小说"做什么？"中借阿列克赛·彼得罗维奇的口说道："——是的，运动就是现实——……因为运动就是生活，而现实与生活乃是一回事。然而生活的主要因素是劳动，因此现实的主要因素也是劳动，而现实之最可靠的标记是活动。"生活的主要因素是劳动，而美的主要因素也就是劳动。

----

① 马克思、恩格斯《神圣家族》。

马克思主义认为劳动创造世界。人在创造世界的过程中,同时也创造了人自己本身。劳动发展了人的一切机能和潜力。而人的美学感情也是产生于劳动过程之中。恩格斯曾经指出,只是由于劳动,"人的手才达到这样高度的完善,在这个基础上它才能似乎凭魔力地产生拉菲尔底的绘画,索瓦尔生底雕刻以及拍加尼尼底音乐"①。在劳动过程中人的视觉、听觉、思维和语言不断完善和发展,因此人就有能力去理解客观现实世界和艺术作品的美,而且创造了"美"。马克思说:"动物按照它所属物种的需要而创造,但人却会依照每一物种的方法去生产,并且永远会以适当的方法去对待一个对象;因此人是按照美的法则而进行着创造的。"②

"按照美的法则而进行着创造"就是人们根据客观现实的规律进行着合于"他的自觉的目的"底劳动。

但在阶级社会中,劳动者由于被压迫、被剥削的结果,劳动成为一件不得已的事情。特别是在资本主义社会里,劳动力成为廉价的商品。工人出卖劳动力就等于牺牲自己,折磨自己。马克思说:"在劳动的诸历史形态,如奴隶的、劳役的、雇佣的劳动中,劳动总是令人厌恶的,总是受外力强制的劳动,而与这劳动对立的是不劳动——'自由与幸福'。"③同时由于劳动者的生活的悲惨,劳动者像牲畜一样被奴役,那奇重的劳动使工人变成畸形、愚昧、笨拙。在这情形下,劳动被人认为并不是最美的东西,最美的乃是推翻资本主义制度,解放劳动者的革命斗争,以及有利于革命斗争的东西。

十月革命冲破了帝国主义战线,建立一个没有人剥削人、人压迫人的社会,解放了劳动者,劳动者破天荒第一次做了国家主人。因而改变了工人阶级千百万群众的劳动态度,为了能够永远过着社会主义与共产主义的生活,他们劳动

① 恩格斯《劳动在从猿到人转变过程中的作用》。
② 马克思《1844年经济学—哲学手稿》。
③ 马克思《政治经济学批判》。

热忱达到了高度的扩展。斯大林说:"只有千百万群众底劳动高潮和劳动热忱,才能保证劳动生产率有蒸蒸日上的增长,而没有这种增长,社会主义就不能最终战胜资本主义。"①列宁也曾指出只有满腔劳动热忱,劳动意志和坚持精神,才能最迅速挽救工农,高尔基认为"谁劳动谁就是主人"。因而劳动就成了光荣、豪迈和英勇的事业了,成为最美丽的事业了。

劳动之所以是美的,就是因为它创造着美的生活,美的自然现实。人们之所以能够征服自然,不做自然法则的奴隶而能"驾驭"自然法则,利用它来为社会谋福利,也就是因为人们能进行着合目的的,创造性的自由劳动。苏联人民就用这劳动来改变大自然,使大自然更加美丽。

在我们看来,劳动就成了共产主义道德。

但,高尔基说:"美学是将来的伦理学。"既然美的主要因素是劳动,劳动是我们最崇高的道德。为什么美学是将来的伦理学呢? 原来劳动在社会主义社会与在共产主义社会的性质还有些差别。在社会主义下,劳动是光荣的豪迈的英勇的事业;但在社会主义下的劳动还是一种定额的劳动,还是由一定的物质兴趣所刺激着的劳动。劳动还是当作生活的手段。在共产主义条件下劳动就不是这样。列宁说:"共产主义劳动一语,若是比较狭义地、严格地说来,乃是有利于社会的无偿劳动,这种劳动,不是为了履行一定义务,不是为了获得领取某种物品的权利,不是按事先规定的法定标准额,而是自愿的劳动,不打算领到报酬的劳动,而是为了公共利益按习惯来操作的劳动,而是按必须为公共利益操作这种自觉态度(已成为习惯)来劳动的劳动。——是壮健身体所自然需要的劳动。"②这就是说在共产主义社会,由于生产力的高度发展,每一个人技术水平文化修养都很高,都可以全面发展自己的才能。恩格斯在"反杜林论"中写道:"生产劳动供给每人以全面发展并运用自己一切体力智力之可能,它(生产劳动——译者)不

---

① 斯大林《大转变的一年》。
② 《列宁文选》第2卷,人民出版社1954年版,第681页。

再是奴役人的手段,而是解放人的手段,因此,生产劳动从一种重负、变为一种快乐。"马克思也说劳动"成为生活的第一需要"。很明显,在共产主义社会,美学也就成为人们文化生活的第一需要的东西,这样,美学就必然成为伦理学了。

由此可见,"美就是生活,就是建设共产主义的人民的自由生活"这个指示,对于我们文学艺术家有着何等重大的意义。

苏联人民的创造性劳动,创造美满社会主义生活,也创造自己最崇高的最优秀的性格——共产主义进取性格。苏维埃艺术家沿着社会主义现实主义的创作原理,创造许多具有共产主义进取性格的劳动人民的明朗形象,反映了社会主义的美丽的现实。苏维埃艺术是人类最美的艺术,这种最美的艺术的力量,就在于它们表现了劳动人民,反映了劳动的生活。高尔基说:"假使我是一个批评家,要写一本论 M.高尔基的书,我将在那书中说,使高尔基之所以为高尔基的力量是:在于……他是第一个在俄罗斯文学中……把握住了劳动的重大意义,劳动形成了这世界上的一切有价值的、美丽的和伟大的东西。"

我们的艺术家必须从高尔基的话中得到启发和教育。现在,我们千百万的劳动大军,在党在过渡时期的总路线的灯塔照耀下,正朝着社会主义迈进。我们在社会主义革命旗帜下的勇敢、勤劳、智慧的劳动人民的英雄气概和壮丽的劳动生活必然是我们艺术的中心内容。艺术脱离了这个中心内容,它就会失去力量,成为暗淡无光的腐败的东西。我们必须以苏维埃艺术为榜样,来创造我们中国气派的和中国作风的艺术。

美是生活,是人民的劳动的自由生活。是能推动我们前进的生活。艺术只有反映这种生活,才能使艺术具有真正的美的价值。

一九五四年四月四日

原载《文史哲》1954 年第 9 期

试论"共同美"

邱明正

"共同美"问题,长期以来,一直是个"禁区"。"四人帮"更是以假"左"真右的面目,不仅矢口否认共同美,而且否认过去时代文艺作品中的美的存在。谁如果说声"有共同美",帽子、棍子就会铺天盖地地飞来,不把你打成"反革命"就算你运气。但是,棍棒已折,真理犹存。对于共同美问题,我们不必再绕开它,回避它了,应该从客观实际出发,突破"禁区",正确阐明它。这对于弄清美的本质,美感的差异性与共同性,形成共同美的客观条件,共同美与文艺阶级性的关系具有重要意义;对于坚持唯物辩证法,反对唯心主义形而上学,贯彻"百花齐放,百家争鸣","古为今用,洋为中用"的方针,也具有十分重要的意义。

一

美是客观存在的一种具体可感的与人的审美理想相和谐,并引起人的愉悦心情的社会现象。对于这种客观存在的美,人可以感受它,认识它,评价它,并且还可以按照美的规律来创造它,发展它。美感就是人们对于这种客观存在于社会生活中的美的感受、认识和评价。由于人们社会实践的不同,形成了人的美感的差异性。同一阶级的人,由于处在不同的民族、地域,有不同的生活经历,不同的文化教养,不同的审美习惯和审美能力,他们的美感就会出现这样或那样的差异。但是,美感的差异性最主要、最基本、最普遍的是表现在不同阶级之间。在阶级社会里,各个阶级的人由于阶级地位、阶级利益、社会实践和世界观的不同,决定了他们的审美观点、审美标准的差异,对于同一审美对象,他们会得出互不相同甚至根本对立的审美评价。所以,各个阶级有各个阶级的美。

那么,不同阶级之间有没有共同美呢?只要大量观察一下审美现象,就可以发现,在一定条件下,这种共同美是存在的。例如,当大自然对人们不再是可怕的对象时,不同阶级的人对它就可能产生某些共同的审美感受。桂林山水,黄山奇峰,庐山瀑布等等自然风光,地主阶级欣赏它,资产阶级欣赏它,无产阶级、劳动人民身临其境,不也同样心旷神怡、留连忘返吗?有人可能又会说,自然美是种社会现象,当人们对大自然中的山水树木、花草虫鱼、飞禽走兽进行审美时,它已经是人的本质的"异化"("对象化"),是"人化的自然",人们已经根据自己的思想感情对它进行了"改造",在这些自然景物中注进了自己的主观意识,打上了阶级的烙印,因而也算不上"共同美"。我们说,自然美具有社会性和客观性。它是一种社会现象,但社会现象并不都有阶级性,如语言。同时,"人化的自然"并不就是阶级化的自然,人对自然的态度并不只有阶级的内容。自然景物本身毕竟是物,不是思想;是自然形态的东西;不是意识形态的东西,它本身并没有阶级性,自然景物的美毕竟是客观存在。当人们的主观意识对它进行"改造"时,只是触景生情,根据它的形态、动作、色彩等等进行某些想象、联想,或赋予一定的象征意义,不可能把它"改造"得面目全非,更不可能把这些无思想的自然物"改造"成为有思想的东西。人们的想象、联想或象征不能完全改变自然物本身客观存在的美,也不能完全代替对自然物的审美,更不是自然美本身。否则,自然美的客观性也就不存在,而成了纯粹主观的东西了。所以,对自然物的美,不同阶级之间的感受有不同之处,又有某些相同之处。在各个阶级的人们看来,开屏的孔雀总比漆黑的乌鸦美,郁郁葱葱的山林总比光秃秃的土丘美。唯利是图、损人利己的资本家看到赤地千里、稻禾枯焦,可能会窃窃自喜,但他所喜的并不是荒凉的景物本身,而是可以借此抬高物价,牟取暴利。他赚了钱以后,如果要游山玩水的话,总是到风景优美的地方去享乐,而绝不会去欣赏那赤地千里的荒凉景象。古往今来,为什么各色人等对桂林山水、黄山奇峰都赞叹不已?为什么当桂林、黄山等等游览胜地成为我国劳动人民的财富以后,国外成千上万的非无产阶级人物却依然要争着前来观光?其中原因是多种多样的,但对自然风光存在着共同的美感,却不能不是一个重要的原因。我们要大力发展国际旅游事业,增进与各国人民包括资产阶级人物的交往,如果否认不同阶级之间对自然景物存在着某些共同的美感,岂不是自造难题,自找麻烦!

所以,共同美不是哪一个人的主观臆造,而是一种客观存在。也就是说,不同阶级的人们,甚至对立阶级的人们,对于同一审美对象,在一定条件下,可能产生相同或相近的审美感受,以及由此而得出相同或相近的审美评价。这就是所谓共同美。

对于大自然等非意识形态性的事物的美,不同阶级之间可能有美感的一致性,那么,对于社会意识形态之一的文艺现象,不同阶级以至对立阶级之间是不是有共同美呢?大量的艺术审美现象告诉我们:回答应该是肯定的。

对立阶级之间的政治观点、道德观念是互相排斥的。但是对于表现这些思想观念的文学艺术却并不是一概地、绝对地排斥。这是因为政治不等于艺术,艺术也并不就是思想,而是表现思想的一种特殊形式和手段。艺术有它自身的特殊性。

文艺表现政治道德观念的方式有的比较直接、鲜明,有的比较间接、隐晦。对于那些没有直接表现阶级斗争或政治倾向性不鲜明而艺术性又比较高的作品,对立阶级之间并不总是截然排斥的。李白的《望庐山瀑布》,孟浩然的《春晓》,民族乐《春江花月夜》为什么千古流传,有口皆碑?绒绣《长城》,

水墨画《迎客松》等无产阶级艺术品,挂在联合国大厦和人民大会堂,为什么会引起世界各国不同政治观点的人们的赞赏?其中一个重要原因就在于这些作品所表现的思想内容和其他阶级的政治道德观念并不截然对立,而又具有高度的艺术性,因而其他阶级的人们有可能在某种程度上接受它,并从中得到某种美的享受。

同时,我们还要看到,各个阶级的艺术在思想倾向上是不相同的,它们的创作方法也往往各异,但是在各个阶级的艺术之间,却又存在着某些共同的规律——美的规律。马克思曾经指出:"人类也依照美底规律来造形","艺术等等只不过是生产底特殊的方式,服从着生产底一般规律。"①如各个阶级都要求形式服从内容,力求达到内容与形式的统一,都努力驾驭各种艺术体裁、艺术形式,努力运用语言、音响、色彩、身段等各种艺术手段……。如果某个阶级的某些作品遵循了这些规律,具有较高的艺术成就,那么其他阶级的人们对其艺术性就存在着共同赞美的可能性,也就存在着产生共同美的可能性。

此外,一切文艺作品都包含思想内容和艺术形式这两个方面。有内容的美,有形式的美。在内容上,不同阶级之间可能是排斥的,但对于优美的形式,高超的技巧等形式的美,却不一定绝对地排斥和摈弃。如匠心独运的花篮、花边、图案、灯彩、竹器、漆器、水晶器皿,精雕细琢的翡翠、玛瑙、牙雕、贝雕等装饰艺术、实用艺术,是"按照美的规律"创造出来的有实用价值或无实用价值的艺术品。这些作品一般没有鲜明的政治内容,却具有形式的美。如比例、平衡、匀称、节奏、和谐、整齐一律、多样统一等等。这种属于形式美的规律,本身是没有阶级性的,各个阶级都可以运用它,运用得当,其他阶级也会感到它美。正因为如此,所以我国劳动人民创造的精美的手工艺品,无论在展览馆里或国际、国内市场上,都受到各种人的欢迎,不仅无产阶级赞美它,资产阶级也赞美它。当

---

① 马克思《1844 年经济学—哲学手稿》,第 59、83 页。

然,形式是依附于内容的,没有孤立的形式,形式总是表现内容的手段。但是形式又有其相对独立性,这种相对独立不仅表现在可以反作用于内容,加强或限制内容的表达,而且还表现在这些形式具有自身的规律性,继承性,在与内容统一的前提下,常常还具有独立的审美价值。如毛主席纪念堂四周的汉白玉雕栏,天安门前的多头华灯,美术展览馆的宫殿式的琉璃瓦屋顶,就是我国古典的和外国的建筑艺术的继承和发展。它本身没有鲜明的政治内容,却具有艺术的形式美。对于这种美,不同阶级的人们都可能赞赏它。

那么,对政治的倾向比较鲜明而艺术性又比较高的文艺作品,对立阶级之间是不是可能产生共同美呢?回答同样是肯定的。

毛主席曾经说过:"资产阶级对于无产阶级的文学艺术作品,不管其艺术成就怎样高,总是排斥的。无产阶级对于过去时代的文学艺术作品,也必须首先检查它们对待人民的态度如何,在历史上有无进步意义,而分别采取不同态度。有些政治上根本反动的东西,也可能有某种艺术性。内容愈反动的作品而又愈带艺术性,就愈能毒害人民,就愈应该排斥。"[①]对于这种互相排斥的现象,我们只要稍加思索,就可以举出大量事实来加以证明。但是,这是不是说对立阶级之间在艺术性上就不可能产生共同美呢?不是!我们知道,毛主席是在论证各个阶级都有各自的政治标准和艺术标准,而各个阶级又总是以政治标准放在第一位,以艺术标准放在第二位时,作出这一重要论断的。指出各个阶级在评价文艺作品时,总是首先考察其思想内容,总是把政治标准放在第一位来决定取舍,决不会因艺术性高而接受与本阶级相对立的思想内容,也不会因艺术性高而全盘肯定整个作品。但并不是说因作品的思想内容与本阶级的利益、观点相对立,就全盘否定或抛弃其艺术性,否定抛弃其艺术形式上的成就。毛主席曾经指出:"我们必须继承一切优秀的文学艺术遗产,批判地吸收其中一切有益的

---

① 毛泽东《在延安文艺座谈会上的讲话》,《毛泽东选集》第3卷,第826页。

东西,作为我们从此时此地的人民生活中的文学艺术原料创造作品时候的借鉴。"并且明确指出:"我们决不可拒绝继承和借鉴古人和外国人,哪怕是封建阶级和资产阶级的东西。"①这种继承、吸收和借鉴,就艺术形式、艺术技巧来说,不仅是古代劳动人民的艺术创造,而且包括地主、资产阶级艺术中的优秀成分,甚至包括那些原来为反动内容服务而又能改造过来为无产阶级服务的部分。这些艺术形式和技巧之所以可以继承、吸收和借鉴,一个重要原因就在于它有美的因素,在不同程度上符合"美的规律"。正因为如此,所以我国新诗必须在古典诗歌和民歌的基础上发展;也正因为如此,"四人帮"全盘否定我国各种地方戏曲的优良传统和艺术特色,引起了广大人民群众的一致愤懑。试问,如果古典诗歌形式、传统戏剧形式中没有美的因素,都不符合美的规律,无产阶级对它没有美的感受,又何以能成为发展新诗、新戏剧的基础呢?

文艺作品的内容和形式有统一的一面,又有矛盾的一面。有些内容反动的作品,艺术上却不一定拙劣。反之亦然。无产阶级要批判、排斥的是它的反动的内容和那些只能表现反动内容的陈旧的、僵死的形式,而对于那些有生命力、有表现力的形式和技巧,却非但不排斥,还要认真加以研究、借鉴。李煜的词《虞美人》,赵佶的山水花鸟画,现代资产阶级的某些艺术,其内容无疑是空虚的,不健康的,甚至是颓废的,反动的,但其表现技巧,艺术形式上的某些独创性却并不是毫无可取之处,对其独特的构思,凝练的语言,紧凑的结构,卓越的技巧,不能认为不美。我们在政治上尚且不能因人废言,在艺术形式、技巧上难道还能因作者反动,内容消极、反动而全盘否定吗? 不错,对这些形式、技巧,我们必须批判地继承、吸收,并加以改造,但如果它们没有美的成分,又何以流传不绝呢? 如果我们对这些形式、技巧没有美的感受,又何必继承和吸收呢? 改造又有何基础呢!

---

① 毛泽东《在延安文艺座谈会上的讲话》,《毛泽东选集》第3卷,第817页。

二

不同阶级之间除了对于艺术形式存在着共同的审美感受之外,在思想内容上是不是也存在着这种共同美呢? 有人说:有的。因为各个阶级的人都有人性,而人性是相通的,所以有共同美。有人说:没有。因为不同阶级人们之间的思想感情都是截然对立的,因此不可能有共同美。"四人帮"更是以实用主义代替科学分析,一会儿把地主资产阶级文艺的腐朽的思想内容奉若神明,说它具有"伟大的人道主义精神",可以震撼无产阶级的"良心",看了就感到"轻松"、"舒服"、"过瘾"、"开胃口",鼓吹"原封不动地演出";一会儿又一百八十度大转弯,把过去时代的文艺作品的思想内容统统归结为封建阶级的"忠孝节义","宗教、鬼神"或"死掉了"的东西,只能"为古代的外国的剥削阶级服务",对无产阶级政治只能"产生破坏作用"。因此,对待文化遗产,最多只能继承形式,思想内容必须统统"打倒"、"砸烂"、"彻底扫荡"! 充满唯心主义和形而上学。

只要考察一下大量的审美现象,我们就可以发现,不同阶级之间对于艺术的思想内容也有可能产生某种共同的美感。这种共同的美感不是被什么共同的人性决定的,而是被不同阶级之间在一定条件下利益的某些一致性决定的,是被文艺反映生活的特点和艺术鉴赏的特点决定的,是被文艺作品揭示生活的深度和广度所决定的。

在阶级社会里,各个阶级并不孤立存在,各个阶级的思想意识也不相互封闭,它们总是同处于一个矛盾的统一体中。在一定条件下,它们之间除了有互相排斥、互相斗争、互相对立的一面外,又存在着互相联结、互相影响、互相渗透、互相制约的一面。就是说,它们之间除了有矛盾的斗争性之外,在一定条件下,还有矛盾的同一性。这就决定了不同阶级的人们之间,审美感受既有差异的一面,对立的一面,又有统一的一面,共同的一面。这种美感的差异性与共同性在不同历史时期,表现为不同形态,不同内容。

当地主阶级起来反对奴隶主阶级的时候,这两个阶级的审美观有很大的差异,但是由于它们都是剥削阶级,它们的阶级利益有许多共同之处,因此它们的审美观又有共同的一面。尤其当地主阶级取得政权以后,它又会把奴隶主阶级的世界观、审美观中许多成分承袭下来,并赋予本阶级的阶级内容,这时这两个阶级的审美观就有了更多的共同性。孔丘的"兴、观、群、怨"、"迩之事父,远之事君"、"中和"等等审美观、艺术观,就被地主阶级所继承和发展;奴隶主阶级的许多诗、乐和美术品就成了地主阶级的精神财富。这里,地主阶级不仅继承了奴隶主阶级文艺的形式,而且有选择地继承了内容。

资产阶级与地主阶级之间也是如此。它们的审美观有差异性,又有共同性。

无产阶级与资产阶级的审美观在总体上是对立的,并且不断进行着斗争,但是在一定历史条件下,由于这两个阶级同处于一个时代,面对共同的社会矛盾,它们之间对于客观事物的审美评价往往具有两重性:既有由于阶级利益和世界观的对立而对同一审美对象产生对立的审美评价;又可能由于利益上的某些一致性而产生某些相同或相近的审美感受。例如在资产阶级上升时期,当它还是个革命阶级的时候,"它的利益在开始时的确同其余一切非统治阶级的共同利益还有更多的联系,在当时存在的那些关系的压力下还来不及发展为特殊阶级的特殊利益"①。在那种历史条件下,资产阶级的意识形态对于当时的无产阶级来说,就不是完全敌对的,他们的审美观与当时的无产阶级就存在着某些共同之处。对于封建阶级的伦理道德及其在艺术上的表现,这两个阶级在总体上就都认为是丑的,而对反封建的革命斗争以及歌颂这种斗争的文艺作品,在总体上就都认为是美的。工农群众可能接受资产阶级文艺复兴、启蒙运动中的

---

① 马克思、恩格斯《德意志意识形态》,《马克思恩格斯选集》第 1 卷,第 54 页。

某些积极的成果,对莎士比亚、塞万提斯的艺术中的进步倾向,也会欣赏和赞美。法国资产阶级革命时期产生的《马赛曲》就曾对成千上万的劳动群众起过积极的鼓动作用。

此外,我们还要看到,处在不同时代的不同阶级之间,在艺术的内容上也可能产生某种共同的审美感受。例如当无产阶级成为"自为的阶级"以后,它的世界观,它的历史使命已经和古希腊人迥然不同,但是古希腊人的那种对自然与社会的压迫所作的英勇反抗,对美好理想的热烈追求,以及这种反抗与追求在艺术中的表现,却深深感染着无产阶级广大群众,无产阶级可以从中得到启发和鼓舞,至少可以从中感受到人类童年时代的天真、勇敢和挚着。正如马克思所说:"一个成人不能再变成儿童,否则就变得稚气了。但是,儿童的天真不使他感到愉快吗?他自己不该努力在一个更高的阶梯上把自己的真实再现出来吗?"今天的无产阶级之所以对古希腊的神话、艺术和史诗仍然神往,"感到愉快",一个重要原因就在于它们之间存在着某种共同的美,它对今天的无产阶级仍然具有"永久的魅力","仍然能够给我们以艺术享受,而且就某方面说还是一种规范和高不可及的范本。"①古希腊社会已经一去不复返了,人类早已成年,被马克思主义武装起来的代表着未来的无产阶级,当然不会满足于古希腊艺术的美,但它却可以从中得到启示,鼓舞它在更高的阶段上展开革命斗争,为人类最美好的理想而奋斗,并在更高的阶段上把自己的斗争生活和理想在艺术和其他意识形态中再现出来。

艺术内容的共同美是艺术鉴赏中的一种特殊现象,它和文艺创作、艺术鉴赏的特点有着不可分割的联系。文艺不像哲学、伦理学那样从社会现象中得出抽象的概念,通过阐明政治、哲学、道德的观点来说服人,而是运用形象思维,描绘出生活的完整的画面,通过具体的感性的活生生的艺术形象来感染人。它所

---

① 马克思《〈政治经济学批判〉导言》,《马克思恩格斯选集》第 2 卷,第 114 页。

表现的思想感情,无疑具有阶级性,但是当这些思想感情一经熔铸于一系列艺术形象之中,变成文艺作品之后,这种作品就又成了一种客观的社会存在,成了一幅幅具体的生活画面,具有了客观的社会内容。当人们鉴赏这些作品时,首先感受到的是一幅幅具体的生活图景和一个活生生的形象,而不单单是作者最终所要告诉人们的思想。人们可以从不同侧面来感受这些形象,并且可以根据自己的生活体验来改造它,丰富它。于是在艺术鉴赏中就出现了许多复杂的情况:有时不同阶级的人们对同一作品中的形象以及形象所体现的思想的理解可能有很大的差异,甚至截然不同;有时也可能由于生活经历、思想感情、艺术情趣上有某些相通、相近之处,而达到某种一致的感受,并在思想感情上产生共鸣。在抗日战争时期,杜甫的《春望》,陆游的《示儿》,郭沫若的《屈原》曾经脍炙人口,盛极一时,无论资产阶级人物,无产阶级人物,甚至国民党中的某些人士,都曾用这些作品来抒发自己的忧国之思。毫无疑问,这些作品具有不同的阶级内容,但是在反对非正义战争,反对异族侵略,表现爱国之情,忧国之思,破国之恨,复国之望这一点上,却又有许多共同之处,因而引起了当时不同读者的共鸣,并在审美上产生了某些共同的艺术感受。当然,不同阶级的人们在鉴赏这些作品时,只是借他人之酒来浇自己之愁,寄托自己的情怀;在借用时,对作品的思想内容总是作了不同程度的改造,渗进了自己的主观感受。但是,如果在精神上,事理上没有相通之处,没有某些共同的审美感受,又何以能产生共鸣呢? 又何以能反复吟哦,相传不绝呢?

艺术内容的共同美还和艺术反映生活的深度、广度有着直接的联系,肤浅的缺乏真实性的作品是没有感染力的,生命力也不会长久。只有那些比较深刻地揭示了社会生活的某些本质方面,或在一定程度上反映了阶级斗争、生产斗争的实践经验和规律的作品,才有可能突破一个时代、一个级阶的范围,为别的进步级阶所喜爱而千古传诵,今天也为无产阶级所欣赏。《红楼梦》通过贾、史、王、薛四大家族的兴衰史,揭示了封建社会必然崩溃的规律,今天就成了无产阶级了解封建社会的百科全书。寓言《愚公移山》《刻舟求剑》《农夫与蛇》中的朴素的唯物论和辩证法思想,今天对我们仍有启发作用。这些都不是无产阶级的作品,但无产阶级却从中感受到美。1883 年冬,恩格斯卧病在床,专心阅读巴尔扎克的作品,他在给拉法格的信中说:"我从这个卓越的老头子那里得到了极大的满足","在他的富有诗意的裁判中有多么了不起的革命辩证法!"①这难道仅仅是对巴尔扎克作品艺术性的赞美吗? 不! 这是对作品反映生活的真实性和深刻性的高度评价。也就是说,恩格斯感受到了批判现实主义作家巴尔扎克作品思想内容的美!

因此,那种认为不同阶级之间只有艺术形式上存在共同的美感,在思想内容上只有美感的差异性和斗争性,中外优秀文化遗产的思想内容都不能批判地继承的观点,是不符合事实的,在实践上是极其有害的。同与异,共同美与美感的差异性是对立的统一,它们的关系是辩证的。我们说不同阶级之间存在着美感的差异性,这是基本的,但并不是绝对的,并不是在任何时间、地点、条件下都是绝对的异,毫无共同之处;同样,不同阶级之间对于同一审美对象在一定条件下可能存在着共同美,这种"同"也不是绝对的同,完全的同,而是相对的同,局部的同。总之,是有同有异,同中有异,异中有同。任何将它们绝对化都必然导致形而上学。恩格斯曾经指出:"同一性自身包含着差异性","差异性包含在同一性中",同一和差异不是不可调和的对立,而是同一个东西的两极,这两极在一定条件下总是相互作用,相互转化。恩格斯尖锐批评了形而上学的思维方式,指出:"[绝对分明的和固定不变的界限]是和进化论不相容的……辩证法不知道什么绝对分明的和固定不变的界限,不知道什么无条件的普遍有效的'非此即彼!'它使固定的形而上学的差异互相过渡,除了'非此即彼!'又在适当的地方承认'亦此亦彼!'"②这是生活的辩证法,也是审美的辩证法!

---

① 恩格斯《致劳拉·拉法格》,《马克思恩格斯全集》第 36 卷,第 77 页。
② 恩格斯《自然辩证法》,《马克思恩格斯选集》第 3 卷,第 535—539 页。

三

　　承认了共同美是不是就否定了文艺的阶级性呢？共同美与文艺阶级性的关系如何？这是人们经常思索的问题，也是探讨共同美问题的实质所在。毋庸讳言，过去曾经有人在这个问题上失过足。有的人似乎并不想否认文艺的阶级性，但是在大量的客观存在的共同美现象面前，他们被困惑住了。在他们看来，既然存在着共同美，就不能认为所有的文艺都有阶级性。修正主义者更是蓄意否定共同美只有在一定条件下才能产生，将共同美加以绝对化，以美感的某些共同性否定不同阶级之间美感的差异性，妄图以此打开缺口，全盘否定文艺的阶级性，进而否定马克思主义的阶级和阶级斗争学说，反对文艺为无产阶级政治服务。这是两种不同性质的失足，但他们的共同特点都是将共同美与文艺阶级性截然对立起来，陷入了形而上学。

　　其实，文艺的阶级性与共同美是两个不同的概念，属于两个不同的范畴。文艺的阶级性是指文艺作为一种社会意识形态，总是或鲜明或隐晦地反映了一定阶级的思想感情和生活理想，或直接或间接地为一定阶级的政治服务；而共同美则是同一阶级或不同阶级的人们对社会现象（包括文艺）和自然现象所产生的某些相同或相近的审美感受，以及由此而得出的相同或相近的审美评价。前者是文艺的基本属性，后者是审美的基本特征之一。两者之间并不是绝对排斥的，而是相互联系又相互区别的。

　　一、文艺的阶级性是文艺作为一种社会意识形态所固有的属性，而共同美则还包含对某些非意识形态事物的某些共同的审美感受；同时文艺的阶级性是阶级社会的产物，而共同美则在阶级出现之前就已经产生了，到共产主义社会，阶级消失了，它却依然存在。所以文艺的阶级性不能包容共同美，更不能排斥共同美。

二、不同阶级之间某些共同的审美感受受着阶级性的制约。在阶级社会里，没有超阶级的思想体系，也没有超阶级的文艺。当不同阶级的人们对同一审美对象（包括文艺作品）进行审美评价时，有可能都认为它美，但对美的内容的理解往往有同又有异，并不是完全相同；即使在某些共同的评价中，也有不尽相同的阶级内容。在这里，无论是同或异，都是被各自的阶级利益决定的，都渗透着阶级性，并被阶级性所制约。

三、文艺具有阶级性，又有社会性。一部文艺作品一经产生，总是作为一种社会存在，流传在各个阶级；而且文艺又不同于其他意识形态，它是通过艺术的特殊手段——形象化的手段来发挥社会作用的，它要使别的阶级的人在欣赏本阶级艺术的过程中，逐步受到感染，潜移默化，不知不觉地接受本阶级的某些思想观点。在这过程中，艺术形式、艺术内容的某些共同美就成了产生和加强这种社会作用的媒介。所以，艺术鉴赏中的某些共同美，实际上也是发挥文艺的阶级性，使本阶级文艺产生更大社会作用的重要条件之一。例如无产阶级文艺要起团结人民，教育人民，打击敌人，消灭敌人的作用，就不仅要团结、教育无产阶级自己，还要通过巨大的艺术感染力量去团结、教育和改造其他人民群众，包括那些属于人民范围的剥削者；它不仅要通过揭露敌人，鼓舞广大群众打倒敌人，还要用艺术的特殊手段宣传无产阶级思想，教育和改造敌对阶级中某些愿意接受改造的人，让他们在欣赏无产阶级文艺的过程中，逐步受到薰陶、感染，逐步转变立场，从而分化瓦解敌人，孤立敌人，打倒敌人。当然，这不完全是共同美的作用，无产阶级文艺主要靠揭示生活的真实性，深刻性，展示社会发展的必然趋势，从而使其他阶级的愿意接受改造的人们看清前途，逐渐改变自己的阶级立场和世界观。但是，如果在艺术鉴赏中没有某些共同美作为媒介，其他阶级，尤其是敌对阶级的人们又怎么会自愿地欣赏无产阶级文艺并逐步接受作品中所宣传的思想感情呢？任何阶级的文艺都不能强制别人欣赏和接受，强制了，就不成其为艺术，而成为法令了！

四、文艺的阶级性并不排斥艺术形式上的共同美。对于同一作品的思想内容，不同阶级之间的审美评价可能有同又有异（在对立阶级之间，异是基本的）；对其艺术形式、艺术性的评价，也可能有异又有同（这种同与思想内容上的同比较起来，往往显得更为广泛，更为普遍）。列宁曾经多次批评屠格涅夫向沙皇妥协、反对民主主义的思想倾向，指出他"羡慕温和的、帝主制的和贵族的宪制，而厌恶杜勃罗留波夫和车尔尼雪夫斯基所主张的农夫民主制"[①]，但同时又肯定了他塑造的某些形象的典型性，尤其对他的语言十分赞赏，认为他的语言和杜勃罗留波夫、车尔尼雪夫斯基的一样，是"伟大而雄壮的"[②]。可见无产阶级高度赞美屠格涅夫作品的艺术形式、艺术性，并没有否定他的作品思想内容的阶级性。

所以，共同美与文艺的阶级性并不是在任何情况下都截然对立，互不相容的。在阶级社会里，文艺的阶级性是普遍的规律，不同阶级的人对文艺的审美上，美感的差异性是基本的，共同美则是相对的，局部的，有条件的。在一定条件下，不同阶级对文艺的审美评价，以及不同阶级的文艺作品之间存在着共同美；共同美中又贯串着、渗透着阶级性。我们不能因承认有某些共同美而否定文艺的阶级性，走向唯心主义，陷入地主资产阶级人性论；也不能因坚持文艺的阶级性，而一概抹煞共同美的存在，否认无产阶级学习、继承、借鉴其他阶级文艺的可能性，限制了无产阶级文艺改造其他阶级人们的巨大的社会作用，走向绝对化，形而上学。

"共同美"问题是个复杂的问题。人为的"禁区"必须打破，理论则需进一步探讨。本文只是抛砖引玉，希望引起讨论。

原载《复旦学报(社会科学版)》1978 年第 1 期

---

① 列宁《苏维埃政权的当前任务》，《列宁全集》第 27 卷，第 252 页。
② 列宁《需要实行义务国语吗?》，《列宁全集》第 20 卷，第 58 页。

实践存在论美学

略谈当代中国语境中的实践存在论美学

朱立元

2009 年以来,董学文等先生连续发表文章,对实践存在论美学进行批评和质疑,对此我们也作出了一些回应,从而在学界形成了关于实践存在论美学的论争。对这一论争,我们已进行了初步总结,并充分表明了自己的观点和态度。①尽管在论争中对方并非完全立足于学术问题本身进行讨论,其间不乏政治化的指责和批判,但我们还是努力摆事实、讲道理,在学理层面上阐明我们的基本观点。总体来看,尽管这一论争围绕实践存在论美学展开,但却涉及如何准确理解马克思的美学思想,以及在此基础上如何进一步推进中国当代美学发展等一系列问题。因此,在当代中国语境中重新反思实践存在论美学的提出及其基本论题,对于推进马克思美学思想的研究和中国当代美学的发展就显得十分必要了。

一

中国当代美学的发展,从 20 世纪五六十年代的美学大讨论,到 80 年代的

---

① "我们依然真诚地欢迎并期待严肃的、真正学术的而非政治化的批评,然而,对于本文和我们此前几篇反批评文章所涉及的有关议题,如果看不到董先生像样的新的批评意见,我们就不准备继续回答了。"朱立元、栗永清《对近期有关实践存在论批评的反批评——对董学文等先生的批评的初步总结》,《上海大学学报(社会科学版)》2011 年第 1 期。

美学热,逐步形成了当代中国美学的基本流派,而实践美学就产生于美学论争之中。可以说,建国以来的两场美学论争奠定了之后中国当代美学发展的基本方向。众所周知,20世纪五六十年代的美学大讨论,围绕美的本质问题形成了当代中国美学四大派,即以吕荧、高尔泰为代表的主观派美学,以蔡仪为代表的客观派美学,以朱光潜为代表的主客观统一派美学,以及以李泽厚为代表的客观社会派美学。在笔者看来,由于当时中国的特殊语境,这四大派性质上都属于马克思主义美学,只是在理解和运用马克思主义于美学上存在不同观点和主张。"文革"后,四大派或多或少都有发展,特别是通过学习、研讨马克思《1844年经济学—哲学手稿》,除了客观派以外,各派原有观点都发生了一些相互接近的变化,而李泽厚的客观社会派美学则发展为实践美学(虽然李泽厚先生本人一直到2004年才接受"实践美学"的提法)。由于种种原因,到80年代中后期,其他三派美学的影响有所减小,而实践美学则逐渐上升到主流派的地位。

作为中国马克思主义美学的主要学派之一,实践美学自产生以来,也一直处于与其他美学思想的论辩之中。尤其是90年代以来,美学界部分学者对实践美学从理论基础、思维框架、逻辑结论等方面进行了反思,提出了"走向后实践美学""实践美学终结论"等诸多理论主张。其中,最早的可能是刘晓波80年代末对李泽厚先生的挑战[1];1993年陈炎先生发表了《试论"积淀说"与"突破说"》[2]一文,从批评李泽厚的"积淀说"入手,对实践美学进行了反思;1994年,杨春时先生发表《走向"后实践美学"》[3]一文,对实践美学提出了十点批评;其后,张弘、潘知常等先生也都从不同角度对实践美学提出批评。杨春时等先生还先后提出了建构"超越美学""存在美学""生命美学"等主张。客观来看,这些批评的确注意到了传统实践美学自身的理论局限,所提出的

---

[1]　刘晓波《选择的批判——与李泽厚对话》,上海人民出版社1988年版。
[2]　陈炎《试论"积淀说"与"突破说"》,《学术月刊》1993年第5期。
[3]　杨春时《走向"后实践美学"》,《学术月刊》1994年第5期。

不少观点也有其内在的合理性。而与此同时,一些仍然基本赞同和维护实践美学的学者也开始反思实践美学的缺陷和局限,尝试在新的基础上重新思考如何进一步发展实践美学,探索实践美学在当代可能的突破之途。笔者也属于其中之一。

笔者对实践美学总体上始终是肯定的。对实践美学的创立人和主要代表李泽厚先生始终是极为敬佩的。我认为,李泽厚先生是当代中国成就最高、贡献最大的哲学家、美学家之一,他为实践美学创立了整个哲学框架,建构了基本的理论思路,提出了一整套学术新范畴,并做了系统、深入、严密的逻辑论证和阐述。对李先生的学说我很长一段时间都是接受和赞同的,并曾在与后实践美学论争时为李先生的观点辩护过。至今我并不认为实践美学已经过时或应该被取代甚至被抛弃,而是认为实践美学还需要发展,并也有发展空间。不过,经过十多年的学习和思考,我也感到李先生的实践美学并非完美无缺、无懈可击,而是在理论上、学术上还存在着一些严重的缺陷和局限,它最主要的局限表现在以下三个方面:

第一,其哲学基础从一元论退到历史二元论的"两个本体论"。李先生从原先坚持的一元论"工具本体"的唯物史观,逐渐走向"工具本体"与"心理本体"或"情本体"并列,甚至"情本体"高于"工具本体"的"两个本体论",从而实际上疏离了唯物史观。①李先生注意到笔者的批评,并作了回应:

> 前不久,好像是你们上海有人在《哲学研究》上发表了一篇文章,说我本来讲了工具本体,现在又讲了情本体,怎么有两个本体。责难我违反了马克思主义唯物论。也有人说,本体是最后的实在,你到底有几个本体?因我讲过,"心理本体","度"有本体性,这不又弄了两个本体出来?有四个本体了。其实,我讲得很清楚,归根到底,是历史本体,同时向两个方向发

---

① 详见拙文《试析李泽厚实践美学的两个本体论》,《哲学研究》2010 年第 2 期,此处不再展开。

展,一个向外,就是自然的人化,是工具—社会本体;另一个是向内,即内在自然的人化,那就是心理—情感的本体了,在这个本体中突出了"情感"。所以文化—心理结构又叫"情理结"。至于"度",人靠"度"才能生存。……"度"具有人赖以生存生活的本体性。这三点其实说的是一个问题,也就是有关人类和个体生存延续的人类学历史本体论。①

然而,这个回应似乎并没有多少说服力。就李先生一再强调的本体作为"最终实在"这一含义而言,历史本体只能有一个,那就是"工具本体",其他的诸如情感、心理等等都只是派生的,不能成为本体,即使一定要命名为"本体",也只能是第二、第三本体,而不能与"工具本体"平起平坐、等量齐观,不能像李先生所说的那样"向外"、"向内"分化成两个并列的本体。笔者并非有意要"责难"李先生违反了唯物史观,而只是客观地指出了一个事实而已。笔者愿意就此问题继续向李先生请教,希望能听到李先生进一步具体的阐述。

第二,没有完全超越西方近代以来主客二分的认识论思维框架,而这恰恰是中国美学要真正取得重大突破和发展的主要障碍之一。李泽厚先生早期在《论美感、美和艺术》(1956)中就明确说过:"美学科学的哲学基本问题是认识论问题。美感是这一问题的中心环节。从美感开始,也就是从分析人类的美的认识的辩证法开始,就是从哲学认识论开始,也就是从分析解决客观与主观、存在与意识的关系问题——这一哲学基本问题开始。"②不过,李先生对这个问题的认识似乎后来有所改变,但他始终没有明确放弃或否认把美和美感置于认识论框架内的基本思路。

众所周知,20世纪50年代中国美学四大派虽然观点各异,但对于美学研究的对象这个基本问题实际上是一致的,即都把对"美是什么"这一问题的追问当做美学研究的主要对象。换言之,四大派都把寻求美的本质作为研究美学的一

---

① 李泽厚、刘绪源《该中国哲学登场了》,上海译文出版社2011年版,第77页。
② 李泽厚《美学论集》,上海文艺出版社1980年版,第2页。

种不言自明的预设的前提,而这个前提正是主客二分的单纯认识论的提问方式。李泽厚先生的实践美学也不例外,他当时在回答"美是什么"的问题时给出了"美在客观性与社会性统一"的答案,这个回答并没有否认或取消"美是什么"这种主客二分的提问方式,在根本上仍然是认识论的思维框架,只是把朱光潜先生作为主体的个人换成了社会性的主体。这个主体与作为对象的客体(美)之间仍然是一种认识论的实体性关系。实际上,只要承认"美是什么"的提问方式,也就肯定并预设了"美"是作为客体的实体存在,其回答,实质上仍是一种实体化的现成论回答。这种认识论思路在把"美"实体化、现成化的同时,很容易推出美感是对于这种现成的实体化的美的认识、感受和体验的观点。这并未能根本突破对美和美感作主客二分的思考和探讨。80年代的《美学四讲》虽然有所发展,但是这种主客二分的认识论提问方式仍然存在。

第三,对实践的看法失之狭隘,无法真正成为实践美学的理论根基。在对实践概念的理解上,李先生认为实践就只是人的物质生产劳动。在他看来,马克思主义的实践范畴就只是指物质生产劳动,人的其他活动包括艺术和审美活动都不算实践。这就把实践理解得太狭隘了。据此,实践只是人作为工具性本体学会制造和使用工具,改变自然,然后在物质实践过程中创造美的同时也感受到美。虽然他也强调通过实践,在人与世界之间、人与人之间建立关系,但他所理解的世界是客观、现成的,人作为主体也是现成的。因此,人和世界的关系是现成主体对现成客体的认识关系、改造关系,人通过认识自然、改造自然获得自由,然后进一步再认识、再改造,如此循环往复。审美就产生于这一过程之中。但实际上,实践美学始终无法真正解决物质功利性的实践如何过渡到非功利性的审美的问题。李先生后来提出"心理本体"概念试图解决这一问题,但由此却又陷入"两个本体"的困境。

应当指出,李先生的实践美学并不是实践美学的全部,实践美学也并非铁板一块,其内部呈现出"派中有派"的复杂状况,不同学者在坚持实践概念的基础上,从不同角度丰富和发展了实践美学,形成了自己的一些观点。如刘纲纪、蒋孔阳等先生,就对实践美学形成了不同的理解。这些都构成了我对实践美学进行反思的起点。尤其是蒋孔阳先生以实践论为基础、以创造论为核心的审美关系理论对我产生了直接、重要的影响。尽管实践美学当前面临很多问题,但我相信实践美学远未终结。当然,如果坚持旧有的主客二分的认识论框架,那么实践美学要取得突破性的新发展恐怕也是有困难的。那么,如何在坚持现有实践美学的实践哲学基础的同时,对其局限有所突破、有所改造、有所发展,就成为我们长期以来思考的重大问题。

这时,海德格尔现象学的存在论思想给予我们以重要启示。海德格尔认为,人的存在并不是孤立地生存,而是"在世界中的存在"(In-der-Welz-sein),也就是说,"此在本质上就包括:存在在世界之中。因而这种属于此在的对存在的领会就同样源始地关涉到对诸如'世界'这样的东西的领会以及对在世界之内可通达的存在者的存在的领会了"①。"此在在世"、即此在(人)"在世界之中存在"("在世")是存在论的基本命题。海德格尔首先强调这一命题从其"复合名词的造词法就表示它意指着一个统一的现象。这一首要的存在实情必须作为整体来看"②,而非主客二分式的;其次,此在的"在之中"不是人(身体物)在"一个现成存在者'之中'现成存在",而是"意指此在的一种存在建构,它是一种生存论性质",是此在"把世界作为如此这般熟悉之所而依寓之、逗留之"。所以"此在"与"世界"决非"现成共处"、"比肩并列"的两个现成的"存在者"③。因此,此在的存在本身就具有"在世界之中"的存在论机制。海德格尔正是通过这种对此在的生存论分析,阐明了"此在在世界之中存在"这个命题的存在论意义,他所强调的是人与世界源初的不可分离性。人一产生,就离不开世界,人本身是

---

① 海德格尔《存在与时间》,陈嘉映、王庆节译,生活·读书·新知三联书店 1999 年版,第 16 页。
② 同上,第 62 页。
③ 同上,第 63 页。

世界的一部分；人与世界，不是先分，然后再寻求合，而先就是合，没有对立。同时，世界只对人而言才有意义，人只能在世界中存在，人就在世界中，世界只是对人存在，离开了人，世界就不再作为世界而存在。这就意味着不存在现成的孤零零的绝对主体，也不存在现成的、和人截然对立的绝对客体。人与世界在源初存在论上就不能分开，确定无疑的存在就是人在世界中存在，然后才能考虑其他问题。毫无疑问，海德格尔关于此在生存的存在论分析包含着超越主客二分认识论思维模式的重要思想。但是，真正引导我们走向实践存在论的，并不是海德格尔的此在存在论，而是马克思的与实践观紧密结合的存在论思想。海德格尔仅仅是我们走向实践存在论的一个中介或过渡。在受到海德格尔初步启示后，我们回过头来重新阅读、学习马克思著作，我们欣喜地发现，原来马克思的实践观本身就蕴含着存在论的维度，而从这一维度出发，有可能为实践美学的创新发展提供一个崭新的视域，这也就是我们提出实践存在论美学的马克思主义理论基础，而不像某些人所强加于我们的所谓直接将海德格尔的存在论充当哲学基础。

二

"实践"是马克思唯物史观的核心范畴之一。在马克思著作中，有两点是十分清楚的：第一，马克思继承了从亚里士多德到德国古典哲学将"实践"与"理论"作为对应、对立概念的传统，在这一框架中，实践被视作与理论（认识）相对的人的"做"（制作）、行为、行动、生活、活动等，即认识（理论）的应用和实现，以及对现实世界的改变。第二，马克思从一开始就对实践作广义的理解和应用。他把物质生产劳动看成实践概念最基本、最基础的含义，但他从来没有将实践的含义仅仅局限于单纯的物质生产劳动，而是认为实践还包含了政治、伦理、宗教等人的现实活动，以及艺术、审美和科学研究等精神生产劳动。

马克思明确指出:"人不是抽象的蛰居于世界之外的存在物。人就是人的世界。"①就是说,在源初意义上,人与世界是一体的、不可分割的,人不能须臾离开世界,只能在世界中存在,没有世界就没有人;同样,世界也离不开人,世界只对人有意义,没有人也无所谓世界;世界从来不是与人无关的、离开人而独立自在的、永恒不变的现成存在物,人也从来不是离开世界和他人的、固定不变的现成存在者,二者都是在"现实的生活过程"中存在和发展的。正是人的"这个能动的生活过程"即实践,将人与世界建构成不可分割的一体,也构成了人在世界中的现实存在。所以,马克思的"人就是人的世界"的概括,典型地体现出现代的存在论思想。更重要的在于,马克思的"人就是人的世界"的存在论思想乃是以实践论为基础、通过实践而实现的,它不仅包含着"人在世界之中存在"的存在论思想,而且进一步揭示出人最基本的在世方式是实践。马克思明确指出,"人们的存在就是他们的现实生活过程",而人们的这种现实的"全部社会生活在本质上是实践的"②。在此,实践作为人的现实生活过程就是人存在的基本方式。

马克思实践观的存在论维度集中体现着以下思想:人存在着,但只是作为实践活动的主体而存在着;世界存在着,但只是作为实践的对象才有意义。抛开实践,所谓自在的存在就是没有意义的。存在的自明性被消解了,而实践作为存在的逻辑前提被确立起来,实践作为一切属人存在的现实前提也被确立起来。这一确立本质上是为存在论的诸问题进行奠基。在传统本体论中被视为自明的"存在",从此建立在实践的基础之上,实践概念成为存在论的基本、核心的概念。这样,马克思的实践观和存在论就紧紧地结合为一体了。在这里,实践是观念的本源,也是存在论诸问题的逻辑前提。因此,存在论思想并不是海德格尔的专利,而是内在于马克思的思想之中。而且,由于马克思的存在论是

---

① 《马克思恩格斯选集》第 1 卷,人民出版社 1995 年版,第 1 页。
② 《马克思恩格斯选集》第 1 卷,第 72、56 页。

以其实践观为基础的,从而从一开始就不仅早于而且高于海德格尔的此在存在论。对马克思实践概念存在论维度的发掘与思考,成为我们提出实践存在论美学的基本依据。正是在此基础上,通过和我的几届学生的反复讨论,我们逐步形成了实践存在论美学的一些最基本的观点:

首先,实践是人的存在的基本方式。这时的实践是广义的人生实践,它不仅包括作为基础性实践的物质生产劳动,还包括各种精神生产活动,包括艺术和审美活动。

其次,审美也是人基本的存在方式和人生实践之一。审美活动是人走向全面、自由发展的非常重要的一个环节和因素,是人的一种高级的精神需要。它是人与世界的关系由物质层次向精神层次的深度拓展,也是见证人之所以为人、人超越于动物、最能体现人的本质特征的重要存在方式之一。

第三,美学以人与世界的审美关系及其现实展开即审美活动为研究对象。我们认为,不存在脱离具体审美关系、审美活动的、现成审美主体和现成的审美客体,审美主客体都是在具体的审美关系、审美活动中现实地生成的。这就是说,在审美活动中,审美客体(美)与审美主体(美感)才同时现实地生成。因此,实践存在论美学就把审美活动(审美关系的现实展开)而不是美和美的本质作为美学研究的主要对象和逻辑起点。这是我们试图在美学研究对象上超越主客二分思维模式的具体尝试。

第四,以生成论的美学思想取代现成论的美学思想。我们认为,用主客二分的现成论的思考方式是无法解决美学基本问题的,美只能在具体现实的审美活动中动态地生成。这时,美学的思考方式就不再是问"美是什么"而是问"美何以存在""美如何生成",从而展现出生成论的美学思想。

第五,审美是一种高级的人生境界。人在各种人生实践活动中、在与世界打交道的过程中,会形成各种与世界的统一关系,这些关系着重体现在人对自身生存实践的觉解与对宇宙人生意义的体悟的不同程度、层次和水平上,从而会形成不同层次的人生境界,而审美境界是其中一个比较高层次的境界。它能在较大程度上超越个体眼前的功利性和有限性,达到相对自由的状态。

实践存在论美学从存在论的角度理解实践概念,将广义的人生实践作为人的基本的存在方式,强调在实践活动中才具体地展开人及其整个世界。我们认为,这一思路对于突破现有实践美学的理论局限具有重要意义。

首先,这一思路能够帮助我们在美学研究中超越近代以来主客二分的认识论思维方式。认识论的思维方式以主客二元对立为中心,在主体方面设定感性与理性、灵与肉的二元对立,在客体方面设定本质与现象、普遍与特殊的二元对立,并以这一套二元对立模式去解释丰富多彩的审美现象,这就必然造成一种本质主义的美学思路,从而把审美活动包括审美主客体从生生不息的生成之流中拔离出来,切断主体之为审美主体、客体之为审美客体的"事先情况",即它们所处的人与现实世界的具体审美关系,同时也就切断了审美活动的存在论维度,即人生在世的生活活动或人生实践。这样,审美活动就被狭隘化为单纯的认识活动,即把美看做先在的、固定不变的审美客体,而美感则是现成的、同样固定不变的审美主体对美的反映和认识。针对这些问题,实践存在论美学试图立足于存在论的人生实践,全面超越上述主客二分的认识论思维方式,从而为当代美学的发展提供一个新的思路。

其次,我们强调美学研究应当打破"现成论"的旧框架,建立"生成论"的新格局。前面已经提到,认识论美学的一个基本立足点就是把"美"作为一个早已客观存在的对象来认识,预设了一个固定不变的"美"的现成存在;同样,它也预设了人作为一个固定不变的审美主体而现成存在,所以它把美学的主要任务确定为给"美"和"美感"下定义,从而总是追问"美"和"美感"是什么、"美的本质"是什么等问题。而从实践存在论出发,审美客体和审美主体、"美"和"美感"都不是现成存在、固定不变的,而是在人与世界的审美关系的形成和展开过程中、在具体的审美活动中现实地生成的。这种生成论思路将会带来美学学科的新变革,由此,美学的研究对象、逻辑起点、基本问题、范畴系统、框架结构等问题,都有进一步反思、变革的必要和可能。

第三,在实践存在论美学看来,实践是人类的基本在世方式,艺术和审美活动也是人生实践中不可缺少的重要组成部分,因而也是人的基本存在方式和在世方式之一。人通过实践成为人,也通过实践得到了发展,其中就包括艺术和审美实践的作用在内。人类社会就是建立在包括艺术和审美活动在内的无限丰富的人生实践基础上的。人类文明通过实践活动得到建构和提升,作为人类文明标志之一的艺术和审美活动也在人类的实践过程中得到发展。反过来,艺术和审美活动也推进了人类实践整体的发展,推进了人类文明的建设。而且,更重要的,实践存在论美学依据马克思主义关于人的现实存在就是他们的现实生活即实践的过程的观点,强调美学和审美活动必须回到人们的现实生活中,走向人们的日常生活实践,这对于改变美学局限于狭隘的理论和专家的学术圈子内的现状,与人们的现实生活、与大众文化更加紧密地结合起来,有着重要的意义。

可以说,马克思的存在论视域的引入,使得实践存在论美学在坚持实践概念的核心地位的基础上,体现出现代美学的思想品格,也进一步凸显出马克思美学思想的当代意义。

三

中国当代美学发展向何处去的问题,是学界一直在思考的问题,我们的实践存在论美学就产生于这一语境之中。应当说,实践存在论美学的提出,既受到海德格尔存在论思想的最初启发,更主要来自于对马克思的与实践观紧密结合的存在论思想的认真学习和重新理解。它是我们在此基础上对中国当代美学、尤其是实践美学进行长期思考、研究的结果。在研究过程中,很多理论观点都是在和我的多届多位学生共同学习、讨论中形成的。因此,实践存在论美学确确实实是"集体创作"的结晶。

立足于中国当代美学的独特语境,实践存在论美学在马克思的存在论这一新的理论视域中提出并思考了当前美学可能的突破之途,从而体现出马克思主义美学、中国美学、现代美学的多重学术上的追求。

首先,我们在研究中始终立足于马克思的经典文本,坚持通过严格细致的文本分析展开对马克思文本的解读,并自觉地将我们的解读放在整个西方思想传统和马克思主义美学根本的、伟大理论变革进程中,从马克思思想发展的整体性出发理解马克思的美学思想。因此,我们反对所谓"两个马克思"的神话,反对将《巴黎手稿》与马克思之后的著作对立起来的做法。在我们看来,《手稿》中已经体现出马克思实践论思想的存在论维度,而正是这一点不仅与马克思后来的思想发展相一致,更能成为今天美学建设的有力支撑。它使我们有可能突破长期以来对马克思的教条化、工具化、机械化的理解。正是在这一点上,实践存在论美学以马克思的实践概念为基础,从其存在论维度出发提出并思考美学问题,体现出鲜明的马克思主义美学的理论追求。

其次,在当前发掘和研讨马克思实践观的存在论维度,无疑可以对中国当代美学的建设和发展提供极为重要的理论启示。前面提到,20 世纪 90 年代以来,学界对实践美学提出了很多批评,平心而论,其中一些批评不乏合理之处,实际上也暴露出我们长期以来对马克思及其实践概念理解上的片面化、狭隘化倾向。实践存在论美学就产生在这一特定语境之中,它认真思考了马克思的实践概念,并充分重视后实践美学对实践美学提出的挑战,力图应对这些批评和质疑,在此基础上思考中国当代美学的突破之途。在这一过程中,我们充分重视实践美学已经取得的理论成果,也充分注意到了后实践美学对实践美学批判的合理内核,并试图在此基础上提出我们自己的理论思考。在这一点上,实践存在论美学体现出对这一独特的中国语境的尊重。在我们看来,这也是未来中国美学发展所必须面对和尊重的独特语境。

同时,在理论建构中,我们努力尝试将理论思考与中国传统美学相互参照、融通。如实践存在论美学关于审美是一种基本的人生实践的观点,关于审美境界是一种高级的人生境界的观点,尽管都是从实践概念出发进行论述,但这些思考都具有深层次的中国传统美学的思想背景。正是通过这些努力,我们希望凸显出实践存在论美学作为当代中国美学的独特的思想品格,也希望它能接续中国古典美学的传统,在审美中体现出中国独特的思维方式和审美追求,成为中国美学传统与现代对话的一个有益探索,从而为中西美学的交流、互动和融通以及美学理论的中国化提供某些新的可能。当然,这方面目前还只是初步探索,还有很多工作需要做。

在我们看来,未来中国美学的发展,应当立足于中国美学的整体发展之中,立足于马克思主义中国化的历史进程之中,体现出中国当代的特定语境,提出并思考中国独特的美学问题。实践存在论美学在这方面做了一些初步的尝试,当然还远远不够。

第三,实践存在论美学曾经受到海德格尔基础存在论思想的某些启发,对此我们并不否认。而恰恰是这一点,促使我们从存在论的视域出发,重新学习和解读了马克思的《巴黎手稿》及其他著作,使我们得以发现马克思的思想本身就蕴含着存在论的维度,只不过在我们文艺学、美学界之前的研究和阅读中并未受到足够重视。在这种重新学习中我们也很高兴地发现,其实中国哲学界走在了我们前面,对马克思著作、包括后期著作中客观地存在着存在论思想,哲学界的多数学者实际上有了某种程度的共识,而且他们把马克思的存在论思想看做马克思哲学革命主要标志。这对实践存在论美学客观上构成了极大的支持。而且,通过这一存在论的解读,恰恰能够把马克思放在整个西方思想传统的整体发展之中来审视,也能够进一步凸显马克思思想的现代意义,凸显西方传统哲学向现代转型过程中马克思哲学思想的开创性地位。在这样一个学术语境中,实践存在论美学的提出,就我们主观想法而言,也有追求现代美学的思想品格的意图。它的关于审美生成论的思想,关于实践活动逻辑在先的思想,都体现出美学的某种现代指向。而这一切,又都是在马克思实践概念的存在论维度的基础上获得的。

毋庸讳言,目前实践存在论美学还远未成熟,更谈不上形成一个完整的体系,其中还存在许多不完善之处。一些基本思想在许多问题上还没有贯彻到底,还包含着很大的思考空间和可能,也还可能会有许多改进和变化。因此我们一直在强调,目前只是"走向实践存在论美学",而且这个"走向"过程是漫长的、甚至是无止境的。就此而言,实践存在论美学是开放的而不是封闭的,是进行中的、未完成的。所以,我们非常欢迎学界的批评和指正。如我们已经表明的,当前学界关于实践存在论美学的论争虽然并未完全立足于学术问题本身,有的有政治化批评的味道。但对于我们进一步深入学习和思考马克思美学思想和实践存在论美学毕竟不无促进之处。

在论争中,我们重新认真学习了马克思的经典著作,也更加坚定了对"实践存在论美学"的理论信心。我们相信,实践存在论美学所体现出的现代存在论基础及其超越二元对立的理论自觉,有可能成为促进中国当代美学发展和建设的有益尝试之一。李先生的实践美学在今天仍然具有进一步开掘的理论潜力。那种无视实践美学的自我突破与创新,简单宣告实践美学整体上已经"过时"或"终结"的观点是不合适的、武断的;同样,固守对马克思主义美学思想的教条化、僵化的理解,拒绝与当代学术思想进行沟通与对话的做法,看起来是在坚持马克思主义美学的基本原则,实际上只会使马克思主义美学脱离现实语境,并最终把马克思主义美学的发展引入死胡同。据此,笔者认为,那种对实践存在论美学的主要观点缺乏基本了解却加以粗暴的、有时是政治化的指责,是极其不负责任的,也无济于中国当代美学的建设和发展。

实际上,两年来的论争也充分表明,在当前中国美学界,坚执主客二分的思维方式仍然占有很大的市场,那种在学术论争中乱扣政治帽子的做法也屡见不鲜。当然,这些并不是学界的主流。对于中国美学未来向何处去的问题,国内许多学者也都做出了自己的尝试并取得了可喜的成果,比如高等教育出版社就出版了好几种不同思路、观点的美学理论教材;前不久,北京大学出版社推出了叶朗先生所著的《美学原理》。这种多元发展的态势对于中国美学建设来说实在是一种非常好的局面。就是实践美学自身也可以有、事实上也已经有多元发展的趋向,比如,邓晓芒先生、张玉能先生各自提出的"新实践美学"就体现了这一点。我相信中国美学未来的发展前景是非常广阔的,也是非常令人期待的。

原载《陕西师范大学学报(哲学社会科学版)》2012年第1期

论异化劳动的美学意义

——学习马克思《1844 年经济学—哲学手稿》札记

张德兴

　　马克思的《1844 年经济学—哲学手稿》(以下简称《手稿》)并不是一部研究美学问题的专著。但是由于其中包含了丰富的美学思想,所以越来越引起美学界的重视。在《手稿》中,马克思提出的异化劳动理论有很重要的美学意义。异化劳动理论的提出,是马克思对资产阶级国民经济学和黑格尔、费尔巴哈哲学批判、继承的结果。资产阶级国民经济学只是表面地看到劳动与劳动产品的关系,但掩盖了其中的阶级内容。黑格尔关于劳动的观点,有值得肯定的积极因素,马克思曾经予以高度评价。马克思指出,黑格尔辩证地把人的自我创造看做一个过程,把对象化看作非对象化,看作外化和这种外化的扬弃。这样,黑格尔把对象性的人、现实的人理解为他自己劳动的结果,从而抓住了劳动的本质。[①]但是,黑格尔只看到劳动的积极方面,没有看到它的消极方面。而且他只承认一种"抽象的精神的劳动"[②]。马克思则认为,劳动不仅是人的本质的确证,同时也是人的本质的否定。这种既肯定又否定人的本质的劳动,就是异化劳动。马克思是从主体和客体的矛盾运动中考察劳动的,他所理解的劳动是一种具体的、现实的劳动。

---

　　①　马克思《1844 年经济学—哲学手稿》,人民出版社 1979 年版,第 116 页。
　　②　同上,第 117 页。

马克思的异化劳动理论在两个方面超越了前人的思想:首先是发展了关于异化的思想。马克思所理解的"异化",既不是黑格尔式的绝对精神的异化,也不是费尔巴哈式的抽象的人的本质的异化,而是现实的人的劳动异化。这在哲学上,既反对了唯心主义的异化观,也超越了人本主义的唯物主义的异化观。其次,异化劳动理论的提出,又是对"劳动"概念的发展。马克思所理解的劳动,既不是国民经济学的抽象的一般劳动,也不是黑格尔式的抽象的精神劳动,而是现实的物质生产劳动。他既看到了劳动的积极方面,也看到了劳动的消极方面,也就是说,他看到了异化劳动的相反相成的两重性。

在《手稿》中,马克思对异化劳动进行了多方面的考察,系统地阐述了自己的异化劳动理论。他从劳动者与劳动产品的关系、劳动者与劳动过程的关系、劳动与劳动者的类本质的关系以及劳动中人与人之间的关系这四个方面考察了异化劳动,得出了异化劳动的四个规定。这样,马克思看到了剥削制度下的异化劳动使劳动者与他的劳动产品的对立、与劳动过程的对立、与劳动者的类本质的对立,与支配他的劳动的人之间的对立。马克思通过对异化劳动的分析,揭露了私有制条件下的阶级剥削和阶级对立,提出了扬弃异化,扬弃私有制的积极思想。

当然,我们应当看到,异化劳动理论还具有很大的局限性,主要表现在:第一,这一理论还具有费尔巴哈人本主义的影响;第二,当马克思运用异化劳动理论去说明资本主义雇佣劳动时,由于他对于异化劳动的规定十分宽泛,所以不可能深刻地揭示雇佣劳动的实质。因为异化劳动这一概念不仅适用于资本主义的雇佣劳动,也适用于封建制度下的农奴劳动和奴隶制度下的奴隶劳动。只有在《资本论》等成熟的马克思主义政治经济学著作中,提出了剩余价值学说之后,资本主义生产的真正秘密才得到科学的揭示。

总的来说,异化劳动理论是马克思在完成从青年黑格尔主义向历史唯物主义过渡过程中的一个重要阶段。在整个马克思思想发展中具有承前启后的重要作用。同时,我们还应当看到,马克思的异化劳动理论在美学上具有十分重要的意义。异化劳动的美学意义主要在于它对美的创造和美感所具有的意义。目前,美学界对于异化劳动能否创造美的问题,意见纷纭;对于异化劳动与美感的关系问题,则注意得很不够。为此,本文拟主要从这些方面探讨异化劳动的美学意义,请大家指正。

一、异化劳动究竟能不能创造美?

在异化劳动能否创造美这个问题上,我国美学界存在着两种截然相反的观点。一种意见认为异化劳动能够创造美,另一种意见则否认异化劳动能够创造美。持否定意见的学者认为,既然异化劳动使得劳动者与劳动对象、与劳动过程等等对立,那么如果还讲异化劳动能够创造美,那便是赞美剥削和剥削制度。①

异化劳动真的不能创造美吗? 我们的答案是否定的。

首先,从人类审美的历史事实来看,异化劳动创造了大量的美的产品。翻开人类艺术史,你就会看到,那绵延万里的长城,像巨龙飞舞在崇山峻岭之中;那雄伟壮观的阿房宫,据《史记·秦始皇本纪》描写:"东西五百步,南北五十丈,上可以坐万人,下可以建五丈旗。周驰为阁道,自殿下直抵南山。表南山之颠为阙。"真是蔚为观瞻。再看那秀骨清相的北魏雕塑,那精巧秀雅的苏州园林……其中无不凝结着异化劳动。再把眼光放得更远些,你就会看到:那巍然耸立在北非沙漠中的金字塔;那高耸入云的哥特式建筑,如举世闻名的巴黎圣母院、科伦大教堂;那高华优美、恰到好处的古希腊神庙……所有这一切,难道不都是在异化劳动的过程中创造出来的吗? 它们是千百年来人类智慧和劳动的结晶。包含于其中的千姿百态的美,难道能够否定得了吗?

---

① 《美学论丛》,中国社会科学出版社 1979 年版,第 15 页。

纵观人类的艺术史，我们可以得出这样的结论：不仅异化劳动能够创造美，而且，到目前为止，异化劳动还是人类创造美的主要形式。异化劳动创造了内容上无比丰富、深刻，形式上极为绚丽灿烂的美的产品。只要采取唯物主义的态度，就不难看到这个事实。

其次，在《手稿》中，马克思也肯定了异化劳动对美的创造的积极意义，提出了"劳动创造了美"的命题①。这里，马克思所说的"劳动"指的是异化劳动。因为马克思是在"第一手稿"的"异化劳动"这一节中提出这个命题的，从上下文联系来看，马克思所说的"劳动"显然是指异化劳动。在整个这一节中，他论述的是异化劳动；在提出这一命题的这一小节中，马克思是在对比异化劳动所产生的两种完全对立的结果时提出的。可见，马克思说的"劳动"是特指的异化劳动，而不是一般的劳动。

那么，异化劳动为什么能够创造美呢？这可以在后面马克思对于人的生产和动物的生产之间区别的论述中找到答案。他在分析了两种生产之间的本质区别后，紧接着写道："动物只是按照它所属的那个物种的尺度和需要来进行塑造，而人则懂得按照任何物种的尺度来进行生产，并且随时随地都能用内在固有的尺度来衡量对象；所以，人也按照美的规律来塑造。"②这一段著名的话是我们理解异化劳动创造美的关键所在。"异化劳动能够创造美"这个命题可以从主体能够在劳动中运用美的规律塑造物体这一规定中得出。

马克思认为，劳动的异化和劳动的现实化（对象化）是有区别的。他在《手稿》中指出："劳动产品是固定在对象中的、物化为对象的劳动，是劳动的对象化。劳动的现实化就是劳动的对象化。在国民经济学以之为前提的那种状态下，劳动的这种现实化表现为劳动者的非现实化，对象化表现为对象的丧失和

①　马克思《1844 年经济学—哲学手稿》，第 46 页。
②　同上，第 50—51 页。

为对象所奴役，占有表现为异化、外化。"①在这段话中，马克思表达了一个重要的思想，即：异化劳动具有双重含义：它既是劳动的现实化，同时又是劳动者的非现实化。由此看来，劳动异化是劳动对象化的一种特殊形态，是一种用异化的形式表现出来的劳动的现实化。劳动在现实化的过程中能够通过运用美的规律塑造物体，从而能创造出美的产品。异化劳动既然是一种特殊形态的对象化劳动，因而，它也能够创造美，而且是在异化这种特殊的规定下创造美。

再次，异化劳动之所以能够创造美，我们还可以从劳动的发展过程加以考察。大家知道，异化劳动是生产力发展到一定历史阶段上的产物，而分工对此具有重大影响。恩格斯在《反杜林论》中曾肯定奴隶制的产生"是一个巨大的进步"②，而奴隶制是"分工的最简单的完全自发的形式"③。所以，奴隶制条件下的异化劳动与分工有着必然的联系，这是毫无疑义的。也就是说，异化劳动必定是分工的，而分工的扩大又加深了劳动的异化。分工促进了生产力的发展，同时，随着生产力的不断发展，分工也越益精细。分工在资本主义制度下达到了顶点。分工把生产商品的过程分解为许多局部的过程，从而每个劳动者就只要承担其中的一个局部，这就使得劳动者的技巧熟练到无以复加的地步，从而提高了生产力。生产力的提高使得人类对自然界的征服不断达到新的深度和广度，从而也丰富了人类创造美的手段。同时，分工又使劳动异化的程度更为加深。表现了分工扩大的异化劳动对美的创造产生了两方面的积极意义。首先，丰富了创造美的手段。例如，资本主义制度下的异化劳动创造了现代化的物质文明，这为提供创造美的新的手段奠定了物质基础。就拿钢琴来说吧，它只能是资本主义生产的产物。它的产生为人类创造更为丰富的音乐美提供了物质前提。被称为"乐器之王"的钢琴音色之丰富、音域之宽广、和声之辉煌、表

---

① 马克思《1844年经济学—哲学手稿》，第44页。
② 马克思、恩格斯《马克思恩格斯选集》第3卷，人民出版社1972年版，第220页。
③ 同上，第221页。

现力之丰富,都是以前任何乐器所不可比拟的。又如,电力工业和机器制造等工业部门的产生和发展,开创了人类审美的崭新领域——电影领域。电影的产生为人类创造美、欣赏美提供了广阔的前景。这不仅因为电影是一种综合了音乐、舞蹈、文学、戏剧表演、美术等等多种艺术样式的崭新艺术,而且也因为这种艺术手段能够拥有无可比拟的广泛的观众。匈牙利著名的电影理论家贝拉·巴拉兹称电影艺术是一种"具有最大思想影响力的现代艺术"①,这是很恰当的。电影艺术以其崭新的题材、独特的表现手段和艺术形式风靡全球,成为老幼皆爱、雅俗共赏的最大众化的艺术样式之一。这些新的技术的发明和运用,都得力于异化劳动,换言之,都是通过异化劳动的形式发展起来的。

此外,分工的扩大产生了一个脱离体力劳动的脑力劳动者阶层,这个阶层中的一部分人专门从事艺术劳动。这种专门化的劳动,为艺术劳动者提供了充分的时间和精力,从而对于美的自觉的创造起了推动作用。不仅如此,在艺术劳动者中间也存在着分工。一般来说,一个艺术劳动者只从事一种艺术样式的创造(当然这并不否认少数人的多才多艺),比如诗人写诗,画家绘画,作曲家谱曲等等。甚至在一种艺术样式内部还有更细致的分工。以绘画为例。有的画家专门画一种题材或采用一种技法等等。比如,有的画家只画国画,而不再画油画、水彩画等,甚至有的仅画花卉而不及其他。这种情况对美的创造的积极意义在于,它使这些艺术劳动者在自己从事创造的领域中可以达到登峰造极的地步。例如,吴道子擅画道释画,称绝一时;石涛的山水画气势磅礴,画幅之间自有一股灵气飘荡,成为不可多得的艺术珍品。

第四,异化劳动之所以能够创造美,我们还可以从异化劳动本身的特点中加以说明。一般来说,在私有制条件下,劳动者往往是被按照统治者的意志进行物质生产的。这些统治者中,有些人具有很高的文化修养,能够直接进行审

---

① 巴拉兹《电影美学》,中国电影出版社 1982 年版,第 3 页。

美设计;有些人则雇佣他人为自己进行审美设计。这种设计往往是符合美的规律的,因为高度的文化修养使他们有可能自觉地运用美的规律。劳动者则通过自己的异化劳动去实现这种设计的要求,从而创造美的产品。

在私有制条件下,人民群众是美的创造的主体。马克思和恩格斯曾指出:"历史活动是群众的事业,随着历史活动的深入,必将是群众队伍的扩大。"①历史唯物主义告诉我们:人民是物质财富的创造者,同样也是精神财富的创造者。因此人民群众也是私有制条件下美的创造的主体。但是,私有制条件下人民群众的劳动以异化劳动这样一种形态表现出来,这样,我们可以理所当然地认为人民创造美主要是通过异化劳动创造出来的。

最后,异化劳动对于美的创造的积极意义还表现在美与美感的相互作用方面。如前所述,异化劳动作为一种劳动,和任何其他形态的劳动一样,都是劳动的主体作用于劳动对象的过程,是主体的体力和脑力的支出过程。在异化劳动中,劳动主体感官得到发展,变得精细化、敏锐化,这就为美的创造提供了良好的主体条件。劳动者的感官越发展,对美的创造越有利。

总而言之,我们认为异化劳动能够创造美,说异化劳动不能创造美,既违背了历史事实,在理论上也是解释不通的。否定异化劳动能创造美的人为什么会产生这种错误看法呢? 这是由于他们在看待异化劳动时陷入了片面性,过分夸大了异化的作用。看到异化劳动导致了劳动者与产品的对立、与劳动对象的对立、与劳动过程的对立及人与人之间的对立,这是对的,但当他们把这种对立夸大到了不适当的地步的时候,那就不对了。这使得他们看不到异化劳动仍是一种人类劳动,看不到在任何劳动中,主体都有可能按照美的规律塑造物体。因此,把承认异化劳动能够创造美的观点看成是对于剥削和剥削制度的赞美,这只是暴露了其认识上的片面性。

---

① 马克思、恩格斯《马克思恩格斯全集》第 2 卷,人民出版社 1972 年版,第 104 页。

二、异化劳动对于美的创造的两重影响

有人认为,劳动的对象化是创造美的,和美有必然的、普遍的联系;而异化劳动则是现实对实践的否定,和丑有着必然的、普遍的联系。这种观点本身存在着内在矛盾,而更重要的是,它把劳动对象化与美的创造等同了起来。

现在,让我们先来看看劳动对象化是否与美有必然的、普遍的联系。

前面已谈到,劳动(包括异化劳动)之所以能创造美,最根本的是因为作为主体的人能够按照美的规律塑造物体。但是,并不是任何劳动者都能认识美的规律的,即使认识了也未必都能正确地运用美的规律塑造物体。因为从认识论上看,从认识到运用两者之间有一个中间环节,即反复训练的过程,只有经过这个过程才能达到认识和运用的统一。所以认识和运用这两者并不是等同的。正因为如此,所以我们认为,劳动(包括异化劳动)能够创造美这样一个命题,是有具体的规定性的,即只有按照美的规律塑造这样一种劳动(包括异化劳动)才能够创造美。劳动对象化与美的创造之间并无必然的、普遍的联系,因为如果存在这样的联系的话,那就等于说,不管劳动是否按照美的规律塑造物体,都必然会创造美。这实际上是肯定不按照美的规律塑造物体的劳动也会创造美。但是事实证明,这是不对的。例如,任何劳动都难免产生废品。无可否认,废品也是劳动对象化的产物。而废品基本上是丑的。所以,劳动的对象化并不是与美有必然的、普遍的联系。

劳动的对象化与美并无必然的、普遍的联系,还在于劳动对象化与美的创造不是同一的。广义的劳动包含了物质生产劳动和精神生产劳动。从这个意义上说,美的创造也是一种劳动。但是,它只是整个劳动的一个组成部分。也就是说,两者之间的关系是一种共性与个性的关系。共性即寓于个性之中,但个性却不是共性所能包容得了的。因此,对于劳动和美的创造,可以这样说,美

的创造包含了劳动的一般特征,但是,一般的劳动概念却绝不能说明美的创造的特殊性质。既然劳动与美的创造不是同一个概念,用劳动的概念不足以说明美的创造的特性,那么有什么理由说劳动的对象化与美的创造有必然的、普遍的联系呢? 有什么理由说劳动的对象化必定会创造美呢?

有的学者认为,劳动的对象化与美有必然的、普遍的联系,而异化劳动则与丑有着必然的、普遍的联系。我们认为,这两种观点之间存在着内在矛盾。首先要弄清:异化劳动是否包含劳动的对象化? 如果包含,那么如前所述,劳动的对象化能够按照美的规律塑造物体,这样,异化劳动就能创造美。而这显然是这些学者所不愿承认的;如果不包含,那么,非对象化的异化劳动也就必然是非现实化的劳动。因为马克思说:"劳动的现实化就是劳动的对象化。"而非现实化的劳动只能是一种虚假的劳动,例如像黑格尔式的抽象的精神劳动。试问:这样的劳动还能创造什么东西呢? 什么也不能创造! 既不能创造美,也不能创造丑。那么这种"异化劳动"和丑的必然的、普遍的联系又表现在什么地方呢?这种虚无缥缈的"劳动"还能称之为"异化劳动"吗?

前面说过,异化劳动能够创造美,这是在有限的意义上说的,是有条件的。异化劳动对于美的创造的意义是具有两重性的。作为创造美的异化劳动过程,由于它本身的特点,表现为一个两重性的过程。这就是:它创造美,同时也制造丑。而且,即使它创造美时也处于异化这种不利影响之下。异化劳动对于美的创造的这种两重性,是和它所具有的积极方面和消极方面这两个对立方面相联系的。异化劳动使美的创造活动本身也成了一个异化过程,马克思对于异化劳动的四个规定,同样也适用于私有制条件下美的创造的过程。下面我们来考察异化劳动对于美的创造两重影响。

马克思在谈到异化劳动的第一规定时指出:

> 当然,劳动为富人生产了珍品,却为劳动者生产了赤贫。劳动创造了宫殿,却为劳动者创造了贫民窟。劳动创造了美,却使劳动者成为畸形。

劳动用机器代替了手工劳动,同时却把一部分劳动者抛回到野蛮的劳动,而使另一部分劳动者变成机器。劳动生产了智慧,却注定了劳动者的愚蠢、痴呆。①

这段话包含了这样两层意思:第一,异化劳动能够创造美。马克思认为,作为异化劳动产物的"珍品"、"宫殿"等等,是美的。第二,马克思着重指出的是异化劳动的两重作用,即创造美和制造丑。这两者在时间上是同时的、而不是先后的过程。为什么会产生这样截然相反的双重结果呢? 通过前面我们对异化劳动的分析就可以看到,这是由异化劳动的本质、特点所决定的。异化劳动由于它所具有的积极方面,所以能够创造美。关于这方面,前面已经谈了很多,这里就不再赘述。现在我们要着重讨论的是:为什么异化劳动同时会制造丑? 马克思在《手稿》中作了这样的回答:异化劳动作为劳动的现实化的过程,同时又是劳动者的非现实化的过程。异化劳动导致劳动者与产品敌对,与劳动过程敌对,与劳动者的人类本质敌对,从而也就与支配他的劳动的人敌对。这种敌对产生了下列影响:第一,在劳动过程中他是被迫的,感到"如坐针毡",因而他就缺乏主观能动性。既然这种"活动就是受动,力量就是虚弱,生殖就是去势"②,这就不可避免地要制造丑。同时,缺乏主观能动性的劳动,也就不能充分发挥劳动者的创造性和积极性。这样,异化劳动创造美就不能不受到极大的影响。这种制造丑的过程主要体现在两个方面:一方面是异化劳动使主体变丑,给主体带来了直接的灾难,片面的生产活动、恶劣的劳动条件往往给劳动者造成各种各样的职业病、畸形等等,例如长期在矿坑里背煤,使矿工们得了肺病,变成了驼背。非人的劳动往往使劳动者变得愚蠢和痴呆。另一方面,异化劳动为劳动者制造了丑的产品,如作为居住环境的贫民窟、作为生活用品的丑陋的用具等等。

---

① 马克思《1844 年经济学—哲学手稿》,第 46 页。
② 同上,第 48 页。

第二,异化劳动的这种敌对还导致了艺术本质的丧失。本来,艺术应当追求美。可是,艺术家的异化劳动却迫使艺术家追逐金钱,损害了艺术创造的自由本质。正如列宁所说:"资产阶级的作家、艺术家和演员的自由,不过是他们依赖钱袋、依赖收买和依赖豢养的一种假面具(或一种伪装)罢了。"[1]既然艺术家依附于资本家的钱袋,成为资本家追求利润的工具,那么,艺术本身的使命就难免要受到亵渎,艺术的本质难免要受到轻视。马克思在后来的《剩余价值理论》一书中曾发挥了黑格尔的思想,提出了"资本主义生产就同某些精神生产部门如艺术和诗歌相敌对"[2]的论点,这是马克思在《手稿》中提出的关于异化劳动对美学的消极意义这一思想的必然发展。资本主义生产对于艺术的敌对,从艺术家方面来讲,主要是受到资本主义金钱关系的影响,也就是说,为了谋生,或者为了满足对于金钱的欲望等等,有些艺术家可以不顾美的规律、艺术生产的规律而粗制滥造,甚至有意去迎合读者、观众的低级趣味。这就是西方世界凶杀恐怖、色情下流的作品层出不穷的根本原因。

第三,异化劳动的核心是反映在其中的阶级的敌对,即劳动者与剥削者之间尖锐的阶级敌对。这样,异化劳动对美的创造的消极影响还往往在极端的阶级对立的形式中表现出来。劳动者用破坏属于剥削阶级的美的产品的方法,来表示对阶级剥削和压迫的抗议。在旧时代,被压迫群众破坏为统治阶级所霸占的劳动果实——美的产品,如:宫殿、园林、艺术品等等,这样的事例不是层出不穷吗?在大规模的人民起义时,这种情况甚至十分严重。我们不能用那种贵族老爷式的口吻去斥责群众不懂艺术,而应当看到人民群众的这种行动完全是正义的,这是对剥削制度的抗议。破坏美、制造丑的根源只能从旧制度本身去寻找。

---

① 《列宁选集》第 1 卷,人民文学出版社 1960 年版,第 650 页。
② 《马克思恩格斯论文学与艺术》第 1 卷,人民文学出版社 1982 年版,第 99 页。

前面,我们已讨论过分工对美的创造的积极影响,同时,我们也要看到分工对美的创造所具有的消极影响。首先,分工创造了一个专门从事美的创造的阶层——艺术劳动者的阶层,但是,分工却限制了最广大群众对于美的创造。我们认为,劳动人民是创造美的主体力量,对他们的限制,不能不对美的创造产生极其有害的影响。同时,由于分工,劳动者被局限于一个有限的局部生产过程之中,严重影响了他们多方面创造性的发挥,并进而影响了美的创造。其次,分工阻碍了劳动者全面地发挥创造力。在私有制条件下,劳动者被降为机器,肉体受到损害,精神受到摧残。这种情况对美的创造是极端不利的。最后,分工使得人的感官不能全面发展,甚至还损害了人的感官。这样也就同时损害了人的审美感官,不利于美的创造。

由此可见,异化劳动对美的创造有着明显的消极影响。当然,在考察这种消极影响时,我们也不能因此认为异化劳动不能创造美。异化劳动对于美的创造的这两重意义是有机地交织在一起的。忽视了任何一个方面都会产生片面性。

三、异化劳动的两重性对主体审美的两重影响

美的创造是一个主体运用美的规律作用于客体的过程。异化劳动对于这一过程的意义,我们在上面已作了考察。现在我们来考察异化劳动对于主体审美感受的两重影响。异化劳动对于主体审美感受也具有积极和消极两方面的影响。这正反两方面的影响不是互相割裂开来的,而是表现为一个两重性的过程。异化劳动的两重性决定了它对主体审美感受产生两重影响。

首先,异化劳动对人的审美感官的影响表现为一个两重性的过程。人类进行审美欣赏的感官,主要是眼睛和耳朵。异化劳动作为一种劳动,使人的包括眼睛、耳朵在内的感官在劳动过程中得到发展,在美的创造过程中得到发展;另一方面,异化劳动又是一种异化了的劳动,这种异化的性质又使人的感官在劳

动的过程中、在美的创造的过程中受到损害。人的感官的形成是劳动的结果，这方面，恩格斯曾有过精湛的说明。他指出，"首先是劳动，然后是语言和劳动一起，成了两个最主要的推动力，在它们的影响下，猿的脑髓就逐渐地变成了人的脑髓；……在脑髓进一步发展的同时，它的最密切的工具，即感觉器官，也进一步发展起来了"①。这段话揭示了猿脑和猿的感觉演变为人脑和人的感觉的根本原因。感觉的不断丰富也只有在劳动中才有可能。马克思在《手稿》中也深刻地论述了人的感觉的形成与社会实践的关系。他认为人的感觉（包括审美感觉）的形成是由于人的实践的结果，是"以往全部世界史的产物"②。马克思还称"全部人的活动迄今都是劳动"③。如果撇开这句话不确切的方面不谈，（因为劳动并不是人的全部活动，除了劳动以外，人的活动还包括社交活动、政治活动等等。）那么，这句话的重要性就在于马克思肯定劳动在人类生活中占有的极其重要的地位。我们认为，异化劳动是理所当然地包含在马克思所说的"劳动"这个概念里面的。这是因为：（一）异化劳动是劳动的一种具体样式；（二）马克思所说的"以往全部世界史"是指写此书的 1844 年以前的全部世界历史，很显然，异化劳动也是这"全部世界史"的一个组成部分。

如此看来，人的感官是在劳动中产生和发展起来的。而感官的不断发展和完善，对于审美感受过程具有十分重要的意义。没有发达的感官，审美就无法发展。当然，劳动形成的人的感官还不能直接等同于审美感官。因为审美是一个由十分复杂的、多方面因素综合而成的过程。但这并不是说感官的发展对审美毫无意义。恰恰相反，它为人类的审美提供了最基本的主体条件。例如，对于听觉迟钝的耳朵来说，欣赏音乐美是困难的，虽然听觉敏锐的耳朵未必一定能听懂音乐、能够欣赏音乐美。显然，听觉的敏锐是欣赏音乐美所必需的主体条件。劳动促进了人的感觉的发达，正是为审美欣赏提供了这样的主体条件。

---

① 《马克思恩格斯论文学与艺术》第 1 卷，第 71 页。
② 马克思《1844 年经济学—哲学手稿》，第 79 页。
③ 同上，第 80 页。

　　另一方面,异化劳动对感官的影响还可以通过分工表现出来。分工和异化劳动有着必然的联系。"……只要分工还不是出于自愿,而是自发的,那么人本身的活动对人说来就成为一种异己的、与他对立的力量,这种力量驱使着人,而不是人驾驭着这种力量。"①异化劳动是作为一种与人对立的、异己的活动存在的,它以分工的形式表现出来。分工产生了异化劳动,而异化劳动又采取了分工的形式。分工使人从事一种片面的劳动,其结果是使人体的某些部分、某些感官得到片面的发展。这种片面发展了的感官对于特别依赖这些感官而进行的审美欣赏,具有重要意义。比如,音乐家的耳朵就特别敏锐,经过长期的训练,他能感受到普通人听不到的乐音,能在庞大的乐队的合奏中分辨出细微的不和谐的音来。这样敏锐的辨别力对于欣赏音乐美十分重要。不难想像,听力的减弱对于音乐家是一桩多么痛苦的事。

　　由此可见,异化劳动具有促进审美感官发达、有利于审美欣赏的一面。同时,我们还应看到异化劳动又有损害和摧残人的感官的一面。马克思是这样论述这种消极影响的:

　　首先,他认为异化劳动使人性泯灭,把人下降到动物的地位,损害了主体的审美感官。他指出,异化劳动是"极其片面的、机械式的特定劳动""劳动者在精神上和肉体上被贬为机器",②在异化劳动中,劳动者变得"愚蠢、痴呆","成为畸形",他们的"肉体受到损伤、精神遭到摧残"。后来,马克思在和恩格斯合著的《德意志意识形态》中,进一步指出:"分工使他(指劳动者——笔者)变成片面的人,使他畸形发展,使他受到限制。"③这样,在异化劳动中,"动物的东西成为人的东西,而人的东西成为动物的东西"。异化劳动"是劳动者自身的丧失"④。损

---

① 《马克思恩格斯选集》第 1 卷,第 37 页。
② 马克思《1844 年经济学—哲学手稿》,第 8 页。
③ 《马克思恩格斯全集》第 3 卷,第 514 页。
④ 马克思《1844 年经济学—哲学手稿》,第 48 页。

害了人的各方面的主体能力,必然会给人的审美感受带来消极影响。

其次,异化劳动使人对美的事物的审美感受降低为动物的感受。既然异化劳动使"生活本身仅仅表现为生活的手段",而这正是一般动物的特点,因为"动物是和它的生命活动直接同一的"①。那么,所造成的直接后果只能是:劳动者的主体感觉只能囿于粗陋的实际需要。然而,美感的特点之一就是要超出狭隘的功利态度,人欣赏美的对象并不是为了占有这个对象。欣赏美所产生的是美感而不是拥有感。囿于实际需要,就使得"忧心忡忡的穷人甚至对美丽的景色都无动于衷;贩卖矿物的商人只看到矿物的商业价值,而看不到矿物的美和特性;他没有矿物学的感觉"②。这就是说,异化劳动严重损害了劳动者的美感。谋生的需要使穷人忧心忡忡,异化劳动的残酷摧残了他的主体感官,使他对美的感受迟钝到了惊人的地步:他甚至感受不到最美丽的景色!而囿于对金钱的实际需要的贩卖矿物的商人,美感被异化成了拥有感,他也无法欣赏矿物的美。

第三,异化劳动对美感的消极影响还表现在它使劳动者的时间和精力都受到严格的限制,从而严重阻挠了劳动者美感的发展。马克思曾引用了大量官方材料,愤怒揭露了这种劳动的非人道性。

在《手稿》中,他引用舒耳茨在《生产的运动》一书中关于棉纺业的材料。舒耳茨指出,"这一工业部门的英国劳动者的劳动时间已由于企业主追逐暴利而增加到每日十二到十六小时"③。在《资本论》中,马克思引用了这样一段材料:英国的一位州治安官在 1860 年 1 月 14 日诺丁汉市厅的一次会议上以主席的资格揭露说:"在从事花边制造的那一部分城市人口中,流行着异常的痛苦和贫乏,在世界任何其他文明地方都没有见过。……9 岁到 10 岁的儿童,在天未亮的 2 点,3 点,4 点,就从污秽的床上被拉起来,仅仅为了活命,而劳动到夜里 10

---

① 马克思《1844 年经济学—哲学手稿》,第 50 页。
② 同上,第 79—80 页。
③ 同上,第 13 页。

点,11 点,12 点。他们的四肢磨坏了,他们的身躯萎缩了,他们的面容惨白,他们的人性完全麻痹了,叫人想到就非常害怕。"①这些材料使我们看到通过异化劳动表现出的资本的狼一样的贪欲,吞噬着劳动者的每一块筋肉、每一滴血。既然残酷的劳动占去了人类生存所必须的睡眠时间中的一部分,那么劳动者还会有时间和精力去进行审美欣赏吗? 劳动者美感的发展怎能不受到严重损害呢?

现在让我们再来看看劳动对美感的意义的第二方面。这是通过异化劳动所创造的美的产品对美感的意义而反映出来的。这方面同样具有正、反两方面的意义。先谈正面的影响。异化劳动所创造的美的产品促进了美感的发展。我们知道,美感是在审美主体欣赏审美客体的过程中产生的。美感的任何发展都是主体和客体两方面发展的结果。同时,两者又是处于一个相互影响、相互促进和相互对立的辩证运动中。借用马克思的话就是:"只是由于属人的本质的客观地展开的丰富性,主体的、属人的感性的丰富性,即感受音乐的耳朵、感受形式美的眼睛,简言之,那些能感受人的快乐和确证自己是属人的本质力量的感觉,才或者发展起来,或者产生出来。"②如果撇开这段话中表现出的某些人本主义影响不谈,那么马克思在这里说明了美感的产生和发展的一个重要方面,即人的美感的丰富性有赖于客观对象中展开的审美属性的丰富性。因为主体的感觉的发展是随着作为主体对象的客体的发展而发展的。也就是说,随着对客观事物的认识和实践的不断扩大和深化,人的主体感觉也就不断地丰富。同样,主体对客体审美属性的认识和实践越是扩大和深化,主体的审美感受也就越益丰富和发展。如此看来,异化劳动所创造的千姿百态、瑰丽神奇的美的产品由于它们所反映出来的多侧面、多层次的丰富的审美属性,不能不对审美的主体发生积极影响,促进主体的美感的日益丰富。

同时,这种美的产品是异化劳动所创造的,因而又不免夹杂着一些消极的

---

① 马克思《资本论》第 1 卷,人民出版社 1953 年版,第 246 页。
② 马克思《1844 年经济学—哲学手稿》,第 79 页。

东西在内。我们知道,异化劳动的规定之一是产品和劳动者的对立,也就是说,劳动者的创造物不属于劳动者,而属于剥削者。这样的产品不可避免地带有剥削阶级的思想感情、审美趣味的影响。例如,北京的故宫,重楼叠宇,庄严雄伟,体现了古代劳动人民高度的创造才能。另一方面,整个故宫建筑却明显地体现了封建统治阶级的思想意识。那一道又一道宫门,象征着统治阶级等级森严;高大耸立的殿堂显示出皇家显赫豪华的气派,是封建时代至高无上的皇权在建筑艺术上的体现。这样,在审美欣赏时,这种封建统治阶级的审美趣味不可避免地要对主体的美感起着潜移默化的影响。当然,我们并不是说,封建统治阶级的审美趣味完全都是拙劣的。但是应当看到,由于这种审美趣味的阶级内容,其中包含了大量的消极的成分,这对于主体的审美感受的发展会带来一定的损害。

不仅如此,异化劳动所创造的美的产品对美感的反面的意义还表现在劳动者对产品的态度上。劳动者往往由于产品不属于自己而敌视这些产品,即使它们是美的产品。这种产生于异化劳动过程中的阶级对立导致了劳动者对产品的敌视,这种敌视又极其鲜明地影响了劳动人民的美感态度,从而使他们感受不到实际上是美的东西。例如,作为古代建筑艺术珍品的故宫,被许多劳动群众称之为"阎王殿"。按照民间传说,阎王殿是阎王的居所,是一个阴森、恐怖的地方,当然谈不上美。异化劳动使劳动者仇视美的东西,这显然是美感的一种异化,美感被异化成敌对感。究其根源,罪过完全在于剥削制度。同时,由于阶级对立是异化劳动的核心,这使得劳动人民不能欣赏许多美的产品。如上所述,劳动人民对有些美的产品不能感受,有的是由于对它们采取了敌视的态度;有的是因为谋生,没有时间、精力去欣赏美的产品;还有的是因为统治阶级把美的产品摄为己有,阻碍了劳动人民去欣赏,把劳动人民和他们所创造的美的产品隔绝了开来。这样,必然会导致劳动者美感发展的不完全、不丰富。

异化劳动对主体审美感受的消极意义的第三方面,在于它使主体产生了一种虚假的美感。所谓虚假的美感,是指对于本来并不美的、甚至丑的客体所产生的一种类似美感的主体感受。这种虚假的美感是一种颠倒黑白、混淆美丑的"美感"。实际上,这并不是真正的美感。产生这种虚假美感的原因之一,是异化劳动派生出的一种拥有感。马克思受到莫泽斯·赫斯的影响,继承和发展了赫斯关于"拥有"的概念。①马克思指出:"私有财产使我们变得如此愚蠢而片面,以致任何一个对象,只有当我们拥有它时,也就是说,当它对我们说来作为资本而存在时,或者当我们直接享有它,吃它,喝它,穿戴它,住它等等时,总之,当我们消费它时,它才是我们的……因此,一切肉体的和精神的感觉为这一切感觉的简单的异化即拥有感所代替。"②拥有感,特别是对金钱的强烈的占有欲,对人的审美感受产生了非常消极的影响。马克思在《手稿》和后来的《资本论》中都引用了莎士比亚的《雅典的泰门》一剧中的主角所说的话,这是泰门在由富豪变为一文不名的流浪者,经历了种种世态炎凉以后所说的:

> 金,黄的,光泽的,宝贵的金:
>
> 它曾经怎样使黑的变白,丑的变美……③

马克思对此作了高度评价,认为这是莎士比亚对货币本质的深刻揭露。正是这种对金钱的拥有感、占有欲,使人的美感发生了变态,甚至到了颠倒美丑的地步。

异化劳动的第四个规定是劳动中人与人的对立。一小部分剥削者无偿占有了广大劳动者的劳动成果,这是这种对立的根本原因。因此,异化劳动意味着一部分人不劳而获,无所事事。这种寄生生活造成了剥削者的精神空虚,趣味低劣。表现在他们的审美感受方面,往往使得剥削阶级甚至嗜好丑的东西,以丑为美。我国古代以妇女裹小脚为美,便是这种以丑为美的一个典型例子。在旧时代,妇女社会地位很低,甚至被视为玩物。对于裹小脚的起源我们是否可以作出这样的猜测:由于脚小而重心不稳,走起路来容易摇摆扭捏。而欣赏

---

① 参阅戴维·麦克莱伦《青年黑格尔派与马克思》,商务印书馆 1982 年版,第 161 页。
② 马克思《1844 年经济学—哲学手稿》,第 77 页。
③ 《资本论》第 1 卷,第 113 页。

矫揉造作往往是剥削阶级的审美意识，他们以这种扭捏作态为美，进而看到小脚对于这种扭捏作态所起的作用，从而进一步就以小脚为美，最后发展到人为地制造小脚。另一方面，剥削阶级的妇女并不需要劳动，所以裹小脚之所以能流行，恐怕这也是个原因吧。这一恶习逐渐蔓延，最后也影响了广大劳动妇女。裹小脚是对妇女的摧残，使他们的脚成了畸形，行走不便，这是旧制度的一大罪恶。然而裹小脚在旧时代居然会产生美感，甚至以所谓"三寸金莲"为最美！这真是荒谬透顶的美感的异化！再如细腰。妇女杨柳细腰，弱不禁风，这是一种病态。作为贵族妇女，这是由于她们长期脱离劳动、身体虚弱所造成的。然而，这种病态却在剥削阶级眼中产生了美感。"楚王好细腰，后宫多饿死"。这就是一种异化了的美感，以病态为美。

总之，异化劳动对于主体的审美感受具有两重意义：它既促进了人的审美感官的发展，同时又损害了人的审美感官；异化劳动通过它所产生的美的产品既促进了主体美感的发展，同时又限制和损害了主体的美感；异化劳动在促进美感发展的同时又颠倒了美丑，使美感发生异化。正是在这样一个矛盾运动中，阶级社会中的人的美感在曲折地发展着。对于我们，仅仅强调其中的一个侧面就会陷入片面性。只有在这个美感发展的对立而统一的矛盾运动中，才能真正把握异化劳动对美感的意义。

综上所述，我们认为，异化劳动的美学意义是客观存在的。异化劳动是劳动的一种特殊形态，它具有积极的方面，同时也有消极的方面。正是由于异化劳动的这种两重性，使它对于美的创造和主体的审美感受产生了积极的和消极的两重影响。异化劳动对于美学的意义是多方面的，最主要的是它对于美的创造和主体的审美感受的意义。正确理解异化劳动的美学意义，对于我们深刻理解整个马克思主义美学思想，无疑是十分重要的。

原载张德兴《美学探秘》，上海大学出版社 2002 年版

"实践"的把握与审美活动奠基

——实践存在论美学的几个问题

李　钧

　　2013 年 10 月,阿瑟·C.丹托去世,这个以艺术终结论闻名的思想家的去世,令人想起今日世界性尤其是中国艺术实践的涣散现状。前卫艺术和后现代主义消解了具有鲜明现代性的精致艺术(fine art)内核,伴随着精致艺术的浪漫主义式的审美经验也陷入迷惘中。涣散性的狂欢式艺术形式和多元化的审美经验替代寻觅是这个年代的一个主题。面对这种情况,我们要思考,是审美经验真的终结,还是我们对审美活动的理解还不够深入,以至于面对新的风尚时被连根拔起? 其实,美学尽管在中国已经发展近百年,但基本理论的构建仍然不足,在当前艺术实践走向涣散多元时,更应坚持和深化基本理论思考与建设。

　　在中国当代美学发展上,实践论美学,是几大派美学理论中最具有生命力的美学理论,从李泽厚、蒋孔阳,一直到今天的实践存在论美学,因为其理论基石"实践"的丰富性和张力,不仅没有因为"宏大叙事"的过去而过去,反而因今日审美活动的涣散和迷惘更加具有现实意义。理论的阐明和发展也好,对其的反驳与质疑也好,都是建设性的,犹如中国当代美学曾因为争论而繁荣,我们也可以希望另一个繁荣再次通过争论而发生。

一、存在论意义上实践的"秘密"存在

实践存在论美学，首要意义在于它将自己的理论基础放在最根本的深度上，即要在存在论意义上理解核心概念"实践"。在这种理解中，思考"实践"作为人的存在方式与审美活动的关系，从而为美学奠定在存在论中的位置并展开其必然性的内涵。

朱立元先生在多处辨析过"存在论（ontology）"这个词汇的意义以及基本发展线索。①存在论是西方形而上学的核心概念，它是以"存在"这个概念的研究为起点和基础，包括世界必然性的结构和演变的学说。众所周知，"存在"从来不是一个显而易见的客观对象，它在现象上倒更多是一个言说谓词，当它被发现并成为思想的主题时，显示出人们意图为表象和日常个体关系的世界，寻找一种必然性的基础，这种追寻，把思想带到哲学层面上（黑格尔认为，存在的思考，意味着哲学的诞生）②，它在必然性上（而非神话意义、经验意义上）思考世界之所以为世界的真理、动力和运行方式。在这种思考中，"存在"是一种超越表象个体关系的更深更普遍的东西或者动力。但是，由于古代存在论（本体论）没有清晰地意识到在"存在"中思考者的参与的重大意义，因此形而上学的结果是掺和着主观性的独断设置和想象，存在的奥秘被混淆和构建为对象性的宇宙图景，这必然有失偏颇。近代以笛卡尔"自我"建构为开端的认识论，将对象与意识区别开来，是对古代形而上学的某方面的进步，但却把对象与意识结合在一起的"存在"根基丢失了。黑格尔以存在论意义上的"精神"为核心建构了形而上学意义上的"逻辑学"，其实是现代存在论复兴的开端，这个新阶段通过以海德格尔为中心的现代存在论哲学，解决了主体与对象的融合问题，并阐明了存

---

① 朱立元《走向实践存在论美学》，苏州大学出版社 2008 年版。
② 黑格尔《小逻辑》，贺麟译，商务印书馆 1980 年版，第 191—192 页。

在论在关于世界的真理、动力和运行方式的问题上,可以有更深刻的解答。因此,"在存在论意义上",意味着思想要追寻问题的根本,要超越现象因果,超越主客分立,一直到最底的根据,即到存在论层面,获得其无条件的基础。而只有在这基础上的解答,才能最深刻地解释现象,把握规律。

实践存在论美学以存在论意义上的"实践"为基础构建自己的理论,表明一种态度,即认为美与审美现象仍在世界的必然性中有自己的位置,并因为这个位置和诸种关系获得自己的必然如此的含义。首先,审美现象固然可以有历史性或社会性等等的解释,但对美在世界结构中必然性的解释不应该被放弃,相反应该在存在论中得到阐明,并成为其他解释的基础。其次,为美与审美现象寻找必然性的路径,是在现代存在论哲学的维度里,而非在传统形而上学或认识论的维度里寻找。在这个维度里,解释的基本依据超越近代认识论的主客二分的思维框架和传统形而上学无视人的参与因素的独断论,进入到使主客体相互交流、以一种特别方式获得自己与双方关系的根据层面中去。

要把握好这种根据并不容易。传统形而上学常把这种根据把握为理念,而理念又常理解为实体性、进而被简单理解为对象性的东西。这样,理念和现象,呈现出镜像或因果关系。在这种模式中,根据显露出的世界奥秘又黯淡了,世界无非又多了一些特殊实体。海德格尔曾把这种含有主客体融合一体的"存在",这种将根据实体化、对象化的力量,用"座架"这一术语加以表述,并认为它是"技术"的本质。要克服这种把存在奥秘遮蔽起来的力量,必须采取"翻转"的态度,从而把存在把握为一种"解蔽"—"遮蔽"的过程。这样,"存在"这种根据的存在方式,既不被对象化为实体性的对象,也不在现象世界之外,它保留为一种创生过程,而这个过程又把它的结果包含其中。在这种存在方式的根据烛照下,世界各种现象得到更为深刻的解释。正因为海德格尔更为深刻地把握了他所理解的根据("存在")的存在方式,他被人誉为"思想王国的神秘国王"①,确实,

---

① 安东尼娅·格鲁嫩贝格《阿伦特与海德格尔》,陈春文译,商务印书馆 2010 年版,第 85 页。

以一种特别的思维,准确把握住了基本性东西特别的存在,使一切在这种把握下迎刃而解,焕发出别样的意义,并切实指导着人们的生活,足使他可称为"国王"。这"国王"的力量来自神秘,而神秘就在于对这种"存在"的神秘的存在方式、生产世界的方式的把握。

其实,每个开创性的思想家都是神秘的国王,例如黑格尔对于"精神"的把握、柏格森对于"时间"的把握、尼采对于"权力意志"的把握、弗洛伊德对于"潜意识"的把握。这些核心概念,都是以特别的方式,也就是"存在论意义上的存在"的方式存在着和起着作用。这种方式因为本身是主客交融并且是非对象化的,对它的把握需要超越概念式的理解,需要心灵参与并加以体验的,所以,这些思想本质上都是阐释学的。

基本的存在一经言说,特别是进入传播后,往往会转入教条,它同样被人类意识最基本的力量"座架"投射为一个客体、一个理念,然后被人类理解为技术性地把握和储备起来,日久变成"死狗"被抛入思想史的长河中。海德格尔在今天是幸运的,但是也不能确保在今后岁月里被技术性地储备而抛弃。

马克思的"实践"以及他的"唯物主义"在其被提出之时,并非是简单的模式和教条。我们知道,当思想家以阐释的态度洞见日常现象林林总总事务与关系之后的真相,并以一种参与的方法去体悟那非对象性、非座架性的真相时,常常有类似于"回到事物本身"(胡塞尔语)的导语,如黑格尔也说"认真致力于事情自身""寄身于事情,献身于事情"①。回到事物本身,意味着不再对象性地外在看待事物,事物的内情才向人亲切地展开,才能展现它与你一起共同构建的现象的根据,才能循之走向世界的真相、走向存在。对于马克思来说,"唯物史观"就是他"回到事情本身"的宣言。马克思在构建自己思想王国的早期就通过批评费尔巴哈直观的唯物主义哲学提出了自己新世界观的基本方向,他说以前的

---

① 黑格尔《精神现象学》,贺麟、王玖兴译,商务印书馆1987年版,第3页。

唯心主义,"对对象、现实、感性,只是从客体的或者直观的形式去理解,而不是把它们当作人的感性活动,当作实践去理解,不是从主体方面去理解"①。恩格斯对此作了更明确的表述:"马克思发现了人类历史的发展规律,即历来为繁芜丛杂的意识形态所掩盖着的一个简单事实:人们必须首先吃、喝、住、穿,然后才能从事政治科学艺术宗教等等。所以,直接的物质的生活资料的生产,便构成基础,人们的国家设施、法的观点、艺术以至宗教观念,就是从这个基础上发展起来的,因而,也必须由这个基础来解释,而不是过去那样做得相反。"②马克思不是一个严格意义上的哲学家,他多从社会学、经济学等学科的角度来阐述自己的观点,但是,这并不妨碍他的思想有存在论意义上的内涵。恩格斯这段解释,对于"实践"和"生产"可能是比较狭义、简单的理解,但是,对于马克思思想的精神,却也阐明得很清楚,最重要的是拨开意识形态的"繁芜丛杂",反过来看,洞见这一切后面的东西。这种对于存在以及存在方式的颠倒看法,其实和其他思想家洞见存在、走入"秘密"的方式异曲同工,马克思创造的思想王国,同样也是充满力量和发现的奇瑰世界。马克思在"唯物"的路标下,提出感性的人类"实践"作为基本的存在。关于这个基本存在,我们不能简单地从社会学的因果关系去理解,而是要将之放在与意识形态本质及其产生奥秘的关系中去理解。马克思的意识形态理论,洞察了抽象的、永恒的客体的意识形态本性,它们将在更深的基础唯物、切身的"实践"中获得自己的根据,展现自己如何被建构起来、如何运作的奥秘。

马克思实践的唯物主义尽管形态不同,但仍不失为一种存在论,或者是一种可以转化为存在论的理论。它不仅深究我们眼中世界(观念世界)的根据,也深刻地把握了这种根据的存在方式。如果实践存在论美学以此为基础对人类的审美现象进行考察,可以为它进行存在论意义上的奠基,并因此可以更为深

① 《马克思恩格斯选集》第1卷,人民出版社1995年版,第54页。
② 《马克思恩格斯选集》第3卷,第776页。

刻和广泛地理解审美与艺术现象。

二、马克思存在论中"非"理性的实践主体

实践存在论美学以马克思的实践唯物主义作为哲学基础,有两点需要注意。一是要注意发展马克思的实践唯物主义。虽然不妨碍有相通的思想深度,但毕竟一代有一代的思想形态。马克思的实践唯物论要结合时代的发展做新的理解。比如对于"实践"中主体为先还是实践为先的问题。对西方思想了解较多的人对此不会有难度,主体与实践是同时存在并且是相互建构的。正如海德格尔认为"人向来在世界中存在"一样,人也向来在实践中存在,主体和对象都在实践中获得发展、获得自我。康德的"纯粹理性批判",重在阐明"先天"的知性范畴,而这"先天"二字,其实也暗含着"向来已""先在已"的意思。主体和对象及其与实践的关系,马克思的理论本身就有较好的把握。又如关于实践中"主体"的存在模式和内涵,马克思也有不少深刻的论述。对于这个主题,可以结合现代西方哲学的发展做更丰富的阐释。第二点值得注意的地方是实践存在论美学以实践的唯物主义作为哲学基础,意味着审美现象的解释并不可直接以实践唯物主义的理论套用,但是,这并不意味着审美现象离"实践"很远。其实,只要能够丰富发展"实践"(当然,这种丰富和发展不能偏离马克思基本的理路)理论就可以发现,在"实践"中,我们就能发现审美现象的根由和奠基。

在结合思想史的成果发展马克思的实践主体理论中,我们可以看到,实践总是人的实践,实践中的人是以理性为中心的超越理性主体的存在。在西方哲学史上,主体向来是理性的,因为"主体"总是和认识联系在一起,而认识,因为有基本的确定性的前提,总是和理性联系在一起。自笛卡尔"我思故我在",以"怀疑"的确定性为基础,反证主体的存在以来,康德的《纯粹理性批判》进一步将"主体"非自然化,将之作为人的感性材料的"统觉"的前提,成为知性认识能

够成立的条件。这种非自然化或理论化，把主体纯粹而坚固地建立了起来。康德在《实践理性批判》中又提出一个道德主体，作为人的实践理性的前提。但无论是认识主体还是道德主体，这个主体都是作为理性行为（认识或实践）的必要条件而存在，主体的存在必然，而且必然是理性的。

康德的哲学以意识为出发点，谨慎推证，似乎没有问题。但到了黑格尔这里，主体就已经显出非理性的特点。黑格尔哲学中"主体"有两个意义，一个是康德意义上的主体，在《小逻辑》中，黑格尔承认这个意识主体的存在。他说，这个意识主体存在的范围和语言等同，语言所能说的，就是意识所能意识的，凡意识的所在，必有一个"我"的自我意识伴随，而且，这个自我意识是纯粹的抽象，唯其如此，它才能容纳世间万事万物进入自己。这种纯粹的抽象空洞，正是思维和存在能够同一的条件。但是语言之外的呢？康德几乎没有考虑到语言之外似乎还有东西，但是黑格尔没有回避，他简单地说："而凡不可言说的，如情绪、感觉之类，并不是最优良最真实之物，而是最无意义、最不真实之物。"①黑格尔的直率，表明了唯心论的"自我"，其实并不是真实的人的所有东西的自我，它只不过是被部分东西选取的"自我"，这个自我，在黑格尔那里成为理性之为理性的根据，其实，这个自我就是被理性这部分选取出来，和理性互相维护、互为因果的建构，而非理性的东西，则在开始就被排除在外不予考虑了。黑格尔哲学中"主体"还有一个意义。在《精神现象学》里，黑格尔发展了康德的主体概念，指出主体是一种能够自我映现、自我中介的东西，唯其自我映现和中介，所以能够自我超越，在自我超越中自我实现，成为实体。而实体反之亦然，当它可以自我映现和中介后回到自身时，它也成了主体。②但黑格尔的自我映现是什么意思呢，那就是在自我认同时，能够同时意识到非自己的外在（"对立"），在与对立面比较中确认自己，由"自在"走向"自为"。黑格尔的哲学最精彩处就在于这个

① 黑格尔《小逻辑》，贺麟译，第71页。
② 黑格尔《精神现象学》，贺麟、王玖兴译，第11—14页。

正—反之后的回归,这个回归过程("辩证法")就是一种跨越和扬弃,是一种理性在跳出自己的更高视点中才能做到的行为。没有这个行为,正反对立之后,无论如何做不到"合"。辩证法是黑格尔哲学中最精彩、神秘和最富有激情的部分,是最鲜明反对形式逻辑的东西。黑格尔的哲学真是在这个地方显示出他把握住了某种存在,某种他称之为"精神"的力量。尽管黑格尔思想体系庞大繁复,但是这种繁复之后的力量才是黑格尔哲学的精神。

黑格尔抛弃了自我—主体之下的底层,最终却在理论的最高点不得不超越了主体。辩证法的飞跃,让我们能够感受到一个激情的转身,这个转身让我们意识到静态的理性主体的局限。作为思想新时代代表的海德格尔最大地丰富和改造了自我的内涵。在《存在与时间》中,他将人视为"此在",以基本存在论来勾画此在意涵。他认为,人向来在世界中存在,因此,人总是处于与世界的各种意蕴关系中,这种关系,不是传统的主体及其理性可以涵盖的,因此,他用"烦"来表达此在在世界中存在的状态。在其后期对真理的思考中,人的生存进一步被虚化,真理存在的过程被描述为"解蔽—遮蔽"的双向过程,在这个过程里,显露的和暗含的,互相进退,互为发明,世界的全体终于以正面或者背影被保存了下来,各自获得了必然性的意义。其实,在马克思的实践唯物主义那里,实践的主体也一直保持着丰富的内涵,而非单调抽象的"主体"。例如:"只是由于人的本质的客观地展开的丰富性,主体的、人的感性的丰富性,如有音乐感的耳朵、能感受形式美的眼睛,总之,那些成为人的享受的感觉。才一部分发展起来,一部分产生出来。"①马克思的理论,并未为了认识论的建立而维持一个抽象理性的自我,这个一开始就从改造世界入手的哲学,天然地许可丰富的人性在"实践"中的存在——当然,我们也不能因此说马克思的主体理论就已经达到了当代自我理论的水平,但是,在实践的自我中,具有综合和融汇当代意义的可能

---

① 马克思《1844年经济学—哲学手稿》,人民出版社1979年版,第87页。

性。通过这些融汇,我们主张人在实践中或者生存中的自我,不再是一种理性自我,而毋宁说是一种"非"理性自我。这里,"非"理性是在逻辑学上的正—反—非的意义上的非,而不是现代思潮中的"非理性"。在现代西方思潮中为了对传统的主体主义进行反拨,一度盛行实质是反理性的"非理性主义"。这种"非理性"其实是矫枉过正的,它没有见到和承认理性在人类意识中的主体作用和正向作用,一味以反理性的人性要素来取代理性,以一种暴政来取代另一种暴政,这在今天应该被超越。在人类的审美活动中,不仅非理性要起重要作用,且理性的要素也不可或缺。因此,我们的"非"理性是包括理性在内的人的丰富性。在认可人的丰富性的时候,我们能为各种人类生存行为包括审美活动的要素找到位置。同时,也容许了"实践"具有多种模式,其中包括审美活动的模式。

三、审美的实践模式

在思想史上,关于"实践"有大量的思想成果,但并无统一、固定的术语内涵。亚里士多德将之视为一种与思想活动相并立的社会活动。康德更多地倾向于将"实践"视为认识的一种最高级模式。马克思的理论中,"实践"也呈现出两种主要含义。一种含义是实践主要指人类的物质生产活动。这种含义是马克思经济基础和上层建筑关系理论的要点,也就是说,物质生产实践是伦理、法律等各种活动(其实也是实践)的基础。马克思的"实践"另一种更宽泛的含义是指人类的感性活动,与抽象的观念或意识形态对立。我们认为,后一种含义是马克思"实践"概念的主要含义和用法,它从马克思早期著述一直使用到较晚期的著述,在前一种用法出现以后仍然出现。而且,我们可以看到,前一种含义是在后一种含义基础上的平行移用(从实践—意识的关系移到物质生产—上层建筑的关系)。实践存在论美学倾向于在后一种含义运用"实践"这个概念,而且也只有这样,"实践"才能具有从存在论意义上理解的可能性。应该注意的是,马克思说实践是人类的感性活动,这"感性"是与抽象观念、意识形态相对立的感性,并非认识论意义上的感性,它应包括人类一切的实际的活动。就其范围来说,与现代存在哲学的"生存"相类。

在这么理解的人类实际的活动中,审美活动应该有自己必然性的地位。审美活动本来就是一种实践,而并非是实践之上、以实践为基础的另外的活动。理论思考要注意的是,这么一种活动有无自己独特的、必然性的根基,是否是其他种活动的附属。在西方思想史上,审美活动经常拨动思想者的心灵,引起思想者的思考和极大的兴趣,但是,却总是没有自己的根基,最终沦为附属而被抛弃。比如柏拉图哲学中,艺术家的活动因为是模仿的模仿,终于被逐出理想国。为艺术写出皇皇巨著的黑格尔,竟然也因为"精神"的向上运动,艺术终于被超越而让位于概念或理念的直接出现,并且,开启了"艺术终结论"的滥觞。就连海德格尔这位探索艺术精神到极致的思想家,注意力也多在借艺术而讲真理。让人奇怪的是,在思想中,艺术的地位永远没有思想高。不同的实践活动,总是对其他实践活动加以改编收容,使之成为自己的下级材料。当代美学理论的建设,应该有这种意识,有必要将审美活动从认识、伦理活动的遮蔽中解放出来,为审美活动奠定自己的基础,唯有这样,才能应对"艺术终结"的判词,在当代艺术实践的狂欢和空虚中做出指引。

西方思想史上,对审美活动的奠基做出最严密思考的应属康德。康德的"三大批判"中,《纯粹理性批判》讨论知性认识如何可能,《实践理性批判》讨论道德实践如何可能,《判断力批判》讨论人们在怎样的活动里,可以把知性认识和理性实践结合起来。在康德看来,三大批判讨论三种认识能力。但是很显然,我们可以看到这三种能力也对应着三种活动、三种模式的实践。在认识活动中,知性以先天范畴对超感觉之对象引发的感性材料进行综合,形成关于自然的知识。在伦理活动中,人们依据超感觉的绝对的自身(自由、先验自我)给出的道德律令行动。康德认为,如果按照各自的先天原则,自由领域和自然领域是无法沟通的,它们"由于使超感性的东西与现象分离开来的那个巨大的鸿沟,而被完全隔离开来了。"但是,由于人的自由行动总要而且也确实在现象中能产生"效果",所以,这个鸿沟必须、也应该有先天可能地拥有一个桥梁,使"自然物按照其固有的自然律、但同时却又和理性规律的形式原则相一致"①。这个必须和可能为另一类能力以及另一类活动奠定了先天的位置。康德认为,这种能力就是"反思的判断力",其中,审美活动中的判断力在现象中见及了在形式上能适应主体方面认识条件的"合目的性",这种合目的性超越了知性范畴,给人以知性知识以外的收获:愉悦感,从而为知、情、意中的"情"这第三个人类意识现象找到了根据。

尽管康德因为自己的理论建构,认为判断力没有自己的"领地",但是,他的理论,却最清晰和坚固地为审美活动腾出了认识以及伦理活动不可侵占的空间。不仅如此,这第三空间由于其对于超现象与现象的桥梁功能,还具有被更高发展的可能性。黑格尔意识到了这一点,他在评论康德哲学时说,《判断力批判》"提示给我们一种共相,但同时这共相又被看成是一种本身具体的东西。""这种普遍和特殊的结合在艺术品和有机自然的产物里一般是可以体察到的。"②尽管黑格尔不一定完全遵循康德的本意,但这种洞见值得重视(有意思的是,作为"有机自然的产物"的"生命"在黑格尔的"逻辑学"即其存在论大厦里,是最高位置的"理念"的"直接性"部分,而"艺术品"却不再出现在他的理念论里)。实践存在论美学应该在这些思想成果基础上努力为艺术和审美活动奠定位置,审美活动应该是一种独特的实践,有自己的先天原则与固有内涵,而且,具有走向人类实践诸种形式中最高位置的可能性。

原载《云南师范大学学报》2014 年第 4 期

---

① [德]康德《判断力批判》,邓小芒译,杨祖陶校,人民出版社 2002 年版,第 31—32 页。
② 黑格尔《小逻辑》,贺麟译,第 144 页。

马克思主义美学问题

《巴黎手稿》与美学问题

应必诚

　　马克思的《1844 年经济学—哲学手稿》因其写于巴黎,又称《巴黎手稿》。它虽然不是一部美学著作,但提出了大量的美学问题。有一个西方学者曾经说过,马克思的《巴黎手稿》,为我们对于文学的理解做出了最持久的贡献。我国学者陆梅林等同志也指出,马克思手稿中关于美的规律的著名论断是构筑马克思主义美学大厦的重要的理论基石。这说明,《巴黎手稿》中包含的美学思想,不只是对某个具体美学问题的看法,而是带有根本性质。因此,它对于科学的文艺学美学的研究具有重要意义。

　　既然如此,对于手稿中美学思想的基本内容,理应有一个共同的基本一致的认识。但是,事实正好相反,学术界对于手稿的美学思想,特别是关于"尺度"和"美的规律"问题,从五六十年代开始至今经历了近半个世纪的持续的讨论,仍然存在着原则的分歧。我国几个有影响的美学派别,几乎都和对手稿的看法有直接和间接的关系。最近,由于陆梅林同志的重要文章《〈巴黎手稿〉的美学思想探微——美的规律篇》①的发表,这些问题又被再次提出来。文章对原著从语义上作了分析,对诸种译文提出商榷,对如何认识两个"尺度"和"美的规律",

---

① 　载《文艺研究》1997 年第 1 期。以下引陆梅林文章,未注明出处的均见此文。

如何认识美的存在形式等问题提出了系统的看法,文章强调要尊重原作原意,要把唯物辩证法贯彻到底。

认真阅读了陆梅林同志的文章,觉得文章对某些具体问题的看法有可取之处,但对文章的基本思想难以苟同。其中一些重要的论述,如"尺度"问题,陆梅林认为他的论述符合原著原意,是"一清二楚的,不容置疑的",但我以为还有进一步讨论研究的余地。现在,结合学术界对《手稿》美学思想的讨论和研究,把我的看法写出来,求正于陆梅林同志和广大读者、研究者。

一

在《巴黎手稿》中,马克思在分析劳动和异化劳动时,从劳动实践区分人和动物,阐明人的本质,提出了人在改造对象世界中的客体尺度和主体内在尺度。由于人的本质与美有着直接的联系,人的本质力量对象化的劳动中,不仅体现了人类对真和善而且也体现了对美的追求,包含了真善美的历史的统一。所以人通过实践创造对象世界的活动,"也按照美的规律来建造"。

下面的一段文字集中地体现了《手稿》的美学思想。为了便于讨论,我们先把这一段文字引出来:

通过实践创造对象世界,即改造无机界,证明了人是有意识的类存在物,也就是这样一种存在物,它把类看作自己的本质,或者说把自身看作类存在物。诚然,动物也生产。它也为自己营造巢穴或住所,如蜜蜂、海狸、蚂蚁等。但是动物只生产它自己或它的幼仔所直接需要的东西;动物的生产是片面的,而人的生产是全面的;动物只是在直接的肉体需要的支配下生产,而人甚至不受肉体需要的支配也进行生产,并且只有不受这种需要的支配时才进行真正的生产;动物只生产自身,而人再生产整个自然界;动物的产品直接同它的肉体相联系,而人则自由地对待自己的产品。动物只是按照它所属的那个种的尺度和需要来建造,而人却懂得按照任何一个种的尺度来进行生产,并且懂得怎样处处都把内在的尺度运用到对象上去;因此,人也按照美的规律来建造。①

在这段话中,马克思首先指出,通过实践创造对象世界,证明人是有意识的类的存在物。这里马克思沿用了费尔巴哈的类的概念,用以说明人的类本质。动物和人的区别在于动物只有本能,动物与它的生命活动是直接同一的,动物不能把自己和它的生命活动区别开来,不能意识到自己是某种动物,是某种动物的类;而人则是有意识的存在物,人有对自身的意识,人不仅把自身作为个体存在,而且能把自身当做类来认识,把自己生命活动本身作为自己意志和意识的对象。意识是人的实践活动的必要因素,通过实践创造对象世界又证明人是有意识的类的存在物。

"通过实践创造对象世界"是这一段文字的主题,接着马克思设问:"诚然,动物也生产。它也为自己营造巢穴或住所,如蜜蜂、海狸、蚂蚁等。"显然这一句与前一句相对应的,并没有和谁辩论的意思。顺此思路,马克思具体地分析了人的生产和动物生产的区别。

人与动物一样,只有依赖外部物质世界才能生活,但动物与外部世界的关系完全是一种纯自然关系,动物只是在满足直接肉体需要的支配下生产,只生产它自己和幼仔所直接需要的东西,因而动物的生产是片面的。人也是自然界的一个组成部分,是自然的存在物,但同时由于人的实践活动,人从自然界中分化出来,成为社会的存在物。人的生产不仅是为了满足肉体的需要,甚至不受肉体需要支配也进行生产,并且只有不受这种需要的支配才进行真正的生产。这就是说人的需要,不仅有自然的需要,即保证自己作为有生命的存在物的生存和延续的肉体的需要,而且还有作为社会存在物的社会的需要,这是更本质

① 《马克思恩格斯全集》第42卷,人民出版社1979年版,第96—97页。

的需要。人的审美需要也是人的一种社会需要,因此人不会像动物那样满足于自然恩赐,人通过自己的生产实践活动改造对象世界,人不仅再生产自身,而且再生产整个自然界,人的生产是全面的。

接着,马克思总结上面的论述,提出三个"尺度"的问题。由于三个"尺度"的问题直接关系到对美的本质、美的存在方式以及美的规律的理解,关系到马克思美学思想的哲学基础,长期以来国内外研究者中间,从语义、译文到思想都存在着重大的分歧。因此,结合这些争论,作一认真的分析,对于我们准确、深入地了解马克思的美学思想是必要的。这一段文字的德语原文是:

> Das Tier formiert nur nach dem Maßund dem Bedürfnis der species [Gattung], der es angehört, Während der Mensch nach dem Maß jeder species zu produzieren weiß und überall, das inhärente Maßdem Gegenstand anzulegen weiß; der Mensch formiertdaher auch nach der Gesetzen der Schönheit.

"动物只是按照它所属的那个种的尺度和需要来建造",这里所说的"种"是指动物的种。意思是说:比如蜜蜂只能按照蜜蜂所属的那个种的尺度和需要来建造蜂房,海狸只能按照海狸所属的那个种的尺度和需要来搭窝,蚂蚁只能按照蚂蚁所属的那个种的尺度和需要来掘穴,别的就不会了。蜜蜂就不能像海狸、蚂蚁那样的搭窝、掘穴,反之也是一样。马克思在这里所说的"它所属的那个种的尺度",学术界一致认为讲的是动物的尺度,动物这个"主体"的尺度,它是动物的一种本能。

"人却懂得按照任何一个种的尺度来进行生产",这里的"任何一个种的尺度"究竟是一种什么样的尺度呢?几乎所有的研究者都认为是指属于物的即客体的尺度。他们认为,人的劳动应符合任何种的尺度,也就是说应当符合不同客观事物的规律性。比如桌子是一种"物种",人只要掌握了桌子的尺度,就可以把桌子生产出来。凳子是另一种"物种",人只要掌握了凳子的尺度,就可以把凳子生产出来,依此类推。这样一种看法,几乎成了定论。

然而,这里存在着误解。"人却懂得按照任何一个种的尺度来进行生产"是上承"动物只是按照它所属的那个种的尺度和需要来建造"而来,意在把人与动物相比较,如果前一句指动物"主体"的尺度,后一句指"客体"对象的尺度,就无法进行这样的比较。因为只有两者都属于同一事物的尺度,才能进行比较,这是一。第二,这两个短句中的"种"都是指动物的种,种的尺度指动物种的尺度,"种"又译为"物种","物种"与"客观事物"在汉语中都有一个"物"字,似乎"物种"就可以等同于"客观事物",但在德语中这是完全不同的两个词。在德语中,"物种"是 species〔Gattung〕,"客观事物"是 Gegenstand,两者是不会混淆的。所以,我以为在这里马克思所要表达的意思是:人不同于任何一个动物的种的生产,蜜蜂只能按照它所属种的尺度和需要来生产——蜂房,但它不能也不需要按照不属于它的种的海狸和蚂蚁的尺度来生产——搭窝和掘穴,反过来也完全一样。而人既懂得按照蜜蜂所属的种的尺度来生产——蜂房,也懂得按照海狸所属种的尺度来生产——搭窝,还懂得按照蚂蚁所属种的尺度来生产——掘穴,也就是说懂得按照任何一个动物种的尺度来进行生产。当然,从其现实性上一般地说,人没有需要去建造一个蜜蜂的巢、海狸的窝和蚂蚁的穴……所以,这里的目的是要说明人的生产和动物生产的不同,说明人这个主体可以超越任何动物,具有把握任何一个动物种的尺度的能力,人是自然界动物世界中唯一能够不受种的限制创造对象世界的存在物。

陆梅林的文章提出了新的看法。他认为"种"是指动物的种,不是泛指一般的客观事物,这是对的。但他仍然把"任何物种尺度"看做是客体对象的尺度。这样一来,原意还是被改变了。原来的意思是,人能够超越任何一个种的尺度,不受种的限制去改造对象世界,现在变成了人按照物种的尺度去改造物种,物种成了人改造的对象,比如驯养野兽,饲养牲畜、家禽、茧蛹、鱼虾之类。陆梅林大概也感到把人改造对象世界局限于饲养牲畜家禽之类太狭窄了,于是又把物种扩大到植物,把种植菽粟、菜蔬、桑槐、松柏和花草统统包括在内。即使如此,人所从事生产实践活动的最广大的无机界还是无法包括在内,而马克思这一段文字开头的总领的一句话说的正是改造无机界。陆梅林纠正了把物种说成是客观事物的误解,认为种只能指动物的种,同时又要把"任何一个种的尺度"说成是对象客体的尺度,把人懂得按照任何一个种的尺度改造广大自然界变成改造物种,终究是难以说通的。

"并且懂得怎样处处都把内在的尺度运用到对象上去",这里"内在的尺度"是属于主体人的尺度,还是属于客体对象的尺度,是研究者中间争论最多也是最激烈的一个问题。陆梅林通过介绍国外著名学者的看法以及经过词义的辨析和译文的对比研究,认为"内在的尺度"归属客体对象是"一清二楚的,不容置疑的"。

德语原文的这一句,主语"人"承前省略。动词 anlegen 有两个宾语:第四格的直接宾语 das inhärente Maß(内在尺度)和第三格间接宾语 dem Gegenstand(对象)。在德语中,动词 anlegen 有很多词义,有些只要求带第四格宾语,例如,eine Stadt anlegen 建设一座城市;Holz anlegen 向火中添柴等。但在同时要求带第三格间接宾语和第四格直接宾语时,它的意思是"给……戴上","给……扎上","把……放置到……上去"。例如:jemandem Fesseln anlegen 给某人戴上手铐,jemandem einen Verband anlegen 给某人包扎。我们前引的一段话里,第四格直接宾语 das inhärente Maß(内在尺度)中的 inhärente(内在的),要求第三格名词,但在原文中没有出现,被省略了。因此,谁的尺度就有两种可能的理解,既可解释为主体人的内在尺度,也可以解释为客体的内在尺度,但是在动词 anlegen 同时要求带第三格间接宾语和第四格直接宾语时,它的词义是"把……放置到……上去"。据此,我们就不能说人把对象的内在尺度放置到对象上去,内在尺度本来就是对象所固有的,用不着从外面放置上去;说外在于对象的人把对象的内在固有的尺度放置到对象上去,在逻辑上是难以说通的。因此,在两种可能的理解中,我们只能理解为主体人把人的内在尺度放置到对象上去,也就是按照人的尺度改造对象世界。此外,就全书和这一段文字的总的思路来看，我们也只能作这样的理解。此点，我们下面还会谈到。

俄语的译文是：И всюду онумеет п рила гаткп редмету присущую мерку. 如陆梅林所说，俄文与原文对照，在语义上是相等的，是确切的。因此，以上对原文的分析大体上也适用于俄文的翻译，问题在于陆梅林对俄译的理解。他说："俄文的'所固有的'这个形容词要求名词变为第三格，就像有的文章所指出那样是'给予'格，但前面的'对象'一词已是第三格了。因此，可以译为：'并且处处会对对象运用固有的尺度'。"实际上，这个第三格名词 предмету（对象）是前面介词 K 要求的，与 присущ ую мерку（内在尺度）实在是毫无关系的。至于英文的译文，the inherent stand and of the object 确实"更加明确"了，但也更加离开了原意，英译与德文不相对应，照英译文，对应的德文应是：das inhärente Maß von dem Gegenstand，英译者并没有遵从原文原意。

马克思《巴黎手稿》的基本内容是对人的劳动和异化劳动的分析。对象化、外化、异化等概念，并不是马克思最早提出来的，而是德国古典哲学的基本概念。黑格尔提出精神的外化、对象化。费尔巴哈在反对黑格尔的精神哲学和宗教唯心主义思想时提出了宗教异化的问题。马克思批判地吸收了德国古典哲学的优秀成果，提出了劳动的对象化和异化，从而接近了历史唯物主义。劳动生产实践，是人的本质力量的对象化。所谓人的本质力量的对象化，其基本思想就是把主体人的内在尺度运用到对象上去，与客体对象先是在观念上，后是在实践上统一起来。我们这样说，丝毫没有否定外在自然世界对人的在先性。人必须依赖外部物质世界，人也不能凭空创造价值对象，但外部世界又不能自动地满足人的物质需要和精神审美需要。人为什么要进行实践活动呢？人的实践活动的目的就是为了通过实践创造对象世界以满足自己的物质的和精神的需要。所以，劳动实践就是按照人的本性需要，按照人的尺度改造外部世界。在这里，马克思不仅坚持了人与对象、主体与客体关系的客观性质，而且更重要的是论证了主体与客体关系的能动创造性质。就在我们前面所引的一段话以后,马克思紧接着说:"这种生产是人的能动的类生活。通过这种生产,自然界才表现为他的作品和他的现实。因此,劳动的对象是人的类生活的对象化:人不仅像在意识中那样理智地复现自己,而且能动地、现实地复现自己,从而在他所创造的世界中直观自身。"①人类所创造的一切,都是客体主体化的产物,在这些产物中都能见到人自己的尺度,如果不是把人的主体的尺度运用到对象上去,不使自己的本质力量对象化,对象世界如何成为"他的作品和他的现实",人又如何"在他所创造的世界中直观自身"呢?

意识是人通过实践创造对象世界的必要因素,人也正是在改造对象世界中证明自己是有意识的存在物。人的意识包括对象意识和自我意识两个方面的内容,对象意识是客体对象的反映,也就是把客观存在的一定事物的属性、本质及其规律当做意识的对象来把握,把它当做改造对象世界活动的客体尺度加以运用。自我意识则是人自身的反映,也就是人把自身作为认识的对象来把握。人在自己的历史发展过程中,不仅对客体对象,同时也把人自身在一定历史条件下产生和形成的本性、需要、目的当作意识的对象来把握,作为自己改造世界的对象化活动中的内在尺度,从而使人对世界的改造既符合客体的尺度,又能适合人的本性,满足人的需要。人因为有对象的意识,有对客体尺度的把握,人的实践才是自由的;人因为有自我意识,有对自身主体尺度的把握,人的实践活动才是自觉的。人是自然和动物世界中唯一能够不受种属的限制把任何客观事物的尺度与自己内在的尺度统一起来创造符合自己需要和理想的对象世界的存在物。后来,马克思在《资本论》中继续发挥这一思想,他说,人的劳动"不仅使自然物发生形式变化,同时他还在自然物中实现自己的目的,这个目的是他所知道的,是作为规律决定着他的活动的方式和方法的,他必须使他的意志服从这个目的"②。没有人主体的尺度,就像没有客体对象一样,就不可能有人

---

① 《马克思恩格斯全集》第 42 卷,第 97 页。

② 马克思《资本论》第 1 卷,人民出版社 1975 年版,第 202 页。

的实践活动。实践的思想，两个尺度的思想，是马克思的伟大发现，也是他对人类美学思想的重要贡献。

二

为什么对马克思提出的美的规律，特别是对"内在的尺度"的理解存在着这样大的分歧呢？这固然有语义和翻译上的问题，但更主要的是美学思想和见解上的分歧。陆梅林对马克思关于美的规律和尺度的理解，也出于他自己的美学思想和见解。首先，他认为"国内对'内在固有的尺度'在理解上有分歧：一者理解指客体，一者理解指主体。其实，细察上下行文，显然是指客体说的……对此如何理解有唯物唯心之分"①。在他看来，把"内在的尺度"理解为客体的，即为唯物主义，把"内在的尺度"理解为主体的，即为唯心主义。他还进一步分析道：由于有人坚持把本来是对象的"内在的尺度"理解为人的主体的尺度，因而得出这样一种认识：在人类社会产生以前世界上无所谓美，无所谓"美的规律"。他认为，这种在人类社会产生以后才有美的看法，没有把美看成是物的客观属性，"这里有一个是否把唯物辩证法贯彻到底的问题"。因此，在陆梅林看来，只有把"内在的尺度"看成是客体对象的尺度，把美看成是物的客观属性，认定人类社会以前就有美和美的规律，才算是唯物主义，才算把唯物辩证法贯彻到底。

唯心和唯物，是就物质与精神、存在与意识的关系来说的，是就物质和精神何者是世界的本源来说的。唯物主义认为，物质第一性，意识第二性，物质是世界的本源，意识是高度发展的物质人脑的机能，是物质存在的反映，反之则为唯心主义。马克思主义经典作家在批判唯心主义，论证物质是世界本源的唯物主义观点时，曾经指出在有意识的人类产生以前就有自然界存在的事实，有力地驳

---

① 陆梅林《唯物史观与美学》，光明日报出版社、广西师范大学出版社1991年版，第72页。

斥了唯心主义的谬论,但这绝不是说只有承认美是物的客观属性,"内在的尺度"是客体对象的尺度,承认人类社会以前就有美和美的规律,才算坚持美和美的规律的客观性,才算把唯物辩证法贯彻到底,这是既有联系又不相同的两个问题。

马克思在《巴黎手稿》中有一个基本的思想,就是人是对象性的存在物,实践就是人的对象性的活动,人通过对象性的实践活动把自己的内在尺度运用到对象上去,使自己的本质力量实现于对象中,也就是使自然人化,从而改造对象世界,创造新的事物。这说明对象世界不仅是客观的存在,而且也是可以实际地加以改变的客观存在。针对费尔巴哈直观机械唯物主义把客体对象看成是原生自然界,一种纯粹的客观存在的观点,马克思提出人化自然、历史自然的思想。马克思指出:"他没有看到,他周围的感性世界决不是某种开天辟地以来就直接存在的、始终如一的东西,而是工业和社会状况的产物,是历史的产物,是世世代代活动的结果,其中每一代都立足于前一代所达到的基础上,继续发展前一代的工业和交往,并随着需要的改变而改变它的社会制度。"①我们说人类社会以前不存在美,就如同说人类社会以前不存在椅子、桌子、凳子、房子,不存在收音机、电视机、微波炉、电冰箱一样。马克思说"劳动创造了美",就像劳动创造了椅子、桌子、凳子、房子,创造了收音机、电视机、微波炉、电冰箱一样,这有什么奇怪呢?不承认人类社会以前有椅子、桌子、凳子、房子,不承认人类存在以前有收音机、电视机、微波炉、电冰箱,难道就是唯心主义,就是没有把唯物辩证法贯彻到底吗?

人的实践活动使本来统一的自然界一分为二,分为主体和客体,主体是人,主体人从自然界分化出来成为社会存在物与自然相对立,但它同时又始终是自然界的一个组成部分。由于主体与客体都是人的实践基础上物质自然界分化的产物,因此,在本体论的意义上,无所谓主体与客体的对立,实践和认识中的

---

① 《马克思恩格斯选集》第 1 卷,人民出版社 1995 年版,第 76 页。

主体客体,就其本体论前提来说,都是物质实体,都属于物质世界。马克思在《手稿》中说:"自然界是人为了不致死亡而必须与之不断交往的、人的身体。所谓人的肉体生活和精神生活同自然界相联系,也就等于说自然界同自身相联系,因为人是自然界的一部分。"①因而人的实践活动本身是一种客观的活动。人的实践活动改变了自然物的原始的存在形态,把"自在之物"变为"为我之物",也就是主体人根据客体对象尺度与主体人内在的尺度去改变物的存在形式,创造有用的形式或美的形式,用以满足人的实用或审美愉悦的需要,但这并没有改变它的客观实在性。实践活动是人的本质力量对象化的活动,实践创造的对象是自然人化的结果,因而是不能脱离人的主体而存在的,没有主体人,当然没有椅子、桌子……也没有美。如果以为只有承认人类存在以前就有美,只有把人的"内在的尺度"理解为客体对象的尺度,把美看成是物的客观属性,才算是唯物主义,这岂不是把主体人的实践排斥在唯物主义之外了,这正是马克思在《关于费尔巴哈的提纲》中所批评的直观机械的唯物主义的观点。马克思说:"从前的一切唯物主义(包括费尔巴哈的唯物主义)的主要缺点是:对对象、现实、感性,只是从客体的或者直观的形式去理解,而不是把它们当作感性的人的活动,当作实践去理解,不是从主体方面去理解。因此,和唯物主义相反,能动的方面却被唯心主义抽象地发展了,当然,唯心主义是不知道现实的、感性的活动本身的。"②事情不正是这样吗?所以,在我看来,把人创造对象世界实践活动中的"内在的尺度"理解成人的主体尺度,不仅不是唯心主义,而且还是能动实践的唯物主义。

其次,美是什么呢?陆梅林说:"美是一种正面的(积极的)审美价值,它也是物的客观属性",又说"价值是物的客观属性,也可以说是物的物质属性","讲到价值或使用价值,首先应当肯定它是物的客观属性。"

---

① 《马克思恩格斯全集》第42卷,第95页。
② 《马克思恩格斯选集》第1卷,第54页。

这不正是把物的价值属性与物的物质属性等同起来混淆起来了吗？物的物质属性与物的价值属性是有区别的，其区别之一就是物的物质属性是人类以前就可以存在的，而物的价值属性就不能这样说了。价值总是相对于人来说的，价值是对人的价值，没有人，也就无所谓价值和审美价值了。陆梅林认为美是一种正面的（积极的）审美价值，又认为美是物的客观属性，人类社会以前就存在美，这是自相矛盾的。什么是正面的，什么是负面的，什么是积极的，什么是消极的，都是以人为标准的、为尺度的。马克思在谈到物的价值和使用价值时说，一切劳动从一方面看，是人类劳动力在生理学意义上的耗费；作为相同物或抽象的人类劳动，它形成商品价值，一切劳动；从另一方面看，是人类劳动力在特殊的有一定目的的形式上的耗费；作为具体的有用劳动，它产生使用价值。又说："他们赋予物以有用的性质，好像这种有用性是物本身固有的。"①这里很明确地说物的价值是人的劳动所创造的，物的有用性也即物的使用价值并不是物本身所固有的，而是人所赋予的。

美作为一种价值，也不是物本身所固有的属性，而是人赋予的。为了论证自己的美学见解，陆梅林引用了马克思的两段话，这两段话是：

> 珍珠或金刚石所以有价值，是因为它们是珍珠或金刚石，也就是由于它们的属性，由于对人有使用价值。②

> 如果去掉使葡萄成为葡萄的那些属性，那末它作为葡萄对人的价值就消失了，它就不再（作为葡萄）是价值的要素了。③

但是，这两段话并不能支持陆梅林的美学见解。在第一段话中，马克思明确地说珍珠和金刚石"对人有使用价值"。那就是说，价值总是相对于人来说

---

① 《马克思恩格斯全集》第19卷，人民出版社1963年版，第406页。

② 《马克思恩格斯全集》第26卷（Ⅲ），人民出版社1974年版，第176页。

③ 陆梅林文章引用《马克思恩格斯全集》的文字略有不同，原文为："如果去掉使葡萄成为葡萄的那些属性，那末它作为葡萄对人的使用价值就消失了；它就不再（作为葡萄）是财富的要素了。"见第26卷（Ⅲ），人民出版社1974年版，第139页。

的。那么珍珠或金刚石由于它们的属性,是否永远对人有价值呢? 马克思说对人有使用价值,是就一般情况说的。这使我想起一个故事来,说的是一个富翁带着大量的珍珠、金刚石等财宝经过沙漠去远地经商,由于情况不明准备不足,在半路上带的饮用水用完了。沙漠的灼热与阳光使他干渴难熬,终于因缺水而生命垂危,他只得向上帝祈祷,愿用全部的财宝换取一口活命的水。但在四顾茫茫的沙漠上,见不到一个可以救他的行人,也找不到一滴水,最后他带着一堆现在对他说来已是毫无价值的珍珠财宝渴死了。此时,珍珠财宝的客观物质属性并没有发生变化,那么什么东西发生了变化呢? 是富豪的需要发生了变化,由此珍珠财宝的价值也发生了变化,富豪此时最需要的是维持生命的水,此时的水远比珍珠财宝更珍贵,更有价值。可见价值离不开人的需要,价值是表现人的需要的物的属性。那么主体的需要又是什么决定的呢? 是富豪的主观意识可以任意决定的吗? 显然也不是,是客观条件的变化引起主体需要的变化,富豪甘愿用全部的珍珠财宝换取一口活命的水,表明生命的威胁迫使富豪对自己的客观需要有清醒的主观认识。但此时,富豪虽然对水有迫切的需要,但事实上并没有水,因此也不能形成实际的价值满足富豪求生的需要。可见,把美说成是一种正面的审美价值,又把价值说成是物的客观属性、物质属性,这样一种美学见解是难以成立的。

下面一段话,马克思说的是葡萄对人的价值。为什么去掉使葡萄成为葡萄的那些属性,它作为葡萄对人的价值就消失了呢? 这是因为失去葡萄的那些属性,就不能适应和满足人的需要。接着马克思指出,葡萄成为葡萄的那些属性,是财富—价值的要素,如果去掉使葡萄成为葡萄的那些属性,它就不再是财富—价值的要素了。在这里,马克思说葡萄成为葡萄的那些属性,是价值的要素,并没有说就是价值。这正是问题的关键。那么,除了葡萄成为葡萄那些属性是价值的要素,还有什么是价值的要素呢? 这就是人,作为主体人的需要。客观事物的属性与主体人的需要是形成价值的两个要素。如果没有对象客体,当然就没有价值可言;同样没有主体的需要,也构不成价值。只有客体对象的属性符合主体的需要才构成价值。葡萄之所以有价值,是因为葡萄成为葡萄的那些属性符合人吃和营养的需要,此时,葡萄的那些成为葡萄的属性,就成为价值的物质承担者。不仅如此,主体人还可以不断改进葡萄的品种,改变葡萄的某些属性,使葡萄更加甜美,更加符合人的品味和营养的需要,创造出新的价值。用哲学美学的语言来说,就是通过人的实践,改造对象世界,使客体世界不断地从"自为的存在"变为"为人的存在",赋予新的价值,从而成为人们享用和审美的对象。

说美是一种价值,审美的价值,这就是说不能把美看成是物的物质属性。陆梅林在文章中也谈到价值,审美价值,但讲的还是物的物质属性,并没有真的讲物的价值属性。现在,我们倒要研究一下,为什么陆梅林如此坚持"价值是物的客观属性,也可以说是物的物质属性"呢? 下面一段话告诉我们他如此坚持在理论上的原因。他说:"考虑到对'客体属性'或'物质属性'的误解,有必要对此先简略地说几句。所谓'客观'是指思维和存在的关系来说的;而'物质',则是指'客观实在'。二者所讲,是一个意思。"这表明,他把物的价值属性与物的物质属性混淆起来、等同起来,出于一个更根本问题的混淆,就是把思维和存在的关系与主体和客体的关系混淆起来、等同起来了。"物的客观属性"或"物的物质属性"是就思维和存在的关系来说的,而物的价值是就主体与客体的关系来说的。正是这种混淆使他产生了一种误解,以为只有坚持价值属性是物的客观属性,美是物的物质属性,才算坚持了唯物主义,否则就是唯心主义。

从本体论的思维和存在的关系来看,物质世界的一切自在之物,它们的存在与不存在,都是不以人的意识为转移的,它们对人有价值或没有价值;都不影响它们的客观存在。但价值和审美价值就不同了,固然没有客体对象,就没有价值可言,但对象如果不符合主体的需要,对主体人也就没有什么意义和价值。我们这样说,是否违反了唯物主义呢? 否。首先,主体与客体的关系并不是思维与存在的关系,它不是本体论的概念。思维和存在的关系,作为哲学的基本问题,当然也规定着对主体与客体的认识。不同的本体论观点,贯穿于对主体与客体概念的规定之中。在唯物主义看来,并无所谓主体与客体的对立,它们都是物质自然界的组成部分,都是物质实体。把客体等同于客观存在,主体等同于精神思维,只会造成理论上的混乱;第二,我们说客体对象对于主体没有价值,没有意义,并不是说在本体论的意义上它不存在了;珍珠财宝对于富豪没有价值,并不是说珍珠财宝的物质属性也消失了、不存在了。如果我们把价值看成是物的客观的物质属性,是就思维和存在的关系来说的,那么一物之无价值,岂不是等于连物的存在都否定了吗? 可见,如此坚持唯物主义,就会走到它的反面。

如果说美是一种价值,那就是说它既决定于对象的属性,又决定于人的主体的审美需要,它是人所利用并表现了人的审美需要的物的属性;这也表明美作为价值只能是关系中的存在物,只有在审美关系中,主体才表现为审美的主体,客体才表现为审美客体。马克思在《手稿》中说:"对象如何对他说来成为他的对象,这取决于对象的性质以及与之相适应的本质力量的性质;因为正是这种关系的规定性形成了一种特殊的、现实的肯定方式。"①说的就是这个意思。他以音乐为例加以说明,只有音乐才能激起人的音乐感;如果不是音乐,任何懂得音乐的耳朵也听不出音乐来;最美的音乐,对于一个没有音乐感的耳朵来说,也毫无意义。这里说的音乐的意义也就是音乐的审美的价值,价值就是客体对象对主体的意义。只有客体对象的性质与主体的本质力量相适应,才构成审美的关系,音乐对主体才具有审美的价值。马克思说:"'价值'这个普遍的概念是从人们对待满足他们需要的外界物的关系中产生的。"②总之,美是审美主体与审美客体关系中的存在物,它以意义的方式、价值的方式存在。

---

① 《马克思恩格斯全集》第 42 卷,第 125 页。
② 《马克思恩格斯全集》第 19 卷,第 406 页。

三

　　我国自五六十年代的美学大讨论以来，学术界就开始学习和引进《巴黎手稿》的美学思想，从而推动了美学研究的发展。但从现在看来，一方面由于当时提倡唯物主义，反对唯心主义总的历史文化背景，美学研究被纳入反对资产阶级唯心主义的范围，这种情形就它的消极一面说，很容易局限了人们研究的理论视野；另一方面研究者们似乎没有来得及对马克思的美学思想进行全面深入和系统的钻研，从整体上把握《手稿》的思想，就匆匆忙忙地用《手稿》的思想去阐释自己的美学见解。由于以上两个原因，使得当时的美学仅仅局限在本体论，即从哲学基本问题的思维和存在、精神和物质的关系的角度进行研究。美学研究各派之间争论虽然非常激烈，但在根本出发点上是一致的，即从本体论的存在和思维的关系角度去探讨美的本质，把美看成是一种实体，物质的或精神的实体。本体论问题也就是世界的本源问题，即物质和精神何者为第一性的问题。美的问题不属于哲学本体论的问题，美是一种价值，是世界、客体对主体人的意义，局限在本体论的角度就从根本上限制了对美学的深入探讨和研究。朱光潜提出美是主观与客观统一的命题，有合理的因素，具有启发意义。但是主观与客观、主体与客体的关系也不能简单地等同，主观不等于主体，客观不等于客体。主观指人的意识、思想；客观指人的意识之外的物质世界，主观与客观的关系只是哲学基本问题的另一种表述。我们的美学研究应该把握《手稿》的基本精神，从关注心与物、精神与物质关系的研究，转向关注主体与客体关系的研究，从关注实体范畴、属性范畴的研究，转向关注关系范畴、价值范畴的研究。这样才能把我们的美学研究继续推向前进。从这个意义上说，陆梅林的文章，不仅没有克服长期以来美学研究思想和方法上的局限，反而把研究带回到原来的起点上。

　　根据《手稿》的思想，认知的真、功利的善以及愉悦的美都以人的实践为基础,是主体与客体的统一,是客体对象尺度与人的内在尺度的统一,是人的本质力量的对象化。那么,我们如何在实践基础上,在相互联系中区分真、善、美呢?这就需要我们不是一般地抽象地研究主体与客体的关系,一般地抽象地研究客体对象尺度与人的内在尺度的统一,而是要具体地去研究它们之间的关系。

人对客观世界的改造,表明人是有意识的存在物。就人对客体对象和对人自身的认识而言,其目的是求真,也就是把握对象一般的本质和规律。真就是人的认识符合客体对象的本质和规律。这里的真或假,是以客体对象本身的事实来衡量的,这是一种以客体的尺度为尺度的主体与客体的关系。在认识过程中,由于主体人只有超越对象的个别性、外表特征和感性特征,才能把握客体对象的本质和规律,因此它必须用概念、范畴和理论方式来表现认知的结果。

人实际地改造对象世界的最重要的目的就是实现功利的善。要达到这一点,一方面必须把握客体对象的属性规律,另一方面要客观地反映主体的需要,并据此提出主体活动的目的,并使两者统一起来。客体对象及其属性规律是独立于人及其目的之外的客观存在物,人的目的不是它们存在的根据和理由。所以人要实现自己的功利的目的,关键在于要找到对象属性、规律与主体人目的的结合点,使人的活动既符合客体对象的属性规律,又符合人自身的目的,促使对象客体从自然的形式向有用的形式转变,即实现对对象的实际的改造。这是一种以主体内在尺度与客体对象尺度相结合为其特点的主体与客体的关系。只有在这个基础上,才能实现人的本质力量的对象化,达到功利的善。

从人类的历史来看,生产劳动是人类早期唯一的实践活动,刚刚从自然界分化出来的人类,面对恶劣的自然环境,首先必须从事征服自然的生产劳动以满足自身生存的需要,这是认知的真和功利的善原始形态下的统一。此时,人的审美意识尚处在潜在或萌芽状态,人的审美活动依附于物质生产活动,在物质生产活动中体现出人的审美追求。随着生产力的发展,人类征服自然不断取得胜利,人的本质力量和需要也进一步得到发展,人类与客观世界的关系也愈来愈丰富多样,人类的实践活动在生产劳动基础上发展成愈来愈多样的形式,人对美的追求在生产活动以及各种实践形式中也得到愈来愈完美的体现。人的审美活动从生产活动和其他实践形式中分离出来,逐渐成为相对独立的领域即精神——艺术生产领域,它也是人的实践活动的重要形式,是人专门为了审美的目的而从事的实践活动。

人对真的追求,就是在概念、范畴、理论中把握对象客体的本质、属性和规律,人对功利善的追求,就是要在实践中使客体对象的属性规律与主体的目的相结合,实现对世界的改造。美是在真和善的基础上,人的更高的追求。这就是要通过实践在对象中表现出人本身。求真求善都离不开主体人,从中我们可以看到人和人的能动性,但它还不是人本身,即活生生的人本身。所以美是人的本质力量的对象化,但只有对象中有人,有人性,有人格,有人的个性和情感,有人的感性生命的表现,一句话有活生生的人本身,才能成为审美感受、观照体验的对象,才具有审美的价值。马克思曾经指出,如果在一种劳动产品中,"物化了我的个性和我的个性的特点"①。那么,劳动者一方面能在劳动中"享受了个人的生命表现";另一方面又由于劳动者能在产品中直观劳动者的个性,而"感受到个人的乐趣"。这样一种实用的劳动产品之所以具有审美的价值,就因为产品中有人,有人的个性的表现。马克思在讲到中世纪手工业劳动者时指出,由于社会内部分工还没有形成,劳动者必须全盘掌握本行手艺,他们在全过程的劳动中有可能表现出完全属于劳动者个人的特性和技能,从而使产品达到某种有限度的艺术感。恩格斯在讲到法国唯物主义时也曾讲到,正是客体的人的内容使它具有赏心悦目的诗意的魅力,仿佛以迷人的微笑吸引整个人的心,成为人的审美观照和体验的对象。马克思的《手稿》是一部经济学哲学著作,但书中提出那么多的重要的美学问题不是偶然的,这是因为《手稿》中论述人的本质、人的尺度等问题与美有着密切的关系。"人不仅像在意识中那样理智地复现自己,而且能动地、现实地复现自己,从而在他所创造的世界中直观

---

① 《马克思恩格斯全集》第42卷,第37页。

自身。"①客体对象中有人,这是马克思的一个重要思想。

在美学思想史上,车尔尼雪夫斯基提出"美是生活"的命题,并把人置于中心的地位。他说:"人的个性是我们的感觉所能感受到的、世界上最高的美。"②还说:"任何事物,凡是我们在那里面看得见依照我们的理解应当如此的生活,那就是美的;任何东西,凡是显示出生活或使我们想起生活的,那就是美的。"③在这里,车尔尼雪夫斯基不仅提出美是生活,并且提出超越生活、超越现实的思想。但由于他受到费尔巴哈直观唯物主义的影响,不了解实践的意义,不了解生活的本质就是实践,他所说的"应当如此"的生活停留在人的精神领域。马克思主义认为实践既立足现实,又是对"应当如此"的真善美统一理想生活的追求。实践的观念是对现实生活的超前反映,人们通过实践所创造的对象,是现实生活中并不存在的理想的价值对象。马克思关于在实践中创造真善美理想世界的思想,解决了美学思想史上审美理想与现实统一的理论难题。

人的实践活动,是充满激情的,我们甚至可以说,没有人的激情,就没有人的创造活动,没有人的实践活动。在《手稿》中马克思指出:"人作为对象性的、感性的存在物,是一个受动的存在物;因为它感到自己是受动的,所以是一个有激情的存在物。激情、热情是人强烈追求自己的对象的本质力量。"④追求自己的对象,就是通过实践,在对象中表现自己,实现自己。人的热情、激情就是人追求对象,在对象中表现自己、实现自己的本质力量。人的实践活动是对现实的超越,是现实与理想、理性与感性的统一。在艺术创造、审美活动中,理想与现实、理性与感性统一的特点得到更加充分的体现。

原载《中国社会科学》1998 年第 3 期

---

① 《马克思恩格斯全集》第 42 卷,第 97 页。

② 车尔尼雪夫斯基《当代美学概念批判》,《美学论文选集》,人民文学出版社 1957 年版,第 41 页。

③ 车尔尼雪夫斯基《艺术与现实的审美关系》,《车尔尼雪夫斯基选集》上卷,生活·读书·新知三联书店 1958 年版,第 6 页。

④ 《马克思恩格斯全集》第 42 卷,第 169 页。

一个值得重新探讨的定义

——关于典型环境和典型人物关系的疑义

徐俊西

长期以来，人们都把恩格斯在评价哈克纳斯的中篇小说《城市姑娘》时所说的一句话，即"据我看来，现实主义的意思是，除细节的真实外，还要真实地再现典型环境中的典型人物"[①]，作为评价一切文学作品的经典定义，并认为这是现实主义理论的一次革命性的变革。然而在实际上，无论是恩格斯的论述本身或是对它的理解和运用，都有进一步探讨的必要。

一、《城市姑娘》的问题在哪里

《城市姑娘》是英国 19 世纪 80 年代具有"社会主义倾向"的女作家玛尔加丽塔·哈克纳斯的第一部中篇小说。正如恩格斯所说，它描写的是一个"无产阶级姑娘被资产阶级男人所勾引"的"老而又老的故事"。恩格斯在肯定它用"简单朴素、不加修饰的手法"表现了"现实主义的真实性"的同时，认为它的主要缺点就是未能"真实地再现典型环境中的典型人物"。恩格斯把这句话的意

---

① 《恩格斯致玛·哈克纳斯》。以下引文凡未注明出处的，均见此信。

思具体表述为：

> ……您的人物，就他们本身而言，是够典型的；但是环绕着这些人物并促使他们行动的环境，也许就不是那样典型了。在《城市姑娘》里，工人阶级是以消极群众的形象出现的，他们不能自助，甚至没有表现出（作出）任何企图自助的努力。想使这样的工人阶级摆脱其贫困而麻木的处境的一切企图都来自外面，来自上面。如果这是对 1800 年或 1810 年，即圣西门和罗伯特·欧文的时代的正确描写，那末，在 1887 年，在一个有幸参加了战斗无产阶级的大部分斗争差不多五十年之久的人看来，这就不可能是正确的了。

这就是说，《城市姑娘》的主要问题是因为它在 19 世纪 80 年代还把工人阶级作为"消极群众的形象"来描写，因而就不可能是"充分典型"和"正确的"。

我们今天应该如何看待恩格斯对《城市姑娘》的这一批评呢？如果从作品的实际出发，我们认为这种批评是欠准确和公正的。因为第一，在现实生活中不仅是 19 世纪 80 年代的工人阶级中存在着"消极群众的形象"，即使在 20 世纪 80 年代的今天，工人阶级中也仍然存在着"消极群众的形象"。作为现实生活真实反映的文艺作品，描写这些"消极群众的形象"为什么就不可能是典型的和正确的呢？第二，耐丽作为恩格斯所曾经说过的"这一个"的独特的典型人物，她应该成为"一定的阶级和倾向的代表"[1]，但却并不一定非要成为 19 世纪 80 年代工人阶级积极的、革命倾向的代表。因此，把耐丽描写成"消极群众的形象"，也并不等于就是把当时整个英国工人阶级都描写成了"消极的群众"。

有些同志说，恩格斯的意思并不是说文艺作品不可以描写工人阶级中的消极群众，而是因为《城市姑娘》的作者没有明确把耐丽作为工人阶级的消极群众来描写，因此就使人把她看成是一般工人阶级的代表了，而一般工人阶级在当时是

---

[1] 《恩格斯致斐迪南·拉萨尔》。

进行着自觉或半自觉的革命斗争的。这种解释也是没有说服力的。看过《城市姑娘》的同志都知道,哈克纳斯笔下的耐丽不仅不是作为工人阶级的"一般"(?)代表来描写的,而且她压根儿就不能算作正式的"工人阶级"。——她只是不定期地从一家小裁缝铺的刻毒的老板娘那里领些零活拿回家去做的"外包工"和"临时工"。我们从作品中可以看到,"她的理想"就是要把自己"打扮得跟贵妇人一模一样",她最羡慕的、一意摹仿的对象就是伦敦西头的那些女东家,"靠在沙发上看看小说,拿起小勺一口一口喝着咖啡,有人侍候她穿皮鞋,脱皮鞋"。她不仅"对政治一窍不通",而且还是一个虔诚的天主教徒。所有这些,除了再在她身上贴上政治标签以外,还要怎样才算是"明确地"把她作为一个"消极群众的形象"来描写呢?

这样说是不是《城市姑娘》就没有缺点和问题了呢? 也不是。我们认为这部小说在思想倾向上确实存在着明显的缺点和错误。但它的缺点和错误不在于它描写了一个不觉悟的、消极的群众形象,而在于它和过去一切批判现实主义的作品一样,对拯救人类命运的道路和方法开出了错误的、有害的"药方":把主人公耐丽的得救写成是"来自上面"的资产阶级宗教慈善团体"救世军"的援救和"来自外面"的资产阶级绅士的良心发现,从而在"战斗无产阶级"进行了"差不多五十年"之久的斗争的革命时代,散布了对于资产阶级虚伪的改良主义和人道主义的"传统幻想",而不是像恩格斯对于具有社会主义倾向的小说所要求的那样:"通过对现实关系的真实描写,来打破关于这些关系的流行的传统幻想,动摇资产阶级世界的乐观主义,不可避免地引起对于现存事物的永世长存的怀疑"①。然而这一切,和作品中的主人公是"消极形象"还是"积极形象"是并无必然联系的。在这里,我们认为关键问题仍在于怎么写,而不在于写什么。

---

① 《恩格斯致敏·考茨基》。

二、关于"典型环境"和"典型人物"

撇开对《城市姑娘》的具体评价不谈,单从文艺作品中人物和环境的一般关系来看,对于如何理解"真实地再现典型环境中的典型人物"这一问题,也有许多需要进一步研究和探讨的地方。

首先,究竟什么样的环境才能算是"典型环境"?

很久以来,人们不无根据地从恩格斯给哈克纳斯的这封信中得出了这样一种认识,即只有当"环绕着这些人物并促使他们行动的环境"能够直接反映出时代的主流和社会力量的本质,才能算得上是"典型环境",否则就不算。例如在 19 世纪 80 年代,只有反映"工人阶级对他们四周的压迫环境所进行的叛逆的反抗",才能算是正确反映了这种"主流"和"本质"的典型环境,而像《城市姑娘》中所描写的伦敦东头工人群众的"不能自助"的消极落后的环境,则不能算是"典型环境"了。我们知道,这种在典型问题上的"主流论"或"本质论"的观点在我国文艺界是很有影响的,究其原因,恐怕不能不说是和恩格斯的上述观点有关。

在文艺作品中,环绕着人物并促使他们行动的具体的、个别的"小环境"和整个时代社会生活的"大环境"的关系只能是个别和一般,个性和共性的辩证统一的关系。"任何个别(不论怎样)都是一般,任何一般都是个别的(一部分,或一方面,或本质)。"①这就是说,任何个别的环境,"不论怎样"都是整个社会生活和时代潮流的这样或那样的反映(包括本质的反映)。所不同的,只是反映的方面和形式不同罢了。如有的反映了事物本质的主导的、积极的方面,有的则反映了非主导的、消极的方面;有的是以和事物本质相一致的"真相"的形式表现

---

① 列宁《谈谈辩证法问题》。

出来的,有的则是以和本质不相一致的"假象"的形式表现出来的。但不论怎样,只要真实地、正确地反映出事物的固有特征和内在联系,就能在不同程度上揭示事物的本质或本质的某些方面,就具有一定的典型性。因此我们不能认为只有表现正面力量和生活主流的文艺作品才能揭示社会生活的本质,才具有典型意义;而描写消极现象和生活支流的作品就不能揭示社会生活的本质,因而就不具有典型意义。这里的问题仍然是怎么写,而不在于写什么:文艺作品不管反映什么样的生活事件和社会环境,只要它能准确地表现出事物的个性特征和它在社会矛盾中所处的特殊地位,从而帮助人们正确地认识各种纷纭繁杂的生活现象的实际价值和发展趋势,而不致使人们把支流当成主流,假象当成真相,这样就能在一定程度上揭示出社会生活的本质真实,达到典型化的要求。

其次,关于典型人物和典型环境的关系问题。

恩格斯在批评《城市姑娘》时曾经说过:"您的人物,就他们本身而言,是够典型的;但是环绕着这些人物并促使他们行动的环境,也许就不是那样典型了。"因此有些同志就据此得出结论说,充分的和不充分的现实主义的区别只有一条:"一个描绘出了'典型环境中的典型人物',另一个刻画出来的则是非典型环境中的典型人物。"并认为"在不充分的现实主义作品里,就其描写的范围而言,人物性格可能是典型的,甚至是充分典型的,但是促使或者造成人物性格活动的那个环境,则绝不可能具有典型性"[①]。

这里就产生了这样一个问题:在文学作品中,人物与环境的关系究竟如何?难道不是相互依存,而是可以分割的吗?是不是可以在不典型的环境描写中塑造出典型人物来呢?

也许有人会说,恩格斯肯定耐丽是"典型人物"就是作品"所描写的范围而言",如果从整个时代和社会生活的范围来看,那就和促使她行动的环境一样,

---

① 程代熙《文艺问题论稿》,上海文艺出版社 1979 年版。

"也许就不是那样典型了"。因此恩格斯并没有否定具体作品中人物和环境的一致性。

倘若这样,那就又产生了另外一个问题:衡量文艺作品中人物的典型性和环境的典型性是否应该有两种不同的标准呢?作品中的人物如果只在自己"所描写的范围"内才是典型的,而在一定时代和社会生活中则不具有普遍性和典型性,那末这样的人物形象难道能够叫做真正的"典型人物"吗?因此我们认为在评价一部具体的文学作品时,没有理由、也没有必要去把其中的人物和环境的关系机械地分割开来,对立起来,从而陷入既要肯定其人物,又要否定其环境的矛盾境地。

三、实践的检验和应有的结论

综上所述,我们认为恩格斯这封信的主要目的是对一个作家的具体创作发表自己的意见。他的意见带有鼓励和希望的意思。他并不是在为现实主义下一个严格的科学定义。因此,我们在引用时必须注意如下两点:

第一,作为无产阶级的革命导师和唯物史观的创始人之一,恩格斯针对过去长期以来无产阶级和劳动人民被剥夺了在文化上应有的地位和权利这一极不合理的现象,要求当时一些具有社会主义倾向的作家作品努力表现工人阶级的积极形象,使他们为谋求"做人的地位"的斗争生活能在"现实主义领域内占有自己的地位",这是完全正确的和必要的。关于这一点,恩格斯在谈到文艺问题的其他论述中还多次强调过。如恩格斯早在 19 世纪 40 年代,就要求无产阶级文艺要"歌颂倔强的、叱咤风云的和革命的无产者"①,并把作品中的主人公从"国王和王子"变为"穷人和受轻视的阶级",看成是"小说的性质方面发生了一

---

① 恩格斯《诗歌和散文中的德国社会主义》。

个彻底的革命"①。这些对于我们今天的文艺创作来说，仍然具有指导意义。但是如果不从具体的历史条件和文艺创作的实际出发，把对于无产阶级文艺的这一合理要求变成衡量一切文艺作品的唯一标准，要求每个典型人物都要成为正面的、社会力量本质的反映，那就必然会导致一个时代、一个阶级只能有一种典型人物的简单化、公式化的倾向。应该承认，这种倾向直到今天在我国文艺界仍然是很有影响的。例如每当那些揭露社会主义阴暗面和描写"消极群众"形象的文艺作品一出现，我们就总会听到这样的责难：我们工人阶级难道是这样的吗？这不是对革命干部形象的丑化和歪曲吗？这难道能够正确揭示社会主义现实生活的本质和主流吗？凡此种种，都是从典型人物＝阶级的代表＝社会力量的本质＝时代的主流这一套公式来的。这套公式不破除，人物形象的个性化、多样化就很难实现。

第二，如前所说，把典型人物和典型环境的关系割裂开来甚至对立起来以后，往往就会使人们对于"真实地再现典型环境中的典型人物"作出这样的理解，似乎文艺创作不是首先努力去发现和创造独特的、富有个性特征的典型人物，并通过对这些活生生的人物之间"现实关系的真实描写"来构成同样独特的、富有个性特征的典型环境；而是相反，首先要研究和规定代表一定阶级、时代的主流和本质的"典型环境"，然后再设计出适合于镶嵌在这个统一规格的"典型环境"镜框里的"典型人物"的肖像。很明显，这种按图索骥式的"典型化"方法除了把人们引入恩格斯所竭力反对过的作为"时代精神单纯的传声筒"的"席勒化"的歧途以外，是不会有别的什么结果的。黑格尔老人曾经指出："每个人都是一个整体，本身就是一个世界"②。这就是说，作为"社会关系总和"的每一个人的性格特征都是由千丝万缕的人与人之间的关系造成的。只要我们对

---

① 恩格斯《大陆上的运动》。
② 黑格尔《美学》第 1 卷，商务印书馆 1979 年版，第 303 页。

现实关系有深刻的理解，并把这种理解熔铸于个别的、血肉生动的典型人物的塑造，就必然会通过对他们和周围人物关系的真实描写构成特定的、富有时代特征和阶级特征的典型环境。因此那种认为只有把"典型人物"安排在事先规定好的"典型环境"的现成框子中才能塑造得好的说法，是不符合通过个别反映一般的典型化的艺术规律的。

总之，我们认为《恩格斯致玛·哈克纳斯》的这封信作为1932年从恩格斯的遗稿中发现的一份不完全的草稿，其中有些观点和论述并不具有科学定义的性质，因而如果作为定义来使用，显然有不完善之处。关于这一点，过去有些同志曾经想从译文上来求得解决。如"典型环境中的典型人物"起初被译成"典型环境中的典型性格"，最近又有同志认为"除细节的真实外，还要真实地再现典型环境中的典型人物"这句话按照英文原文应该改译成"除了细节的真实外，还要有典型环境下的典型人物的再现的真实"。由此可见，人们对于把恩格斯的这段论述作为定义，历来存在着疑义，因而我们认为现在有必要重新提出来加以研究和讨论。

原载《上海文学》1981年第1期

本质真实是细节真实和关系真实的统一

——学习马克思文艺论著札记

蒋国忠

文艺的"真"是"善"与"美"的基础,怎样理解这个"基础",学术界历来争辩不休。论争的焦点是如何准确认识构成艺术真实核心的本质真实问题。有的认为,现象即本质,作家塑造出了活生生的艺术形象,本质就在其中了。反对者则主张:并非所有的现象都能体现本质;只有反映了社会本质、体现了时代精神的艺术形象,才具有艺术的本质真实。究竟怎样理解艺术的本质真实呢? 马克思的有关论述可以给我们重要的启示。

与恩格斯一样,马克思十分注重作品的细节真实。他认为细节真实是艺术真实的基础,本质真实必须以细节真实为前提。1879 年马克思在致恩格斯信中谈到卡尔顿的《关于爱尔兰农民生活的特点和报道》一书时说:"卡尔顿不论在风格上或在结构上都不高明,但是他的特点在于他描写的真实性。作为爱尔兰农民的儿子,他比利费尔和拉弗尔之流更热爱自己的对象。"①这部不能让人一口气读完的书,尽管有许多缺陷,却从不同方面真实地描绘了爱尔兰农民的生活,能使读者从中领略爱尔兰农村生活的"各种风味",因而马克思说"有必要备有这本书"。假使作品没有真实的细节描绘,生活的"风味"、人物的"栩栩如

---

① 《马克思恩格斯全集》第 34 卷,第 89 页。

生"、"生活画"的鲜明色彩,就是不可思议的了。所以杜勃罗留波夫曾说过:"为了自然性,甚至需要牺牲抽象的逻辑性。"这里所说的"自然性",首先是指生活细节或现象的真实状态。

但是仅有细节真实,还不等于艺术真实。酷似生活还不能保证作品不虚假。马克思在要求作家用伦勃朗的强烈色彩栩栩如生地描绘革命派领导人的同时,又明确反对新闻报道式的"有闻必采"。他指出由老牌间谍和职业密谋家所写的《阴谋家》和《1844年2月共和国诞生记》这两本书,虽然"已经去掉了二月革命的'伟人'以往常常穿着的厚底靴和灵光圈,深入了这些伟人的私生活,让我们看到了他们身穿便服的形象和他们周围形形色色的配角,但是,它们并没有因而稍微真实地描绘了人物和事件"①。所以,在马克思看来,照搬事实,不加选择和提炼,作品同样有可能是不真实的。作家只有把细节看作是突入本质的向导,使细节经过加工改造,与本质的真实有机地联系起来,才能构成马克思所要求的艺术真实。

本质真实是艺术真实的核心与灵魂。所谓本质,不是玄妙的"自我意识"或笼统的"时代精神",而是具体的社会生活的内部联系,是外在生活现象的内在逻辑。这种"内部联系"或"内在逻辑",包括时代的、阶级的、政治的、社会的、道德的、文化的、心理的……各种层次上的内部联系,就是马克思在《政治经济学批判导言》中所说的"抽象的具体","多样的统一"。我们只有从多层次、多侧面的角度去认识艺术的本质真实,才得以较全面地、准确地认识它的科学内涵。可是,长期以来,不少同志习惯于用社会学的"本质"概念来活剥艺术的本质真实;他们把本质真实理解成为社会生活的主要矛盾或矛盾的主要方面,因而把本质真实简单地等同于社会学家对社会生活所作的单一的抽象。这显然是不恰当的。我们认为,从马克思的观点看来,本质真实是作家根据实际生活重新

---

① 《马克思恩格斯全集》第7卷,第313页。

创造出来的艺术形象体系的"真实本质"。这种"真实本质"是一种合符生活客观的逻辑的真实,是一种现实关系的真实。对于这点,马克思在他的著作中屡有涉及。例如《神圣家族》中批判欧仁·苏的小说《巴黎的秘密》与施里加对它的评论时就指出:作家要"真实地评述人类关系"①。这里所说的"人类关系",是指包括自然关系在内的、以社会关系为主的一切关系的总和。马克思高度评价巴尔扎克的作品,是因为巴尔扎克"在深刻理解现实关系上总是极其出色。"他在"严格模写现实"的同时,总是竭力探求"产生这些社会现象的多种原因或一种原因,导出蕴藏在广大的人物、热情的事故里面的意义"②。而这"多种原因"和"意义",就是蕴藏在现象背后的现实关系。作家只有通过生动的艺术形象真实地揭示了生活的现实关系,才能使艺术产生不可抗拒的逻辑力量。

那末怎样理解现实关系呢？马克思和恩格斯在《德意志意识形态》中谈到费尔巴哈时说过:他"没有从人们现有的社会联系,从那些使人们成为现在这样子的周围生活条件来观察人们。"这里说的人们"现有的社会联系",人们的"周围的生活条件",正是人的现实关系的表现。它构成了人物的环境,形成了人物的性格。在阶级社会中,阶级关系是现实关系的核心。不过,也不能把"真实的现实关系"简单地等同于阶级关系,更不能简单地等同于阶级的对立关系。人们的社会联系是广泛而复杂的,特别是思想文化关系,民族道德关系等等,一旦在一定的生产关系的基础上形成之后,就具有相对的独立性。恩格斯在致布洛赫的信中明确指出:"历史是这样创造的:最终的结果总是从许多单个的意志的相互冲突中产生出来的,而其中每一个意志,又是由于许多特殊的生活条件,才成为它所成为的那样。这样就有无数互相交错的力量,有无数个力的平行四边形,而由此产生出一个总的结果,即历史事变。"③这是一个极其深刻的概括。任

---

① 《马克思恩格斯论艺术》(二),第396页。
② 《"人间喜剧"前言》。
③ 《马克思恩格斯选集》第4卷,第478页。

何一个现实的人的性格和命运,就是由无数交错的力量和无数力的平行四边形共同作用的结果。所以从马克思主义的观点来看,人类的现实关系是个复杂的、有机的、多种矛盾相互作用的过程。黑格尔曾形象地把这种现实关系称为"错综复杂的关系网。"任何一个活人都生活在这张"错综复杂的关系网"中,并由这张"关系网"决定了这个活人的性格和命运。马克思说:"人同自身的关系只有通过他同他人的关系,才成为对他说来是对象性的、现实的关系。"①这种"对象性的、现实的关系"就是人的具体的关系网。由于每个人的"对象性的、现实的关系"是千差万别的,所以形成了人物性格的千姿百态。巴尔扎克说得好:"正是千差万别的环境把人类陶冶成无数不同的人,形成千殊万类的性格。"

"文学是人学"。作家要刻画丰富多样的人物性格和人物性格的丰富多样,就必须深入研究人物的丰富多样的"对象性的现实的关系"。对于这种"对象性的现实的关系"的认识的深度与广度,决定性地影响着作家创造的艺术作品的真实程度和人物性格的典型程度。马克思批评欧仁·苏的《巴黎的秘密》和施里加的评论时指出:他们用"思辨的原则"来代替和歪曲人们的现实生活和有血有肉的人物,把"实物的、感性现实的世界变成'思维的东西',变成自我意识的纯粹规定性","把现实的人变成了抽象的观点。"②马克思赞扬小说中着墨不多的波普勒太太,称之为"巴黎看门女人的典型。"因为这个人物有着自己的"'独立'行动"。这种"独立行动"不是从"思辨原则"演化出来的,而是波普勒太太的社会地位和生活方式决定的。她是房东的"代表",兼当刺探房客隐私的"密探",又是房客的仆人,要靠讨好房客收取小费来维持生计。这种特定的现实的关系,决定了波普勒太太的阿谀奉承、弄虚作假、贪图私利等行为特点。这是一个有血有肉的人,又带有阶级和职业的气息,因而具有一定的典型意义。恩格斯发挥了马克思这一在现实关系中刻画人物性格的思想,提出了"真实地再现

① 《马克思恩格斯论文艺与美学》,第23页。
② 《马克思恩格斯全集》第2卷,第244、246页。

典型环境中的典型人物"的著名论断。他在致哈克纳斯的信中就用这个观点分析了《城市姑娘》的成就与缺陷,指出:"您的人物,就他们本身而言,足够典型的;但是环绕着这些人物并促使他们行动的环境,也许就不是那样典型了。"这就是说,人物本身的行为即"做什么"来看,耐丽等人物还是有相当的代表性的;但是"一个人物的性格不仅表现在他做什么,而且表现在他怎样做"(恩格斯语)。哈克纳斯并没有充分揭示是什么样的"对象性的现实关系"造成了这些人物的不觉悟、不反抗等等,因而这些本身"够典型"的人物却缺乏生活的可信性,缺乏人物行为的内在依据。可见,恩格斯正是从人物和环境(即对象性的现实关系)要达到有机统一的高度,要求哈克纳斯站在历史唯物主义的高度,更深刻地认识时代与社会生活的"真实的现实关系"。寄赠《社会主义从空想到科学的发展》一书,就表明了恩格斯对于作家的这一期望。

因此,作家要塑造典型的人物形象,就必须对特定人物的真实的现实关系有一个深刻的认识和理解。马克思和恩格斯推崇莎士比亚、巴尔扎克等现实主义作家,就在于这些作家通过鲜明的人物性格的刻画,真实地、深刻地反映了一定历史时期的现实关系。马克思认为,巴尔扎克"不仅是当代社会生活的历史家,而且还是一个创造者"①。作为一个"历史家",他如实地记载了十九世纪上半期法国社会生活的宏伟的历史画卷;作为一个"创造者",他独到地研究了产生这些社会现象的多种原因,因而不仅揭示了错综复杂的现实关系,而且显示了这种"关系"变动的趋势。可以说,一个伟大的作家同时也是一个深刻的思想家。作家只有对现实关系认识得独到深刻,才有可能描绘得深刻独到。

总之,艺术真实是"细节的真实"和"关系的真实"的有机统一。我们通常所说的艺术的本质真实,应当理解为错综复杂的"现实关系"的真实,理解为以阶级关系为核心的错综复杂的"关系网"。这种深刻的复杂的现实关系,要体现在

---

① 《回忆马克思恩格斯》,第6页。

由细节构成的有血有肉的形象体系的图画之中,使之获得生动的直观;而形象体系要包蕴有深刻、复杂的现实关系,使之获得逻辑的根据。只有当这种"细节的真实"与"关系的真实"二者达到完美的统一时,才能达到较高的艺术真实的境地。

原载《复旦学报(社会科学版)》1983 年第 6 期

马克思主义文艺理论中国化的早期历程

张宝贵

作为一种外来思潮,马克思主义文艺理论能在现代中国生根发芽,并最终取得统治地位,必然是一个不断中国化的过程,一种同中国特殊实际相结合的艰难磨砺,一种由不明确到明确、不自觉到自觉的曲折前行。在近百年的历程中,从 20 世纪初到第一次大革命失败,是一段非常艰难和关键的时期,它为后来的马克思主义文艺理论中国化奠定了理论基调。过去,在此方面的研究虽取得了一些成果,但比较而言仍然是比较薄弱的,尤其存在着视角上的偏颇:或以现实维度取代文艺规律,责怪文艺太过高飘;或以文艺规律消解现实维度,非难文艺太过媚俗。两种取论上的偏颇均曲解了当时的理论与实际,也不符合马克思主义应有的文艺理论原则,更难以说明后来马克思主义文艺理论在中国所具有的理论与实践活力。基于此,本文拟从现实与文艺的内在联系出发,试图回答这样的问题:当时中国的文艺理论为什么会选择马克思主义? 在创作原则上,它是怎样对待生活真实与艺术真实的关系的? 在创作方法上,它又是如何用艺术方式把握世界的? 在文艺批评上,它是以何种标准来要求文艺的?

一

中国的文艺理论为什么会选择马克思主义？目前的研究者多从理论自身的需要来找原因，认为当时的文学革命需要一种关注现实的理论，而马克思主义文艺理论投合了这种需求，这才有了后者的传入。本文以为，这种从文艺理论内部找原因的办法固然有它的长处，能帮助我们解决马克思主义文艺理论与其中国化形态的通约性、普遍性，但若想解释理论传入后的特殊性，必须考虑当时的社会需要，否则就很难真正理解，为什么当时中国的马克思主义文艺理论在反对封建主义的问题上立场鲜明，在反帝尤其是在反资问题上却出现多次立场波动①；也很难真正理解，为什么当时的文艺理论有那么浓重的政治色彩，而每当文艺与社会政治出现抵牾时，后者往往成为衡量一切的杠杆。这些主要是出于当时社会的实际需要，而不单纯是理论本身的问题。不了解这一点，不但难以清楚地解释那段历史，更不能公允地评价那一时期马克思主义的文艺理论。

说马克思主义文艺理论的传入是应中国社会实际的需要，并不是说在直接意义上需要它，而是说当时中国因为选择了马克思主义，才选择了这种主义的文艺理论。否则就很难解释，为什么苏俄十月革命前大量西方文艺思潮被译介过来的情形下，马克思主义文艺理论著述却没被介绍进来，而只是这种主义作为一种社会政治思想得到广泛传播后才逐渐传入。以马克思主义著作翻译情况为例，据统计，仅从 1920 年各地共产主义小组成立到 1927 年第一次国内革命战争结束，就有 22 种马克思和恩格斯的经典原著被译成中文，这还不包括多

---

① 如 1920 年代末到 1930 年代早期，中国共产党就曾根据实际革命形势的需要，数次调整对小资产阶级的文艺政策，包括对鲁迅、对"自由人""第三种人"从对立到接纳的态度转变等，从而成为中国化马克思主义文艺理论最具特色的内容之一。（参见林伟民《中共加强对左翼文学运动的直接领导》，《新文学史料》2004 年第 1 期）

次被重译、节译、重版的情形①，而二人有关文艺问题的论述则一篇未有。至于非经典性的马克思主义文艺著述，笔者初步统计也只有 8 种②，且多是对俄罗斯文艺状况的介绍性文字。其中，列宁的《论党的出版物与文学》应是分量最重的一篇，但也只是俄化马克思主义的文艺思想，它有着强烈的本土色彩和时代的政策意味，现在看来恐怕也很难算得上马克思主义普遍原理的一部分。而从翻译时间上看，列宁两篇文章和另外几种反映苏俄文艺论争方面的著述也都集中在 1925、1926 年译出，比 1920 年陈望道翻译的《共产党宣言》全译本晚了五年多。译文的数量、经典程度及翻译、传入时间的先后意味着逻辑上的主从关系，这说明如果不是呼应马克思主义所针对的社会实际问题，这种主义的文艺理论就失去了传入的理由。这是中国化马克思主义文艺理论的依附性，也是它滞后的特殊性。最初的传入时如此，在后来传播开来时依然如此。因此，对马克思主义传入原因的回答，同时也是对其文艺理论传入原因的回答。

马克思主义的传入与当时中国的实际命运密切相关。1917 年，当胡适那篇《文学改良刍议》漂洋过海，登载在《新青年》上，一场彻底反对封建的资产阶级民主主义性质的思想革命就应运而生了。可是，为什么要反对封建？为什么要"民主"和"科学"？道理很简单，就是因为封建的那套东西不管用了。1840 年以来的历史给中国人以残酷的教训，再紧抱着老祖宗不放，唯一的结局只有国灭族亡，所以才有了向西方学习的理念，有了"师夷长技以制夷"的洋务运动，有了资产阶级改良运动的"百日维新"，有了昙花一现的辛亥革命。可是，这些学习无一例外都失败了：学人家的武器，自己的体制不行；学英日的君主立宪，慈禧

---

① 参见胡永钦、耿睿勤、袁延恒《马克思恩格斯著作在中国传播的历史概述》，《马克思恩格斯著作在中国的传播》，人民出版社 1983 年版。

② 包括高尔基的《文学与现在的俄罗斯》（1920 年郑振铎译），卢那察尔斯基的《苏维埃政府的保存艺术》（1921 年震瀛译），《俄国文学与革命》（1923 年沈雁冰译），列宁的《托尔斯泰和当代工人运动》（1925 年郑超麟译），《苏俄文艺论战》（1925 年任国桢译），托洛茨基的《论无产阶级的文化与艺术》（1926 年仲云译），列宁的《论党的出版物与文学》（1926 年一声节译），升曙梦的《新俄文学的曙光期》（1926 年冯雪峰译）。

不答应；推翻了体制，非但帝国主义要干预，老百姓也不懂。鲁迅说："见过辛亥革命，见过二次革命，见过袁世凯称帝，张勋复辟，看来看去，就看得怀疑起来，于是失望，颓唐得很了。"①怀疑、失望乃至颓唐毕竟只是暂时，猛醒之后就发现，最根本的还是要学人家的思想，于是才有了文学革命。如果没有骨子里蛰伏的反帝，就不会有文学革命的彻底反对封建主义。

反对封建主义给马克思主义的传入提供了必要条件，令其可以成为众多西方思潮中的一个参考"药方"。可是它绝不是唯一的药方，甚至十月革命的成功，最初也只是榜样的力量，这力量不小，却也只是必要条件，这时还没有必须要跟它走的充分理由。但随着对第一次世界大战的反思，特别是巴黎和会的召开，一切都开始变得不同起来。当初，人们虽因辛亥革命的失败而颓唐，但对走资本主义道路还没有彻底失望。随着"一战"的展开，两个帝国主义集团花了那么多钱，死了那么多人，自由、平等、博爱的面纱被自己撕得粉碎，人们的失望更加深了一层，但还没有绝望；特别是在战争结束时，美国总统威尔逊提出了"和平宣言十四条"，协约国也大肆宣传胜利是"公理战胜强权"，人们心中难免还存一丝幻想，陈独秀就说威尔逊是"世界上第一个好人"。②可时间不长，巴黎和会没把德国占领的山东青岛归还给作为战胜国的中国，却抖手转让给日本，公理何在？！虽然比李大钊晚了一步③，但陈独秀毕竟还是醒悟过来，于是在《每周评论》第8号上写了两条随感，一是说威尔逊无非是以空对空的"大炮"，二是说"公理何在"。④他绝望了，于是选择了唯一的选择：俄国的马克思主义。中国人民愤怒了，于是蛰伏的种子终于萌发，有了反帝的"五四"爱国运动。文学革命

---

① 鲁迅《南腔北调集·〈自选集〉自序》，《鲁迅全集》第4卷，人民文学出版社2005年版，第468页。

② 只眼《发刊词》，《每周评论》创刊号，1918年。

③ 1917年2月，李大钊在《威尔逊与平和》一文中和陈独秀一样认为，"和解之役，必担于威尔逊君之双肩也"（守常《威尔逊与平和》，《甲寅》日刊，1917年2月11日）。但是到1918年末，他就转而认为，二战的胜利，并不是"威尔逊（Wilson）等的功业"，而是"世界劳工阶级的胜利"。（李大钊《Bolshevism的胜利》，《新青年》第5卷第5号，1918年）

④ 只眼《威大炮》《公理何在》，《每周评论》第8号，1919年。

的反对封建主义,为马克思主义的传入提供了必要条件,为五四运动的反帝提供的却是充分条件。两个条件合在一起,马克思主义就由十月革命后的最初传入,转到了大范围的传播,正如丁守和先生所说,陈独秀的思想转变"是有代表性的,而且影响也是较大的"①。资本主义的道路走不通了,那只有走俄国式的道路,于是,马克思主义就成了有识之士的唯一选择。

反帝反封是一种实际需要,马克思主义之所以能满足这种需要,首先是因为在实践上有俄国的成功案例,接下来才有对理论本身的关注。尽管早期马克思主义者当时还不能把马克思主义同革命民主主义、无政府主义、空想社会主义等严格区分开来,但他们还是迅速而准确地抓住了唯物史观和剩余价值学说,特别是唯物史观中的阶级斗争学说,这些均成为他们反帝反封的有力武器。然而,在运用这些武器分析中国实际问题时,普遍性原理不得不接受实际革命运动的不断拷问而进行调整。具体化在反帝反封上就有了如下重大理论课题:马克思主义支援的是无产阶级革命,资产阶级自然是天然的敌人。但半殖民地半封建国家的特殊性质,让中国化一开始就变得异乎寻常的复杂与艰难。国外的资产阶级是帝国主义,当然要反对,可在实力不够、强弱悬殊的情形下,无策略地去反对,结果可想而知,五卅运动的失败就是惨痛的教训。②国内的资产阶级也是资产阶级,可他们有些也在反对封建主义,也讲反帝,在目标相同的情形下,是去团结,还是泾渭分明;如何团结和如何同时又进行斗争,第一次国共合作获得了经验,但更多的却是教训;即便是反对封建主义,在处理土地革命问题的时候,也不能不考虑资产阶级同盟与地主阶级千

① 丁守和《马克思主义在中国的传播及其对文学的影响》,《中国现代文学思潮流派讨论集》,人民文学出版社1984年版,第195页。

② 正是通过这次惨案,中国共产党开始意识到:第一,掌握政权与军事力量至为重要,它很快被毛泽东等人吸取,这包括大革命失败后提出"上山"思想和保存、发展自己的实力;第二,对机械盲从共产国际教条主义危害性的反省,但这种反省直到1938年毛泽东取得中国共产党的领导权,并在延安进行整风运动后才取得实绩,即坚持从本国实际出发接受异域的马克思主义。两个教训均为中国化马克思主义的重要内容。

丝万缕的联系,汪精卫武汉政府倒戈,最终导致大革命的失败,其教训是带着血腥味的。这一系列过程不同于西方,也不同于苏联,这就是马克思主义中国化的特殊性。

这些特殊性不可避免地影响着马克思主义文艺理论的中国化进程,有直接,有间接,但更多的是直接。马克思主义中国化实践的严酷性,决定了马克思主义文艺理论的中国化不可能在书斋进行,而只能应反帝反封的实际需要而生,其内容也必然随着实际革命形势的变化而调整。文艺自身的规律自然要考虑,但紧迫的革命实践需要无疑限定了这种考虑的空间与走向。在武器的铿锵声中,诗神的歌唱也难免肃杀。

二

关注现实是马克思主义文艺理论的基本特点,但它进入中国的进程时,面对中国特殊的现实需要,其理论在关注现实的方式上必然会产生中国化的特殊形态。在早期,其方式主要有两种,一种坚持文艺应以艺术的方式来关注现实,更多地体现出经典马克思主义的特征;一种强调文艺应以一般意识形态的方式来关注现实,显示出对经典马克思主义的游离。在马克思主义文艺理论中国化的早期乃至后来,几乎所有主张都摇摆在这两种方式之间,特别是早期,对文艺创作原则的理解上体现得尤为明显。

由于没有经典文艺理论原著可以参照,早期马克思主义者大都是发挥唯物史观,指出了文艺对经济基础的依赖性和反映性,并结合五四文学运动的主潮,提倡描写民间"血泪"的"写实文学",这大体上符合现实主义的创作原则。但问题的关键是,对文艺写出的现实——艺术真实怎么看,是严格跟着现实亦步亦趋,还是走出既定现实,写出某种"超现实"的作品。如果熟悉经典马克思主义原著,这本来不成问题。恩格斯就明确指出,巴尔扎克现实主义的胜利,原因之一就是他在自己的作品中看到了"他心爱的贵族们灭亡的必然性"①。意思是说，文艺所写出的真实，可以超越现实，写出现实的必然发展趋势。中国早期的马克思主义者没见到这些表述，就只能在上面两种选择中进行发挥。

李大钊是后一种意见的代表人物。一方面，他坚持文艺对现实的反映关系，说"文学家的笔墨，能美术的描写历史的事实，绘影绘声，期于活现当日的实况"②，另一方面他又着力指明，文艺所写出的真实并不拘泥于现实，而是要写出现实的发展趋势来。在 1918 年提出的"先声"说中他强调，应"视诗人作者为人生之导师，为预言家，为领袖"③。而文艺家要扮好这个角色，就要有"宏深的思想、学理，坚信的主义，优美的文艺，博爱的精神"，这才"是新文学新运动的土壤、根基"④。让文艺担负起洞悉社会发展方向的使命，它所写出的真实就决不能机械，就要超出既定的现实，显示趋势，这正是经典马克思主义对艺术真实的看法，对文艺创作原则最基本的要求。而且，这种要求是符合文艺自身规律的。亚里士多德就曾讲过："诗人的职责不在于描述已经发生的事，而在于描述可能发生的事，即根据可然或必然的原则可能发生的事。"⑤海德格尔谈人的诗意生存时也着意指出，正是将来的可能性，才决定着过去与现在，即所谓"此在本真地从将来而是曾在"。⑥

当然，李大钊这种看法的展开还不充分，里面甚至还杂糅了资产阶级民主主义的思想成分，比如他对俄国民主主义作家的赞赏，抽象了人道主义的内容（"博爱的精神"）等。可是从基本方面看，这种识见无疑是符合马克思主义的。更为难得的是，他不是从某种既定的理论出发来套用中国的实际，而是从中国

① 恩格斯《致玛·哈克奈斯》，《马克思恩格斯全集》第 37 卷，人民出版社 1971 年版，第 42 页。
② 李守常《史学要论》，《李大钊文集》（下），人民出版社 1984 年版，第 751 页。
③ 李大钊《俄罗斯文学与革命》，《李大钊文集》（上），人民出版社 1984 年版，第 586 页。
④ 守常《什么是新文学》，《星期日周刊》"社会问题号"，1920 年。
⑤ 亚里士多德《诗学》，陈中梅译，商务印书馆 2002 年版，第 81 页。
⑥ 海德格尔《存在与时间》，陈嘉映、王庆节译，生活·读书·新知三联书店 1999 年版，第 371 页。

的实际出发,拿自己体悟的思想为当时中国现实服务,让文艺家对现实负责。[①]
这对纠正当时无视中国命运的"休闲文学"、鸳鸯蝴蝶派文学和庸俗社会学的文
艺观都起到了积极作用,代表着马克思主义文艺理论中国化的正确方向。

前一种意见的代表人物主要有邓中夏、恽代英、肖楚女、李求实等。对比李
大钊,他们年龄要小一些,知识面、思想深度、文学素养也有一定的差距。但他
们也有自己的优势,那就是大都具备丰富的实际革命运动经验,有的还是领导
者,所以在理解文艺和经济基础关系时,大都能迅速而准确地看到文艺对现实
的从属性,这是对的。但涉及对这种属性的进一步理解,也难免有些简单化、机
械化,表现出来就是忽视文艺自身的特点,把文艺反映现实简单地理解为等同
于现实。比如有这样一种提法:"只可说生活创造艺术,艺术是生活的反映……
只可说艺术是生活,应该要求表现一切的自由,却不可说艺术是创造一切的。"[②]
艺术反映生活当然没有问题,但让艺术写出的真实一板一眼地跟着现实走,不
越雷池半步,那就不是文艺的特点,也不是文艺的优势,甚至那也不是文艺。严
格说来,它并不符合经典马克思主义的文艺创作原则。然而,这却是其中国化
的早期特色。

把艺术真实混同于生活真实,是马克思主义文艺理论中国化的一个重要方
面,在理论上,这是对唯物史观的机械发挥[③],在实践上,恐怕更多是出于对当时
中国共产党革命宣传工作方针的简单化理解。第一次国共合作初期,共产党人
多次指责国民党只顾发展军力,忽视政治宣传。国民党那里不方便干涉,但是

---

① 从 1927 年末开始的革命文学论争一直到六年"左联"时期,中国马克思主义者多拘泥于异域马
克思主义的文艺理论,比如来自日本的"福本主义"苏联"拉普"的"唯物辩证法创作方法"等,存在严重的教
条主义倾向。早期这种坚持从本土实际出发的中国化原则直到 1940 年代初毛泽东文艺思想确立才得以恢
复和系统化。参见张大明、陈学超、李葆琰《中国现代文学思潮史》,北京十月文艺出版社 1995 年版。

② 肖楚女《艺术与生活》,《中国青年》第 38 期,1924 年。

③ 马尔库塞曾指出,艺术绝对服从现实"这个美学上的绝对命令,是由'经济基础—上层建筑'的概
念推衍出来的。这个概念,实质上并不符马克思和恩格斯的辩证构想,而是被纳入另一种僵化的框架
之中"。见马尔库塞《审美之维》,李小兵译,广西师范大学出版社 2001 年版,第 193 页。

作为党内对自己的要求,"共产党人人都应是一个宣传者,平常口语之中须时时留意宣传"。①这当然不是指文艺方面而言,可既然谈到文艺了,出于宣传的义务,自然会把文艺和现实革命直接联系起来,进而产生出这样的理解:"诗人若不是一个革命家,他决不能凭空创造出革命的文学来……革命的文学家若不曾亲身参加过工人罢工的运动……决不配创造革命的文学。"或者如恽代英对一个青年的告诫:"倘若你希望做一个革命文学家,你第一件事是要投身于革命事业,培养你的革命的感情。"②不能笼统地说这些提法不对,强调革命实践的重要性,强调革命感情的培养,这在当时的政治环境下很有必要。即便对文艺创作来说,有丰富的实践经验,也是一件好事,甚至可以说这种经验越多越好。而且,这种讲法针对那些艺术至上、为艺术而艺术的倾向,针对脱离实际生活、沉溺于山林休闲或满足于卑琐的文艺内容,颇有匡正作用,也是很有价值和意义的。可问题是要有一个度,不能说得太绝对。文艺创作有其特殊性,这是不能不顾及的。对现实主义创作原则而言,它最大的特点就在于文艺家能打破生活的真实,按照生活发展的内在规律,写出一些不等同于生活真实,却符合生活发展逻辑的作品,也就是艺术的真实。在这种情况下,过分强调文艺家作为革命家的一面,甚至把后者当作前者的充分必要条件,就难免在原则上把艺术真实同生活真实混为一谈。

中国早期的马克思主义者还没有看到马克思主义经典作家有关文艺方面的言论,加上当时革命实践的任务又很重,没能把握生活真实和艺术真实的区别,于是在发挥和理解马克思主义,执行党的宣传政策时不完整和有偏颇,这都是情有可原,也是很正常的;但是,我们又要看到,这种可以理解的偏颇中又包含着极端的看法,那就是艺术的怀疑主义或取消主义。由于此时期革命实践的

---

① 《教育宣传问题议决案》,《中国共产党党报》第 1 号,1923 年。
② 泽民《文学与革命的文学》,《民国日报》副刊《觉悟》,1924 年;代英《文学与革命》(通讯),《中国青年》第 31 期,1924 年。

形势极为严峻,文坛上唯美主义、拜金主义和小资情怀的感伤主义还很有市场,难免让一些马克思主义者对文艺产生失望情绪,做出一些不恰当的判断。其中一种意见认为:"我们生在现代而爱好文学鉴赏文学,不过像乞儿玩耍他自己所手制的胡琴而已,决谈不上艺术。艺术是将来的东西,在现在这种剥削奴隶的时代,并没有艺术。"①看到文艺没尽宣传思想、服务现实的义务,把问题归咎于社会,说无产阶级在受剥削压迫的时代不能有艺术,这显然是不对的。错误在于他们片面理解了马克思主义对阶级社会的分析,把压迫和剥削形而上学化、绝对化了。②其实,马克思和恩格斯早就肯定过,阶级社会也是有艺术的,他们对莎士比亚、巴尔扎克、歌德、海涅等人的肯定已经给出了答案。

另一种意见与此类似,但走得更远,它不是怀疑,而是要干脆取消艺术。如有人说:"文学运动与实际运动哪一种急要? 现在这种文学运动,对于社会问题的解决会有效力么? ⋯⋯印度有了一个甘地,胜过了一百个文学家的泰戈尔⋯⋯你真热心于社会问题解决的事业么? 朋友,快快抛去你锦绣之笔,离开你诗人之宫,诚心去寻实际运动的路径,脚踏实地一步一步走下去!"③如果说前种意见看错了社会,认为阶级社会不会存在真正的艺术,那么后种意见就是看错了艺术,取消了艺术的社会功能。两种意见的偏失也有共同点,即它们都没有真正理解和发挥好马克思主义的唯物史观和阶级斗争学说,先是努力把艺术的真实等同于生活真实,让文艺以一般意识形态的形式直接为现实服务;在发现现实中的文艺做不到这点时,就在观念中把艺术与社会对立起来,甚至干脆抛弃文艺。这自然是极端的做法,不过,两种意见从马克思主义的立场出发,要

---

① 泽民《文学与革命的文学》,《民国日报》副刊《觉悟》,1924 年。

② 把文艺和阶级社会对立起来的看法在国外马克思主义者那里也有市场,比如马克思的女婿拉法格就主张阶级社会里不会有真正的文学艺术,原因在于在资产阶级的剥削压榨下条件不允许(见拉法格《左拉的〈金钱〉》,《拉法格文学论文选》,人民文学出版社 1962 年版,第 150 页)。马克思的学生梅林则把原因归结为无产阶级处于紧张的阶级斗争时期,没有空闲和必要去进行创作(见梅林《艺术和无产阶级》,《梅林论文学》,人民文学出版社 1982 年版,第 266 页)。后来苏联的托洛茨基等人也接受了这种观点。

③ 秋士《告研究文学的青年》,《中国青年》1923 年第 5 期。

求文艺尽到社会本分,这个出发点并没有错,问题只在于不能理解文艺尽这本分的路径,在寻找希望的途中不恰当地收获了一份失望。

把艺术真实与生活真实混为一谈,自然有它的错误。其中最大的一点就是抹煞文艺自身的特点,使之沦为社会政治的简单工具。对熟悉现代文艺史,特别是熟悉"文革"这段历史的人而言,这种看法给文艺创作及其主体带来的创伤是显而易见的。因之也就不难理解,为什么它会成为今日许多论者诟病最多的地方。但我以为,这种诟病本身也并非没有问题,其中之一就是批评的纵深度不够。抹煞文艺自身的特点固然可以指责,但更应指责的是它的后果。在让文艺扔掉自己特有的精神感染力后,也就丢掉了其发挥社会功能的强势特征,结果就像一个人端着步枪当棍棒用,不但伤害了文艺,也亏损了自己,结果削弱、窒息了马克思主义文艺理论本应具有的生机与活力,这才是最值得注意的地方。比如在后来的"左联"时期,李立三就曾秘密约见鲁迅,让他参加大规模的示威游行并做领队人。对这种丢掉作家特长,冒险将之当普通战士使用的做法,鲁迅当时就提出了反对意见,他说:"在中国我还是可以打一枪两枪的,只不过不是用手枪而是用笔,我也只能用笔。"[①]同一时期的蒋光慈面对相同境遇也曾说过类似的话,并由此受到开除党籍的处分。[②]而胡也频、柔石等左联五作家的被害带给后人的教训更是直接而深重的。

将艺术真实与生活真实等量齐观产生的第二个错误是,容易招致对马克思主义文艺理论的怀疑。让文艺简单地从属于社会政治,甚至有时让后者完全吞没前者,这是早期乃至后来马克思主义文艺理论中国化进程中一直存在的突出问题,这一事实导致的歧义和严重后果理应引起今天人们的反省。但是,在我们的反省中也存在矫枉过正的现象,认为以前既然是在文艺从属于社会政治上出了问题,那就干脆弱化甚至割断文艺与社会政治的联系,只强调文艺的独立

---

① 参见刘晓滇《李立三与鲁迅的一次特别会见》,《文史博览》2006年第11期。

② 参见吴腾凰、徐航《蒋光慈退党风波》,《江淮文史》2002年第3期。

性和自身的规律。事实上,真正的马克思主义从未放弃对艺术表现方式的探索,而且正是通过艺术对现实的介入彰显出自己的特色和理论生命力。20 世纪萌生于西方的众多马克思主义文艺流派一直到今天仍强势不衰,就得益于这个基本原则。①如果我们因噎废食,丢掉或漠视这一点,无异于因为偏见而遗弃一个充满生机和包容性的理论,对当下中国的文艺理论建设毫无益处。

三

文艺在原则上反映现实,而且不能亦步亦趋地去反映,要写出规律和发展趋势,还要写得美,这必然涉及创作方法问题,也就是如何把作者自己理解的规律、趋势——思想倾向性用艺术方式表现出来。在这个问题上,恩格斯在 1885 年的一封信中明确强调,作家的思想倾向性应当"从场面和情节中自然而然地流露出来,而不应当特别把它指点出来",意思就是要依据文艺自身的规律去写倾向,"甚至作者有时并没有明确地表明自己的立场,但我认为这部小说也完全完成了自己的使命"。②马克思在批评拉萨尔的剧本《济金根》时也指出,作者"最大缺点就是席勒式地把个人变成时代精神的单纯的传声筒"。③显然,马克思、恩格斯在此表达的也是同一意思,都主张作者的倾向性要消融在艺术的描写中。

由于现实任务的迫切需要,也由于没有这方面的经典著作可以参照,早期马克思主义者大都没注意到这个问题。比如恽代英、李求实等主张文艺发挥一般意识形态功能的人,他们往往在原则上把文艺描写的真实直接等同于生活真

---

① 包括 20 世纪早期意大利葛兰西、本雅明的意识形态批评理论,五六十年代德国法兰克福学派,晚期至今的美国詹姆逊的文化批评,德国哈贝马斯的文化交往理论等,都特别重视马克思主义文艺对现实的介入问题,至今在世界范围内仍有极大的影响。

② 恩格斯《致敏·考茨基》,《马克思恩格斯全集》第 36 卷,人民出版社 1974 年版,第 385 页。

③ 马克思《致斐·拉萨尔》,《马克思恩格斯全集》第 29 卷,人民出版社 1972 年版,第 574 页。

实,在创作方法上自然也容易让作者直接表露自己的思想倾向,而较少顾及文艺自身的特点。①与此相比,那些较多注意到艺术本身特殊性的人虽同样强调思想倾向的重要,但都程度不同地主张按艺术的方式来处理,在这些人中,谈得较好、对后来影响较大、也最有代表性的是李大钊和茅盾。

在五四新文学运动中,曾出现过一大批"问题小说"、哲理小说,它们密切关注现实问题,宣传新思想,在当时影响很大。但它们也存在着共同的问题,即思想性有余而艺术性不强。这个特点在受马克思主义思想影响下的作家作品那里也有突出的体现。以 1923 年创刊的中国共青团机关刊物《中国青年》为例,在上面发表的文艺作品内容多是反映下层民众的疾苦,官僚、资本家、帝国主义者的凶残狡诈及无产阶级的献身精神等,从中可见革命者的激情。可是,无论其中的情节、人物形象,还是抒情主人公的情感逻辑,都显得支离乏力,作品明显缺乏艺术感染力。

对上述实际创作中的问题李大钊早有意识,并明确指出,应按照文艺自身的规律来表达思想倾向,这初步触及马克思主义文艺理论的创作方法问题。在1920 年的一篇文章中他说:"刚是用白话作的文章,算不得新文学;刚是介绍点新学说、新事实,叙述点新人物,罗列点新名辞,也算不得新文学。我们所要求的新文学,是为社会写实的文学,不是为个人造名的文学;是以博爱心为基础的文学,不是以好名心为基础的文学;是为文学而创作的文学,不是为文学本身以外的什么东西而创作的文学。"②孤立地去看"为文学而创作的文学"这话,很容易以为是艺术至上的唯美主义观点。李大钊当然没这个意思,他的意思是说,文艺在写实时,不能简单地沦为口号式的宣传、"介绍"的工具,要按照文艺自身的规律办事。口号式的宣传只是"好名""造名"的手段,按照文艺自身的规律去写倾向性才是写实文学的创作方法。李大钊这篇文章很短,怎样"为文学而创

---

① 参见代英《文学与革命》(通讯),《中国青年》第 31 期,1924 年。
② 守常《什么是新文学》,《星期日周刊》"社会问题号",1920 年。

作",也没有展开来谈,线条很粗略,甚至笼统,这自然是遗憾的。但仅就其基本思想来看,和马克思、恩格斯对艺术表现倾向性的要求是一致的,至少在原则上,为马克思主义文艺理论的中国化开辟了一条正确思路。

茅盾是最早一批中国共产党人之一,但这个时期他参加实际革命较少,心力主要花费在文艺领域。正是由于这个缘故,在谈到创作方法时,他更能考虑到实际文艺创作的种种复杂性,且讲得具体深入,对后来的影响也最大。这个时期他的看法主要集中在两点:一是文艺表达思想的二元折中论,二是对典型化方法的初步探讨。

文艺要对现实负责,表达出某种思想倾向性,对富于社会责任心,又身为中国共产党党员的茅盾而言是理所当然之事。同时他又明晰地认识到,这种表达不该以牺牲作品的艺术性为代价。1922年分析新派文学的病理时他就指出:"过于认定小说是宣传某种思想的工具,凭空想象出一些人事来让迁就他的本意,目的只是把胸中的话畅畅快快吐出来便了,结果思想上或可说是成功,艺术上实无可取。"①注重文艺表达思想的艺术性自然是对的,但把思想和艺术分开来谈,这种二元折中的做法展示出的却是批评者的两重身份,且把这两者断开了。李大钊也是两重身份,却是合一的,所以照他的逻辑,如果不按文艺自身的规律写思想,思想可能"成功",可那却已不是艺术了,所以他坚决要求文艺按自身的规律写思想。茅盾的意思也是这样,可当时的实际处境决定了他不能总是把两个身份合在一起,这就是现实的矛盾了。当然,茅盾如此的主张有着明确的社会针对性。看到许多"名士"搞唯美孤芳自赏,个人主义者顺着情欲走下去写恋爱、寻享乐,他不能不极力呼吁:"文学是有激励人心的积极性的。尤其在我们这时代,我们希望文学能够担当唤醒民众而给他们力量的重大责任。"这样呼吁是对的,特别是在他转向马克思主义后,这个呼吁不但是时代的需要,也是

---

① 沈雁冰《自然主义与中国现代小说》,《小说月报》第13卷第7期,1922年。

阶级的责任了。可是,如何按照文艺的规律来"激励"、去"唤醒",如何在理论上解决好两重身份的问题呢? 此时茅盾还没找出更好的办法,认识的境界和思想的魄力与李大钊也有距离,他所能说出的,只是不要把"刺激和煽动作为艺术的全目的",[①]他所能做到的,也只能是折中。

如何让艺术以自身的方式来表达思想倾向性? 茅盾这种二元折中的做法代表了早期乃至后来相当长时期内中国马克思主义者的理论与创作困境。比如蒋光慈,身为中国共产党党员、马克思主义文艺理论家和作家,文学功底不弱。1926 年 1 月,他出版了自己的第一部中篇小说《少年漂泊者》。故事很好看,里面既有"五四"的儿女情长式的人性主题,也有动荡时局下的革命者形象。这种革命加恋爱的小说似乎是成功的,至少在"刺激"和"煽动性"上是达到了目的。当时不少年轻人的确是看了他的这篇小说而走向革命[②],左翼作家陈荒煤在回忆中也指出:"说实话,对那些革命文学所宣传的所谓无产阶级的革命,我并不懂。但是……这种革命加爱情的作品也就恰好一箭双雕,正中下怀。它至少启发了青年,倘使你要求美好的生活和幸福的爱情,你都得革命……蒋光慈的《少年漂泊者》使我感动得落下泪来。"[③]然而问题是,思想性和艺术性在小说中虽然都较为突出,却各自为政。结果事情就奇怪到这种地步:人物一听到革命的召唤,就可以发生思想的突转;就可以抛却爱情,走上前线。这在艺术上是失败的,在社会效能上也很难说是成功。"刺激"起来的青年从中感受到的只是虚幻的"革命"浪漫,而非真实的残酷。[④]现代西方马克思主义美学家马尔库塞说得好:"文学的革命性,只有在文学关心它自身的问题,只有在把它的内容转化为形式时,才是富有意义的,因此,艺术的政治潜能仅仅存在于它自身的审美之维。"[⑤]

---

① 沈雁冰《论无产阶级艺术》,《文学周报》第 175 期,1925 年。

② 钱杏邨《在发展的浪潮中生长,在发展的浪潮中死亡》,《文艺新闻》1931 年 9 月 15 日。

③ 荒煤《伟大的历程和片断的回忆》,《左联回忆录》下册,中国社会科学出版社 1982 年版,第 454—455 页。

④ 参见茅盾《从牯岭到东京》,《小说月报》第 19 卷第 10 期,1928 年。

⑤ 马尔库塞《审美之维》,第 191—192 页。

这一概括讲出了马克思和恩格斯的意思,也正中这种二元折中论的要害。

由于当时尚未接触马克思主义经典作家的相关思想,茅盾能把问题和矛盾具体摆出来,并尝试着去解决,已经是中国化进程中了不起的贡献。尤其难能可贵的是,茅盾此时已经开始解决二元折中的问题,试图探索出文艺表达思想的合理化途径,初步提出了典型化思想,这也是他比李大钊深入的地方。在1921年的《新文学研究者的责任与努力》中茅盾讲到四个问题,最后一个就是"创作须有个性,这是很要紧的条件,不用再说的了;但要是创作确是民族的文学,则于个性之外更须有国民性。所谓国民性并非指一国的风土民情,乃是指这一国国民共有的美的特性"。①这恐怕是国内首次对典型化问题的探讨。茅盾的看法是从左拉自然主义那里发挥出来的,却绝对不是自然主义的,是经他改造过了,因为在严格的自然主义那里,不容许挑挑拣拣地去表达。

当然,茅盾此时所谈的典型化也只是现实主义创作方法的粗略形态,与马克思和恩格斯的主张还有较大的距离。恩格斯说过,典型化就是通过细节描写,再现典型环境当中的典型人物。②"每个人都是典型,但同时又是一定的单个人。"③而茅盾说的"共有",就没有现实规律性的意思在里面;典型环境("一国的风土民情")也干脆给否定掉了,这都是不成熟的地方。可典型化之路毕竟已经开辟,按照这条路走下去,就不会把规律性、思想性这类共性的东西孤立起来看,就会按照艺术的个性原则对之进行处理,这也是马克思主义文艺理论的合理之处,是中国化在创作方法上的必由之路。1932年前后周扬在介绍苏联"社会主义现实主义"创作方法时,认为拥有正确的世界观、政治立场就能代表现实的正确发展方向④,其具体看法虽尚值得推敲,话也不够全面,但已把茅盾的意

---

① 朗损《新文学研究者的责任与努力》,《小说月报》第 12 卷第 2 期,1921 年。
② 恩格斯《致玛·哈克奈斯》,《马克思恩格斯全集》第 37 卷,第 41 页。
③ 恩格斯《致敏·考茨基》,《马克思恩格斯全集》第 36 卷,第 384 页。
④ 周起应《关于"社会主义现实主义与革命的浪漫主义"》,《现代》第 4 卷第 1 期,1933 年。

见推进了一步。稍后,随着 1931 年到 1933 年恩格斯的几封文艺通信在苏联《文学遗产》上首次发表,并被瞿秋白、胡风等人译到国内,通信涉及的"典型化"问题终于形成一次大规模的讨论。讨论中双方代表人物周扬和胡风虽各有理论的盲点,如前者主要强调从党性观念出发来处理、归拢现实中的典型材料,容易给公式化、概念化留下理论温床;后者把典型的普遍性归结到社会阶层的共性时,没有看到这种共性还有打破阶层限制的一面等。①但通过争论,对典型与个性及其关系等问题的认识逐渐具体,并趋向合理化,既规定了这个问题后来的理论走向,也在丁玲、赵树理、茅盾、张天翼等人的创作实绩中产生了积极影响。

四

谈马克思主义文艺理论的中国化,至少是现代时期的中国化,不能不涉及文艺批评。不谈批评就不会清楚中国化马克思文艺理论的原则、方法从何而来,就不会明白这种中国化为何有那么浓重的现实功利色彩,更不会理解代表艺术性的诗神为何总是身着戎装走上前台。

批评的问题主要是标准的问题。对此,恩格斯在批评卡尔·格律恩的文章和给拉萨尔的信中有过扼要阐发。在对前者的批评中他说:"我们决不是从道德的、党派的观点来责备歌德,而只是从美学和历史的观点来责备他。"②在给后者的信中他更强调:"我是从美学观点和史学观点,以非常高的、即最高的标准来衡量您的作品的,而且我必须这样做才能提出一些反对意见。"③"美学的观

---

① 参见胡风《什么是"典型"和"类型"》,郑振铎、傅东华主编《文学百题》,生活书店 1935 年版;周扬《现实主义试论》,《文学》第 6 卷第 1 期,1936 年。
② 恩格斯《诗歌和散文中的德国社会主义》,《马克思恩格斯全集》第 4 卷,人民出版社 1958 年版,第 257 页。
③ 恩格斯《致斐·拉萨尔》,《马克思恩格斯选集》第 4 卷,人民出版社 1995 年版,第 561 页。

点"也就是从艺术自身的规律出发,"历史的观点"则建基于唯物史观,二者有机、内在地结合在一起,绝不能分开来理解。简单地说,这就是经典马克思主义文艺批评的标准。

从中国马克思主义者的早期著述中,我们看不到恩格斯上面那些话,中国早期的马克思主义者对文艺批评标准的理解多半是从马克思主义基本理论中发挥出来,或者从卢那察尔斯基、托洛茨基、高尔基等非经典马克思主义者的言论中引申出来的。当然,最初时也杂糅了许多非马克思主义的内容。在这些人中间,对此用力最勤、贡献最大的当属茅盾。茅盾对创作有一个基本的要求,首先要问对社会有用无用,这当然是功利性的,大多时候提得还非常急迫和直接。这是可以理解的,因为当时的社会形势是如此,对国家民族稍有点儿责任感的批评家都是如此。而且,马克思主义文艺批评从不避讳自己的功利性,只是在恩格斯那里,是不这样直接拿出来,因为直接拿出来容易使文艺批评沦为政治批评、道德批评,所以只让这种功利性隐含在文艺的实践属性里,也就是按照文艺的规律办事儿。茅盾是懂得文艺的,他很清楚这样提的危险,所以这个时期每谈到文艺的社会功利性,他都会警觉地收敛一下,尽量顾及艺术性,比如1921年在评价陈大悲的剧作《幽兰女士》时就说:"他对于私产制的攻击用自然主义表现出来,不说一句'宣传'式的话,实是不容易企及的手段。"[1]这样的要求当然已不是"自然主义"的,自然主义不许有"攻击"意图,这是现实主义的,而且在基本方面也是马克思主义的。

到1925年,茅盾个人的命运有一次重要转折,他亲身参与组织了"五卅"工人罢工,也是第二批被国民党右派开除出党的共产党员[2],这些都直接影响了他对文艺批评的看法,并在其间断续写出的《论无产阶级艺术》中反映出来,其突出特点是开始用阶级标准来衡量文艺。从此,社会功利被阶级利益取代,表明

---

① 朗损《春季创作坛漫评》,《小说月报》第12卷第4期,1921年。
② 参见茅盾《我走过的道路》上册,人民文学出版社1997年版。

他的政治意识自觉了，就像他说的，"文学作品描写的对象由全民众的而渐渐缩小至于特殊阶级的……我们要明白指出这一派文艺的特性，倾向，乃至其使命，我们便不能不抛弃了温和性的'民众艺术'这名儿，而换了一个头角峥嵘，须眉毕露的名儿——这便是所谓'无产阶级艺术'"①。而此阶级的艺术批评自然是"拥护无产阶级利益的地位而尽其批评的职能"。当一切都可以被阶级性归拢时，艺术表现的典型化真实就被真实的阶级对抗所取代。当马克思主义经典作家所要求的社会客观规律被简化为明确的阶级利益时，艺术的表现很容易就被理解为现实的呼喊，"美学的观点"就容易退居二线，这是恩格斯当年所批判的，此时却不可避免地在茅盾的理解中表现出来。

让"美学的观点"遁出标准之外，代表着理论坚守在现实下的必然溃退，这对茅盾来说显得尤为艰难。在同一文章中，茅盾有明显的挣扎痕迹。一方面，自觉的阶级意识让他要求艺术的刺激和激励，另一方面，又"绝不能永久这样做。刺激和鼓动只是艺术的所有目的之一……我们也不可不知过分的刺激常能麻痹读者的同情心，并且能够损害艺术上的美丽"。严格按照恩格斯的要求，茅盾的这个"之一"也不是艺术的目的，因为刺激和鼓动是在场面和描写中自然流露出来，而不是作为"须眉毕露"的目的事先规定好的。甚至作为精神领袖，曾在 20 世纪六七十年代掀起新左派学生运动惊涛骇浪的马尔库塞，在激进强调文艺政治因素时也没忘记提醒人们：艺术家"不是作为一个政治活动家而是作为艺术家"投身到社会文化批判中去。②但是，对处于革命时局动荡汹涌中的茅盾而言，能意识到"刺激和鼓动"可能损害艺术上的美丽，已很不容易。阶级意识的自觉，带来的却是文艺批评观念上的退步，这不符合恩格斯的"最高标准"，但这就是中国化，是由严峻的现实催生出的中国化。

不同于茅盾的这种矛盾，这段时期的恽代英对此类问题没有丝毫犹疑。他

---

① 沈雁冰《论无产阶级艺术》，《文学周报》第 172 期，1925 年。
② 马尔库塞《审美之维》，第 185 页。

在 1923 年的《八股?》中就明确表态："我以为现在的新文学若是能激发国民的精神,使他们从事于民族独立与民主革命的运动,自然应当受一般人的尊敬;倘若这种文学终不过如八股一样无用,或者还要生些更坏的影响,我们正不必问他有什么文学上的价值,我们应当像反对八股一样地反对他。"①这是完全拿现实功利的标准来要求文艺了,是把美学观点和历史观点对立起来的看法,这当然不是马克思主义的,却是中国化的马克思主义,至少在某些时期是如此。后来的现代史证明,恽代英的明朗和茅盾的犹豫,显示的正是现代时期中国马克思主义文艺批评、乃至整体文艺思想的基本轨迹,有时社会政治标准突出一些,有时艺术标准也被谈及,但任何时候都是社会政治标准第一,甚至在接触到了恩格斯那几段经典论述后,情况也没有多大改变。

批评标准是理论原则与方法的实践性规范,理论上说,它不该与后两个方面悖谬或者偏离。可事实却并非如此。以茅盾为例,他在谈到文艺创作的原则和方法时,其社会功用性固然是思考的重点,但艺术的表现方式却谈得更多,后者地位至少不在前者之下,尤其是谈典型化方法时,已透露出在内在联系中二者并重的倾向,这正是他接近经典马克思主义、也是更接近真理的一面。然而,他一旦涉及文艺批评问题,标准即便不是全部,也与不少人一样集中倾斜在社会功用性、阶级性一面。更耐人寻味的是,这还不只茅盾一人、一时的理论现身方式,如革命文学论争时期就有论者责问"鲁迅究竟是第几阶级的人",在把他定性为小资产阶级后,就否定了其作品的价值。②新中国成立后相当长一段时期内,这种批评倾向甚至被推到极端,对丁玲、胡风、《武训传》等的批判就很有代表性。

为什么中国的马克思主义者会这样对待马克思主义?或许其中有诸多不能确定或不得已的缘由,但可以肯定的是,当时的现实状况具有独特性,它必然

---

① 恽代英《八股?》,《中国青年》第 8 期,1923 年。
② 李初梨《怎样地建设革命文学》,《文化批判》第 2 号,1928 年。

起着极大的作用。正如在国民党挥起屠刀，共产党人也不得不操起武器，生存与死亡之间哪有犹豫的可能！由此可知，为什么只有鲁迅的投枪和匕首才撑起中国无产阶级文化的大旗，因为它更直接和更犀利。由此也可以理解，从早期开始，中国化的马克思主义文艺理论的核心工作，就是处理好革命实践与文艺自身规律间的关系。这些意见的一致之处是，都把社会革命实践放在首位。但具体的看法则不尽相同，有的把天平完全倾向革命实践，甚至不惜牺牲艺术；有的努力在寻求结合部，既让文艺发出革命武器的铿锵声，又要维持诗神的优雅。今天，或许人们更容易在理论上肯定后一种说法，而对前一观点颇多微词，这都可以理解。让文艺放弃自身的特点，专注于现实使命，这在理论上肯定有难以圆通之处，更不宜提倡。然而，任何理论都要放在特定历史时期的特定现实中才能获得公允评价。中国化的马克思主义文艺理论有它的特殊性，这表现在：今天看来是合理的，当时却可能是错误的；今天看来是错误的，当时却有其合理性。还有一些看法无论今天还是当时都是有问题的，但也未必没有值得肯定之处。意识到这些，并不意味着理论上无原则的放任，而是要看到历史与现实的复杂性，尤其看到马克思主义文艺理论早期中国化的特殊性。这也充分说明今后我们还有许多工作值得进一步认真研讨。

原载《中国社会科学》2008 年第 2 期

中国诗性和思性

诗性与思性：中国美学范畴史的时空结构

王振复

范畴，源于希腊语，指事物种类、类目、部属与等级。用于数学与哲学，专指范畴、类型。

范畴是一种相对稳定的知识、理论形态。这种形态的动态流程，便是范畴的历史性、时间性的现实生成，它"存在"、"存活"在一定的历史语境之中。范畴史，应当是一门历史科学。在强调范畴的时间性、人文性的同时，关于范畴的空间性问题的研究，也是不能忽视的。任何范畴都是一个时空结构，中国美学范畴史的时空结构究竟如何？究竟有没有一个诗性与思性相统一的时空结构？如果有，具体而言又是怎样的一种结构？关于这三个相关的问题，在当今中国美学界，一直存在着分歧与争论。

有一种见解认为，既然中国文化在本根、本蕴上是一种东方独特的生命文化，那么作为生命文化在审美上具有诗性是必然的、无可争辩的。而文化审美的诗性，实际便是在感性意义上关于人之生命、命运与理想的直觉、感悟。因此，中国美学范畴史不是其他别的什么，它是关于中国人的生命觉悟、生命智慧与诗性智慧之发生、发展、转递直至消解的历史。但由于生命审美的诗性在文化素质、品格与本涵上是排斥概念、逻辑、推理与判断的，因而，尽管中国古代美学自有属于它自己的一些术语、命题甚至范畴，这不等于说，学界有关"中国美学范畴史"的提法是合理的。这种见解还认为,就一些中国美学术语、命题与范畴而言,它们不像西方古代美学那样具有鲜明的知性意义上的可分析性的人文品格,它们通常是模糊的、含蓄的、多义的与游移的,这也便是中国生命文化、诗性根因与自古天人合一的哲学使然。因此这一见解以为,固然古代中国有美学,有美学发展的历史,这并不等于"美学范畴史"。而即使有"美学范畴史",又凭什么称它具有一个诗性与思性相统一的时空结构呢? 这一见解,对"中国美学范畴史"在学理上的"合法性"提出了质疑。问题是,这一质疑是否有道理?

首先中国文化在本质上的确是一种东方独特的生命文化,这一点在学界早已达成共识自无疑问。诸如成篇于战国中后期的《易传》有云,"生生之谓易"、"天地之大德曰生"。在《周易》中,关于"生"的智慧体现得很葱郁、很深邃,"生"乃易理之根本。我们知道,《周易》通行本(包括本经与《易经》)是一部兼容先秦道家自然哲学思想、阴阳学说与原古巫术占筮之术遗存的先秦儒家经典。儒学的基本理念在于重"生"。梁漱溟曾经指出,在儒家思想中,"这一个'生'字是最重要的观念"。"孔子没有别的,就是要顺着自然道理顶活泼流畅地去生发。他以为宇宙总是向前生发的,万物欲生,即任其生,不加造作必能与宇宙契合,使全宇宙充满了生意春气。"[①]先秦道家也重视生命问题,通行本《老子》所谓"谷神不死,是谓玄牝。玄牝之门,是谓天地根",句中"根"之本意,虽从女性生命、生殖立言,却是指人之生命本原。庄周也有"气聚则生,气散则死"、"通天下一气耳"的生命哲学思想。《易传》所谓"天地絪缊,万物化醇。男女构精,万物化生"的思想与思维,其实道出了整个中国古代文化、哲学与美学的基本特点,体现出"天人合一"的文化思路。"生"是一个文化主题,一个共名,它是中国文化及其审美的本色,这是毋庸置疑的。

有什么样素质、品格与本蕴的文化,就有什么样的哲学、美学与艺术审美。

---

① 梁漱溟《东西文化及其哲学》,《梁漱溟全集》第 1 卷,山东人民出版社 1989 年版,第 448 页。

不是什么"文化决定"与"文化宿命"论，而是中国人的审美包括艺术审美的生命属性与生命意蕴，直接便是中国生命文化、生命哲思的有机构成与诗性升华。不是在生命文化、哲思之外另有什么生命的审美及其艺术，而是两者在"生"这一点上始终同质同构、不分彼此。两者并非决定与被决定、派生与被派生的关系。文化之"生"、哲思之"生"与审美及其艺术之"生"，是同一个"生"。就中国文化之审美及其艺术而言，并非另有所"生"。

苏渊雷曾在论及易理之根本时说过："生生之谓易"者，易之根本在于"生"。"故言'有无''始终''一多''同异''心物'而不言'生'，则不明不备；言'生'，则上述诸义足以兼赅。易不骋思于抽象之域、呈理论之游戏，独揭'生'为天地之大德、万有之本原，实已摆脱一切文字名相之网罗，而直探宇宙之本体矣。"①这本体，其实也是所谓天人合一的本体。学界盛言"天人合一"，却未曾推究这"一"指什么，试问天人合一于何？答曰：合一于"生"，"一"者，"生"也。

其次，虽然中国文化、哲学、美学及其审美都是钟爱生命的主题，都是崇"生"的，但同样是"生"这一主题，其体现在实践意义上的中国文化、审美及其艺术和体现于中国哲学、美学的人文理论意义，是不一样的。

就中国文化、审美及其艺术实践而言，人的生命不是作为问题被认识、被思考的，而直接便是人的生活、人的世界与人的心灵本身，它是感性的、经验的、直觉的、领悟的，是一种生命直观的现实存在。人的生命直观，就是人对生命自身的审美、移情、体验与领悟。从人的生命直观出发，自然宇宙、社会人生及其艺术审美，都是生气灌注、气韵生动的，其共同、共通的人文意蕴与品格无疑是诗性的。这诗性之直接的呈现，是审美感觉、意绪、移情、感悟及愉悦，等等。在这里，并不是没有意识、知觉、理智、认识、意志等历史与人文因素的现实存有与参与，而是融渗在审美瞬间与审美关系、审美过程之中，或是不可避免地成为这诗

---

① 苏渊雷《易学会通》，中州古籍出版社 1985 年版，第 65 页。

性审美之直接的历史性呈现的人文背景。这就是说,诗性审美具有两种情况,一是瞬间实现的审美,它是审美的直觉、直观、移情与顿悟,这种审美从表面看好像是排斥理性、知识而仅凭感性、感觉的,其实在这审美的感性、感觉之中已经积淀、融渗着一定的理性、知识等其他诸多因素,同时以理性、知识诸因素为审美瞬间完成的历史与人文背景;二是在相当时段甚至一定历史时期所进行与完成的审美。作为在一定自然时间与人文时间中持续进行与完成的审美过程,其间当然包含一系列甚至是无数次瞬间实现的审美,然而在这过程中,主体确是并非时时、处处都"生活"在审美瞬间之中。求善(实用)、求知(科学)与求神(崇拜)等这些人们用以把握世界的基本内容与方式,都无可逃遁地对审美施加直接或间接的影响(当然,审美也反过来影响求善、求知与求神等等)。这里,理性、知识等历史、人文因素,无疑并非因为审美有一种情况是"瞬间实现"的而变得可有可无。

因此,对于中国诗性文化、审美及其艺术而言,理性、知识等诸多因素,无论何时何地何人,自始至终就不是"缺席"、不"在场"的。仅仅其"在场"的方式、表现不同于西方文化及其艺术、审美罢了。它要么融渗于人的生命直观、生命审美的诗悟之中,好比古人所谓"蜜中花,水中盐,体匿性存,无痕有味";要么作为其背景、作为影响因素而存在。而且,就求善(道德)、求知(科学)与求神(宗教)而言,其本身也有一个审美是否可能以及如何可能的问题,此暂勿赘。

因此,在中国诗性文化、审美及其艺术中,我们可以将"在场"、不"缺席"的理性、知识因素以"思性"因素来概括,那么毫无疑问,这种思性因素是常"在"的。要言之,中国文化并非只具诗性而缺乏思性,也并非因诗性而遮蔽思性,而在某种意义上可以说,是思性的诗性化,思性实现为诗性。

长期以来,学界往往以"诗性"与"思性"(或"知性")来区别中西文化及其审美与艺术的文化特质。其通常的见解,认为中国的传统艺术、审美,是所谓"生命之树上的果子",而西方则是"知识之树上的果子",两者泾渭分明,不可通约。

仿佛中国的"生命"与西方的"知识"绝对背悖，毫无相通、相契之处；仿佛这两种"果子"决然不同，彻底否定人类文化之"树"原是同一棵"树"这一点。五四运动前夕，李大钊受西学影响甚深以及由于对中国传统文化取决绝否定的文化立场，十分强调中西文化（文明）的"根本不同"。他说，"东西文明有根本不同之点，即东洋文明主静西洋文明主动是也"。梁漱溟称"李君这话真可谓'一语破的'了"。他虽然指出，"若如直觉与理智、空想与体验、艺术与科学，精神与物质，灵与肉，向天与立地，似很难以'动''静'两个字作分判"，但仍旧引用一长段李大钊的话来继续说中西文化（文明）的"根本不同"：

> 一为自然的，一为人为的；一为安息的，一为战争的；一为消极的；一为积极的；一为依赖的，一为独立的；一为苟安的，一为突进的；一为因袭的，一为创造的；一为保守的，一为进步的；一为艺术的，一为科学的；一为精神的，一为物质的；一为灵的，一为肉的；一为向天的，一为立地的；一为自然支配人间的，一为人间征服自然的。①

指出中西文化（文明）包括审美艺术的"不同"，自当具有一定的真理性。然而，强调两者的"不同"强调到什么程度，这在文化理念与跨文化研究的方法论上，确是一个令人值得注意的问题。在笔者看来，如此论述东西文化（文明）的"根本不同"，未免太嫌绝对。就拿其间所说"一为直觉的，一为理智的"这一点来说，固然"直觉""理智"作为个别的文化心理、心灵，其结构、氛围与功能各具特点，然作为人类统一的心理、心灵，又是彼此相通与容涵的。直觉以理智为理性背景且融渗理智因素，否则直觉便不可能发生；理智积淀为直觉。而理智的成熟，必伴随着直觉，两者并非冰炭不容、天壤之别。因此，以"一为直觉的，一为理智的"之类的言述来指称中西文化（文明）的"根本不同"，是不够准确的，或者可以说是失"度"的。

---

① 梁漱溟《东西文化及其哲学》，《梁漱溟全集》第 1 卷，第 351—352 页。

中西文化（文明）的区别当然是存在而不容抹杀的，但它绝不是诸如直觉与理智、艺术与科学、精神与物质、灵与肉之类之间的"根本区别"，而是直觉涵容以理智因素，理智蓄潜以直觉；艺术不排斥科学与科学伴随着艺术；精神高蹈必以物质为羁绊与物质文明的进步涵摄以人文精神以及东方重灵却不舍肉身、西方重肉身而高扬灵魂神圣之间的区别。

同样，中西文化之间，并不是诗性与思性（知性）的区别，而是在于，中国的思性实现为生命的诗性；西方生命的诗性逻辑地建构为思性。一个是思性的诗性化，一个是诗性的思性化。或者可以说，中国的诗性文化及其艺术、审美，是知识、理性之诗化为生命的感性、直观；西方文化及其艺术、审美，是生命的感性、直观之思化为知识、理性。如果说，东方中华把生命问题看做诗之精神的高蹈，那么西人则将生命作为知识问题来追问与思考。两者之别，一在思性实现为诗性；一在诗性沉潜为思性。而生命是中西文化会通的主题之一，仅仅其文化立场与态度不同而已。

新儒家代表人物之一的牟宗三曾经强调中西文化、哲学的"会通"。他指出，中西文化、哲学的"领导观念"，"一个是生命，另一个是自然。中国文化之开端，哲学观念之呈现，着眼点在生命，故中国文化所关心的是'生命'，而西方文化的重点，其所关心的是'自然'或'外在的对象'（nature or external object），这是领导线索"。一个是"生命"，另一个是"自然"，此言不差。但是牟宗三着重指出：

> 重点在生命，并不是说中国人对自然没有观念，不了解自然。而西方的重点在自然，这也并不是说，西方人不知道生命。[1]

这可以说，关于"生命""自然"的意识、观念在中西文化、审美及其艺术实践中不是不可会通的。不仅在"生命"意识与观念上中西会通，而且在"自然"即所谓

---

[1]　牟宗三《中西哲学之会通十四讲》，上海古籍出版社 1997 年版，第 11 页。

"外在的对象"之意识与观念上，中西亦是会通的。简言之，就中西文化及其审美实践而言，尽管两者之反差是如此的强烈与显著，然而生命与自然、诗性与思性本是融通。

那么，中国美学范畴史究竟有没有一个诗性与思性相统一的时空结构呢？

首先，中国美学范畴的发生、发展与转递甚至消亡，有一个文化根因，它深植于广袤而深厚的中国诗性（包含着思性）文化及其艺术审美实践的肥壤沃土之中，这是中国美学范畴得以建构的民族文化不竭的源泉。正如前述，艺术审美自然是诗性的，在这诗性中融渗着思性因素，否则便不成其诗性；艺术审美也自然同时是思性的，在这思性中洋溢着诗性因素，否则亦不成其思性，此乃中西皆然，仅仅其结构、指向、着重点与功能有所不同罢了。

因此，从艺术审美实践角度分析，思性实现为诗性、诗性始终不离思性因素，是中国美学范畴具有诗性兼思性生命的文化原生基础。

其次，中国美学范畴的酝酿、建构与完成，不仅从中国诗性文化及其艺术审美实践汲取原生的诗性兼思性的源泉，而且更重要的是，中国美学范畴本身，便是洋溢、涵容着诗性精神的思性存在。如果说艺术审美实践过程中的诗性是显"在"的而思性是隐"在"的，那么，中国美学范畴作为一种理论形态，便是一种思性显"在"而诗性隐"在"之相兼的时空结构。大凡美学范畴，其诗性因素来源于艺术与审美实践，而在文化素质与心理学意义上，却是主体思考的成果，它的确是中国美学的一种理性、理论表述，仅仅不同于诸如西方美学范畴而已。关于审美、关于艺术的术语、概念、命题与范畴之发生、发展与转嬗等等，其文化素质、品格与人文水平，在本原意义上是依存于艺术、审美实践的，但中国美学范畴，确实是关于知识、理性、关于头脑思维"酝酿""总结"的结果。比如"天人合一"这一文化、哲学与美学命题，就其指称的审美实践而言，是一积淀着思性因素的诗性结构。原始混沌、物我同一、主客浑契、审美移情、审美通感与禅悟、诗悟等等，都是这样的"天人合一"的诗性结构。然而，作为美学命题的"天人合一"的历史与人文内涵,情况要复杂一些。就这一命题的思想素质与指向而言,确指物我、主客浑契、移情、通感与领悟、直观等等的审美心灵图景与氛围,而就这一命题的命名与指称方式来说,恰恰是天人相分的,否则,这一命题便不能以一定的语言、文字方式创构出来。"在场"的审美,必然是"当下"的审美;"当下"的审美,必然是"天人合一"的,它是一种直觉、直观,是蕴涵着思性因素之诗性的心灵图景与氛围。然而作为美学命题的"天人合一",不是指"当下"的诗性的审美实践本身,而是指对诗性之审美的过程、成果与条件的思考,它本质上是一种理性认识,无疑是主、客二分、天人相分的。从其理论素质、思维分析,它不是"诗",而是"思"。凡"思",都是主客二分、天人相分的,否则何以成"思"? 当然,在这"思"中,是蕴涵着诗性的,故可称之为始终不离于"诗"的"思"。

在中国美学史上,关于"天人合一"这一命题或涉及这一命题的论述很多,它构成了一个群落。有所谓"天人感应""天人相通""天人一气""天人无间"与"天人相与"等等。虽然从文本看,首先提出"天人合一"这一命题的,可追溯到北宋张载。《张子正蒙·乾称篇下》有云:"儒者则因明致诚,因诚致明,故天人合一,致学而可以成圣,得天而未始遗人,《易》所谓不遗、不流、不过者也。"而从其人文意识之源起看,早在原始"万物有灵"论中,已具端倪。人与物均有"灵",人、物合一于"灵"。原始巫文化以"巫"既通天,又通人,天、人相通于"巫",这是人类学意义上的"天人合一"。《孟子·尽心上》说:"尽其心者,知其性也;知其性,则知天矣。存其心,养其性,所以事天也。"尽心、知性、知天、存心、养性与事天,这是指圣人之心性与天的相通与合一,而其境界,偏偏是通过"知"来达到的。"知"本身,是思性的,包含实践理性内容的。因而就思维方式而言,是"天人相分"的。以"天人相分"的思维方式,来思考天人合一这一问题,这便是孟子关于尽心、知性、知天、存心、养性与事天的认识论思想。孟子的名言之一,是所谓"心之官则思"。孟子提倡、强调天人合一的圣人境界。《易传》在阐述乾卦之意义时发挥说:"夫大人者,与天地合其德,与日月合其明,与四时合其序,与鬼神合其吉凶,先天而天弗违,后天而奉天时。"这便是《易传》著名的"天人合德"说,此所言"德",即指"性"。在《易传》看来,"大人"与"天地"即天、人之所以"合一",是因为两者"德"(性)相同之故。《庄子》倡言"心斋""坐忘",这正如老子所谓"致虚极,守静笃"之境,可以《庄子·达生篇》的文本表达,称为"以天合天"。这里,前一个"天",指主体虚静玄无之心,指精神自然,后一个"天",指外在自然,因而"以天合天"这一命题,已是美学意义的"天人合一"这一命题的前期文本表述。这种表述的内容,指审美实践意义之"心斋""坐忘"的天人合一即物我、主客浑契境界。可是,关于这一境界的思考、思维方式,确是建立在"天人相分"的"思"之基础上的。汉儒董仲舒《春秋繁露》云,"惟人道为可以参天","在人者亦天也"。这两个命题的内容,说的都是天人合一、天人感应的道理。这道理何以说出? 恰恰有赖于董子"天人相分"的思想与思维方式。这是因为,如果连天、人二者在人文概念、理念上都分不清楚,试问董仲舒又何以能够懂得并且表达"天人合一"(天人感应、天人相通等)这道理? 董仲舒关于"天人合一"问题之最明晰的表述,即"以类合之,天人一也"。此有如北宋程颢《语录十一》所言,"人与天地一物也",在"物"这一点上,"天人本无二,不必言合"。程颐则论说天人相通之理,《语录二上》云:"道未始有天人之别。但在天则为天道,在地则为地道,在人则为人道。"《语录十八》又云:"安有知人道而不知天道乎? 道一也,岂人道自是一道,天道自是一道?""天地人只一道也。"无论董仲舒所谓天人合一于"类"、程颢所谓天人合一于"物",还是程颐的天人合一于"道",凡此"天人合一"之说,都建立在主体"天人相分"的理性思考的心理基础上。没有"天人相分"的"思"的心理基础、机制与过程,在中国美学范畴史上,便不会洋溢着"诗"之意义的"天人合一"说的建构。

又如"意境"这一范畴,用唐王昌龄《论文意》中①的话来说:"凡属文之人,常

---

① 据考,日僧遍照金刚(空海)《文镜秘府论》天卷《调声》,地卷《十七势》《六义》与南卷《论文意》等,均收录王昌龄诗论。参见王运熙、杨明《隋唐五代文学批评史》,上海古籍出版社1994年版,第204页。

须作意。凝心天海之外,用思元气之前,巧运言词,精炼意魄。"又云:"用意于古人之上,则天地之境,洞然可观。"此所言"天地之境",可以说是对"意境"诗性内容、意义的最好解读。"这种'意境',实乃静虚、空灵的'天地之境',是从世间之有、无向出世间之空超拔的一种诗境。它是主体心灵的一种'无执'。无法执,无我执,无善无恶,无悲无喜,无染无净,无死无生。""这用佛学'三识性'来说,是超越了'遍计所执性''依他起性'而进入'圆成实性'之境。"①无疑,"意境"具有葱郁而深邃的诗性的内容与意义。但是,如果仅看到"意境"的诗性,却还是不够的。因为,这仅是指明了审美实践意义上的"意境"这一审美心理图景、氛围与境界这一点,还没有揭示"意境"何以成为美学范畴的道理。"意境"从一种特殊的审美心理现实,转递为中国美学范畴史上的一个重要范畴,确是主体在审美实践基础上思考、加工与表达的结果。王昌龄倡言"诗有三境"说,他很明智将诗的"物境""情境"与"意境"分开,这种分析与文本表达本身不是诗的审美,而是对有关诗的审美的"思"的认知。因此可以说,"意境"这一范畴,正如前述"天人合一"这一命题一样,具有"诗"与"思"的二重性整合性,是一个审美实践意义上的诗性(天人合一)与理性思考、表述意义上的思性(天人相分)二重整合的时空结构。

只有承认与论证中国美学范畴史的所有美学命题与范畴既是诗性也是思性的,既是天人合一也是天人相分的,才能在理论上奠定中国美学范畴史研究的方法论依据。无疑,大凡中国美学的命题与范畴及其群落,都具有这样的文脉素质、品格与诗、思二重融合的时空结构。这便是我的结论。

原载《学习与探索》2006 年第 1 期

---

① 王振复《对〈探微〉一书的四点意见》,《复旦学报(社会科学版)》2004 年第 5 期。

论中国近代文艺新思潮的演变

叶　易

　　中国从 1840 年鸦片战争到 1919 年五四运动至八十年间，是个紧剧动荡的大变革时期。当中国封建社会闭关自守的大门被西方列强打开以后，一下子新的、旧的、中国的、西方的、封建主义的、资本主义的、革命的、改良的各种势力和因素错综地折射在人们的思想意识上，就使当时的思想领域具有庞杂、多变，矛盾、混乱等特点。在文艺思想上也呈现出新旧并陈、东西交杂、五光十色的景象。正是在这种复杂的演变中，新兴的资产阶级与新的文艺思想理论冲决了封建文人思想的网罗，迫使它失去对文坛的主要影响力，结束了中国几千年来封建文艺思想的正统地位；理论不断扩大影响，为中国新的文艺思想的发展开拓了广阔的途径，成为中国新的文艺思想发展的一个起点，这对现当代的文艺深有影响。因为这时期是中国旧文艺思想终结、新文艺思想发展的交接时期，所以当时的文艺思想具有许多新的内容和特色，很值得我们探究。

　　关于中国近代文艺思想发展的分析问题，学术界虽有不同的主张，然而各种意见都有共同之处，即依据历史大事来确定为思想的分期的。而我个人认为，文艺思想是一种社会意识形态，是整个社会思潮的一个组成部分，因此不能像历史学那样按照历史大事来分析，即使分析也只能划一个它起重要影响的大致时期，不可能像历史事件那样找出它起止的确切年月。所以我主张依据中国近代的四大思潮——地主阶级改革思潮、太平天国革命思潮、资产阶级改良思潮、资产阶级民主革命思潮——将中国近代文艺思想的发展大致划分为四个阶段，即鸦片战争前后地主阶级改革派的文艺思想，太平天国革命时期的文艺思想，七十年代以后资产阶级改良派的文艺思想，戊戌变法以后资产阶级民主革命派的文艺思想。

下面以这个顺序来概述中国近代文艺思想发展的概貌。

鸦片战争前后，外敌入侵，内政腐败，社会危机深重，正是这种危机促使地主阶级知识分子进一步分化，出现了以龚自珍、魏源等为代表的地主阶级改革派。他们强烈要求改革现状，希望为日趋没落的封建社会找出一条生路，社会改革要涉及各个方面，其中包括文艺领域。鉴于这时期的文艺也被封建道统、文统严谨的束缚着，面对严酷的现实，很多作品还是空洞的阐经释道，毫无生气，不做改革，文艺已难发展。为扭转这种局面，所以他们在僵化了的文坛里发出叛逆之音，倡导改革的理论，希望为文艺的发展找到一种新的活力。

文艺要摆脱束缚，文坛要改变其僵化状态，首先必须提出一种有冲击力量的理论，这种理论从哪出去找呢？当时思想界还未摆脱旧观念的影响，认为"以夷变夏"（以外国为榜样来改革中国）是不可取的；可是在鸦片战争中知道了洋枪洋炮的厉害，所以迫不得已提出在科技方面学习西方，但在社会改革和文艺改革上，仍然想依靠祖宗的老办法，所以改革派也是依靠中国前辈先进的思想资料来立论，借古人的观点发挥自己的理论主张。故以他们依《论衡》谈进化，引《公羊》讥切时政，从《易经》上引申出"变"与"逆"的理论，作为冲破文坛网罗的有力武器。

他们雄辩地指出，客观世界"旋转簸荡而不已"[1]，正是由于这种变易，万物才有生机才会"一生变、变生化、化生无穷"[2]。由此论证，既然万物在变，那么无

---

① 龚自珍《释风》。
② 魏源《默觚·学篇》。

论是政治的还是文艺的各种陈规,旧法都不可能永存,应该适势应变,只有变才有出路。而要变就必须具有逆的精神,所谓"逆",即是从大的方面要敢于逆旧的传统,逆世俗观念;小的方面要逆束缚文艺的各种清规戒律。变,必须有反逆的精神来推动,逆的目的是为了促进变,那么怎样变呢? 当时他们虽还没有完备的纲领,但已抓住了一个大的方面,即文艺必须面向现实,为社会改革服务,因此他们提出了文艺"经世致用"的主张。经世致用的理论并非龚自珍魏源等人首创,也是从前辈的思想资料中吸取过来的,是明末清初顾炎武、颜元的"经世""务实"思想的直接继承和发挥。他们认为文艺贯彻经世致用的原则,从内容上说,必须"合时",即反映现实生活,适合现实的需要,去解决实际问题,促进社会改革;从创作方法上说,就是要求其自然。所谓"自然"有两种意思:一是指现实的原貌,一是指写作手法上的自然,不做作。

主张自抒胸臆,表现个性与主张经世致用一样,地主阶级改革派文艺思想的一个重要内容。

明末清初,王夫之、颜元等启蒙思想家,他们有一个共同的主导思想,就是人文主义思想。龚自珍魏源等又在新的历史条件下继承发展了这种思想。他们强烈的肯定"人"的社会地位,使之从封建束缚中解放出来,让人的个性得到自由的发展,这都是反映了正在缓慢发展的资本主义的要求。他们用新的观点来看待人。魏源说:"己之灵爽,天地之灵爽也……故人能与造化相通,则可以自造自化。"①所以他在《国朝古文类钞序》中第一句话就是"万物之生,惟人能言,最贵于天地",极重视人的地位,把"人"作为一个很神圣的概念来运用,这在当时很了不起。故此他们强烈地主张在作品里表现"自我",表现"个性",提出"诗与人为一"说。指出"诗与人为一,人外无诗,诗外无人,其面目也完"。意思是只有在作品中充分地表现个性,才能使别人在作品中看到作家的完整面貌。

---

① 魏源《默觚·学篇》。

因为他们十分重视个性,而个性往往是通过个人的才能和思想感情体现出来的,所以他们反对扼杀个人才能的发挥。认为一到世道衰落,人的才智都被扼杀,写不出好的作品,甚至到"巷无才偷","薮泽无才盗"的地步。这在当时是非常大胆的议论,可以见到他们强烈要求发挥个人才智的心情溢于言表。而才与情也是不可分割的,正像魏源所说,"才生于情,未有无情而有才者也"。所以他们又主张在作品里应该无拘无束地表现作家的思想情感。

综上所述,地主阶级改革派文艺思想的要旨,一,主变敢逆,以求解脱加给文艺创作的种种束缚;二,提倡经世致用,使作品与现实结合,为改革社会服务;三强调自抒胸臆,以利于作品表现个性。前者是破,后者是立,破中有立,立中有破。

改革派文艺思想的局限也是不可避免的,如他们求变求逆,只是一种局部性的要求,并不想从根本上去叛逆封建制度;因为他们找不到变的方向,只是依据前人的思想资料来立论,所以只能以古为法,又由于思想方法的机械,往往陷入到历史循环论里去。但是龚自珍魏源等人毕竟是近代开创文坛新风气的先驱,梁启超在《清代学术概论》中说:"晚清思想解放,自珍确有功焉。光绪间所谓新学家者,大率人人皆经过崇拜龚氏之一时期。初读《定庵文集》,若受电然。"他们对后代影响之大,就可想见了。

近代早期以龚自珍、魏源为代表的文学家对封建主义的文艺观进行了有力的冲击和批判,待到稍后太平天国起义,在思想文化领域被封建主义的道统,文统等桎梏进行了更为激烈的扫荡。

太平天国洪秀全、洪仁玕等领袖人物的农民革命思想,与龚自珍魏源等人的地主阶级改革派思想不同。龚自珍魏源等人批判社会现实,主变敢逆、提倡学术文化的经世致用,是为了纠正封建制度的弊病,挽救封建社会的危机,意在"补天";而且他们生活在高压的政治环境中,言行上不能过分越轨,只是在思想理论上提出改革的主张,他们是作为地主阶级改革思想家出现在历史舞台上的。而太平天国革命是为了摧毁满清的封建统治,建立农民政权,他们又掌握着武力,有自己的政府,所以可以毫无顾忌的用政权力量、用武力去实现自己的理想和追求的目标。他们是作为农民革命的实践家活跃在历史舞台上的,因此他们的理论主张就更为大胆,更为激烈。

在文艺领域,太平天国首先对作为封建文艺两根支柱的道统和文统进行了猛烈的攻击,他们认识到孔孟之道是几千年来封建文艺的理论基础,所以抓住孔子不放,将孔子与妖魔鬼怪一类,还特地在《太平天日》里创作了一个孔子跪在上帝面前挨打求饶的故事,这不是一种幼稚可笑的描写,目的是为了亵渎他。恩格斯曾指出:"每一种新的进步,都必然表现为对某一种神圣事物的亵渎。"[1]亵渎他就是为了打倒他,他们烧毁孔子的牌位,捣毁他的圣物,把宣扬封建伦理道德孔孟之道的作品都列入"妖书"一类,不准买卖流传、甚至大批销毁,采取了极为严厉的禁毁政策。以前进步的思想家也反孔,如王充作"问孔""刺孟",李贽提出反对"以孔孟之是非为是非",但都没有达到太平天国这种激烈的地步。

太平天国的主要任务是进行农民革命战争,夺取政权,还来不及建立文艺理论体系,但通过他们的各种文献,我们可以看出,他们文艺思想的宗旨:第一,冲击文艺的封建传统,要求文艺为自己的革命斗争服务;第二,重视文艺的使用价值,反对浮文虚词;第三在表现形式上要求"朴实明晓""修辞立诚",提倡以真诚的态度,朴实的形式,通俗流畅的语文体来写作品。

纵观太平天国的文艺主张,可知它有着鲜明的革命性。虽然他们没有专门的文艺理论著作,形不成严密的体系,文艺理论上的成就也不高,但被他的文艺思想的革命意义应该肯定:一,太平天国文艺思想是历代农民反对封建文艺的革命精神和要求掌握文艺迫切愿望的集中体现。为了打破封建统治者对文艺的垄断,他们在历史上第一次将农民革命深入到文艺领域。由于他们进行以儒

---

[1] 恩格斯《弗尔巴哈和德国古典哲学的终结》。

道佛三教为中心的思想革命,决心打倒封建主义精神文化上的权威,纠正对一切偶像的迷信崇拜,这就从根本上打击了封建主义的文艺观,什么道统、文统、义法、诗规,全被冲破,这对后代有深远影响。二,太平天国的文艺思想是近代启蒙文艺观的先导。在他们的文艺思想中表现出鲜明重民思想,为使文艺适合于劳动群众的阅读,因此引导文艺向通俗化、群众化的方向发展,这顺应了时代的潮流和文艺发展的趋势,是对近代文学发展的促进。

不过在太平天国的文艺思想中也表现出农民的狭隘眼光,有偏面性。如对封建文艺的打击更多的依靠政权的力量,采取禁、烧、杀的方法。另外他们创造了一个至高无上的"皇上帝",想依靠他的权威来镇住孔圣人,因此在文艺思想的表述上往往使用宗教词语,或抹上宗教的色彩。再如过分地强调文艺的实用,不太讲究形象性艺术性,这些都是不足之处。

历史进入 19 世纪 70 年代,资产阶级改良派兴起,他们在文艺界掀起的改良运动,规模比过去大得多,理论上有新的发展,实践上也有新的作为。康有为、黄遵宪、谭嗣同、梁启超是代表人物。

前一历史时期,龚自珍魏源等地主阶级改革派,他们阐述主变敢逆,经世致用的文艺思想,主要是以中国前辈的思想资料作为立论和根据的。而这一时期,随着外国书籍输入中国日益增多,西方资产阶级思想对这个社会的影响不断扩大,一些资产阶级改良派的文艺家对外国已有较多的了解,都想以外国的资产阶级革命为榜样来改变中国社会。所以他不仅运用中国前辈的思想资料,而且还吸收运用外国资产阶级新兴的社会学说和自然科学知识,作为论述文艺问题的理论依据。由于他们对世界有了新的了解,从西方资产阶级思想中得到新的启示,因此思想开阔、立论新颖。正像他们所说的,"眼底骅罗世界政治之同异,脑中孕育二十世纪思想之瑰奇"[1]。所以在创作上和理论阐述上能做到"直

---

[1]　梁启超《赠别郑秋蕃兼谢惠画》。

开前古不到境,笔力横绝东西球"①。因为具有这种新的精神,浩大的气魄,就使他们能从词章、句法、格律等具体评论的局限中跳出来,从根本上看待文艺问题,他们的文学论著一般不纠缠于具体的篇章上,而是处处从大处着眼。

资产阶级改良派认为,中国的社会问题主要是道德和知识的问题,所以提出改良社会的纲领是"鼓民力,新民德,开民智",以达到强国保种的目的。这也正是他们文艺思想的核心。这三者之中,又把"开民智"看作是关键。认为"民智者,富强之源"②,中国"尤以俞愚为最急"③。怎样"开民智"呢?他们鉴于文艺在西方宣传启蒙思想,揭露封建主义所起的巨大作用,也看到我国通俗文艺在当时对群众的巨大影响力,因此确认文艺是开民智的最好手段,也是改良社会的最有效工具。所以特别强调文艺的社会作用和地位,为了使文艺发挥开民智以改良社会的作用,他们在文艺界掀起诗界革命、文界革命、小说革命、戏曲革命和白话文运动,这开创了文艺领域的新局面,给封建文艺以沉重的打击,对以后的文艺运动产生了深远的影响。对诗界革命,他们提出"新"与"俗"的纲领,以此与同光体派"古"与"雅"的写作原则相对抗。对散文改革他们提出"适用于今,通行于俗","言文合一"④"情深而文明"⑤的理论主张。对小说、戏曲改革,他们提出的理论依据就是"开民智"说。并提出"艺术境界移情"说,通过移情以开民智,改良社会。因此这一理论具有明确的现实意义和社会目的。

值得指出的是,资产阶级改良派的文艺思想很有时代的特色。改良派活动在社会性质的新旧交替时期,随着中国闭关自守的大门被列强打开以后,西学不断输入,他们发觉西方的学术理论观点很新鲜,要比封建的传统观点"科学"

---

① 丘逢甲《说剑堂题词为独立山人作》。
② 严复《原强》。
③ 严复《与外交报主人论教育》。
④ 黄遵宪《杂感》。
⑤ 黄遵宪《日本国志学术志二文字》。

得多,于是迫不及待地吸收学习并不加消化立即搬用。达尔文的进化论,亚当斯密的古典经济学,孟德斯鸠的三权分立说,卢梭的天赋人权论、民约论,以及他们还不能透彻理解的自然科学知识,都用来作为他们论述文艺问题的依据。例如论述文艺的地位时,他们阐述说,凡人类不分国界、种族都有一种"公性情",这种公性情源出于"天"。那什么是天,什么是公性情呢? 他们解释说,天就是电。电有同性相拒、异性相吸的特性。所以由电所派生的公性情包含着英雄之气、男女之情两个方面。秉着同性相拒的原理,所以公性情里有英雄之气去相互竞争,求生存;秉着异性相吸的原理,所以公性情里有男女之情去相互结合、传宗接代。有了这种公性情,人类才能生存,有生活,于是才产生宗教、政治、文艺。这种曲折地论证,无非是要说明:文艺也是源出于天,是人类生活的必然产物,它的地位不容否定。这种论述里,以天演物竞、生物进化等观点糅合着物理学的理论,从论证方法看也是很机械的,用自然科学的原理套住文艺问题解释一通,当然是不科学的但颇具有时代的特色,这是社会性质演变、新旧观念过渡时期的特有现象。

资产阶级文艺思想的局限,正是由于对西方的各种学说,观点不加区分就兼收并蓄,不加消化立即引用,这就影响到他们文艺思想的杂乱,有时还显得自相矛盾。另外他们以为凡是新的,都是革命的,所以不少作品中堆积满纸新名词当作是文学的革命;又如,虽竭力主张文艺变革,但只承认"渐变",否认"突变""质变",在思想方法上又比较机械,也很偏激,这都是不足之处。

1898年戊戌变法失败,宣告资产阶级改良主义破产。接着资产阶级民主革命派活跃在历史舞台上。民主革命派所追求的是反清革命,抵抗外侮,建立民主共和国。他们的文艺思想也以此为依据,所以注重作家的民族气节、为人的品格;大力宣传汉民族文化的光荣传统;提倡能通俗地宣传种族革命思想的戏曲;崇尚能抒发革命理想的浪漫主义,这较之改良派的文艺思想,又有不同的特色。以章太炎、柳亚子等为代表的资产阶级民主革命派认为,革命的文学,就应该反映社会矛盾,并动员群众去解决这种矛盾。所以强调"文章之用,以时为贵"①,肯定文艺是"唤醒国民精神之绝妙机器"②。当时社会的主要矛盾是帝国主义对中国的侵略,满清王朝对人民的欺压。但他们认为,反帝必须先反清,反清必须进行革命。由此认定文艺的主要任务是为反清进行种族革命服务。

既然以反清作为文学的主要任务,所以评论文艺特别强调民族气节,作家为人的品格。说"立身一败,万事瓦裂……虽有文采,其何足称述"③。由此斥责为清王朝效劳的曾国藩、李鸿章等人用刀又用笔"张其角牙,以覆宗国","以身家殉满洲",是极可耻的"柔煦小人";而对清代吕留良、曾静等能在作品中抒发种族之感、反满清统治的作家则大加赞扬。

民主革命派文艺思想的核心就是要求文艺为反清进行种族革命、建立民主共和国服务,所以非常重视宣扬汉民族文化的光荣传统。认为这样可以"振大汉之天声","源导得朝宗之效"④。这当然是很狭隘的大汉民族主义观点,不可取。但目的是激发汉民族的感情,引导反清统治。因此在西方翻译小说盛行,很多人崇拜西方文学、轻视祖国文学遗产的风气中,民主革命派却大力宣传中国文学冠于全球:"夫以吾国文学之雄奇奥衍,假罄其累世之储蓄,良足执英、法、德、美坛沽之牛耳。"⑤认为中国文学"泰西远不及也",可以"称伯五洲":"彼白伦(拜伦)、莎士比(莎士比亚)、福禄特儿(菲尔丁)辈固不逮我少陵(杜甫)、太白(李白)、稼轩(辛弃疾)、白石(姜夔)诸先辈远甚也。"⑥我们且不论这种评断是否正确,却从中可以看出他们企图说明汉族文学有高度成就,只是近二百年来在清朝统治者的摧残下汉族文学衰落了,以此来激发大家的种族感情,引导反满。

---

① 姚华《曲海一勺》。
② 顾忧庵《漱铁和尚遗诗自序》。
③ 柳亚子《青箱集序》。
④ 傅尊《变雅楼三十年诗微序》。
⑤ 黄人《清文汇序》。
⑥ 冯平《梦罗浮馆词集序》。

为用文艺宣传种族革命，动员群众，民主革命派提出文艺要"化里巷"，"鼓动平民"，所以大力捉倡通俗文艺特别是戏曲。认为戏曲有"入之易，出之神"的艺术感染力，最能影响群众，因此在理论上积极宣传戏曲等通俗文艺的地位和美学价值，要求发掘文化遗产中的这个宝藏。他们对戏曲所作的理论研究和阐述，成就要超过改良派，是很有意义的。

在对待诗文本身的改革上，民主革命派想跳出旧体诗文的框子。他们鉴于改良派提出诗文改革的办法是"熔铸新理想以入旧风格"，这样在诗文的表现形式上仍未跳出旧的圈子，而且在作品中往往喜用许多新名词、外国名词的译音，如"质多"（佛典上魔鬼的译名）、"阳鸟"（即太阳）等，这样造成新的典故，影响通俗性。因此他们提出"唐宋元明都不管，自成模范铸诗才，须从旧锦翻新样，勿以今魂托古胎"①的主张。这当然要比改良派"熔铸新理想以入旧风格"的理论要解放得多。事实上他们的作品，如邹容的《革命军》、陈天华的《猛回头》等确实别创一格，毫无旧诗文的陈腐气息。做到了观点鲜明，文辞通俗，感情激昂，鼓舞力强，颇能感人。

他们要求诗文激励人心，鼓舞士气，所以崇尚积极的浪漫主义风格，主张作品应该"辞多态肆、无所回避"，"叫眺态言"，"跳踉搏跃"，②使作品在艺术表现上感情豪放、语调激昂，文词瑰丽，具有雄壮的气势。

民主革命派文艺思想有进步的一面，也有偏激、混乱、不成熟的一面。如为了否定改良派，竟将改良派掀起文界革命、诗界革命等历史功绩也一起否定掉，这显然是不得要领；又如为了宣传汉族文化的光荣传统，却进而去提倡"保存国粹"，"兴复古学"，与自己反对过的封建复古派唱一个调子，这更是偏离了正确的方向。

原载《上海大学学报（社科版）》1988年第5期

① 马君武《寄南社同人》。
② 章太炎《革命军序》。

"法":中国古代文论形式批评的重要范畴

汪涌豪

古代文学创作和批评中的"法"素为历代论者所重视,但时人常常仅将其视为纯形式的枝节讲求,而遗漏其背后所隐蓄的深在意义。同时,由于这种遗漏,连带着对其意义边界的了解也不够充分,以至在许多时候,模糊了它与其他相关范畴,特别是"理""体""格"的区别。有鉴于"法"的理论关涉传统文学创作内在机理和本土特性的彰明,是中国古代文学批评史上许多重要问题的结穴所在,所以有必要对之作新的检讨与剖析。

一

在从文学意义上对具体的创作法进行阐释和运用之前,"法"有一个漫长的观念形成与内涵延展过程。作为对一种先验的秩序规范的指称,它最初来自上古先民对宇宙和自然的根本思考。当先民们意识到自身与外物的区隔时,便对自己所身处的世界有了一种强烈的探知欲望。特别是天含三光,地分五服,四时的往来寒暑,大自然的作育万物,都使他们对其包容广大怀有无限的崇拜与虔信,进而产生一种欲究明其根底的冲动。

《周易》一书,就保留了先民这种希望摆脱蒙昧、多方探索、曲譬直喻的追究痕迹,以及由此形成的一系列素朴浑沦的简单认知。所谓庖牺氏"仰则观象于天,俯则观法于地,观鸟兽之文,与地之宜,近取诸身,远取诸物,于是始作八卦,以通神明之德,以类万物之情"云云,正是这种追究过程的幻化反映。《易传》作者于此解说得分明,它以"天地之大德曰生",既生物,也生人,"有天地,然后万物生焉,盈天地之间者唯万物"①。人既为自然的产物,自然的法则当然就是人的法则和社会法规的典范。圣人深明此义,所以象其物宜,取以为则,所谓"天地之道,恒久而不已也,圣人久于其道而天下化成"②。如此推天道以明人事,通过观天下之赜之动,由"取类""感通"进而求其"会通",由"观象"进而"法象",也就是顺理成章的事了。这里"法象"主要指法自然之象,所谓"法象莫大乎天地,变通莫大乎四时,悬象著明莫大乎日月"。天地化生万物,无不涵示着自然之道的真谛,由此形而下的万物,人可以上致形而上的天道,"法"的必要与重要于此可见一斑。故《周易·系辞上》说:"形乃谓之器,制而用之谓之法。"《周易》孔疏曰:"圣人裁制其物而施用之,垂为模范,故云谓之法。"

　　对这种以天地自然为法的训教,先秦各家均服膺无违。道家受之,以之为天地之始原,宇宙之根本,也作为自己学说的基础。故老子说:"人法地,地法天,天法道,道法自然。"③庄子沿其教,他看到人有偏离天的自为与自是,并且这种偏离已使道裂分为二:"有天道,有人道……天道之与人道也相去远矣"④,故特别强调"天地有大美而不言,四时有明法而不议,万物有成理而不说。圣人者,原天地之美而达万物之理。是故至人无为,大圣不作,观于天地之谓也"⑤,并时时要人记住"无以人灭天"⑥,以为"虚无恬淡,乃合天德"⑦。所以"法天"之

①　《周易·序卦传》。
②　《周易·彖传》。
③　《老子》第二十五。
④　《庄子·在宥》。
⑤　《庄子·知北游》。
⑥　《庄子·天地》。
⑦　《庄子·刻意》。

于道家，是对"道"的一种张扬，突出的是"法"的自然属性。这样的思想影响及于后世文人可谓既深且远，不仅进入了他们的意识最深处，并时时获得其发自内心的肯定。基于对"有法可象者莫大于天地"的深刻体认，他们确信"人文之元，肇自太极，幽赞神明，意象为先"，因此，自然也将文学的产生视为对天地法象的尊崇和追仿，此所谓"夫岂外饰，盖自然也"①。以后又有人讲求破除我执，将无住为本、总摄"一切万法"的禅理参入其中，给后人根植自然、活用古法开辟了更为广阔的回旋之地。类如"余谓万法总归一法，一法不如无法，水流自行，云生自起，更有何法可设"②，这样的论说的出现，在在昭示出"法"广大活泼的自然本性。正是对这种本有之性的肯认和遵从，造成了中国文学持久的物感传统和强烈的自然好尚。

天地之法在儒家受之，则体现为对"礼"的强调，突出的是"法"的社会属性。儒家鉴于当日社会的"礼崩乐坏"，很注意将对自然之象的取法运用于现世政治，落实为日常人伦，并据此制定了一系列礼仪制度，让人"谨修其法而审行之"③，此即所谓礼法。《周礼·天官》有"以法掌祭祀、朝觐、会同、宾客之戒具"云云，郑玄注即曰："法，谓其礼法也。"由于"圣人作则，必以天地为本，以阴阳为端，以四时为柄，以日星为纪，月以为量，鬼神以为徒，五行以为质，礼仪以为器，人情以为田，四灵以为畜"④，所以这种"法"也就有了不容人置疑的合法性与权威性。孔子说："夫礼，必本于天，殽于地，列于鬼神，达于丧祭射御冠昏朝聘"；荀子说："故学也者，法礼也"；扬雄径称"法之大分，类之纲纪"，皆因于此。其大端如君臣之分、夫妇之序等至为重要，被他们径视为"天秩"与"天常"。⑤需要指出的是，在许多时候，儒家也赋予自己所倡导的礼法以根本性和基始性的意味，

---

① 刘勰《文心雕龙·原道》。
② 陆时雍《诗镜总论》。
③ 《礼记·曲礼下》。
④ 《礼记·礼运》。
⑤ 杨简《杨氏易传》。

以为圣人之教，详载天道，象天地，效鬼神，参物序，制人纪，所以也经常将之直称为"道"。当然，所谓各家有各家之"道"，它与道家之"道"非为一事。

儒家的取法自然也给文人以深刻的影响。在杂文学时代，文学的自觉意识经常受到各种外物的遮蔽，故古人一般是在功利与实用的前提下谈论文章及其法度的。当其时，他们的心里横亘着的，往往就是上述强烈的意义指向和价值判断。《荀子》称"《书》者政事之纪也，《诗》者中声之所止也，《礼》者法之大分、类之纲纪也"是如此，《法言》称"言不能达其心，书不能达其言，难矣哉！惟圣人得言之解，得书之体"，又说"言不文，典谟不作经"，并指斥"女恶华丹之乱窈窕也，书恶淫辞以涸法度也"，更是如此。这类表述被整合为"原道""征圣""宗经"的传统文学观后，对历代论者的影响非常深巨，以至即使再洞悉文理的诗人、批评家，都不愿或不能出此牢笼与范围。

在传统文学创作与批评进入"后经典时期"的宋代，有鉴于汉唐人所取得的不可企及的巨大成就，时人既有深研之以求其精奥的虔诚，又有细剔之以有所创新的雄心，所以对"法"的讲求日趋自觉，讨论也日趋深入。但就是在这样的时候，"法"的伦理意义和社会属性仍然没有被人淡忘。当朱熹强调作文须遵从古范，称"天下万事皆有一定之法"时①，虽未径引伦常之法以自壮，但在他的内心，显然是拿这种意义指向和判断作为自己立论的当然依据的。"法"的伦理品性给了像他这样素来重视道德意志的文人以强大的精神支持。正是这种支持，又造成了中国文学特有的现世关注和浓郁的伦理品格。

二

由于"法"有神秘深在的自然属性和社会属性，故极具初始和范式的意味而

---

① 朱熹《跋病文先生诗》，见《朱文公文集》，卷八十四。

被赋予了浓厚的原型意义或典范意义。它固然是一个关于创作技巧的形式讲求,但其正当性的取得却绝不仅止于文事本身,而是连接着中国人最基本的自然观和哲学观,有着悠久的人文传统与强烈的伦理诉求。

具体来说,由于"法"之大象见乎自然,其典型存乎先贤,所以古人往往将取式自然和效法先贤一体论之,此即刘熙载《艺概》所说的"与天为徒,与古为徒"。所谓"与天为徒",就是强调取法自然,确认大自然的森罗万象皆可为人效仿。"天地之间,物之至著而至久者其文乎? 盖其著也,与天地同其化;其久也,与天地同其运。故文者天地焉,相为用也,是何也? 曰:道之所由托也。"①惟此,在历代关于艺事的讲谈与著述中,经常可以看到诗人或书画家从自然中获得技法启迪与技艺增进的心得传授。有时,这种得之自然的心得还被论者张大到神乎其神的程度,以至人们有理由怀疑,作为创作的基本实现手段,具体的技法技巧是否还是一门艺术之所以成其为艺术的基础。

宋代以来,人们反对为文谨守"死法",指斥它"胶迹"②,会造成"偃蹇狭陋"之病③,进而提出文无"定法",以为"是道也,盖有定法而无定法,无定法而有定法。知是者,则可以与语活法矣"④,正是基于这样的认识。比之一般人奉为不二科律的种种"定法",他们更愿意承认"文无定法而有大法"。什么是"大法"?自然之法也。他们反对人守"死法",拘"定法",倡"活法",用以垂示立范的,正是这种自然之"大法",所谓"试看天地间水流云在,月到风来,何处著得死法"⑤。进而,当他们说"万法总归一法,一法不如无法"时,也决不是故作神秘,高自崖岸,好让人无从下手,无处攀援,而实在是体认到自然"大法"的其性自在,不由人工,不容人有一丝的刻意与做作。所谓"无法"即"有法",就是在这个意义上

---

① 王祎《文原》,见《王忠文公集》,卷二十。
② 俞成《文章活法》,见《萤雪丛说》,卷上。
③ 叶梦得《石林诗话》,卷中。
④ 吕本中《夏均父集序》,见《后村先生大全集》,卷九十五。
⑤ 沈德潜《说诗晬语》,卷上。

说的。而一切人为的设法纵然合理,在他们看来终是匡限,是不得与自然之法相比并的。

所谓"与古为徒",主要指效法上古三代,如果稍稍勉强些,还可以下延至秦汉。古人认为三代秦汉距上古近,比较能体得天道的真义,而与此自然之法相契合,这也就是后世论法甚至论文者动辄引经据典,言必称上古,以为诗法权舆于《击壤》《康衢》之谣,演连于《南风》《庆云》之歌,制作于"三百篇"之体的原因。如刘大櫆《论文偶记》就说:"古人文字最不可攀处,只是文法高妙而已……古人文章可告人者,惟法耳。"方东树《昭昧詹言》论文,凡遇到细微紧要之处,更是常说:"此非解读六经及秦汉人文法不能悟入。"今人看去,这种说法像是避重就轻的耍滑头,故甚其辞,大言欺人,但在他们是真的确信,倘若灭裂了这种古法,就是汩没了为文的本原,如此置创作于贸然无据的卤陋境地,必会使作品流为恣意放滥的无根"野体"。此所以揭傒斯《诗法正宗》要说:"信手拈来,出意妄作,本无根源,未经师匠,名曰杜撰。"

或以为揆诸实情,"三代无文人,六经无文法"[①],那些主张任性自创、反对墨守抄袭之人,就每每据此来反驳言必称三代六经的保守论调,但考虑到三代并非没有文人,不过不以文论人;更非没有文法,不过不以文为法的事实,这样的反驳并不足以让人信服,也不能减少人们对上古先贤和三代秦汉的心仪。宋人陈哲《书天台陈先生〈文则〉后》于此说得明白:"六经之文,经纬天地,自余诸子,多亦左右六经。其用字立言,初非为文则设也,然文如圣贤,何等气象,譬之一元磅礴,万化流形,各极其妙,而一出于天然,真文字之准则也。"所以,要说上述反驳的存在意义,恐怕仅限于明确了因"法"的来源至大至悠久,故人必须通过上古先贤的文字,特别是那些经典,进一步地体认"法天"的重要而已。而那些只向其字面讨文法,忘了切近此至大至悠久的天地自然之法,不过是单纯的"法

---

① 陈傅良《文章策》。

古"，并不能算体得"法"的根本。相反，其结果往往是崇古愈甚，离法愈远。这是就"法"的自然属性而言。

再就"法"的社会属性而言。如前所说，因圣人象天地之法而制人之法，并用以维持既有明确等差又能上下亲和的伦际和谐与社会秩序，它因此沾带了浓重而强烈的伦理品性。先贤的文章之可法，在时人看来，在很大程度上也是因为留存有这种"法"。《诗序》称"夫子之于郑卫，盖深绝其声，于乐以为法，而严立其词，于诗以为戒"，《诗经》被奉为封建时代强势统治的文化经典，就因为它首先被确认为合乎礼法。故魏了翁说："夫子之言性与道不可得而闻，而所可闻者，文章也。然则，尧之文章乃荡荡之所发见，而夫子之文章亦性与天道之流行，谓文云者必如此而后为至"，"圣人所谓斯文，亦曰斯道云耳。"①其他五经也大抵同此。前引陈傅良在同文中，就后人仅从字面追仿六经，指出："第则其文，而不求其所以文，吾恐口气虽似，元气索然，非善则者。"他以为："能因言以求其道，使圣贤精神心术，跃然于心目间，则中有卓见，文亦伟然烂然矣。"六经之可为作文之法的意义，大半在此。

以后元人王构《修辞鉴衡》也说："为文必学《春秋》，然后言语有法。"一直到清代，包世臣《与杨季子论文书》仍赋予儒家经典以文章法式的意义，只是标准稍稍放宽了些，尊孟子、荀子是"文之祖"，刘向、扬雄以降是所谓的"文之盛"。他还以"精而至博，严而至通"这样浑沦抽象的言辞来为"法"下定义，其间既包含了对具体的创作技法的辩证认识，也是着眼于"法"特有的意义指向和伦理品格。至于方苞《又书货殖传后》以"《春秋》之制义法"，不仅在"言有序"，更在"言有物"，也是当然的事。时有钱大昕在《与友人书》中说："法且不知，而义于何有"；李兆洛《答高雨农》说："义充则法自具，不当歧而二之"。他们之所以要把文章与《春秋》相挂连，把"义"与"法"相联言，原因与包氏一样，就是认同"法"的

---

① 魏了翁《大邑县学振文堂记》，见《鹤山先生大全集》，卷四十一。

背后,有着不可掩夺的社会属性。

即使最反对浮靡文风、最强调情辞雅正的论者,也不回避或拒斥讲"法",因为他们相信自己临文之际,心中原是坚持着传统,无碍于正道的。当然,经常为人提及的中国人慎终追远、崇尚传统的故性,也给这种追求平添了一重现实的动力。但这里要特别指出的是,这种慎终追远、崇尚传统的故性,说到底也与对源远流长的"法"的服膺密切相关。正是这种"法"的行之日久,才使它成为传统中国人特有的价值观和集体记忆。

此外,鉴于进入到具体创作层面,"法"的作用往往相对于"才"的存在,不免经常受到后者的挑战。而一般文人,依其惯于自是的天性,通常都不甘心随人作计,以为一学古人,通身束缚,不是闷杀才人,就是困死豪杰,因而每每以积法成弊、离法大好而勇于自创,以至纵横开阖,不受羁勒,在内容上往往失了矩镬,在形式上经常流于疏野。而稍微谨重些的,也不免时时"巧运规外",逸出法禁。所以,如何避免"使才碍法",适当控驭,勿使逾矩,在古人也是一个热门话题。

当日,饱看世事的颜之推有鉴于此,教导子孙"凡为文章,犹乘骐骥,虽有逸气,当以衔策制之,勿使流乱轨躅、放意填坑岸也"①,似偏重于为文的内容而言。宋人以降,此类言论渐多,如吴子良以为:"为文大概有三:主之以理,张之以气,束之以法。"②则偏重于形式而言。这个"束"字可称传神,这样就有了以后"敛才就法"等主张的被提出和被强调。如叶燮《原诗》就说:"吾见世有称人之才,而归美之曰:能敛才就法。"至于其意义指向,似将内容与形式两个方面的意思都包括在内了,不仅指一己之才情对既有的文章规矩的顺从,其底里更隐含着主体自由的创造精神对中和雅正的传统准则甚至官方趣味的认同和屈服。联系类似"周之以射教,犹唐之诗赋,宋之经义,今日之制举,皆所以驾驭英雄,使敛才就法"③的

---

① 《颜氏家训·文章》。
② 吴子良《林下偶谈》,卷二。
③ 陆世仪《思辨录辑要》,卷二十一。

说法，这样的言论自难免让人有很多的联想。再看王士禛《渔洋诗话》中的一则记载："郐阳王幼华才最高，初为诗趋古淡，后变而为雄放。自潜江令入为给事中，乃敛才就法。"限于史料，固不能断言仕途的登达对王氏创作的易向起了决定性的影响，但揆之情理，这种身份的改变，使他下笔之际有了别一重文外的考虑乃至顾虑，应该是可能的。故如将"法"仅仅理解为纯粹的作文技法，既偏离了事实，也有失简单。

三

在明确了"法"的两种属性与两方面意义后，再来看文学创作和批评中的"法"，就能比较准确地确定其恰当的逻辑位序，并进而理清它与其他范畴的相互关系了。

如前所说，历代论者对"法"大多重视，所谓"诗文字画，皆有典则"①，"文有文法，诗有诗法，字有字法，凡世间一能一艺，无不有法，得之则成，失之则否"②。检视这些丰富而细微的专门论述，可以看到，作为一个整一的范畴，"法"的逻辑边界虽然不太稳定，但意义内核还是相当清楚的。

就其总的称名而言，一如中国古代其他文论范畴，也有多种表述，除最常见的"法"和"法度"外，还有"法式"，如徐师曾《文体明辨序》称："夫文章之有体裁，犹宫室之有制度，器皿之有法式也。"有"法律"，如杨载《诗法家数》称："五言、七言，句语虽殊，法律则一。"王骥德《曲律》称吴江派领军沈璟："其于曲学，法律甚精，泛澜极博。"有"法程"，如袁裛《复大中丞顾公论诗书》称："仆所作《郊丘》诸诵，殊浅庸不足观，此局于材耳，然不敢弃彀率，破绳墨，以私创法程也。"其他尚有"法轨""法禁""法制""法脉""法准"等，意均同于"法度"。

---

① 储罐《与朱楚英书》，见《柴墟文集》，卷十五。
② 揭傒斯《诗法正宗》，见《诗法指南》，卷一。

就其文类区分而言,则除了诗文的"笔法""字法""句法""章法""韵法""对法"等为古人常道外,尚有戏曲小说的"律法",明清两代曲论家每言之,如李渔《闲情偶记》称:"字字在声音律法之中,言言无资格拘挛之苦。"有"局法",如吕天成《曲品》称《锦笺记》:"炼局遣词机锋甚迅,巧警会心。"祁彪佳《远山堂曲品》称陈开泰《冰山记》:"传时事而不牵蔓,正是炼局之法。"盖戏剧作品各出之间的连接、折转与收煞至为重要,故古人于"局段"多有讲究。鉴于如何使之精警而不散漫,很能考较作者的才情和本色当行的能力,故祁彪佳《远山堂剧品》甚至认为,"作南传奇者,构局为难,曲白次之";丁耀亢《啸台偶著词例》论剧,称"词有三难",第一位就是"布局"。有"口法",如徐大椿《乐府传声序》称:"何谓口法,每唱一字,则必有出声、转声、收声及承上接下诸法是也。"有"部法",如金圣叹批点《水浒传》就在字法、句法、章法外,提出了"部法"。上述名言之间互相影响,跨界运用也时可见到,特别是诗文两体的法度称名,对戏曲、小说批评影响很大。当然,后起戏曲、小说的法度称名,间或也对诗文批评产生过影响。如清人徐枋、汪婉等人论文均曾用及"局法",汪氏就说:"以某之文上视二君子,其气力之厚薄,议论之醇疵,局法之工拙,固已大相区绝矣。"[①]至于各体文类另外还各有具体的"法"的细目,如"脱卸法""叠聚法""避犯法"等等,不一而足,非本文题旨,容另文发扬。

再就其质性功能而言,除"正法""活法""死法"等为人熟知以外,尚有"门法",如庾肩吾《书品》称:"子真俊才,门法不坠。"有"家法",如杨慎《升庵诗话》称:"诗家言子美无一字无来处,其祖家法也。"有"定法",如叶梦得《石林诗话》称:"诗禁体物语,此学诗者类能言之也。欧阳文忠公守汝阴,尝与客赋雪于聚星堂,举此令,往往皆阁笔不能下。然此亦有定法。"有"实法",如陈恭尹《答梁药亭论诗书》称:"至所云灯取影,水取空,风取声,云无色,烟无气,此皆气象之

---

① 汪婉《与梁日缉论类稿书》,见《尧峰文钞》卷三十二。

似,须成诗后观之,非可按为实法",显见是相对于如叶燮所说的"虚名"之法而言的。此外还有"徒法""板法",如翁方纲《诗法论》称法"固其用之也有定方,而其所以用之实有立乎法之先而运乎法之中者。故法非徒法也,法非板法也",察其所言,意近"死法"。

要而言之,上述名言相互之间的关系比较清楚。较为复杂且不易区隔把握的,是"法"与"理""体""格"这三个范畴的关系。盖"法"与这三者连言成整一的范畴,如"理法""体法"和"格法",每见于唐宋以来各家的论说,其间意义多有交互,不易区分。

以"理法"而言,如罗璧发挥王安石诗从"言"从"寺",而"寺"系法度所在之说,称:"诗从寺,谓理法语也,故虽世衰道微,必考乎义理,虽多淫奔之语,曰'思无邪'。"①刘熙载也称:"文之尚理法者不大胜也不大败,尚才气者非大胜则大败。"②以"体法"而言,如魏际瑞称:"故为文者,能于日用行事、处心积虑之间,力返真朴,以立文章之本,而后涵泳古人,资其体法以成之,虽使泣鬼神,动天地,确然无余致矣,而何章句之足云。"③以"格法"而言,如方薰称:"余尝谓诗盛于唐,至宋元以来,格法始备"④,毛先舒有:"诗固不可率而下字,然当使格法融浑。"⑤至若严羽《沧浪诗话》称"诗之法有五:曰体制,曰格力,曰气象,曰兴趣,曰音节",更是大而化之,将三者一滚论之了。

这种对名言的定义着眼在意义的圆融周恰,而不重其逻辑的边际严整,究其原因,自然是与古人喜好综合摄取的传统思维方式有关,也与其随文取便、信手拈来的言说方式有关,再加以这些名言之间本来就存在着复杂的意义耦合与关联,更使得一滚论之成为其谈艺论文常用的方法。这在他们或许是随文取便

---

① 罗璧《罗氏识遗》,卷五。
② 刘熙载《艺概・文概》。
③ 魏际瑞《答友人论文书》,见《魏伯子文集》,卷二。
④ 方薰《山静居诗话》。
⑤ 毛先舒《诗辨坻》,卷一。

的合理处置,却给后人带来了离析与辨识的困难。但统合众说,细加按察,上述几个范畴与"法"的区别,应该说还是有迹可循的。

"理"者本指物质组织之纹理,衍指自然万物的道理、准则与规律。魏晋以降,人多从事物之所以然和所必然的角度论"理"。宋明以来,又用以指人内化的道德结构形式和必须遵循的善,所以它与作为万物根本的名言"道"关系十分密切。当然区别是显见的,即"道"是一切自然规律的总名,"理"则是不同事物具体规律的别称。《庄子·则阳》所谓"万物殊理,道不私";《韩非子·解老》所谓"道者,万物之所然也,万理之所稽也","万物各异理,而道尽稽万物之理",即道出了两者的分际,当然,这也未尝不是对其意义关联的一种确认。正是由于"理"与"道"关系紧密,指向的是事物之所以然和所必然,所以较之于"法",属更为本质的讲求。

施诸文事也同样。"理"是文学创作所仰赖的事理、义理和条理,它或许可言可执,但更多有为名言所绝,只遇于默会之表的隐在的特性。比之于具体的创作技法,它更接近于为文之道,此所谓"与道为体"①。故叶燮、翁方纲等论文,都将其视为创作之要枢。而"法"虽从渊源和根本上说是根据于"道"的,但相对说来,离"道"毕竟较远,所以古人对此两者一般是分别对待的。如清人侯方域《倪涵谷文序》就有"能扶质而御气者,才也;而气之达于理而无杂糅之病,质之任乎自然而无缘饰之迹者,法也"之说,"法"在他那里,只是用来贯"理"的手段。朱庭珍《筱园诗话》论炼气:"及其用之之际,则又镇之以理,主之以意,行之以才,达之以笔,辅之以理趣,范之以法度,使畅流于神骨之间,潜贯于筋节之内",也同此意。至若元郝经《答友人论文法书》所谓"夫理,文之本也,有理则有法矣,未有无理而有法者也",明廖燕《复翁源张泰亭明府书》所谓"文莫不以理为主,理是矣;然后措于词,词是矣;又必准之于起伏、段落、呼应、结构之法",将两

①　叶燮《与友人论文书》,见《己畦集》,卷十三。

者的区隔表达得更为清晰。也所以,前引吴氏才说:"为文大概有三:主之以理,张之以气,束之以法。"

"体"指一事物之所以成为该事物的类例和规式,《墨子》尝称:"立辞而不明其类,则必困矣",故于此体类一义,古人素重之。文论中所言之"体"或"文体",有体制体裁、语体语势和体性风格这三层意思。最易与"法"混淆的是前两意。不过细加按察,其间区别还是在在成状的。即"体"既指一物所以成为该物的类例,质诸文事,犹言诗之所以为诗,文之所以为文,必定是一些比较原则的大前提,大讲求,看看《文体明辨》这类著作可以明了,它们通常总要列举名家之作,就一种体类的缘起、发展、嬗变和语言、风格等特征,作要言不烦的论述与厘定,然后规定一些重要的避忌,间或还点出与其他文体的区别。由于每种文体各有自己特定的类式,既依此体为文,一般来说就不宜跨类越式(历代作者有才情澜翻不羁,突破此体类约限的,是谓"破体"),这对作者来说自然就成为一种具有规式性的约束,所以徐师曾才在《文体明辨序》中引入"法"这个名言以示强调,但这决非说他是以两者为一事的。至于沈德潜称为文"根本既立,次言体、法,体与法有不变者,有至变者"①,就将这两者区分得很清楚了。

事实上,随着文学自觉意识的发展和创作的精进,六朝以后,特别是唐宋以后,人们对"体"的类例意义渐有深切的体认,惟此,《文镜秘府论》中,才能见到署名王昌龄的《诗格》有如下明确的表达:"凡文章体例,不解清浊规矩,造次不得制作,制作不依此法,纵令合理,所作千篇,不堪施用。"相比较之下,"法"只是各体文章写作的具体技法(当然也有一些是放诸各体皆准的基本技法),对它们善加运用,有助于文体体式特征的凸现和保持,其与"体"的关系大抵如此。此所以方东树《昭昧詹言》引姚范的话,称:"字句章法,文之浅者,然神气体势,皆因之而见。"沈德潜《说诗晬语》结合具体的诗体要求,也说(做诗)"合数首为章

---

① 沈德潜《答滑苑祥书》,见《归愚全集文钞》,卷十五。

法,有起有结,有伦序,有照应,若缺一不得,增一不得,乃见体裁"。反之,如不钻研各体文章的具体技法,"体"将无从落实,严重者将会"损体""伤体"。徐增《而庵诗话》说"诗盖有法,离它不得,却又即它不得。离则伤体,即则伤气",说的就是这个意思。同样,庞垲《诗义固说》称:"章法次序已定开合,段落犹须匀称,少则节促,多则脉缓,促与缓皆伤气,不能尽淋漓激楚之致",也是就一定的"法"如何凸显与保持特定的"体"而言的。

"格"的本意指量度,后引申为范式与标准,如《礼记·缁衣》所谓"言有物而行有格"。汉以后引入人物品鉴,因此有"格置""格度""风格"等相关名言。汉魏以降,渐有用以论文的,如韦仲将称繁钦之作"都无检格"①。唐代这种情况更为普遍,诗人、选家与批评家均有借此谈艺论文的,各种诗格类著作纷纷出现,更构成一道特殊的景观。宋人承之,探讨日精。究其所指,大体指符合规范体式的文章所拥有的某种固有品格,他们称此为"格制"或"格范",如魏泰《临汉隐居诗话》称白居易:"善作长韵叙事,但格制不高,局于浅切";辛文房《唐才子传》称朱昼:"慕孟郊之名,为是格范相似",等等。

"格制""格范"既有范式和标准的意义,不免与"体"纠杂在一起,使"体格"这样的名言每见于各体文学批评,同时也就不免与"法"夹缠难分,形成如前所引的"格法"(也可颠倒成词,为"法格"),并常形诸论者的笔端。但细加分梳,其间的意义区别还是可以把握的,即"法"是各体文具体的创作技法,它们的适当运用,可以助成文章固有的体式,凸显其所蕴涵的特有的风格,但不是这些"格"本身。比之这些作品不易切指只可意会的"格","法"是更具体、更可捉摸的东西。此所以魏泰《临汉居诗话》说"诗须气格完邃,终篇如一,然造句之法,亦贵峻洁不凡也",将两者分而论之。王世贞论诗,对此区分得也很清楚。②前曾

① 《三国志·王粲传》,注引鱼豢《魏略》。
② 王思任《袁临侯先生诗序》:"弇州论诗,曰才、曰格、曰法、曰品,而吾独曰一趣。"见《王季重集》,卷八。

论及"敛才就格"问题，如毛先舒《诗辨坻》说"诗须博洽，然必敛才就格，始可言诗……一往倾泻，无关才多，良由法少"，就指出"法"运用得不得当，会影响诗的"格"。陈师道《后山诗话》说"孟郊诗蹇涩穷僻，琢削不暇，其苦吟而成，观其句法，格力可见矣"，意同此。故将它们等视统论，并不合古人本意。

结言之，"法"是中国古代重要的文论范畴，它的意义指向在形式论方面殆无疑问，但若仅就形式入手并拘泥于形式，并不能彻底究明它丰富的意旨，解释清楚不同立场和趣味的诗人、批评家都对它表现出强烈兴趣的原因。现在，还它以构成传统文学独特的人文内蕴和本土特征的重要意义，判明它根源于"道"，依托于"理"，落实于"体"，体现为"格"，虽相对于事象表达与情志发抒等"形而上"要素，属"形而下"的讲求，但在具体的创作展开过程中却处在重要的中轴地位，显然是十分必要，且大有意义的。特别是联系诞育它的古代社会和传统文化的背景，一切文类是如何重传统、尚程式，其意义就更为分明，更可以理解了。

原载《学术月刊》2008 年 7 月号

关于构建中国形式美学的若干思考

张旭曙

构建中国形式美学最早是由汪正龙提出来的[①]，拜读其大作，笔者颇受启发，也认为这一课题很有意义。不过读后深入思考，又不满足，觉得有些关键问题尚未言明，有的地方分析得还欠细致周到，似有进一步讨论的必要，故在此略申拙见。

一、在什么意义上形式美学是中国的

不难看出，构建中国形式美学的提法带有鲜明的"身份"意识。为什么下这样的论断呢？若是遴选几个最具西方文化色彩的范畴，"形式"当属少数几个强劲有力的竞争者之一。"form"（英语）、"forme"（法语）、"Form"（德语）都源于拉丁文的"形式"（forma），而"forma"替代的是希腊文的"μορφη"（可见形式）和"ειδ s os"（概念形式）。从西方思想漫长的演进历程，我们会发现一个以形式为中心，由轮廓、比例、风格、结构、和谐、外观、样式、形状、模式、心象、规律、体裁、尺度等组成的动态的"形式系统"，其效力遍及形而上学（以存在论为核心）、认

---

① 参见汪正龙《西方形式美学问题研究》第九章，黑龙江人民出版社 2007 年版。

识论、思想方法(逻辑分析)、知识形态(形式化)等领域,其触角伸向数学、宗教、语言、哲学、艺术、逻辑等学科。中国传统思想中没有希腊的永恒不变的形式,在功能上与 form 略可对应的是"象",以象为中心,我们也可发现一个由形、文、法、中和、技、言、笔墨、势、格等术语构成的"象家族",其源头直探巫史文化,大象无形、以象尽意、乐从和、无法之法、离形得似等堪称最具中国美学特色的命题。简言之,给形式系统灌注不竭动力的是发源于古希腊并贯穿整个西方思想的逻辑—数学—形而上学一体的理性—形式传统,支撑着象家族在永无止境的过程中成形、显现的是道—气—象一体的道不离器传统。经过这一番简短的探本求源,我们得出如下结论,作为一个高度西方化的概念,form 之进入汉语学界,不仅仅关涉一个概念的输入这样简单的问题,连同它"侵入"的还有一整套异质性的世界观和思维方式。1907 年,王国维发表中国美学史上第一篇形式美专论《古雅之在美学上之位置》,标志着"形式"正式进入汉语学界。一百多年来,几经沉浮,形式的声势日渐强大,较之传统美学思想中如日中天的"象",几乎取得压倒性优势。可吊诡之处在于,在作为学科发展水准风向标的各类教材里,在解决具体学科问题时,在构建文艺学美学体系的过程中,象家族及其所涵摄的传统智慧特质却持续不断地向学者们发问:如何看待 form 与象之间的巨大的文化差异? 形式系统果真能贴切妥当地传达出中国传统象家族的命题、范畴、术语的精髓吗? 象家族还能有效地解释当下的文艺现象和审美经验吗? 倘若要为美学文艺学体系奠定本体论根基,以形式系统为主还是以象家族为宗,理由何在? 等等。可以说,打出构建中国形式美学的旗号正是这种阐释焦虑状态所生发、凸显的"身份意识"的学理化表述。

在我们看来,形式美学前之所以加上表示"身份归属"的定语"中国的",并非因为它出自中国学者之手,而主要在于它应当具备的中国精神特质。在学科范围内讲,这种精神特质逐步的累积式形成端赖于三种力量的持续不断的相互作用。其一是对西方形式美学传统资源的选择、摄取、熔铸。应当承认,在很大程度上,中国形式美学的提出受到了前者的启发,是对前者的回应;现在乃至相当一段时间内,中国形式美学从论题、方法到架构都会在前者的强大挤压下艰难地拓展自己独特的话语空间。其二是对传统美学象家族的选择性改造、转换,它更看重精神实质的远绍、承续而非古代范畴(象、文、势、法等)的简单沿用。其三也是最重要的,中国形式美学精神特质的形成不是假设,不是将来时,而是现实,是正在进行时。20世纪中国的哲学家、美学家、艺术家在哲学本体论(金岳霖、冯友兰、宗白华、牟宗三、李泽厚)、美学诗学(王国维、朱光潜、宗白华、李泽厚)、文艺创作(梁宗岱、林风眠、吴冠中)领域进行的探索及其可观的创获已经形成了一个不容忽视、正在流动的形式论传统。不过必须提请注意的是,几位在形式论上戛戛独造的美学家都没有将形式作为自己理论的基础性概念,更不曾提出建立形式美学的主张。王国维筚路蓝缕,首倡"一切之美,皆形式之美"学说,不过"古雅"(所谓"形式之美之形式之美"①)并非单指形式,而是一个涵盖艺术表现、艺术接受、艺术形式和艺术家的功能性概念,他对康德学说的改造尚处于片段式的借题发挥阶段。前期朱光潜的文艺心理学体系架构深受康德、克罗齐的形式主义理论沾溉,然而克罗齐的先验形式概念"直觉"被朱光潜改造成了心理学概念,它是心物关系框架内人的一种心理功能,后来他更喜欢用黑格尔意义上的感性形象(形式)。宗白华站在文化哲学高度上探本溯源中西哲学美学的深邃底蕴,提出"美是丰富的生命在和谐的形式中"的命题,在他的心目中,形式(节奏条理)的重要性无以复加,但是,宗白华阐发的中国固有之生命美学的根源乃"生生之道的流行"。在李泽厚的人类学本体论哲学美学的各个层面,形式都起着扛鼎的作用,美(自由的形式)、美感(文化心理结构)、艺术(情本体的落实)、本体论("度"的本体性,结构和形式的建立)被他整合为一个高度自洽的学科体系,这个体系的元范畴是"实践"(人对自然的社会性生产

---

① 王国维《静安文集》,辽宁教育出版社1997年版,第163页。

活动）。他们的美学诗学，既保留了传统的某些"特质"，譬如体用不二、不离弃感性经验、整体思维、追求语境的普遍性等，也注入了传统没有的"新质"，诸如形式的独立自足、审美判断的非功利性、形式与自由的内在关联、审美判断的普遍性必然性（先验形式原则）等。我们之所以在中国形式美学的精神特质的形成和中国形式美学的构建之间做出区分，意在强调本文的目的是探究有无可能创立一种特殊的美学系统，其重心落在"形式"两字上。我们之所以有底气有理据提出中国形式美学就是因为这一具有鲜明中国特色、中国气派的"新"形式论传统谱系在，构建中国形式美学就是在继承这一融合中西方哲学美学精神特质的"新"传统的基础上对其存在的问题、不足重新思考、重新发问。一言以蔽之，中国形式美学应当"接着"这个传统"往下讲"。

二、形式分析缘何举步维艰

1985 年前后，文论界曾刮起一股"科学主义批评"旋风，不少学者直接套用系统论、信息论、控制论、耗散结构论、模糊数学等自然科学理论和方法于文艺理论和批评实践，虽不乏亮点，但最终都归于沉寂。科学主义批评的引进—热闹—沉寂的三部曲似乎为三十年来绝大多数登陆中国的文论观念定好了生存基调。如今，当我们检点当年热闹非凡的文字和论争，面对经得起时间考验的实质性成果寥若晨星的残酷现实，心态浮躁、准备不足、量化数字化不适合作为属于人文科学的文学艺术学的评判标准的反省聊可让人自慰。于是乎，科学主义批评被认定不适合文艺理论和批评，至多算个文论史的事件而已。事实果然如此么？20 世纪 80 年代西方最新潮科学方法在中国学界热闹后归于沉寂、落寞，往大处讲，可以归咎于我们缺乏科学理性（数学—逻辑）文化传统，朝小处说，也与学者们大多急功近利，缺乏"板凳甘坐十年冷"的实干精神脱不了干系。但我认为，更直接的原因在于学者们普遍对于所谓科学主义批评"背后"的东西缺乏明晰深刻的认识。从表面看,科学主义批评这一来自中国学者的特定指谓无非是 19 世纪中叶以来随着自然科学取得伟大成就而兴起的用自然科学方法对美学和文艺现象进行"自下而上"实证的、经验的研究的 20 世纪回响罢了,费希纳的实验美学、阿恩海姆的格式塔美学都可以划入这一世纪大潮。实际上,半个世纪前朱光潜那代学人已经凭深厚的学术功力让古老的华夏诗性智慧领受了西方科学理性精神的洗礼,这一壮阔宏大的文化更新创造历程至今远未画上句号。更深层次地考量,批评的科学化不能简单等同于自然科学方法崇拜。确切地说,批评的科学化不过是西方思想追求普遍必然知识传统的表征而已,在当今中国学者的著述中屡见不鲜的概念不清、思维混乱、分析淡弱、理论缺乏系统性等现象,便是这一传统匮乏的必然结果。衡之以此传统,科学主义批评照搬自然科学方法,满足于实验和精确数据的收集、归纳,恰恰大成问题。因为它们根基不稳,忘记了对其理论如何可能的前提条件进行彻底的追问,如同康德在《纯粹理性批判》里所做的那样。就连"解构天使"德里达在其扛鼎之作《论文字学》里都一再申明自己在寻根溯源,追问整个西方文化和科学的可能性的条件——痕迹(trace),一种先验的原始的不可还原的综合因素,可见这一传统威力之强大。衡之以此传统,穆卡诺夫斯基、雅各布森的布拉格学派、列维-斯特劳斯、前期巴特的结构主义、英伽登的现象学,成就斐然、影响甚巨,倒更足以代表这一传统的精神风貌,因为他们志在建立文学科学、美学科学、艺术科学,至于其客观性理想能否实现则另当别论。我曾用"科学型美学"指涉西方美学主流的根本性质,它有别于科学美学、技术美学,当然也并非仅指科学主义批评,这种哲学美学智慧具有十分鲜明的形式性、分析性、先验性、纯粹性、超越性、系统性。[①]一百多年来,我们的美学、文艺理论建设始终在这个异域思想传统的巨大身影下苦苦寻觅自己的话语生存、叙述空间。现在,我们不但有了本土

---

① 参见拙著《西方美学中的形式:一个观念史的考索》,学苑出版社 2012 年版,第 297—302 页。

学者撰写的为数不少的西方美学史、艺术哲学史、文学理论史论著,还初步形成了中国现代美学思想传统、现代文学批评传统。但就构建中国形式美学而言,我们仍然有十足的理由诘问,我们真得对这个以科学理性精神(我不大喜欢用"科学主义"这个在中国有过诸多误解和争执的名词,丰富深刻的科学理性精神之内涵远非有特定所指的科学主义所能涵括、表述)为支柱的哲学美学传统之精髓了如指掌了吗?我们真得对作为思想方法、知识原理、存在根基的形式分析精神这一科学理性精神的重要构成成分做到运遣自如了吗?"分析"表示何意呢?形式分析如何进行呢?

"分析"这个范畴的内涵相当宽泛,与本文有关的涵义包括:(1)从前提到结论的超越经验的理智运作,即证明活动,譬如,产生科学知识的三段论,如亚里士多德所言,我们是借证明去认知的。(2)把事物分解成各个部分加以严格考察,从而确定这些部分的本质属性以及相互之间的关系。例如,新批评对独立自足的客体"诗"或"小说"的"细读"是一种形式程序,意在详细地、精确地分析作品的基本构成成分,即语词、形象、比喻、象征及其相互间的复杂关系,作品的中心主题就是围绕着这些语言学成分组织起来的,而作品的结构则是张力、反讽、悖论这些对立冲动之间的和谐、平衡。再如,在列维-斯特劳斯那里,神话犹如一种语言,是一个自足的、自我决定的结构。这一系统可以被分解为多个基本单位,这些单位相当于语音的基本要素音位,它们之所以有意义,能够存在,取决于它们在这一系统内部与其他成分之间的差异关系。这种对对象进行严密、客观分析的思想方法可以追溯到亚里士多德。分析的目的是运用理性思维认识事物的本质和规律性,它具有高度的抽象性,追求确定性,倾向于对事物之间的关系和本质进行形式的把握。形式的感性内容越少,普遍性就越大。当然,抽象性和确定性的程度是有区别的,哲学思维的确定性就不如科学思维的,亚里士多德的形式逻辑系统在现代符号逻辑看来只是实质系统。请注意,形式分析不仅是一种思想方法,它还是一种知识原理。按照康德的说法,纯粹感性材料形成知觉判断，没有普遍性，具有普遍必然性的知识的命题形式叫做"先天综合判断"，它是先天的形式"纯粹理智概念"包容、整理感觉材料的结果。进而言之，由于形式的、分析的精神浸润于数学的逻辑的理性文化氛围里，它还是或者说首先是存在论的。柏拉图的理念（形式、种或类概念），既是存在论的，指现象变化中的永恒存在，又是认识对象，指逻辑建构的知识形态概念。有学者精辟地指出："西方文化的向度是科学，西方哲学在很大程度上是对科学的反思，并为之提供基础和说明。存有论为科学规定了客观性原则，逻辑和数学为之规定了以确定性和分析性为表征的知识原理。"①

根据我们的考察，中国学人的三重"误解"也许造成了他们对形式分析的不喜欢甚至厌恶反感。其一，形式批评高度抽象，脱离具体的经验内容，不及中国式感悟批评灵心妙赏，一发即得。其实，这样的看法混淆了对具体作品的体验解读与对文学知识的普遍追求。形式分析通过部分的分析达到对普遍必然的关系即整体的本质的把握，目的在于达成理想的知识。譬如，英伽登现象学美学对文学的艺术品结构的分析是存在论的，即对存在—实体的观念内容的先天分析，如果它是可能的，便具有极大的普遍性。很多西方大艺术家、大批评家的谈艺录，往往寥寥数语，切中要害，而又文心渊深，生动有味，丝毫不逊色于中国式感悟批评，它们带有强烈的主体意识，法朗士曾称之为"灵魂在杰作中冒险"。其二，纯粹形式不过是个理性抽象出的空架子而已，没有实际的作用和价值。由于道的本性无法诉诸语言，所谓可道非常道，因而中国传统思想不重视语言和逻辑分析，看不到纯粹的知性概念，未能产生与质料相分离的纯粹形式。形式化建构按中国传统的眼光看，不啻形式主义的代名词。实质上，缺少了严格的形式化建构，便难以产生符号语言，不可能进行符号之间的纯逻辑的推演，现代计算机系统就无法想象。从席勒到马尔库塞，强化审美形式的批判功能、政

① 周昌忠《中国传统文化的现代性转型》，上海三联书店2002年版，第285—286页。

治潜能,说明形式有着丰富的人文因素和社会文化内涵。牟宗三先生更是指明西方的基督教精神、民主政治的精神与遵守逻辑数学前进的"分解的尽理之精神"的深刻关联。①其三,形式在先,意味着内容被忽视甚至遭到否定。这是对内容即形式的现代观念不能领会的结果。形式批评、内在批评不是不考虑文学研究的外在因素,诸如作者、时代、读者等,而是强调内在的优先性,只有把作品的自身意蕴、本性搞清楚了,才能为整个文学研究奠定坚实的基础。穆卡诺夫斯基把艺术本性界定为符号,又区分符号为能指和所指、物质性和意义性,在一定文化背景下被感知者感知的是审美客体(所指),这样就用艺术品这个"自主的符号"连接起了作品、读者、社会。

诚然,不能否认,分析思维肢解对象、强分畛域,事事处处以精密性、确定性、明晰性为旨归,的确显露出理性的"暴力"倾向,不但有碍于直接把握事物的整体性,而且往往破坏了对象的原始的生命样态。不过,一种特定思想文化类型之特性之长项在充分展示自身力量的同时,也必然暴露出不可避免的弱项和短处。今天不是有很多人振振有辞地批评中国传统思想重整体领悟缺乏分析精神吗? 问题在于,我们必须明白当今中国思想文化建设到底需要什么? 我们认为,反体系、反本质主义一类的时髦话语对中国当代文艺理论建设的积极作用非常微弱。我们赞同这样的看法,中国的现代化是"体"的变化,这个"体"指社会本体,包括社会生产方式和生活方式的社会存在。现代化的核心是科学,"许多人仅仅想把科学作为运用的东西,而实际正是科学代表了社会本体,推动社会存在前进,在此基础上发展文化意识形态"②。这里的科学不单指自然科学,更是一种社会建制,而始终贯穿其间的则是科学理性(形式理性)精神。可以说,中国的现代化绝非技术层面的实用式的拿来,它更指向思想文化类型的

① 《牟宗三学术文化随笔》,中国青年出版社 1996 年版,第 117—123 页。
② 李泽厚《现代化就是"体"的变化》,载复旦大学历史系编《中国传统文化的再估评》,上海人民出版社 1987 年版,第 242 页。

更新。接纳数学—逻辑的分析精神,尊重科学的文化氛围的营造和精神传统的养成,艰难曲折,绝非一朝一夕之功。但它之所以能成为中国现代思想文化发展的重大课题,乃在于规则意识、形式正义等现代观念恰恰内在于中国现实社会的迫切需要。小而言之,形式分析精神也是中国现代美学与文论学科建设的系统化科学化的迫切需要。当系统论、信息论、控制论、俄国形式主义、新批评、结构主义等批评流派和方法涌入中国,如前所述,倘若我们对这些现代批评方法的"根性"有了较深刻的理解,对形式分析之类的异质思想因素的摄取、消化、转换也许会成为未来中国美学和文艺理论的重要生长点。令人欣喜的是,中国已经有一批学者,例如,李幼蒸、赵毅衡、赵宪章、董小英等,开始了艰难的也是富于建设性的理论探索。

三、形式本体论是否适合中国

吴炫把中国形式文学难以真正突破的原因追溯到中西文化哲学的根本差异,是非常有眼光的。[①]他有关建立当代中国哲学与文学理论不能采取抛弃认识论的态度、中国文化的现代化是一种确定性的文化意旨建设、中国当代文学必须通过形下走向形上的整合尝试的观点,笔者也很认同。我们认为,建立中国形式美学,如何对待西方的形式本体论同样是个绕不过去的重大课题。但能否就此断言形式本体论不适合中国形式美学的构建呢?看来为时尚早。要解答这个问题,首先应当辩明两个术语,一个是本体(论),另一个是形式本体(论)。

对本体论,有学者下过这样的定义:本体论就是运用以"是"为核心的范畴,逻辑地构造出来的哲学原理系统。从实质上讲,本体论是与经验世界相分离或

---

① 吴炫《中国当代文学批判》,学林出版社 2001 年版,第 310—316 页。

先于经验而独立存在的原理系统；从方法论上讲，本体论采取的是逻辑的方法，主要是形式逻辑的方法，到了黑格尔发展为辩证逻辑的方法；从形式上讲，本体论是关于"是"的哲学，"是"经过哲学家改造以后而成为一个具有最高、最普遍的逻辑规定性的概念，它包含种种作为"所是"的逻辑规定性。①从上述概括可以见出，本体论在源头上牵连着西方思想的种种根深蒂固的特质。譬如，两重世界、质料和形式的分离、概念思维、逻辑分析、体系化建构、先验形式、本质追求，这些特质构成了科学理性精神的重要内涵。从狭义上讲，中国文艺理论界所理解的形式本体论指现代西方随着"语言学转向"而兴起的形式主义批评（新批评、俄国形式主义）和结构主义批评（布拉格学派、巴黎结构主义），他们分析文艺作品的语言构成，探寻文艺作品的内在规律即结构，试图在本质上（本体论上）揭示艺术之所以为艺术的独特性，展示形成作品统一性的规则、秩序。这种建立文学科学的理想显然是科学主义在文学研究中的表现。宽泛而言，本体论的基本特性是形式的，也可以说，就是形式本体论的。展现结构（理性的抽象化、理想化）、先验必然的形式（给知识内容赋予形式）、形式系统（将高度普遍的命题组成形式系统）、形式化（以数学—逻辑的形式表示符号间的推理演算）、把握本质（事物现象背后的共相、模式、秩序），本体论的理性主义（形式理性）在认识对象、思想方法、知识原理、理论形态等方面刻画着西方思想的精神面貌，当然也规约着西方形式美学的基本面貌。我们可以毫不费力地指出本体论（本质论）意义上的形式在西方美学和文艺理论的历史上所起重要作用。公开打出形式美学旗号的学派有赫尔巴特-齐美尔曼、克莱夫·贝尔-罗杰·弗莱、俄国形式主义、结构主义。在对美的本质、艺术本性、审美经验、文艺风格、艺术作品、审美形态等重大问题的探究中，到处可见毕达哥拉斯的数理形式、柏拉图的超验理式、亚里士多德的概念形式的身影。康德更是对 20 世纪的美学、艺术产

---

① 俞宣孟《本体论研究》，上海人民出版社 1999 年版，第 27 页。

生了极其深刻的影响。如此看来,当我们问形式本体论是否适合中国(形式美学的构建)时,表面的意思是指中国学人能否运用现代形式主义方法于中国语境,深层次的含义却在于中国传统思想文化的现代性转型如何可能这一重大课题,就本小节探究的主旨而言,就是上述形式理性精神的种种内涵能否为中国思想文化所吸纳,成为中国现代思想文化传统的有机组成部分这一重大课题。粗略言之,这种吸纳、转换、创造之所以可能的基础或许在于科学精神文化氛围的培育,中国学者在逻辑学、符号学等方面学养的提升,一大批学者的主动选择等。不过,我们在此把焦点集中在形式概念本身,看一看中国学者在构造形式美学时,如何处理形式概念与中国思想语境的适应性问题,其种种难点既在技术性、学理性上,更在源于中西思想传统根本差异的冲突矛盾上。

我们知道,形式的涵义复杂多层,使用者往往在一个形式的名义下指涉好几个涵义,且每个涵义适用于不同的问题。据我们的观察,在种类、体裁、技巧等意义上,形式的使用麻烦较少;由于中国形神合一、道显为文的传统,中国学者,譬如朱光潜、宗白华使用黑格尔以来西方近代主流形式概念感性形象或感性形式也并不觉得有多大的隔阂;语言论转向下产生的文本批评、现代形式理论之所以在中国语境下显得不那么成就斐然,究其实质在于中国学者普遍对符号学、语言学陌生,操作起来自然底气不足。李幼蒸《理论符号学导论》《仁学解释学》,赵毅衡《当说者被说的时候——比较叙述学导论》《符号学原理与推演》的问世,赵宪章将文学文本范例分析上升到类型学的研究思路,表明中国学者不仅可以介绍得到位,更能着手富于中国特色的理论建构。在我们看来,真正的难题主要在于如何对待先验形式(纯形式)。所谓先验就是先于、独立于经验而又使经验得以可能,它以普遍性、必然性为其表征。这种先验形式源于西方自柏拉图—亚里士多德以来的形式与质料分离的理性—逻各斯传统,此传统的底蕴又在希腊的数学(几何学)、天文学中发现事物的永恒秩序(不变的客观形式),为变动不居的万事万物确定最初之动力。由于中国传统思想着重从事物的作用、功能和性质上看待其终始生化与事物之间的相生相克的关系,没有离开个别具体的事物而追求一恒常不变的形式的传统,故而对待先验形式中国学人的态度颇多分歧。冯友兰的新理学(形上学)对一切事物做形式的解释,其四个观念(理、气、道体、大全)完全是形式的观念,对实际无所肯定,也就是与事物的质料内容、具体的感性存在无关。金岳霖区别了先天命题和先验命题,认为只有逻辑的知识是先天的,先天、先验的知识都由经验而来,但正确性并不依赖于经验,可见个别与共相有区别而又不可分离(道是式和能的综合)。李泽厚在为其美、美感、艺术论奠定本体论基础时,形式的作用(度的本体性)居功至伟,但他明确表示不接受先验理性(形式),他使用的形式指人的主动造型力量,更接近于亚里士多德的形式(赋形),朱光潜把"纯粹形式直觉"这个形式主义核心命题与经验心理学的"心理距离""移情"杂糅起来诠释审美经验,不但断然舍弃了先验形式,而且将先验认识论命题转换为经验心理学命题(古代的心物交融说)。我们绝不否认建构美学和文艺理论当然有其他进路和方法,其理论体系的本体论范畴也完全可以在形式之外另辟蹊径,然而一旦我们决定以"形式"作为体系大厦建构的脚手架而非普通的砖瓦石料,那么,明确拒绝也好,积极建构也罢,都不能不对此先验形式有所回应,因为它不仅关乎加强逻辑分析、为传统审美智慧的现代转换添一思路,更是对美、美感、艺术、自然美、艺术史动力等重大问题如何可能的先验条件分析,是一种理论是否具有普遍性的"原初的""先在的"根据。

四、象家族改造与新生的重点在哪里

20 世纪 30 年代,在那篇创见迭出的力作《形上学——中西哲学之比较》里,宗白华先生权衡比勘中国思想的象和西方思想的形式,得出象即中国形而上之道、象之构成原理乃生生条理和西洋形式美的根源是逻辑、几何、数学一以贯之的概念世界、永恒超绝的范型是先验的理数的结论。耐人寻味的是,在表解中国独特的生命精神时,宗白华没有用"象",反而用译自异域文化的术语"形式",认为"美是丰富的生命在和谐的形式中"①。倒是吴炫提出"什么是中国式形式"的理论命题,并试图既向传统的"象象"思维里灌注追求独创的精神,又以中国式形式(象象)的整体性、通透性弥补西方文化片面彰显纯粹性、对抗性的缺陷。②吴炫的做法的确从一个独特的角度提出了当代中国美学和文艺学建设的重大理论问题,即传统如何进行创造性转换,具体而言,就是象及其家族成员的当下适应性问题:传统美学文论概念术语如"象""文""法"等是否能够有效地解释当代中国人的审美经验、艺术趣味、文学特点? 以这些概念术语为基础有无可能创造出美学和文艺学的新理论形态? 我们认为,倘若说运用"形式"于中国思想语境尤其是中国传统诗性智慧时面临着是否契合——尤其在形而上层面——之难题,那么象及其家族的改造、转换主要不是针对中国古代的美学和艺术,而是现代中国的美学和艺术,一方面我们应当考量其诠解在现代中国人的社会现实生活中生成、以现代汉语表述的审美精神、艺术实践、文学世界的有效性及其限度,另一方面,这种解释之富于效力的来源在于如何回应、接纳业已在现代中国美学文艺学学科体系中占据压倒性优势的形式系统及其体现的形式理性精神,质言之,本文对此问题的先验探究就是俗语所谓"旧瓶"能否"装新酒"或曰"注入新鲜血液"。

据考察,象及其家族成员包括象、美、道、文、法、气、形、理、和、势、韵、体、境、格、意象、声律等③,它上通中国人的本体论、宇宙观、道德学,下达审美创造、审美理想、艺术表现、艺术法则、艺术构思、形式美等重大问题,中间横贯着道气象一体、文道(文质)合一、整体思维、以象喻意、体用不二、不离弃感性经验等象

---

① 《宗白华全集》第 2 卷,安徽教育出版社 1994 年版,第 58 页。
② 吴炫《什么是"中国式形式"?》,《江苏社会科学》2010 年第 6 期。
③ 参见林同华主编《中华美学大词典》,安徽教育出版社 2000 年版,第 89—126 页。

家族思想特质,其涵义包括对立面的统一、形象、规律、象征、法则、风格、节奏、声律、韵律、体裁等,若论涵义的多样性、功能的丰富性、思致的深刻性,与西方形式系统相比,丝毫不逊色。①同时我们也看到,尽管百年来中国美学文艺学已经初步形成了自身的形式论传统,尽管形式在现代中国的美学文艺学的话语系统中已经取得了几乎一统天下的实绩,但是"形式"和"象"这两个足以代表中西哲学美学精神特质的范畴在形上层次、思想方法、话语形态、言说构意而非技巧、体裁、风格、节奏等方面的巨大差异一次次地令学人们陷入困扰尴尬的境地:形式系统的概念用到中国古代诗性智慧上总让人觉得隔了一层,不够贴切②。我们认为,从根本上讲,形式也好,象也罢,都是文化学、社会学、哲学范畴,在其背后挺立着一个特殊文明的根深蒂固的精神传统。不过我们在此不准备提出形式与象的形而上"融通"的可能性(探究其具体途径、哲学基础、语言根基等)这一难题,我们只尝试性地解答后一个问题,即象家族的改造与新生。这种现代改造建基于对其缺失弱项的深刻洞察与清醒认识之上,取决于我们对西方的形式与中国的象之间的巨大精神差异究竟采取什么样的立场。我们明确表示不同意失语症论者或汉语诗学论者的部分观点。幻想径直地回归古典传统,简单地沿用古代术语命题,除了具备怀乡抒情的价值,并不能够带领我们走出失语的困境。中国现代形式论传统中最富有创造力的一批学者,如朱光潜、宗白华、李泽厚等,都是在实质上而非传统范畴术语的移植沿用上开拓形式的新疆域。我们主张,象家族的改造与新生的关键步骤,不仅在于发掘其固有的、较之形式论可以说是"独特的"现代性因素、观念、原则,更依赖于中国学人主动摄取、延揽、吸纳、融会西方的科学理性精神、形式理性精神。不管你是否承认,这一硕大的思想工程乃建立中国现代哲学和文化的核心课题之一,它不自今日始,也不会在短期内画上句号。具体言之,就本节的主旨而言,除了上面提到的

---

① 参见拙著《西方美学中的形式:一个观念史的考索》,第16—18页。
② 参见拙文《从形式论看文艺学的教材问题》,《学海》2011年第5期。

引入先验维度、加强形式分析外，主要有以下四端：

第一，扩张构型力量。在宇宙论上，象家族的本质特点是主客不分、道不离器，这是中国传统思想的认识论意识欠发达，数学—逻辑理性精神不够强劲的必然反映。明末清初以来，随着西方逻辑与科学论著的译介，重逻辑理性，讲个体主体的思想因子逐渐深入中国社会思想文化的肌体。理性主义精神的核心是主客二分所缔造的理智主义和客观主义。所谓形式的构型力量实乃理性借助概念、范畴(最高的概念)建构超越的本质世界的活动，概念、范畴决定着全部客体，决定着我们的感觉经验对象。在亚里士多德看来，形式即本质，形式具有给质料赋形的造型力量；用康德的讲法，人的理智给自然立法，他的范畴体系从质、量、关系及其内部诸规定和相互间的逻辑关系来建构存在者的世界。卡西尔认为，文化世界是人的精神本质固有的对象化符号化(构型)的创造，文化符号的各种形式折射出人性的不同层面。李泽厚的主体性实践哲学将形式与人的自由活动，与人的主体性实践活动，与建立法律、政治、经济等各种新形式联系起来，恰恰是中国哲学美学走向现代的深刻表征。

第二，建立批判理性。由以上论述可见，象家族的诸种涵义几乎没有涉及社会政治功能。而在西方，批判功能从一开始就内在于形式的活动中。柏拉图的"理式"(形式、本质)是理性建立的概念形而上学，其现实的投影就是哲学王统治的理想国。当代西方马克思主义者更是普遍凸显形式的批判功能。按照马尔库塞的说法，"艺术的批判功能，艺术为自由而奋争所做出的奉献，存留于审美形式中"[1]。实质上，形式的批判源于理性的批判。批判理性的目的只有一个，即为知识而知识地追求真理，它来源于人的心智解除愚昧教条禁锢后迸发出的强大的创造能量，是知识不断增长的基本动力。批判理性具有双重性，其起点是普遍怀疑，正如笛卡尔在《形而上学的沉思》里所说，"凡是我从前信以为真的东西，没有一件

---

[1] 马尔库塞《审美之维》，李小兵译，广西师范大学出版社 2001 年版，第 196 页。

我不能加几分怀疑;我的怀疑并不是由于漫不经心或轻率,而是有很强的、考虑成熟的理由的"①。在他那里,除了真理的神圣性和追求真理的绝对信念,一切都在怀疑之列。既然知识追求永无止境,那么质疑、挑战、叛逆也就不会停歇。但批判理性绝非专事破坏、否定,其另一面充满着建设性、创造性的力量。它不但致力于构建普遍性的知识原理,而且要按照理性和理想来改造社会。

第三,重视语言之维。中国传统思想没有把语言纳入形上学(道论)的思考,所谓道本于心性无须假言,道体絜然莫可名也。中国薄弱的知识论传统也少有深研知与言之关系的。中国传统语言学由小学(文字、音韵、训诂)承当,它以训诂为主体,重在字词意义的训释,不重语句分析,几乎不从形式上把握语言成分之间的逻辑关系,由是便把握不到带有普遍必然性的事物和世界的形式结构。直到晚清马建忠的《马氏文通》问世,汉语语法问题才逐渐引起学者的广泛注意。因而古代文论中不满足于从技巧、修辞角度看待语言,而试图将其提升到文化哲学、语言哲学、心理哲学高度的语言论几成绝响。此后,中国学人开始努力构建具有自身特点的语言论,譬如朱光潜在《诗论》里提出的颇富创见的以情感思想语言一致说替代形式与实质关系说。今天看来,这样的新见实在太少。西方极为发达的语言哲学传统源于逻辑—数学传统,逻各斯兼有言说与理性两义,逻辑—语言—形而上学连为一体的传统在 17 世纪前的霸主地位不可撼动,至今余威犹存。20 世纪强大的语言转向更是席卷西方学界,语言学、符号学成为具有鲜明形式论色彩的现象学、结构主义、分析哲学、后结构主义等重要流派的主要理论支架。由是观之,构建中国形式美学乃至中国当代美学文艺学的一般建设,语言之翼的乏力必须得到大力改观。

第四,追求体系形态。近年来,中国文艺理论界刮起一股不大不小的反理论、反体系的旋风。平心而论,如果单纯从介绍外国新学说着眼,这样的"跟风"

---

① 北京大学哲学系外国哲学史教研室编译《十六—十八世纪西欧各国哲学》,商务印书馆 1975 年版,第 159 页。

倒也无伤大雅。但若把反理论、反体系直接认作中国当代美学文艺学建设必须面对的真实课题,这不仅有生硬"移植"之嫌,而且对我们自己的学科建设有害无益。我们知道,"理论"的希腊语原意是"看",但它并非一般的肉眼的看而是"理智地看"。看什么呢? 那就是看出来、把握住事物、对象、世界的本质特征及其相互之间的内在联系,并用抽象的概念范畴系统表述之。因此,西方哲学美学史上有过众多完整的体系、严密的理论,它是希腊文化追求严谨的具有普遍性、必然性秩序的数学化哲学思维的产物。比较而言,中国传统诗性智慧形态主要是感悟对话的零星记录,不注重对相互间内在逻辑联系的把握,要言妙义,点到即止,蕴藉不露,意在言外。冯友兰先生曾经以"形式的系统"与"实质的系统"恰切地点明了这两种哲学美学智慧形态的特点。诚然,思想片断与严密系统本身不存在价值上孰高孰低的问题,它们只是两种话语的外在构成形态而已。然而,我们也必须承认,能有一个解析精细、层层推演、井然有序的思想体系,确为一个理论家真正成熟的标志。但遗憾的是,在当代中国美学文艺学界,体大构严、思维缜密的理论形制不是多了,而是凤毛麟角。热衷于抢占山头式的移植跟风,若非囿于一时名利之驱使,便是因为思想的贫乏空虚、理论构建能力的孱弱。构建中国形式美学、构建中国当代美学文艺学的一般理论,体系化是每一位学人回避不了的难题。

原载《天津社会科学》2014 年第 3 期

关于《周易》与美学的若干思考

谢金良

近十年来，笔者开始进入文艺学（中国古典美学）的研究领域，也连续多年给本科生讲授通识教育核心课程《〈周易〉与中华审美文化》，因此在易学与美学的关系上有所思考和体会。令人困惑的是，如何把易学和美学有机地联系在一起，才能更好地解决这原本属于不同的学科在比较和整合中存在的问题？笔者在设想，如果我们既能用美学的思维来阐释易学，又能用易学的思想来阐释美学，或许能对两个学科都有启发和指导作用。当然，要正确理解易学与美学之间的关系问题，重要的不是论述彼此历史上的联系，也不是对两种学科思想作机械的比较和联系，而是应该更客观地从大哲学、大理论的高度把握两者之间共通不悖的事实。在此，笔者只是希望能够通过对两个不同学科之间的互观，来发现一些被人忽视和遗忘的东西，也借此阐述一下研究易学与美学关系问题的理论意义和现实意义。

一、"美"字的易学解释

（一）"美"字源于八经卦中的兑卦。在中国研究美学，首先难免要问及的便是"美"字的意义，也就是涉及对所"审"之"美"字的理解。时至今日，人们对

"美"字基本上已形成普遍的看法,正如百度百科对"美"词条的解释:"美 měi,会意。金文字形,从羊,从大,古人以羊为主要副食品,肥壮的羊吃起来味很美。本义:味美。另外羊是象形字,象征人佩戴羊角、牛角,古人认为这样很美。"这种说法的雏形至少可以远溯到东汉许慎的《说文解字》:"美,甘也。从羊大。羊在六畜主给膳也。美与善同意。"直到清代《康熙字典》也仍沿用《说文》的理解。古人的说法,有两点是明确的:一是羊大则美,另一是美与善同意。值得注意的是,"美"与"善"在古代中国,不仅都是对审美境界极致状态的形容,而且都与"羊"字相关。可见,要理解"美"和"善",离不开对"羊"字的全面和深入理解。这也是现当代以来,我国许多美学家都从"羊"的角度来理解"美"的原因。于是,从羊这种动物的基本现象,如"肥大""味甘""温顺""可爱"等,来加以解释的思路比比皆是。毋庸置疑,从文字学的角度,根据汉字的形体及其造字的法则,把"美"的意义跟"羊"有机联系在一起,是能够帮助人们更好地认识的。但是,认真追问起来,还是感觉如此解释不够透彻。所以,笔者认为应该进一步从符号学的角度加以解释,这也是符合文字发展历史和规律的。

我们知道,在汉字基本定型之前,《易经》的八卦符号已经出现。由于史阙有间,我们已经很难证明汉字的出现是奠定在《易经》卦爻符号系统之上的,只能根据一些蛛丝马迹来推证汉字与《易经》文化可能存在着密切联系。沿循这样的思路,笔者发现"美"和"善"的取象意义,可能都是源于《易经》八经卦中的兑卦。查考《易传》,《序卦传》有"兑者说也"、《说卦传》中依次有"兑以说之"、"说言乎兑……兑,正秋也,万物之所说也,故曰说言乎兑"、"说万物者莫说乎泽"、"兑,说也"、"兑为羊"、"兑为口"、"兑三索而得女,故谓之少女"、"兑为泽,为少女,为巫,为口舌,为毁折,为附决,其于地也为刚卤,为妾,为羊。"别卦《兑》的卦辞是"兑:亨,利贞",其《彖传》的解释是"兑,说也。刚中而柔外,说以利贞,是以顺乎天而应乎人。说以先民,民忘其劳;说以犯难,民忘其死:说之大,民劝矣哉!"其《象传》的解释是"丽泽,兑;君子以朋友讲习。"不难发现,在《易传》中,

"兑"的取义为"说"(通"悦"),即"欣悦""喜悦"之义。此义与《兑》卦辞"亨,利贞"的意思基本上也是相通的,这说明《易传》的说法仍然没有离开《易经》。

《易经》滥觞于"观物取象",其象征思维离不开对自然万物的观察,然后再用虚拟的符号加以形象概括,并从中归纳出具有根本性质的意义。简言之,先取象,后取义,然后又可以"触类"取象,也可以"合意"再取象。正如东晋王弼《周易略例·明象》指出:"触类可为其象,合意可为其征。"《易经》的象征思维和类比思维,可以使同一个符号跟无数个相类相合的事物联系在一起,组成一个无限发展的意象群。在这个意象群里,彼此之间要么有相类之象,要么有相合之义,相互联系,相互贯通,真正达到"言有尽而意无穷"。不妨以兑卦为例加以分析。八经卦中的兑卦,卦象是☱,在《易传》中其主要象征为泽——沼泽、湖泊(上面一个阴爻象征平静的浅水,下面两个阳爻象征坚硬的土层),根据对自然的观察,凡是沼泽和湖泊之地,都是风光独特之所,让人容易引起美感而"欣悦"(从另一个角度看,泽被万物,滋润营养,万物因而得"悦");还可象征为少女——年轻的女孩,丰润貌美,惹人"喜悦"(从卦象看,☱跟梳着两个辫子的小姑娘相类);还可象征为羊——温顺的动物,形声和美,也是惹人"喜悦"(从卦象上看,☱跟羊的形象相似,上面一个阴爻如同两个羊角,整个卦象与"羊"字也大体相同)。综合以上分析,笔者认为"美"和"善"两字中的"羊",不止是指代"羊"这种动物,而更可能是与兑卦整个象征系统相互联系、相互贯通的;"羊"只不过是对兑卦象☱更进一步的具象化和形象化而已,或者说"羊"就是兑卦象的典型代表之一。

(二)一阴一阳之谓美。看到这个小标题,熟悉《周易》的人自然会联想到《系辞上传》第五章中首句"一阴一阳之谓道"。对这句的理解,向来是仁者见仁,智者见智。在此,笔者只想从比较的角度尽可能简单地理解这句话。"阴""阳""道"三字,实际上是三个符号,"阴"和"阳"各自象征两类不同的东西,看似截然不同,事实上又都同属于一个整体——"道";而"道"是一个可以指代万事万物的符号名称,大到整个宇宙,小到最小粒子,远到宇宙本源,近到当下世界,无论是物质性还是精神性的"东西",都可以"道"代称。既然如此,那么能够给人审美愉悦("欣悦")的"美",尽管无法准确定义,但完全可以肯定"美"无论是本质还是形式,都是一种"东西"。这种"东西",一定也是"道";或者更直接地说,"东西"与"道"是异名同实的,都是一个符号名称而已。因此,理解了"一阴一阳之谓道"的含义,也就可以理解"一阴一阳之谓美"了。

(三)美在易道之中。在西方美学史上,很早就有"柏拉图之问",也就是关于美的本质的探讨。千差万别的现象,之所以是美的,就缘于共同拥有了"美"。那么,美是什么呢?美的本质是什么呢?这个问题,促使西方哲学家、美学家不断地探讨和回答,始终也找不到一个真正令人完全信服的答案。也许正如柏拉图的感叹一样,"美是难的!"因为美并不是只存在于某种事物之中,而是存在各种事物之中。从共时的角度看,各种事物都是既有区别又有联系的;从历时的角度看,各种事物又都是随着时间的变化而变化的。如此而言,各种事物中的美也是千变万化的,不可能用一个定义或概念加以完整概括。换言之,美的事物是道,美的事物的总和也是道,美与道一样,都是无所不在,无所不包的。所以,我们只能感悟到美的存在,而无法给美下定义;而对美的感悟,其实也就是对道的感悟,具体言之就是对本体之道和变化之道的感悟。理解了这些,我们就可以从易学的角度,更好地理解美,发现美是在易道之中,无须准确定义,只要懂得"一阴一阳之谓道",也就懂得了"美"的含义。

二、"易"字的美学解释

(一)"易"字在《周易》经传中意义复杂。研究《易经》,都会研究书题"易"的含义。自古以来,对"易"的含义有过许多不同的解释,众说纷纭,莫衷一是。严格地说,由于作《易》者,没有明言其"易"所取何义,所以作为书题"易"的含义就是一个无法完全解开的谜了。而面对纷纭众说，如果我们能够加以认真思辨，那么对其理解也就能更加准确。尽管历代的各种著作中，都有一些对该问题的看法，但是我们还是必须有所区别对待的。首先，我们应该先从《易经》和《易传》入手。根据对通行本《周易》的查考，《易经》中有"易"字的语句很少，《易经》卦辞中都没有，仅见于两处爻辞："丧羊于易，无悔"（《大壮》六五爻）、"丧牛于易，凶"（《旅》上九爻）——此两处"易"字，古人多认为是通"场"，指"田畔"。后一"易"字，王弼《周易注》训为"难易"之易。而在《易传》中，《彖传》《序卦传》和《杂卦传》皆无"易"字。《文言传》有"易曰"（即指《易经》）。《大象传》："雷风，恒；君子以立不易方。"（《恒》卦）《小象传》："威如之吉，易而无备也"（《大有》六五爻）、"丧羊于易，位不当也"（《大壮》六五爻）、"丧牛于易，终莫之闻也"（《旅》上九爻）。《说卦传》："昔者圣人之作易也"、"昔者圣人之作易也……兼三才而两之，故易六画而成卦；分阴分阳，迭用柔刚，故易六位而成章"、"数往者顺，知来者逆，是故易逆数也"。不难发现，这几处"易"字，已有多义。

相比之下，《系辞传》中显而易见，《系辞上传》："乾以易知，坤以简能；易则易知，简则易从；易知则有亲，易从则有功；有亲则可久，有功则可大；可久则贤人之德，可大则贤人之业。易简而天下之理得矣；天下之理得，而成位乎其中矣"（一章）、"是故君子所居而安者，易之序也"（二章）、"是故卦有小大，辞有险易；辞也者，各指其所之"（三章）、"易与天地准，故能弥纶天地之道……故神无方而易无体"（四章）、"生生之谓易"（五章）、"夫易广矣大矣……易简之善配至德"（六章）、"易其至矣乎……夫易圣人所以崇德而广业也……天地设位，而易行乎其中矣"（七章）、"作易者""易曰"（八章）、"是故四营而成易，十有八变而成卦"（九章）、"易有圣人之道四焉……易无思也，无为也，寂然不动，感而遂通天下之故……夫易，圣人之所以极深而研几也"（十章）、"夫易何为者也？夫易开物成务，冒天下之道，如斯而已者也……是故蓍之德圆而神，卦之德方以知，六爻之义易以贡……是故易有太极，是生两仪，两仪生四象，四象生八卦，八卦定吉凶,吉凶生大业……易有四象,所以示也"(十一章)、"乾坤,其易之蕴邪?乾坤成列,而易立乎其中矣;乾坤毁,则无以见易;易不可见,则乾坤或几乎息矣"(十二章)。《系辞下传》:"夫乾,确然示人易也;夫坤,隤然示人简矣。"(一章)、"交易而退,各得其所……易穷则变,变则通,通则久……后世圣人易之以宫室……易之以棺椁……易之以书契"(二章)、"是故易者,象也;象也者,像也"(三章)、"君子安其身而后动,易其心而后语,定其交而后求:君子修此三者,故全也"(五章)、"乾坤,其易之门邪……夫易,彰往而察来,而微显阐幽"(六章)、"易之兴也,其于中古乎?作易者,其有忧患乎……《损》,先难而后易"(七章)、"易之为书也,不可远。为道也屡迁,变动不居,周流六虚,上下无常,刚柔相易,不可为典要,唯变所适"(八章)、"易之为书也,原始要终以为质也"(九章)、"易之为书也,广大悉备"(十章)"易之兴也,其当殷之末世,周之盛德邪?当文王与纣之事邪?是故其辞危。危者使平,易者使倾;其道甚大,百物不废。惧以终始,其要无咎,此之谓易之道也"(十一章)、"夫乾,天下之至健也,德行恒易以知险;夫坤,天下之至顺也,德行恒简以知阻……凡易之情,近而不相得则凶"(十二章)。对《系辞传》中五十几处"易"义进行解析,不难发现其中的"易"义已经相当复杂,至少可以理解成几方面意思:一是平易、易简;二是指《易经》及其卦象;三是平易吉祥的卦爻文辞;四是阴阳不断转化而变易;五是指《易经》的卦形符号;六是指《易经》的道理;七是指太极之道体;八是改变、改易、替换;九是平和、平静;十是容易、轻易。

(二)"易"为变化之美。综观《周易》经传中"易"字的多义性,我们既可因此感叹汉字释义的艰难,也可因此感叹汉字取义的变化之美。面对成千上万的汉字,我们只须从《易经》的思维出发,以"易"字作为典型代表,就可以妙悟汉字独特的语义系统。任何一个汉字,如"易"字,都是一个具有某种规定性的符号而已。其本义的规定,不是凭空施设,而是源于对自然物象的准拟,然后加以定义。如"易",或取象于"蜥蜴",或取象于"日月",或取象于"阴阳",或取象于"日出"，都体现了"变化"的意义。于是，凡是与"易"所取之象相关，或与其"变化"之义相关，都可以"易"称之。这也是"易"作为汉字符号具有多种意思的原因。顺便指出，在当今互联网时代，因英文"E"指称网络，与"E"同音的"易"也被广泛用于与网络相关的词语，如"网易""易购""易车"等等（奇妙的是，这些新词里，依然可以融汇许多"易"的古义）。当然，我们还是必须进一步加以追问，在汉字语言系统里（或者说在所有语言文字系统里），为什么同一个字（单词）可以指示许多意义？其合法性依据是什么呢？这个问题，如果仅从易学思维来理解，可以分析得很透彻，但对大多数惯用西学思维的人就会觉得很"玄"。所以，在此笔者想再尝试运用西方美学的思维来加以阐释。

美的本质问题，至少可以追溯到"柏拉图之问"，事实上也就是对事物本质的追求。柏拉图的思路大致可以简单理解为："事物各不同都被称为美，后面一定有一个东西决定他们为美。这就是美的本质。"根据这一思路，我们可转换成另一表述："事物各不同都被称为易，后面一定有一个东西决定他们为易。这就是易的本义。"本义与本质，都是指根本性的东西，实际上也就是各种事物的共相。共相，就是相关处、联系点。而联系点，有远近之别。在同一时空中的事物尽管显现为千差万别的现象，但都根植于同一时空的本体世界（即道体），最远也最为根本的可追溯到宇宙的起点，最近也最为宏观的可追溯到两种事物共同的起点。以最远而论，万物本是同一体质（即本质相同、同道），因此可证万物本来是相同相通的，当然也就可以同名同义；以最近而论，事物之间的关系有亲有疏（如同一姓氏的同时代人，有的是同祖父，有的是三百年前同祖宗，有的是三千年前同祖宗，前所谓"联系点"即如"祖宗"），因此可证万物的演化是相通但又是相异的，那么也就会出现同名异义（有如同姓异名一样）。可见，所谓的"本质"，既可指一成不变的本体，也可指随时变异的各个联系点。那么，以不变观之，"美"的本质跟"易"的本质都一样，同是（属于）绝对不变的道体，简言之：美的本质是道（实体）。以变观之，"美"跟"易"（可推至所有字符）的本质都一样是无所不包,不一而足的,其意义跟具体的指称相联系相等同,简言之:美的本质是变(虚体)。由此联想到维特根斯坦的"用法即意义""美是一种家族相似"之论,我们可以发现"易"和"美"一样,都是没有固定本质,也没有固定外延的。至此,也可以更透彻地理解海德格尔"美存在,但不可言说"的观点。

绕了一圈之后,再回到《周易》经传中,我们会惊奇地发现:其中"易"之意义复杂多变,说明《易传》作者并没有把"易"义定死了,而是赋以变化之美,唯一如同下定义的表达"生生之谓易",也是运用变化的思想来加以体现。生生不息,既是现象,也是规律;既是理论,也是方法;既很简易,又很复杂;既是本质,也是差异;既是原因,也是结果;既是可知,也是不可知;既是主观,也是客观,真是妙不可言!说不可说之道,就是如此而言!明于此,我们就不必再千方百计去考证"易"作为书题的含义了,因为:"易"作为书题的含义因其命题者"引而不宣"而彻底隐蔽了,但又因为"易"的意象群在史料中和生活中广泛存在而且意义"显露无疑",尤其是《周易》经传的完整传世,使得后人可在易学思维的指引下更加全面深刻地理解"易"的符号与意义。套用海德格尔的话,"易存在,但不可言说"。

(三)"易"字源于先民的审美取向。当我们在时间长河中逆溯时,就可以对事物的本源问题有更客观的理解。人类如同星球一样,都是有一个开端的。地球出现数十亿年后,人类才诞生。人类诞生之后,愚昧无知地生活了非常漫长的时期。由于居住地环境和气候等的差异,生活在地球上不同区域的人类,也都各自打上所处自然的烙印,体现出许多明显的不同。在人类循序渐进的演化过程中,不同区域的人类在改造自然和征服自然的进程中得以生存和延续,因此而形成的生活习性和审美取向也就存在差异性。换言之,不同种族或民族在繁衍过程中,都会不同程度地形成自己的文化思想和审美追求。自然特性和文化个性的差异,导致不同主体对客体的理解方式和思路不同,最为直接的就在于指事符号及其系统的差异。人类文化的形成看似复杂,其实都是自然而然的结果。意识到这一点,我们就可以清楚地认识到,具有独特性的中国易学文化也必然存在一个自然而然的演化过程,这一过程首先取决于发源地的自然生态,其次又奠基于聚居地的文化生态,而后在自然生态和文化生态的共同作用和影响下,具有独特性的审美文化倾向逐渐清晰、完整、扩大,乃至演变成具有核心理论体系的思维与思想。

在一个尚且无法用语言符号来表达思想的时代,可以推想那是多么原始和落后! 翻开中国的典籍,我们至少可以知道在传说伏羲氏"观物取象"创制八卦符号之前,华夏的先民是无法描述眼前世界景象的,也是无法表达并纪录内心所想的,但是作为一种自然界的动物应该已经具有一定的生存本能。有生存本能,是否就意味着具有审美本能呢? 人类是有生命的,而生命的维持需要阳光、水分、空气、食物等等,而这些并非都能自动进入人体,必须经过人体的选择、获取和吸收等过程;这一过程看似人的天性和本能,实际上已经包含着某种审美取向,完全可以理解为审美本能。因此,笔者认为人类的审美本能,大致应与人类的诞生同步,否则人类的生存就得不到应有的保证。随着漫长的审美经验的积累,审美本能在审美实践中逐渐由自然转向人为(各种条件和因素,使人类变得更加聪明了),从量变到质变,促使人类开始进入文明发展的阶段。这种转变是不可思议的! 当然也还是自然而然的!

自然的审美本能,与人为的审美本能,显著的差别无疑就在于人类智力的成熟,开始具有一定的审美思想与方法了。那么,审美本能也就脱胎换骨,演变成人类独异于低等动物的审美功能了。有了审美功能,人类就可以更主动地趋吉避凶,更好地生存和生活了。对于人类而言,不论处于何种社会阶段,根本的问题就是如何趋吉避凶。如果我们可以把趋吉避凶的本真想法及其行为,笼统地理解为人类的审美活动,那么也就可以从审美文化的视角来理解近几千年人类文明的进程。

基于以上的想法,笔者认为从根本上说《易经》的趋吉避凶思想乃是一种具有模式化的审美思维。任何一个汉字,包括"易"字,都是审美文化所造就的,一定是源于先民的审美取向。因此,研究《易经》,完全离不开研究造就《易经》的早期华夏先民的审美文化,也同样离不开整个文明历史进程中的中华审美文化。进而言之,《易经》乃是远古华夏先民审美文化经验的结晶,其作者乃至后续的传承者和研究者以及运用者们都可视为这一辉煌灿烂审美文化的主体。从审美入手,关注文化,联系主体,《易经》所独具的趋吉避凶的审美功能,无疑就具有了巨大的人文价值和深远的现实意义。

三、易学与美学的融通

美学作为哲学的分支学科,诞生于十八世纪的西欧德国。在之后的两百多年里,许多哲学家、美学家不断对美学的内容性质与研究对象展开探讨,但也没有取得一致的看法。根据德文 Aesthetica 的原意,中译应该是感受之学,在中国称之"美学"是转译日语造成的。从研究的过程与结果来看,美学与哲学、文化、心理、艺术等都有密切联系,尤与艺术学如同一类。从目前的情况看,美学看似独立,却与不同学科都有联系,已经可以涵盖所有学科领域,真是剪不断理还乱。因此,我们很难解释清楚美学是一门什么样的学科。

解释不清,意味着用于解释的理论和方法存在问题。长期以来,中西方的学者都惯于运用西学的逻辑思维来认识和理解世界,不但没能把根本问题解决,反而衍生了许多假问题。倘若我们能够运用易学思维来反观美学,也许就能解释得更清楚更透彻。那么,什么是易学思维呢?面对这个带有西学思维的问题,首先我们必须认识到这是无法运用语言加以准确表述的,只能通过尽可能全面的分析加以理解。笼统地说,易学思维是一种符号思维、形象思维、意象思维、象征思维、类比思维、感性思维、直觉思维、整体思维、太极思维等的合称,源于《易经》思想,涵盖道、理、象、数、占,贯通天、地、人,力求效法自然变化法则。以下姑且用太极思维指代易学思维,并作简单论述。

整个宇宙世界是一个太极整体(即道体),任何事物无论巨细都是一个太极整体(物物一太极);任何一个太极整体,都必须包含阴和阳两个方面(两种东西);任何一个太极整体都是无法运用语言(符号)准确描述的,只能运用语言(符号)加以准拟(象征)。当人类懂得运用语言(符号)准拟事物(太极整体)之后,时空观念才逐渐得以形成,世界才得以定位。于是,人类开始拥有描述历史的时间观念。依据长期观察和记录而形成的时间学(天文历法之学),人们开始主观地认识客观世界。在认识过程中,人们发现任何事物都有开端,有始终,有历史。依据历史时间观,人们通过追溯发现:万事万物都有一个共同的本源(道、无极、太极、时间起点,太极本无极),伴随时间的展开,本源中的存在物自然而然地按照时间顺序(理)发生演化(造化、变化、独化、自化、物理和化学变化),如同前一世界生出后一世界直至现在世界(生生之谓易),如同一阴一阳的不断转化(一阴一阳之谓道);每一次演化的现象结果(气、象),都是自然程序密码(数)的体现;时间之流,是绵延不绝的,前后贯通的,时空混合的,一时一世界,所有的世界同属一个整体,是没有间隔距离的,是不可思议的,是妙不可言的;因此,面对具有同一性的世界,只要掌握其中任何一个事物(太极整体)的信息,借助独特的天人合一思维模式(心物合一、物我两忘、与时偕行)就能彰往察来(占)——“易无思也,无为也,寂然不动,感而遂通天下之故。”

当我们运用太极思维来看美学时,就能很好化解美学的逻辑矛盾。美学研究至少有三大难题:一是美的本质问题。前已述之,美如同道一般,不是一个实体却又寓于一个实体之中,是一个虚体却又寓于一个具体感性的实体之中。换言之,美是亦真亦幻,无法定义。如果因此完全取消“美的本质问题”,美学就立刻失去哲学之根,与根本问题绝缘,显然不可取;反之,长期面对一个没有准确答案的问题,美学家变得不知所措。这无疑是美学研究的心病!二是美与艺术的关系问题。以黑格尔为代表的西方哲学家,有很多人都认同美学是“美的艺术哲学"，几乎是把美与艺术等同起来。而事实上，艺术是美的重要组成部分，是最为典型的代表，并非美的全部。三是美与美感的关系问题。为了避免在"美的本质问题"上纠缠不清，西方现代哲学家开始以美感说美，更加注重主体（人）的审美心理、审美经验，甚至把一切审美现象都归结为必须跟人相关，侧重研究人与客观世界的审美关系。这样，研究人（审美主体）与世界（审美客体）之间的关系，就成了现当代美学研究的出发点。不难发现，为了解决美学研究对象的问题，西方美学已经逐渐在向中国传统学术思维靠拢了。

至此，我们再进一步运用太极思维来处理，解决问题的思路就更加清晰了。以太极整体而论，所有审美现象都"同一太极"，彼此联系，不可分割，都是美学研究的对象；以太极整体中的情况看，"一阴一阳之谓道"，任一"美"的整体都包含两方面的关系（阴和阳），美学要研究的就不能只是"阴"，也不能只是"阳"，而必须是"阴和阳之间的关系"。同理，"美"不只是"阴"，也不只是"阳"，必须是"有阴有阳"，是虚实相生的一种意象或意境。明于此，我们就可以使中西方美学理论对接融通：所谓"美"就是阴阳相依的太极，是意象或意境式的东西，只可意会，不可言传；所谓"审美"（艺术鉴赏）就是知道、悟道（感知太极之道），阴阳合德，物我交融，人天合一，神与物游，主体与客体瞬间的有机统一；所谓"作美"（艺术创作）就是合道、体道（模拟太极之道），阴阳相须，有无相生，文质彬彬，情景交融，虚实相半，真幻相即，形神兼备，色相俱空，物我两冥，生动逼真，形成一种具有"艺术真实"的作品。

反之，我们也可以运用美学思维观易学。美学不论是指哲学美学、艺术哲学，还是指研究审美心理、审美经验、审美文化、审美历史、审美现象、审美规律、审美活动、审美范畴、审美原理等的学科，都体现出没有边界、不受局限的性质。在这一点上，学科领域"无边界"的美学与易学一样，都是无所不有，无所不包的。按照西方逻辑学的观点，一个学科沦为"无边界"的说法是危险的，会导致许多逻辑矛盾。这无疑也是把理性思维与感性思维截然分开之后，在认识和解释现实世界过程中必然出现的矛盾问题。美学研究在西方的横空出世,提醒人们治学不能仅仅关注工具理性和道德伦理,还必须深入研究人的感性思维(审美心理、主观判断力);而西方美学研究的穷途末路,昭示人们单纯从理性思维来研究感性的心理问题是行不通的,必须运用理性与感性思维相结合的思路才能更好地解决人类面临的问题。这一历史经验与教训,同样可以深刻地启示我们当下的易学研究,务必要运用太极思维来看待易学本身,才不会无知地把本身有价值的东西抛弃掉,把本身圆融一体的学问用理性思维肢解成支离破碎。此外,必须着重指出的是,美学走向研究人与世界的关系,研究主客体之间的关系,与重在研究阴阳关系的易学可谓是殊途同归,不谋而合;但相比之下,以卦爻符号为主体的易学原理体系,毫无疑问在解释可知与不可知的世界时更为根本和透彻。

总之,易学与美学是有机统一的。以易学观美学,美学处处是易学;以美学观易学,易学样样是美学。倘若我们能打破学科的界限,从大哲学、大理论的角度出发,实事求是地理解历史和现实,那么就有可能找到更好地解释宇宙世界和人类现象的思想理论,使原有的知识、经验、文化、学术等融会贯通,让后来者更易于理解和运用。因此,以"审美"之心来研究易学,与以"变易"之道来研究美学,都同等重要,也同样具有无比重要的价值和意义。

主要参考文献:

黄寿祺、张善文《周易译注》,上海古籍出版社 1989 年版。

张法《美学导论》(第 2 版),中国人民大学出版社 2004 年版。

原载《文学教育》2014 年第 5 期

艺术理论与评论

完全的艺术真理观：艺术人类学的核心理念

郑元者

一

在现代西方哲学和美学的历史上，艺术的真理问题历经尼采、海德格尔、阿多诺等哲学家的思考和开掘早已大有气象，虽然亦难免有陷入理论困局的迹象，不过问题本身总归处在求解的路途上。很遗憾，艺术人类学家对艺术的真理这个疑难问题似乎有些心不在焉和力不从心，长期以来几乎采取了集体回避和隐退的姿态。在莱顿(R. Layton)的《艺术人类学》(1981年首版、1991年第二版)、哈彻(E. P. Hatcher)的《作为文化的艺术：艺术人类学导论》(1985年首版)和盖尔(A. Gell)的《人类学的艺术》(1999年首版)等这样一些带有总体性或通论性的代表论著中，艺术的真理问题明显缺席，在诸如音乐人类学、视觉人类学等艺术人类学分支学科中，情形亦大致如此，如美国当代音乐人类学家布鲁诺·内特尔(Bruno Nettl)的名著《民族音乐学研究：三十一个问题和概念》(2004年修订版)，用了三十一章的篇幅分别精心梳理和分析了民族音乐学的诸多重要问题和概念，可谓气势恢宏，但人类音乐的真理问题还是无缘受到关注。

推究起来，艺术人类学家在艺术真理问题上的这种几乎是集体退却的姿态和事实，固然有诸多原因，但艺术人类学学科发展的特定历史阶段往往有其相应的问题领域的选择或许是主要的原因之一。例如,霍贝尔(E. A. Hoebel)在哈彻《作为文化的艺术:艺术人类学导论》一书的"序言"里曾颇为中肯地指出,在处理将人类学理论应用于艺术这件事情上,哈彻的著作与其说是"最新版的博厄斯"(Boas up to date),倒不如说是在检验一些特定的概念。①其中,检验的重点还只是"原始艺术"这一概念及其相关的问题,指证艺术人类学领域称为"原始艺术"的讨论自 1970 年以后就已经从考虑"原始的"一词转向考虑"艺术"一词,其"新的兴趣点集中在该词的用法是否是民族中心主义的、是否应当被应用于那些没有这样一个词的民族的活动中去、它又该如何界定这样一些问题上"②。

　　相比之下,盖尔的艺术人类学理论明显要新锐一些,激进一些。他不但意识到艺术人类学要关注现代主义艺术,"赞同和艺术人类学在很大程度上存在的那些美学先入之见决裂",而且认为"美学方法的平庸并没有被其他可能存在的方法充分地表现出来"③,例如布尔迪厄(P. Bourdieu)的唯社会学论实际上从未考虑艺术品本身,而仅仅考虑艺术品表示社会差别的能力,如此等等。不过,盖尔的此类观点尽管出现在 20 世纪 90 年代,但在他试图与之"决裂"的西方美学理论和观念清单上,艺术的真理观问题还是未能直接进入其中,因而也照例无意把艺术真理问题纳入艺术人类学视野。这似乎又表明,对艺术真理问题的回避或忽视与艺术人类学学科的发展处于何种历史阶段没有必然的联系。不管怎么说,这种集体性的回避和退却已成事实,它毕竟在艺术人类学本身的问题链上留下了一个根本性的缺环,甚至可以说是艺术人类学学科发展理念滞后

---

①　Evelyn Payne Hatcher, *Art as Culture: An Introduction to the Anthropology of Art*, Lanham, London: University Press of America, 1985, p.ix.

②　Evelyn Payne Hatcher, *Art as Culture: An Introduction to the Anthropology of Art*, Lanham, p.8.

③　Alfred Gell, *The Art of Anthropology*, ed. Eric Hirsch, London: The Athlone Press, 1999, p.162.

的一种表征。

富有意味的是,在哈彻出版《作为文化的艺术:艺术人类学导论》一书的第二年,亦即 1986 年,推出了一本颇具地震效应的、在西方人类学史上具有划时代意义的书《写文化:民族志的诗学与政治学》。该书编者之一克利福德(J.Clifford)旗帜鲜明地为该书撰写了题为"部分真理"(Partial Truths)的导言,在他看来,民族志的写作至少受到语境、修辞、制度、文体、政治和历史上的决定因素支配,因此,他称民族志为虚构(fictions),"民族志的真理本质上是部分的真理——受约束的(committed)、不完全的(incomplete)真理"①。由于该书的论题并未有意识地正面应对艺术人类学的"部分真理"问题,而编者也坦承该书的人类学偏见使它忽视了对摄影、电影、表演理论、纪录片艺术、非虚构小说等艺术文本的关注②,再加上以上所述的艺术真理问题在西方艺术人类学学科发展中的总体处境,所以,我们确乎有理由认为,艺术的真理问题(哪怕是所谓的"部分真理"问题)对艺术人类学学科来说还是一个新鲜的疑难话题。这样,尽管在《写文化》出版十多年后问世的《写文化之后》一书的编者判定《写文化》已逐渐被看作是一部"有几分像人类学思想上的分水岭"③那样的书,但就艺术真理问题而言,这条分水岭实质上并没有清晰地绵延到西方艺术人类学的田园之中。

关于艺术的真理问题,我在 1999 年中国艺术人类学研究会成立之际所撰的《艺术人类学与知识重构》一文中曾把该学科的一个根本追求定位成"重新追问艺术真理的学术知识生产运动",随后的一些文章或演讲又进一步强调这样一门立足于人类学的立场和方法、从艺术的角度研究人的学科是一种新式的艺

① James Clifford & George E.Marcus(eds.), *Writing Culture: The Poetics and Politics of Ethnography*, Berkeley & Los Angeles: University of California Press, 1986, pp.6-7.

② James Clifford & George E.Marcus(eds.), *Writing Culture: The Poetics and Politics of Ethnography*, p.19.

③ Allison James, Jenny Hockey & Andrew Dawson (eds.), *After Writing Culture: Epistemology and Praxis in Contemporary Anthropology*, London: Routledge, 1997, p.1.

术人类学,它不仅仅是关于"原始艺术"的,"不仅仅是关于'艺术'的,也不仅仅是关于'艺术'的感性学或某种新的知识论,而且还是一种人类学立场上的艺术真理论"①。本文拟针对上文所阐述的问题情境,对我所主张的"完全的艺术真理观"这一艺术人类学的核心理念作一番尝试性的阐述。

二

事实上,我们一旦把艺术真理问题引入艺术人类学的议事日程,首先就会真切地体会到类似于法国哲学家保罗·利科所表述的那种复杂心情和态度取向:"一方面,各种哲学相继出现,相互矛盾,相互诋毁,使真理看上去是变化的,在这种情况下,哲学史是怀疑主义的课程;另一方面,我们向往一种真理,精神之间的一致即使不是其标准,至少也是其标志。"②不过,如此鲜明的态度取向并不能直接拿来给克利福德所标举的"部分真理"说作出属性判断。因为这一民族志写作的理念确乎在很大的程度上注意到了文化叙述的真理(the truths of cultural accounts)所遭逢的语言、修辞、权力和历史诸方面带来的不确定性或偶然性,这对文化叙述的真理的复杂性和丰富性无疑是一种尊重,一种张扬,因而我们也确乎不能说这种"部分真理"说只是在简单地修读"怀疑主义的课程";但克利福德同时又声称:"至少在文化研究中,我们不再会认识到完整的真理,或者哪怕是宣称接近它。"③这显然是急剧地朝着极端的文化相对主义甚或怀疑主义的方向挪步,并终将稀释和失落"部分真理"说原本所具有的那份反思和鞭策

① 参见郑元者《艺术人类学与知识重构》,载《文汇报·学林版》2000年2月12日(亦见施宣圆主编《中华学林名家文萃》,文汇出版社2003年版);《艺术人类学的生成及其基本含义》,载《广西民族学院学报》2006年第4期;《中国艺术人类学——历史、理念、事实与方法》,载日本东京大学东洋文化研究所编《美》(*BI*)创刊号(2007年3月30日)。

② 保罗·利科《历史与真理》,姜志辉译,上海译文出版社2004年版,第27页。

③ James Clifford & George E.Marcus(eds.), *Writing Culture*: *The Poetics and Politics of Ethnography*, p.25.

的意义。

由此，我们不难推想，如果艺术人类学家在面对纷繁复杂的人类艺术现象和艺术史的时候，无意把艺术人类学与艺术真理问题勾连起来，无意警惕和克服极端的相对主义或怀疑主义的理论迷雾，无心打造甚或自动放弃种种寻求艺术真理的武器或可能性，转而简单地移植或运用迄今仍被许多西方人类学家所信奉的、随时有可能走得太远的"部分真理"说，那么，艺术人类学研究工作的意义本身很可能就会大打折扣。

其实，在这一关键点上，克利福德本人的一番交待恰恰成了某种有力的印证："我在这篇'导言'中一直极力主张的那种不完全性（partiality）总是预先假定了一个地方性历史的困境"①，并声称自己的这种历史主义观念应大量地归功于弗雷德里克·杰姆逊，但在各种"地方叙事"（local narratives）和它们的替代物亦即"主导叙事"（master narrative）之间并没有接受后者。在我看来，这里所假定的这种"地方性历史的困境"同时也是他的"部分真理"说所要面临的困境，而其内在的迷障作用，在某种程度上与格尔兹（Clifford Geertz）所倡导的"地方性知识"（local knowledge）有着异曲同工之妙：一是在逻辑上预设了非"地方性知识"或非"地方性历史"的存在，而它们事实上指的是西方知识或西方历史；二是在这种非"地方性知识"或非"地方性历史"中，依然隐含地指称存在着优先于非西方世界的普遍性和自主性的价值。②由此，我们不难体会到"部分真理"说背后所潜藏着的寓意微妙、具有悖论意味的理论指向。

这样，在艺术人类学的核心理念的定位、设计和选择上，我们与其在那种"部分真理"说的万花筒里端详艺术真理的种种局部的、变幻莫测的容貌，还不

① James Clifford & George E.Marcus(eds.), *Writing Culture：The Poetics and Politics of Ethnography*，p.24.

② 参见郑元者《地方性知识的迷障：音乐的中国经验及其艺术人类学价值》，载《音乐艺术》2006 年第 2 期。

如明智地选择有望在"一"与"多"之间、在完全性与不完全性之间进行平等贯通和整合的一种完全的艺术真理观。

那么，围绕新式艺术人类学的这一核心理念，又有哪些基本理念在支撑呢？我认为至少有以下几个方面：

1. 通过把研究范围推及全景式的人类艺术来达成艺术真理的完全性。以往的艺术人类学主要研究无文字社会的艺术，以及文明社会里的民间艺术或少数民族的艺术传统。新式的艺术人类学尽可能地把自身的研究范围推及全景式的人类艺术，把世界上所有民族和所有文化系统内的艺术作为自己的合法的关注对象。如果还是继续像从前那样主要研究无文字社会的艺术，而此类社会的很多艺术形态都已经消失，而且有些还在随时随刻地消失，那么，这个学科可以研究的东西事实上是走向萎缩的，因此，只有在最大的时间性和空间性上逼近人类艺术的过去、现在和未来，我们才有望在各种或大或小的艺术世界中追索到完全的艺术真理的讯息，而因艺术人类学研究的对象总有其实在性和情境约定性，所以，在艺术真理的叙述或书写上即便需要某种"想象"或"虚构"的诗学，需要融入一些打破情境约定才能顺利叙述或书写的情境非约定性因素，但它们本身并不能改变艺术真理在总体指向上的确定性、一致性和完全性。

2. 在"作为文化的艺术"这一艺术观念总谱中努力寻求艺术真理的完全性。以往的艺术人类学已经有一个变化，注意力开始从"美的艺术"（fine arts）转向"作为文化的艺术"，考察艺术与文化之间的联系，并进一步形成了几个主要的相关观念：一个是把艺术视作"文化的表现"，一个是"作为文化系统的艺术"，另一个是"作为技术系统的艺术"。这和原先美学里所面对的那个"艺术"概念相比，显然已经有了很大的变化和实质性的差别。对此，哈彻的体会颇有代表性。由于在实际的现代用法中，"艺术"一词不再限于雕塑和绘画，其界定的范围非常广泛，并且包括纺织品、人体绘画、机遇剧以及诸如此类的东西，因此她感到，过去那些狭隘的定义就像它们从前所做的那样虽然并不限制跨文化的观点，但是,当我们试图从跨文化上来使用"艺术"观念时,还是有许多问题,尤其是因为在西方文化传统内有许多艺术定义,并且只有某种非常宽泛的一致意见。因此,"在工业文明中,当艺术概念在媒介和内容方面被放宽到异乎寻常的程度时,至少含蓄地表明艺术概念的用途、功能和意义已经被缩小了,而艺术与它的(文化)语境之间的关系也越来越少。这正是那种被当作纯粹为了审美静观、为艺术而艺术、纯粹艺术、称为'艺术'之物的无用之必要性的艺术概念。它对跨文化研究来说不是一个很有用的概念,即使有人相信有如此纯粹的动机存在"①。基于这样的认识,哈彻就把"艺术"的成分解析为纯粹审美(purely esthetic)、技能或技术(craftsmanship)、意义(meaning)这样三个层面。而盖尔在20世纪90年代试图从"作为技术系统的艺术"(art as a technical system)这样的艺术人类学观念上来考察包括原始艺术和现代艺术在内的各种艺术的魅力技术(the technology of enchantment)②,显然又是一种有效的推进。

诸如此类的艺术观念群及其相应的研究方式或学术转向,说明艺术人类学已不再把"美的艺术"作为一个终极性的考察目标,而是在"作为文化的艺术"这个观念总谱的鞭策下,勘探人类艺术形态和观念上的复杂群落,注重发掘艺术与某种具体的文化表现、文化行为和文化技术之间的普遍联系。虽然这里也难免还是有一些艺术概念上的预设,有一些猜想性的成分,但艺术人类学研究努力把这些预设和成分融入一个个情境性的解析过程之中,通过这种解析过程的展开,不断地反思、检验和调整自身的艺术观念,让它们经受旧石器时代以来人类各个时期、各个区域和各个族群的艺术所构成的事实大熔炉的考量,从而全方位地解析出人类艺术的真理性因子,在最充分的特殊性、最高的普遍性上提炼艺术真理的话语,于是,艺术人类学在艺术观念和艺术真理的话语问题上的种种"作为"式的语句和表述,也就有望经受最大限度的、最完全的合法性洗礼。

① Evelyn Payne Hatcher, *Art as Culture: An Introduction to the Anthropology of Art*, pp.8-9.
② Alfred Gell, *The Art of Anthropology*, ed. Eric Hirach, 1999, p.163.

当然,这种集群式解析的过程性演历,既要有与解析对象之间充分的情境关联,以期掌握充分的事实判据,又不排斥解析主体与解析对象之间复杂的情境性互动,建构情境性表达关系的空间,从而在艺术观念和艺术真理的复杂认知和书写的历史过程性中通过不断地扬弃不确定性和不完全性来达成艺术真理的完全性。

3. 在艺术人类学研究中反思性地、有限度地运用那种强调空间性和地域性特征的地方性知识,转而强调非西方艺术的种种样式、形态、意识、观念和价值与西方艺术至少处在理论上完全平等和合法的境地,中国艺术、日本艺术和印度艺术等,都不只是具有某种"地方性知识"、地方性经验和地方性价值的东西,确切地说,它们各自都是某种情境性的艺术,它们在认知自身的艺术经验、表达自身的艺术真理或本民族的人生真理的历史过程中,均有各自特有的生命感受和生存理解上的情境约定、情境内涵,因而和西方艺术一样有其自身独特的价值,具有西方艺术所无法替代的知识性价值和真理性内容。由于无意把它们置入那种依然隐性地带有西方知识至上和西方价值优先意味的"地方性知识"的阴影中自我降格,因而随着新式的艺术人类学研究的不断推展,历代的东方艺术和世界上各种小型社会的艺术都将有望被视作一个个在艺术的真理性内容上具有足够的自主性的世界,而不只是流于西方人类学田野调查和民族志书写的一个个带有被压迫意味的对象。于是,这样一些独特的艺术世界就有可能被赋予自呈自现、自我决断的机理,从而在一定的现实性上和西方艺术世界之间形成一种互为他者、双向乃至多向制导的全景式机制,让艺术真理的完全性问题在不断多维化和细密化的他者之间的互动、对话、交流甚或交变中得以开显。也就是说,各种艺术世界的自主、自恰和价值地位上的平等,必将在现实性上强化艺术真理的完全性程度。

4. 以往的艺术人类学研究偏重于对艺术作品的静态描述,而忽视对艺术家的行为以及行为过程的动态解释,换句话讲就是对艺术的研究总是习惯于针对艺术品本身,而制作、观看艺术品的人在研究视野中往往是缺席的。新式的艺术人类学研究除了继续重视艺术品的解析之外,也关注人类艺术活动当中的艺术行为和人的在场(包括艺术家的在场)这些环节,力图对各种文化情境条件下从事艺术制作、艺术生产和进行艺术交往的艺术家、艺术作品和艺术行为等整体流程进行情境性的探究,以期在具体的艺术生产、艺术交往或艺术消费的完整格局中来全面地考察人类在艺术需要、艺术创造和艺术交往上的真理诉求。

三

此外,提倡一种自我反思、自我批评式的艺术人类学,注重艺术人类学的实验性写作,也是新式艺术人类学的基本理念的有机组成部分。虽然它是从侧重于研究者的角度对艺术人类学学科品格等主体性风貌的一个规约,但无疑也是寻求完全的艺术真理观的一个重要中介。英国人类学家奈杰尔·拉波特和乔安娜·奥弗林在 2000 年出版的《社会文化人类学的关键概念》一书中解释"科学的人类学"时引述说,模糊性和不确定性"对人类学也许是有益的",由于人类学是"社会科学中最人文主义的学科,人文学中最科学的学科",所以人们应该意识到"关于知识与真理的本质的模糊性,这将使人类学'更像它自己'"[1]。这么说来,作为一门立足于人类学的立场和方法、从艺术的角度研究人的学科,当"艺术"人类学把追寻完全的艺术真理观作为自身发展的核心理念时,似乎更有理由以真理的"模糊性"为由让它"更像它自己",这显然是一种无奈的甚或推卸责任、有辱使命的学科发展论调。格尔兹在晚年曾经发出一个警示:"所有的人文科学都是混杂的、变化无常的和不明晰的,但文化人类学滥用了这种特权。"[2]

---

[1] 引自奈杰尔·拉波特、乔安娜·奥弗林《社会文化人类学的关键概念》,鲍雯妍、张亚辉译,华夏出版社 2005 年版,第 265 页。

[2] Clifford Geertz, *Available Light: Anthropological Reflections on Philosophical Topics*, Princeton, New Jersey: Princeton University Press, 2000, p.107.

试想，要是新式的艺术人类学又开始用新的方式滥用这种特权，那么，它在寻求人类艺术真理的路途上必将踏上不归之路。实际上，我们注重艺术人类学的自我反思、自我批评和实验性写作，正是基于战略性和战术性的双重考量，一方面，希望艺术人类学不再只是流于艺术知识的重新淘洗这一层面，而是以真理为念，有更高层面的人文追求，全景式地解析过去、现在和未来各民族民间艺术中所折射出来的种种生存理解、生命感受和生命情怀，巡视每个时代的艺术在超越个体有限性、寻求精神无限性上的种种努力，倾听种种鲜活的、富于人生真理意味的信息，而不是用静态的方式、猎奇的方式看艺术，用一时一地、一族一国、一维一相的方式看艺术；另一方面，又希望以学科自身所秉持的那种富有深度和效力的反思性和实验性，来持久应对艺术人类学研究中可能随时会遭遇的艺术知识和艺术真理的模糊性，凭借实验与反思的力度、深度和效度来不断地扬弃这种模糊性，以免让这种模糊性、不确定性和不完全性成为随意性甚或否定完全性的借口。一句话，艺术人类学的实验性写作不是目的，而是过程，最完全的实验性和反思性，意味着最完全的艺术真理观的最终达成。

记得约翰·诺里斯说过，"每个人在历史上都有只属于他自己的一刻"。对新式的艺术人类学理论和实践来说，但愿每一个决意追问人类艺术真理问题的人也都有这样的一刻。如果可以把人类艺术的真理比作天使的话，那么，我们希望并相信这样的天使从来未曾离开过，但更希望探索艺术真理的人们能够通过自己的奋力劳作让这位神奇的天使显出完全的面容，而不是有意无意地折断了她的翅膀。

原载《文艺研究》2007 年第 10 期

视觉形式自律问题释疑

王才勇

对于西方 19 世纪中下叶前后文学艺术领域崛起的现代派运动,几乎谁都会用形式自律去言说。所谓自律也就是不再依循现实给定,开始独立建构。言外之意是,前现代时期的艺术创造主要来自现实,而现代派运动则开始走离现实,走向与之不同的那一面,甚至反面。纵观延续至今的整个现代派运动,此说固然没有问题。但是,对于现代派研究来说,单单指明这一点应该还是不够的。此间问题的关键并不在于指明现代艺术开始与现实形式不一样,而是要深入澄清,如何不一样以及这不一样的形式创造何以在现代社会得以驻足。当然,这个问题有其复杂性,而且在不同艺术领域有其不同的情形。本文以视觉为具体指向,试图阐明视觉领域中作为现代性标志的形式自律究竟如何。

一、视觉形式的他律与自律

一般而言,按视看本然因素而来的视觉感知是自律的,而辅之于其他非视看因素而来的感知则是他律的。日常视看中本来就具有着这两种情形:其一,面对一个视看对象,视觉感知由单纯的看而发生,其间没有其他非视觉性信息的介入,如面对一个从未见过的情景或对象而要单凭视看去独立判断;其二,一个视看对象是在其他非视觉性信息的介入下才被感知，如面对一个熟悉的对象或即便首次面对也有其他背景性信息辅助。所谓视觉形式的自律也就是说，对它的视觉感知无法凭依其他非视觉因素而发生，他律则是经由其他非视觉因素而来。这一点应该容易理解，但问题就此远没有解决。进一步的问题是，究竟哪些是感知中的视觉性因素，哪些又不是？这又具体涉及人类视觉感知的一般特点问题。

视觉感知是凭借视觉对世界的把握，就像人可以通过触觉、听觉乃至嗅觉来把握世界一样，其媒介是图像。由此首先可以确定的是，图像并不是世界本身固有的，而是人经由视觉把握对象时从对象中概括出来的，如作为图像基本要素的点、线、面、形状等这些形式要素都是人为了方便视觉把握而从对象概括出来的，对象本身只有空间、体积等因素而并不存在这样的东西。这样说并不是为了贬低图像的客观性，而是可以从基点上凸现图像的意义特征。任何对象本身的存在不经由与人发生关联是不具有意义的，而人在看对象的过程中从对象概括出了图像这个东西，表面看是为了可以从视觉上把握对象，实际上，使对象在视觉上与人发生了关联。所以，图像作为视觉感知对象的媒介从一开始就是一个意义体。正是基于此，德国当代著名图像学研究者博姆（Gottfried Boehm）指出道："单靠物质性因素，图像是不会诞生的。图像总是与视看、视像、意义相关。"①图像总是人视看的产物，对象就其自身而言是没有诸如构成图像的点、线、形和色彩等这些东西的，这一点也得到了现代神经心理学的证实。德国当代著名神经心理学家辛格尔（Wolf Singer）曾就视觉感知指出道："心理物理学（Psychophysik）和实验结果表明：我们的感知并不是对现实的单纯摹写，而是由复杂的感知建构组成。"②

---

① Gottfried Boehm, Jenseits der Sprache? Anmerkungen zur Logik der Bilder. In: Iconic Turn—Die neue Macht der Bilder, hrsg. v. Christa Maar u. Hubert Burda, DuMont Literatur und Kunst Verlag 2004 Koeln. S.30.

② Wolf Singer, das Bild in uns—vom Bild zur Wahrnehmung. In: Iconic Turn—Die neue Macht der Bilder, hrsg. S.65.

其实,视觉感知的这个主观性特点早在现代语言学,哲学等领域间接地被披露,因为图像作为一种视觉工具与乐音,语言等其他认知工具一样,都是人为了认知的方便从对象中概括出来的,都是人为自己构建出的意义符号。当然,对于研究视觉问题来说,指出这一点只具有一般意义,还未触及唯视觉所特有的东西。为此,就必须将视觉与人的其他意义感知活动放在一起来看。辛格尔在研究视觉感知时曾说:"触觉是人最信赖的感知,人的所有其他身体经验都是建立在此基础上的。"①西方对视觉感知的言说自古以来就有将其建基于触觉的说法,就充分说明了触觉比视觉要来得基本,来得直接。但是,较之于听觉,甚至语言,视觉感知则更具有说服力,更让人信赖,因为视觉凭依的是一些同比而言更为直接,更为原始的感知手段,而听觉则相对要抽象些,至于语言则更是依赖于符号这样的抽象媒介。一般而言,感知媒介,即感知手段与对象靠得越近,也就越直接,越具有说服力,但同时也越简单,越无法通达复杂事物。视觉感知居于触觉与知觉(抽象媒介)之间,图像应该是唯其特有的东西。触觉与知觉凭依的都不是图像,唯有视觉建基于图像。据此可以说,图像是视觉感知特有的东西。凡是经由图像去把握的形式就是自律的视觉形式,反之,则他律。

可是,问题显然并没有如此简单。图像虽然为视觉特有,但它同时也可成为非视觉感知的对象,如知觉,在特定情况下也可称为触觉的对象,也就是说,凭借想象,如知觉想象或触觉想象,人同样能去感知图像。这时,图像就不为视觉特有了,这是因为图像本身并不是对象的本然存在,而是一个由人专为视觉感知建构起的意义体,"而这个建构很大程度来自预先储存着的认知"②。这个

① Wolf Singer, das Bild in uns—vom Bild zur Wahrnehmung. In: Iconic Turn—Die neue Macht der Bilder, hrsg. S.58.

② Wolf Singer, das Bild in uns—vom Bild zur Wahrnehmung. In: Iconic Turn—Die neue Macht der Bilder, hrsg. S.65.

预先认知可以是视觉方面，也可以是非视觉方面的，它们都程度不等地介入到了视觉感知中，而且这种非视觉因素的介入往往是不知不觉的。正如辛格尔所说，"视觉感知中的这种建构因素人自己是察觉不到的，在感知中，谁都信奉自己在如实感知。"①这样，视觉形式的自律问题中又出现了另一个更为重要的界面，没有主观建构，没有非视觉因素的介入，也就是说，没有预先认知的介入，不管是视觉的还是非视觉的。

由是观之，视觉形式的自律问题中就有两个层面的规定：首先，它必须与图像相关；其次，又不能与预先给定的东西相连。这个预先给定的东西可以是视觉方面的，也可以是非视觉方面的。就前者而言，可以是曾感知过的图形与色彩等；就后者而言，可以是来自于知觉，甚至触觉的形象感知，比如面对一个图像一时无法感知到什么，凭借其他信息后方才有所感知。因此，视觉形式的自律问题中关键性因素并不在是否经由图像，而在如何经由图像。

美国当代著名图像学研究者米切尔（W. J. T. Mitchell）在其研究图像问题的早期著作《图像学：形象，文本，意识形态》（1986）中曾参照维特根斯坦的"家族相似"概念指出了图象家族中的各个分支，其中"语言形象"和"心理形象"都占据着显赫的位置。这就是说，在我们的图像感知中有许多非视觉性因素介入其中，一个视觉形式可以是经由图像，也可以不经由图像被感知，所谓"语言形象"和"心理形象"就是未经由图像而被感知到的视觉形式。即便面对一个图像，我们的视觉感知也不会是纯粹经由视觉的，而总是夹杂着非视看性的思维活动等，所谓视觉思维指的就是这一现象。鉴于这两种情形，视觉就不可能自律，它必然是他律的。面对一个视觉形式，人总会向其中注入某种意义，所谓读解其实就是这种注入。对人而言，形式总是具有内容的，都是有所传达的。因此，形式不可能自律，都是他律的。这里，问题的关键是："内容"或"传达"是人

---

① Wolf Singer, das Bild in uns—vom Bild zur Wahrnehmung. In: Iconic Turn—Die neue Macht der Bilder, hrsg. S.76.

"注入"的结果。世界本身是无所谓内容与形式，是人为了自己的方便，为了把握对象，才向对象中注入了内容。视觉感知同样如此。所以，视觉形式自律问题的关键并不在是否专注于形式，任何感知都是离不开形式的，而在如何注入或见出意义。

正像辛格尔业已指出的那样，任何感知，包括视觉感知，都是建立在"预先储存着的认知"基础上的，也就是说，感知通常都是他律的。自律只有在脱离这种关联时才发生，因为没有了既往经验提供的依循，感知就只能靠自己去重新建构意义。就视觉感知而言，当失落了既往经验的介入——不论是视觉的还是非视觉的，感知就只能专注于眼下的看，这时见出的形式就是自律的，它不仅与既往的看，而且也与心理，直觉等其他活动没有了关联。这种情形往往在面对一个陌生图形时发生，而且陌生的程度越高，视觉自律的程度就会越高。只有陌生了，视觉在建构意义时找不到任何可以凭依的东西（预先的储存），就只能靠自己去独立建构。这时，视看就自主了。

因而，自律就是要与日常不一样。日常感知中没有任何东西是纯粹的，它不仅与前经验纠缠在一起，而且也与其他知觉手段融而为一。就视觉形式而言，只有当一个图像与日常所见出现了殊异，才开始转向自律。这时，视觉感知就开始专注于当下的看。否则，便是他律，这时，视看不仅接入到过去的经验，而且也会受众多其他非视看讯息的影响。所以，形式化并不是自律的关键，虽然自律往往以形式化的面貌出现。只有当形式化发展到了与现实形式有殊异的时候，自律才开始出现，因为有了殊异后，既成的内容就与之脱离，而意义建构就必须重新开始，而这时除了看本身之外没有任何其他东西可以作为确凿的凭依，于是，看就开始自律了。所以，视觉形式的自律并不在是否经由或面对图像，而在图像感知是否有其他非视看因素介入，有，则他律；无，则自律。从另一个角度看，自律之所以大多以形式化面貌出现，那是因为当感知只能专注于看的时候，指向的就是形式。所谓视觉形式的自律就是让形式只在视看下产生意义,那是艺术中的情形,而日常视看都是他律的,日常视觉感知中都会有其他非视觉因素的介入。

二、视觉形式自律的图形特点

视觉形式的自律建基于殊异,而怎样的疏离才使自律有了可能? 在人类视觉创造的原初时期,视觉产品与日常视看之间也存在的明显的疏离,是否最早的视觉产品都是自律的? 回答应该是否定的。形式自律在其呈现方式上虽然大多见诸于走离现实,与日常形式相异。但"异"本身并不是目的所在,"异"是为了有别于日常而让看不受其他非视觉因素的渗入,使视看只是凭借自己而没有其他信息的支撑去建构意义。原始民族的视觉产品尽管与现实给定显出不一致,但那是再现技巧的缺位所致,也就是说,主观意识上并没有想有这样的疏离。因此,观照时还是居于日常视域,还是会有其他非视觉因素,如想象,渗入其中。这时,殊异的形式没有任何主观刻意的痕迹,视看一般就不会走离现实,还是会依循着日常轨迹前行。当然,面对原古稚拙的造型,现代人却会进入单纯看的视域,进而认为那是自主的造型,这是因为现代人没有那时的日常视域,不会进入那时的日常视看,而当下的日常视域又与其不符,于是就只能凭借看去建构意义。当然,如果凭借一些其他文字,实物材料的讯息再去看这样的造型,如考古学家,这时又不是自主的了。所以,一个形式的自律与否,表面看在于其是否有殊异性,实际上在于其是否能唤起自主的视看,即是否能引发自主的意义建构。殊异有时是无奈的结果,有时则是刻意的。只有当形式创造刻意走向殊异时,不同于日常视觉感知的自主视看才会被激发出来,形式才会是自律的。

在人类的视觉创造中,最早刻意走向殊异的应该是 19 世纪中下叶西方视觉艺术领域中出现的嬗变,而且这场转向形式自主的运动一直延续至今,方兴未艾。就这场迄今一百多年的发展看,其内在主线无疑是不断走离日常视看,不断创造出激发自主视看的视觉产品。就其图形特点来看,不外乎5种情形:(1)淡化日常视看的物理维度。最初以印象派为代表的努力,在视觉产品的创造中开始走离传统的三维透视画法。三维透视是建基于日常视看之成像原则的,因而是他律的,因为视觉感知中就像日常视看一样有其他非视觉因素渗入。早期印象派,纳比派(Nabis)等美术家的努力,开始在形象创造中淡化或略去了视觉成像中的光影效果并开始关注不同瞬间的映像,于是,创造出的图像就与日常呈现殊异。日常视看都是建基于光影成像,而且不可能兼顾不同瞬间,总是定于某个时间点的。这样一来,视看就不可能完全回到日常方式,感知就开始专注于眼下的看,开始更多地从眼下的看本身来建构意义。形式开始走向自律;(2)约减日常形式要素。从后印象派开始,形象创造与现实的殊异又向前迈进了一步,开始将对象的某些形式要素约减掉,以致画面留下不少模糊,乃至空白处。正是这样的模糊和空白是日常图像中没有的,所以观照中就不会像日常视看那样有其他非视觉因素介入;(3)变形和重组。西方美术中的图像创造由此到了19世纪末,20世纪初时,殊异化又向前迈进了一部,那就是变形和重组。变形就是变日常图像中的形,重组就是将日常视觉成像中没有关联的形式组合在一起,青春派、象征主义、表现主义、野兽派、立体派、达达主义、未来主义等都程度不等地呈现出这样的图形特点。如此跨度的异和变自然更有效地将日常视看中的意义建构剔除了出去。由此,观照除了眼下的看就愈加没有了其他依循,形式自主的程度有了更大提高;(4)强化日常视看的形式维度。与现实的殊异可以是弱化或改变现实维度,也可以是强化。20世纪初西方视觉创造中出现的超现实主义就将日常视看无以看清的现实呈现了出来,以致展现的图像比日常视看的建构还要逼真。这也引发了视看转向自主,因为它还是与日常视看相异,只要有了这样的异,日常视看中积淀于特定形式中的理喻就无从复现,这时,视觉感知必须依附于眼下的看并单纯由这样的看去建构意义;(5)抽象。现代视觉创造由殊异起步,到了最后必然走向抽象,因为抽象是最大程度的异。虽然抽象早在 20 世纪初就已开始出现,但一直到了第二次世界大战后才成为西方视觉创造的主导。面对抽象的图像形式,感知就更无法凭依日常视看的维度,更无法由预先的积淀去建构意义,而只能由当下的看去建构。从某种意义上说,抽象是最自律的视觉形式。

西方美术迄今发展呈现的这五种图像语汇中,还隐秘地存在着一个普遍原则:由图像中不同视觉要素间的交互作用来纯视觉地生产意义。日常视看中,由于时空上定于一点的缘故,视觉在阅见特定视觉要素后,如色彩、形状,乃至质感,都会立马转向其背后的特定对象,继而在有关该对象的其他信息介入下建构起视看中的意义。自律的视觉形式中,由于殊异,视觉要素背后的对象变得模糊甚至消失,于是,视觉中的意义建构只能专注于所见,只能在所见之视觉要素上去见出意义。由于意义总是与关联相关,在这样的视看下,视觉要素间就出现了日常图像不具有的交互作用,有了这交互作用,所见之视觉要素间就会出现某种关联。这时,意味就会出现。早期的笔触画法,留白,乃至拼贴等,都是为了在对象的形式要素间建起某种不同于日常的关联,视看正是依循这样的关联建构出了意义。现代造型中,将同色调不同色差的颜色或同质不同状的形并置之所以会产生动感,就是由于同中有异,异中有同的视觉组合,会使人在不同中见出关联。关联置于不同中,这就是单凭视觉见出的意义。

西方现代绘画迄今的发展清楚表明:与现实相异是其内在主线。可以说,西方现代绘画几乎穷尽了形式异于现实的所有可能,正是在此意义上博姆才说:“现代派绘画几乎尝试了图像世界的所有边界与可能。”①正如所述,“异”只是图像的建构方式,它的落点却不在“异”本身,而在转向自律,转向视觉感知的自主建构。由此,问题的关键也不在“异”本身,而在刻意性。如上展现的那些

---

① Gottfried Boehm, Jenseits der Sprache? Anmerkungen zur Logik der Bilder. In: Iconic Turn—Die neue Macht der Bilder, hrsg. S.39.

自律图像清楚表明:那不是技术局限所致,而是刻意行为的结果。我们的视觉在图像上能准确无误地看到这一点,正是因为刻意,那些殊异的形式就传达出了特有的意义,而由于形式上的异,这意义又无法由日常视觉感知去建构,于是,视看就会抛开既存的一切而专注于看本身。当然,这时的形式已不是日常视看中的形式了,这不是因为与日常有异,而是因为它在独立地建构自己,在独立地建构意义。日常视看中的形式建构是不自主的,其间除了视看之外还有其他众多预先存在的非视看性因素渗入,如心理的、语言的等。而刻意创造出的殊异图像则停止了这种渗入,使观看只能凭借观看本身来建构意义。正如博姆所说,图像的固有逻辑"就是以图像为手段对意义的独立生产"①。

三、形式自律与视觉现代性

迄今有关形式自律问题的研讨中,大多将其归为审美和艺术转向现代的标志。正如所述,日常视看的形式感知中都会有各种非视觉的意识活动渗入,所以形式本身不会生产意义,意义往往由这些非视觉的意识活动注入。最早的艺术活动就是在这样的框架下展开的,形式都在努力地展现特定的内容。形式指向视觉,内容指向其他意识活动。面对一个形式,当意识活动的内容注入获得成功,该形式获得意义,成为艺术作品。黑格尔就古代艺术所说的形式大于内容,就应该理解成意识活动在形式中还没有注入多少内容,而那时形式本身还不能独立生产意义。近代艺术则在形式感知中注入了厚实的意义,所以达到了形式与内容的高度统一。所谓统一也就是形式的物理展现与意识活动注入的意义吻合或一致,其尺度就来自于日常视看,一个作品形式只有在与日常视看中的意义建构吻合时,才会被说成与内容一致。当黑格尔就近现代艺术说内容

---

① Gottfried Boehm, Jenseits der Sprache? Anmerkungen zur Logik der Bilder. In: Iconic Turn—Die neue Macht der Bilder, hrsg. S.28.

大于形式时,应该理解成作品形式与日常意义建构出现了错位或不一致,这时形式开始走离其日常意义,也就是说开始脱离日常意识活动的意义注入。由此也就开始脱离原来的内容规定,开始自主地建构意义。所谓自主也就是脱离日常视看对形式的内容注入。现代艺术就是在这样的美学框架下诞生的。可以说,形式自主是现代艺术的标志所在。但是,问题到此应该还没有结束。为什么自主的形式恰恰成了现代性的标志? 形式原来是不自主的,何以又变得自主了?

对于艺术现代性或审美现代性,波德莱尔在其《现代生活的画家》一文中曾有过被广为引用的表述:"过渡的,短暂易逝的,偶然的。"① 由此自然可以去说明形式自主何以是现代的,因为形式自主了以后便没有了预先确定的内容介入,它的意义建构必须即时地重新开始,即时就注定了其偶发性与瞬间性。但是,由形式自主来看,审美现代性或艺术现代性的关键并不在其不确定性和偶发性上,而在更深层的感知方式上。原来,视觉艺术的形式审美基本在日常感知框架下发生,其意义很大程度上是在其他意识活动,如知觉,想象等介入下建构成的。而在自主的形式中,没有了这些其他因素的介入,感知就变得单一或纯粹,正是因为感知在独立地建构意义,所以才呈现出偶发性和不确定性,因为感性的东西往往是即时的,瞬间的,无以预先确定的,而知性的或理性的东西则大多是确定的,预先存在的。如此看来,形式自主之作为视觉现代性的标志主要并不在其外显的不确定性上,而在其内隐的感性建构意义上。原来,感性领域的意义也是在知性或理性的参与下被建构成的,而形式自主后,感性开始独立地在建构意义。这时不仅形式与先前不同,而且视觉观照也不同。形式开始游离出日常内容的界定,视觉观照也开始脱离其他非视觉因素的介入而独立,即单一视觉地去建构意义。也正是基于此,德国当代视觉文化研究者莎德(Sigrid

---

① 《波德莱尔美学论文选》,郭宏安译,人民文学出版社 1987 年版,第 485 页。

Schade)和温克(Silke Wenk)曾指出:"转向图像不单纯指现代文化的视觉转向,而且也指现代文化中出现了新的视觉方式。"①

视看开始独立建构意义,这不仅是视觉形式自主的内里,同时也彰显了视觉现代性的内核。自主的形式引发了独立建构意义的视看,而这样的视看何以又是现代的呢?对此当然可以用不同于传统来解答。但是,不同可以有好几种情形,为什么单单独立建构意义的视看成了现代的呢?这又要从现代人感知方式层面发生的变化来看。对于现代人感知方式发生的变化,西方已有不少研究成果,较著名有德国哲学家齐美尔(Georg Simmel),他曾以大都市人为例指出:"大都市的人际关系鲜明地表现在眼看的活动绝对地超过耳听,导致这一点的主要原因是公共交通工具。在公共汽车,火车,有轨电车还没有出现的十九世纪,生活中还没有遇见过这样的场景:人之间不进行交谈而又必须几分钟,甚至几小时彼此相望。"②大都市是现代人栖息的场所,可以说,现代人是伴随着大都市而出现的,而"公共汽车,火车,有轨电车"则是现代社会固有的。在前现代的农业社会,人间相遇是会攀谈的,通过攀谈了解对方。攀谈中的了解就有许多非视觉性的知觉,理喻等意识活动介入。而现代社会,看的意义得到凸现,人之间相遇,无需了解对方,单凭看就能与对方相处。这时的看由于没有其他信息介入,视看活动不会转化为其他意识活动,因而是单纯的看。正是由于现代生活中,视看的意义凸现,这才使得图像生产中形式转向自律。从另一个角度看,生活节奏变快的现代社会恰恰呼唤着感性对意义的直接建构,因为唯有这样的意义活动才是快速的,直接的。

可见,视觉形式的自律之所以成为视觉现代性的标志是由于它呼应了现代

---

① Sigrid Schade, Silke Wenk, Studien zur visuellen Kultur—Einfuehrung in ein transdisziplinaeres Forschungsfeld. transcript Verlag Bielefeld 2011. S.41.

② 齐美尔《相对主义哲学散论——文化哲学文集》,转引自本雅明《波德莱尔:发达资本主义时代的抒情诗人》,王涌译,译林出版社 2012 年版,第 33 页。

感知方式,这时的形式以及与之对应的单纯视看已经与以往不同,成为了一种新的唯现代性特有的感知方式。它最初由现代人的视觉创造刻意生产出来,后来就一步一步铸成了现代人特有的视觉审美方式,以致自律的形式,单纯视觉上的意义建构,成了现代人视觉生活中的一个审美追求。

四、形式自律的文化维度

从感知层面看,形式自律的内核是感性对意义的直接建构。正因为此,才没有中介,才没有其他非视觉性因素的介入,也正因为此,才是快速的,短暂的,进而现代的;而他律的形式则是在其他非视觉性因素的介入下被感知的,因而并不是感性对意义的直接建构,而是间接的,有中介的,也正因为此,才不是瞬间的,因为所渗入的其他因素大多是知性或理性等非感性因素,较之于感性,这些都是相对确定而稳固的。由此,形式自律中就蕴含着一个特有的背反:一方面,由于专注于感性,没有了其他意识活动的介入,有了独立自足;另一方面,由于单纯感性,人的感知活动又开始转向一体化,进而又失落了独立自足性,因为感性是人之间最相近的意识活动,趋同使其失落了独特性。深究之,围绕着独特性而来的这个背反其实并不矛盾,它昭示出了形式自律,乃至视觉现代性问题上的深层文化蕴藉。

视觉形式的自律使视看变得纯粹和独立,变得不再或少有其他非视觉因素的渗入。由此而来的独特性是建立在单纯感性基础上的,是相对于其他非视觉性意识活动而言的。没有了知觉和理性活动的介入,单纯筑基于感性的视看虽然显得独特,但同时又带有着另一种非独特性,一种基于人之共有感性活动而来的共性。在非自主的视觉形式中,感知是在知觉或理性活动的介入下发生的,这时,感知虽然不独立,但却拥有着人之间不尽相同的知觉内涵。由是观之,视觉形式的自律与他律使得视觉感知拥有了不同的独特性与可公约性。自律形式是建立在感性独立建构意义基础上的,它的独特是因为没有了知觉和理性活动的介入,它的不独特是因为人尽相同的感性活动;他律形式是建立在知性、理性建构意义基础上的,它的不独特是因为感性形式中有了其他非感性内涵的渗入,它的独特是因为知觉或理性这些非感性活动是人之间不尽相同的。换言之,就感性层面看,人之间显得非常相同,就知觉或理智层面看,人之间就显得不太相同。因此,视觉形式的自律与他律其实显示出了不同层面的独特与可公约性。两者都是就感知活动而言,自律形式的独特指向的是感知构成的单一性和纯粹性,感知活动中没有或少有其他因素的介入;他律形式的独特指向的是感知内容的差异性,不同时空点的知觉或理性活动呈现出明显的差异性。自律形式的可公约性指向的是感知层面自发的共性特征,而他律形式的可公约性指向的则是感知活动中可复得的知性或理性内容,这些内容往往可脱离感性形式而寓居于其他非感性形式中,如范畴、概念等。这种不同层面的独特性和可公约性指向使得自律与他律形式具有着完全不同的文化蕴藉。

自律的视觉形式首先在创造着一种全新的感性活动,一种不受知性和理性活动影响的独立感知活动,谓其"新"是因为不同于日常视看,日常视看总是程度不等地拥有者那些影响的,尤其现代生活中,这种影响更是侵入到感性生活中。所以,自律的视觉形式在改变着人对现实形式的感知;其次,由于自律形式更依赖于自发的感性活动,知性和理性的介入开始减弱,所以有其野蛮性。"野蛮"是指一味倾向于自发性,拒斥意识活动的调整与制衡,大众性就是其具体体现。西方20世纪以来文化领域中的现代性批判之所以直指现代文化中的大众性特点,就是因为其中蕴含着不顾理性调控只顾自发感性效果的特点。自律的形式由此将人引向了一种新的依赖,一种从理性转向感性的依赖,所以野蛮。

可是,单用"野蛮"或许还不足以解决问题,因为这样的谓词是筑基于理性判断的,而自律的形式恰恰要拒斥理性活动的渗入,它本来就是要拒斥理性的。所以,问题的关键是,在形式审美这样的文化领域中,理性何以介入,是再回到

理论是谦卑的

从前让形式感知本身就建立在理性知觉基础上,还是深入到形式感知的现代逻辑中,即感性逻辑中,从中建构出不但有益于个体,而且也使社会受益的维度?答案显然是后者,因为前者是逆潮流,逆历史的。但后者是一条前无先例的道路,还有待开拓和建构。

原载《求是学刊》2014 年第 6 期

金山农民画的审美启示

郑土有

金山农民画经历了 30 年的风风雨雨,取得了辉煌的成绩;但随着外部社会环境的变化以及画家群体的新老更替,也出现了各种显性或隐性的矛盾、危机与困惑,今后的路该怎么走,怎样使它在社会主义新农村的文化建设过程中发挥更大的作用! 这些问题不仅是政府文化部门正在考虑的问题,也是每一位关心和热爱金山农民画的专家学者以及每一位金山农民作者所苦苦探索的问题。本文拟根据笔者的实地调查,就可能影响到金山农民画今后发展的三个问题进行初步探讨,并企盼方家的批评指正。

一、辅 导 与 独 创

辅导员曾在金山农民画的发展过程中发挥过至关重要的作用。今天,农民画创作是否还需要辅导,辅导员制度是否还要维系? 有的作者表示仍然非常需要辅导,通过辅导员可以提高自己作品的艺术水平;有的作者则认为,农民画创作根本不需要辅导,否则会导致风格雷同、千人一面。现在不少农民画的作者没有经过辅导员的辅导,但其作品质量仍然不错,在市场上也很有销路。这种分歧不仅存在于农民画作者中间,在一些学者和管理者中间也同样存在。从表面上看,这只是一个制度或管理的问题。如果我们从更深的层次、以发展的眼光来看待此问题,就会发现它涉及对农民画特性的认识问题,关系到农民画今后发展的问题。因而,我们有必要从学理上进行分析讨论,以期在实践中形成共识。

从艺术家个人的艺术创作层面来看,每件艺术作品都是作者的一种独特表达,大体上不需要外在力量的干预。但具体论及金山农民画,其创作活动则有若干特殊性。

首先,金山农民画属于一种传统民间艺术经过"现代转化"后形成的新的民间艺术种类。它既体现了现代艺术的一些特性,同时又保留了民间艺术创作的许多特征。对于金山农民画的属性问题,多年来一直存在着不同的看法,有的将它归之于民间艺术,有人称之为现代民间艺术。之所以产生这些歧见,原因就在于它的复杂性和特殊性。

从发生学的角度而言,金山农民画崛起之初的确缘于某种外力的作用(如政治宣传的需要、文化馆的专门组织等等),是官方意识的体现,似乎有别于民间艺术的"民间性"与"自发性"特征。但是,当那些不识字、不知艺术为何物的农民被召集在一起,用拿惯了剪刀、绣花针、泥瓦刀、锄头的手,勇敢地拿起画笔"涂鸦"的时候,其创作与以往的剪纸、刺绣、灶壁画本质上并没有什么区别,无意之间就进入了一种自在的创作状态。此时"组织"只是一种形式,提供了一种契机。因此,在官方有意组织下的农民画家创作,实际上仍然沿用了传统民间艺术的一套创作技法和思维方式,具有明显的民间特征。"官方"与"民间"、"有意"与"无意"达到了和谐的组合。

从画家群体来说,金山农民画老中青三代画家的生活经历、所受教育、创作理念等都发生了一定的变化。老画家如阮四娣、曹金英、陈芙蓉等,都是中年以后才开始画画的,她们没有受过专业绘画训练,但作品屡次得奖,在国内外有较高的知名度,像陈芙蓉还成了中国美术家协会的会员。她们没有自己是名画家的概念,年高以后,受视力、体力等各方面的限制,创作的作品少了或者不创作了,就当家庭妇女,安享晚年,毫无怨言,其生活的态度、观念与专业画家完全不同。部分年轻作者接受过专业训练,且随着农民画进入市场增长和拓展了见识,逐渐趋向于专业创作。但他们的"民间立场"基本上没有变化,都清楚地认识到自己与专业画家的不同,"民间立场"是他们的立身之本。

从表现内容看,尽管金山农民画的题材丰富、主题多样,但最主要的内容仍然是描绘江南水乡纯净、清新、质朴的农村生活风貌。如表现鸭子、鱼塘、织布纺纱等日常劳作的场景,展示果园菜田的丰收景象,描绘群众喜闻乐见的民间趣事和故乡故土丰富多彩的民俗风情。在调查采访中发现,金山农民画作者群体,不论是老一辈还是年轻人,都有意或无意地依托自己的生活经验和情景感受进行创作。"画自己的生活",使金山农民画在内容题材上具有显著的民间特色。

从创作技法看,金山农民画对传统民间艺术的继承是非常突出的,其独特风格的形成应归因于他们对传统民间艺术元素的提炼和重构。金山农民画大部分作者都具有深厚的传统民间艺术功底,因长期受民间艺术的熏陶,传统民间艺术之思维习惯、表达方式、审美意识和表达技巧已经根植于他们的意识深层,从而使其画作的视觉语言形式透射出传统民间艺术的符号特性。他们天然具有质朴童真的思维方式——直观性、主观性。户县农民画馆雒馆长说:"农民画……构图上画得比较满。为什么呢!他在种地的时候,每一块都要种到,不让一块地闲下来。他画画的时候也不让一块纸闲下来。专业讲究留白、透气,农民不讲究,我就要把它画满,画满了我就把我的思想全部说在纸上。"他们不受生活逻辑的约束,凭主观想象大胆夸张。这种源自原始艺术的思维方式,正是民间艺术的显著特征。

综上所述,无论从崛起的历史、题材内容、语言表达方式还是创作思维的运作来说,金山农民画仍然具有显著的民间特性。它牢牢扎根于民间传统之中,是农民画作者对民间文化和乡土生活的体验和认知产物。金山农民画总体上属于民间艺术。

同时,金山农民又有别于经典的传统民间艺术形态,是一种经过现代转化的民间艺术。其艺术转化主要体现在两方面:

一是功能转化。中国传统民间艺术的第一功能是生活实用性,如剪纸是作为刺绣的底样和窗花,刺绣主要用于服饰,面塑主要用于祭祀供品等;虽然它也有审美的功能,但审美功能是依附于实用功能的衍生价值。而金山农民画则基本不具备生活实用功能,审美功能上升为第一位、是作为装饰画的面目出现的。除了内容和风格的民间性之外,其功能已经等同于文人装饰画。

二是与民俗活动的脱节。在传统社会中民间艺术的创作模式是多样的,大部分是业余的,但也有专业的、作坊式的生产(如年画、灯彩制作等)。关键在于,传统的民间艺术都是与民众的民俗生活紧密地结合在一起的,而金山农民画则基本上与民俗生活脱离了。

金山农民画崛起于20世纪70年代,其最初明显吸收了传统民间艺术的元素。第一批农民画家大都是当地民间艺术的能手,当时的辅导员通过对他们画作的理论总结提炼出一些基本元素,再用于充实完善农民画家的创作实践,逐渐形成了金山农民画的独特风格。

第一,金山农民画的这种特性决定了其创作过程中接受辅导是必需的。因为辅导员既要熟悉传统民间艺术、又需要具备一定的专业知识,还必须熟知金山农民画的特点;而一般的作者很难同时兼具这三种素质。

第二,从我们的实地调查结果来看,至少在目前对农民画进行辅导还是非常必要的。农民画作者是一个特殊的群体。他们有一定的绘画才能,但受教育的程度普遍不高。笔者对金山农民画创作中有影响的35位作者的受教育情况进行了调查,发现他们的文化程度普遍较低,大部分人仅有小学或初中学历、仅有少数几位作者是高中或中专毕业生。他们虽然拥有基本的创作能力和较熟练的绘画技巧,但是在风格把握、审美处理、理论素养等方面均有一定的局限性。他们的艺术自觉性需要外在的启发,其艺术个性和风格的形成需要外在因素的定向塑造。正如第一任辅导员吴彤章所说:"农民画的创作需要辅导老师,因为农民虽然有着丰富朴素的生活情感体验,但是需要有辅导老师让他们意识到哪些是优秀的,哪些是需要摈弃的。"此外,农民画作者由于自身的局限和外部环境的压力,对于自身的创作缺乏充分的自信和自觉,从而相对缺乏个性化的追求、很容易偏离金山农民画的本体坐标。农民画辅导员长期从事农民画的研究工作,又有相对丰富的美术理论知识。他们的辅导往往能起到画龙点睛的作用,更重要的是可以引导作者的创作倾向。因此可以说,辅导员制度是提高金山农民画艺术水平、确保农民画艺术风格的一个有效措施。

第三,金山农民画创作过程中已形成的一套辅导制度与理念方法,实践证明是行之有效的,也符合民间艺术的创作规律。辅导员的职责主要是挖掘他们身上的艺术潜能,而不是灌输专业的艺术理念,吴彤章倡导"揭瓶盖"方法:指导不会写字也不会用笔的阮四娣进行优势变焦,"你不会画就剪一个贴上去,然后描下来";引导曹金英等善于刺绣的人进行工具方法转换,"你们画画呢,这笔就像针一样,颜色就当作线"。这种简单"移植"的做法,有效地开发了他们所具备的传统民间艺术的潜能技法。所以,从某种程度上说,在农民画初创时期,辅导员像一位炼丹师,将不同农民画作者作品中独具特色的元素提炼出来,然后将它们熔铸为金山农民画的特色;在 21 世纪,辅导员应当成为掌舵者和布道者,引导农民画的发展方向,确保风格的延续,向新一代农民画作者灌输农民画的独特理念、思维方式和技法,不仅使他们知道怎么画,也要让他们知道为什么要这样画,使农民画的艺术精神薪火相传。

要使金山农民画作为一个特殊的画派发展下去,相应的辅导是完全必要的。当作者自身尚不足以坚守和拓展独立画派的立场,必须借助专业力量的引导来巩固与强化之。从长远的发展来看,金山农民画如何保持独立的风格,将成为今后面临的更大的挑战。

金山农民画的许多优秀画家,都是在辅导员的辅导下成长起来的。辅导工作的承担者原先是县文化馆,1989 年金山农民画院成立后则接替了辅导职能。随着我国文化市场全面开放和金山农民画在国内外名声的提升,由画院垄断的农民画销售局面被打破,许多农民画作者开始自主销售、甚至出现了专业销售农民画的画商和画廊。同时,由于金山农民画院未能抓住机遇将自身做强做大,在农民画销售市场的份额逐年下降,进而因经费困难而减弱了对农民画创作辅导力度。这种辅导员缺位的状况,直接导致近年来金山农民画的品质粗糙、画家创作观念混乱、鲜明的画风日渐褪色的后果。

为改变目前辅导乏力的现状,一是政府主管部门要充分认识农民画创作辅导制度的重要性,进而制定相应的奖励政策与制度;二是农民画作者对自己的作品要有清醒的认识和合理定位,不能盲目自信。

二、继承与创新

目前金山农民画作者中普遍存在着一种强烈的"求新"意识,希望能打破固有的模式。一方面这是可喜现象。因为任何一种艺术形态如果长期墨守成规、缺乏创新意识,必然要走向衰微甚至消亡。另一方面,这又是一种有风险的倾向:很多年轻的画家盲目崇拜专业绘画,一味地将专业技法移植到农民画创作之中,可能会削弱金山农民画的特有风格。从根本上说,金山农民画的立身之本就是反专业的,它的特色就是对专业绘画语言的颠覆。因此,应该借鉴什么以及如何借鉴,是值得深思的一个问题。金山农民画之所以成其为金山农民画,有其自身的一些独特的核心要素,如果抛弃了这些核心要素,金山农民画也就不复存在了。因此,创新应该是有"底线"的。什么是金山农民画创新的"底线",也是一个值得深入研究的问题。

（一）金山农民画应该借鉴什么

不同种类的绘画都是不同群体经过不断摸索发展起来的。如中国国画，不但要求特定的绘画技巧，更需要绘画背后所营造的知识结构和精神意境之独特支撑；又如油画，自有一整套的绘画理念和长期发展形成的多种风格。农民画借鉴它们的风格虽然能做到形似，但和农民画的审美需求是不匹配的。所以，农民画的艺术借鉴还应回归民间艺术世界，应该立足于对民间艺术元素的不断提炼和吸收。以往的创作主要吸收了金山及其周边地区的民间艺术元素，而且基本上是浅层次的吸收；今后，金山农民画作者应该走出金山，走向全国，在更广阔的范围内吸收各种传统民间艺术的丰富营养，从而引发农民画作者的绘画创新表现。

（二）金山农民画创新的"底线"在哪里

金山农民画的历史不长，但初步形成了自己独特的画风或韵"味"，那种令专业画家无法画出和让外行人一眼就能辨认出的"味"。笼统地说，其创新的"底线"就在于不能改变这种"味"。至于这种"味"包括哪些内容，则需要理论上的概括和抽象。金山农民画院前院长、辅导员吴彤章[①]，现任副院长、辅导员阮章云对此作过深细的总结。笔者认为，金山农民画的艺术风格至少应包括以下四个核心要素：

1. **民俗生活场的展现**　如果某一艺术门类专注于表现某一方面的内容，有时则可以将其作为该艺术门类的特征之一，如中国画中的山水画、花鸟画、仕女画等。金山农民画在表现内容方面有其特定的领域，即广义的乡村生活。通过对 30 年来一千多幅金山农民画代表作的分析，笔者认为，其内容主要包括两方面，一是对以往生活的记忆（如传统结婚场景、庙会等）；二是描绘当下的生活场景（如种田、养鸭、捕鱼、集市、过年、走亲戚等等）。因此，金山农民画的题材内

---

① 吴彤章《金山农民画风格形成的因果》，《金山农民画开拓者——吴彤章张新英伉俪》，上海书画出版社 1998 年版。

容特征乃是"民俗生活场的展示"。

民俗生活场主要包括以下特点：一是浓厚的生活气息；二是画面构成多种对象的组合；三是展示动态的场景。民俗生活是随着时代的发展而不断变化的，因而艺术作品既可以表现传统农村生活的题材，也可以表现今天农村的生活题材，甚至可以表现民俗性的城市生活。如陆永忠的《让城市更美好》（见图1），如果按"乡土性"的标准看似乎不属于农民画，但它的确是金山农民画，因为它表现的是一种民俗生活场，只不过不是农村的，而是上海市区的民俗生活场。而张新英的《擀面》（见图2）虽然运用了农民画的技法（如色彩、构图等），但它是单体的人物描写，是否属于金山农民画则值得商榷。

陆永忠《让城市更美好》

图1

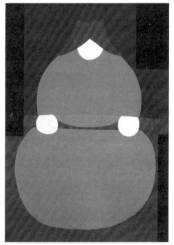

图2

2. 感情色彩　在色彩运用上，打破自然物体原色的局限，讲求配色的主观情感性。作者感觉什么好看就用什么颜色、需要什么颜色就用什么颜色，配色服从于表现情感的需要。在陶林平的笔下雪可以是红色的，他说："玩雪的时候，天虽然非常冷，但心里是热乎乎的。我想把这种感受画出来，可是开始受自然色调的影响,画来改去还是冷冰冰的,不是那种味道。后来我把雪改成朱红色,那种热烈欢快的气氛出来了,这才像我要表达的生活。"这是对农民画作者用色特点的形象说明。

长期以来,金山农民画对色彩的运用已形成了一些具有普遍性的总体规律,即重视色调明快,在对比强烈中求和谐,尤其重视色彩的装饰性。如阮四娣的《孵蛋》(见图3),母鸡的颜色有十多种,鸡蛋也是多彩的。这完全是超越现实的大胆想象,但感觉并不杂乱。又如《放鸭》(见图4)中,鸭子有五种颜色,树冠以黑、淡白、淡绿三色相配,都是作者心目中的感情色彩,表现出儿童特有的天真烂漫的想象力。

3. 交感式构图 对于金山农民画的构图特点,吴彤章在《金山农民画风格形成的因果》中指出:"因为农民画家表现生活的需要,把许多不同时间、不同空间、不同视向和各种物体的特征概念错综复杂地交织在一起。也常以自己为中心通过各种角度,把周围一些感兴趣的东西,都描绘在一幅画中,超越了焦点

图3

《放鸭》

图4

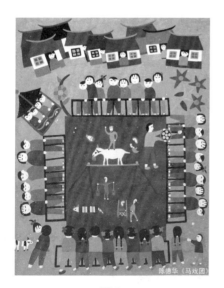

陈德华《马戏团》

图5

透视、散点透视的表现限度。同一幅画里出现仰视、俯视、平视、侧视、反视等现象，构成了金山农民画的特殊的构图形式。"阮章云在《现代民间美术的奇葩——金山农民画》中也认为："金山农民画的构图布局，平视与俯视结合，直观与印象互叠。农民作者……在造型时往往把立体的物像处理成平面。同时，他们不是凭直接写生来作画，而是依据自己对各个物体特征的观察理解，依据物体之间相互关系所得到的整体印象来作画……"这种构图法，打破了物理上的空间概念、现实生活中的视觉局限，呈现为一种全景式的画面。如陈德华的《马戏团》（见图5）。其特点是：满——画面布局不留空白，多——多人与物，粗——注重整体布局；细部描写淡化、简略;散——视点散,多视角。这种违背视觉真实的组合布局,看上去却不散乱,反而给人一种真实的感觉,原因就在于它是作者"想象中的组合",是对现实生活的高度抽象,实现了单一视角、单一空间难以尽现的"民俗生活场"的真实景观。

4. **总括性造型**　金山农民画造型特点是夸张变形、讲究神似而非形似。这样的造型旨在把物体的特征全部展示出来。农民画作者画桥,把桥两头的石阶都画出来,画房子把东西墙面都交代清楚。其原因就在于,"金山农民画家们,不采取写生的方法作画,而是以'目识心记'来表现对象,因此他们对某个物体的观察,不可能只停留在一个特定的视点上,而是移动的,多侧面的观察。甚至加上自己的想象和推理,得出那个物体的特征概念"①。譬如他们画杯子,就将杯子的所有特征都展示出来:杯口是圆的,底是平的,杯子是有高度的。这是一种总括性造型,这在专业美术创作中是不可能出现的,所以让我们感到惊讶。正如中央工艺美术学院院长张仃所说:"金山农民画,好就好在一个'生'字。""生"就意味着创新。

笔者认为,上述四个核心要素是金山农民画的"底线",是不可突破的,否则就不属于金山农民画了。同时应该认识到,金山农民画的个性风格虽然已基本形成、但还很稚嫩,需要呵护和充实完善。一个画种的形成需要几代人的不懈努力,"变"只能是锦上添花,而不能动摇其根基。金山农民画作者,要对自己的艺术充满信心,"任凭风吹雨打,我自闲庭信步",坚持走自己的路。

三、复制与原创

农民画可以有一定数量的复制,这是由其民间属性所决定的。正如日本民

---

① 吴彤章《金山农民画风格形成的因果》,《金山农民画开拓者——吴彤章张新英伉俪》。

曹秀文《春意》一

图 6

曹秀文《春意》三

图 7

曹秀文《春意》四

图 8

艺学之父柳宗悦所说:"工艺的世界是复数的世界……相同的器物得以大量生产,是工艺的显著特色。"①传统的民间艺术大多存在手工批量生产的情形,如剪纸通常是多张纸重叠施刀,刻纸则一次最多能刻出 50 张,年画的生产更是批量印制的。因此,我们不能以金山农民画的可复制性来否认其本身所具有的价值。同时,农民画作者复制自己的作品,从某种程度上说是一个再创作的过程,在复制的过程中会有所修改和完善。如图 6、7、8 三幅作品,都是曹秀文创作的《春意》。

① 柳宗悦《工艺文化》,徐艺乙译,广西师范大学出版社 2006 年版,第 145 页。

从中可以看出,不同时期的复制作品都会有所变化。

农民画的复制也是出于现实的需要。一方面,农民画的价格较低,而一个作者每年原创作品的数量有限。要想通过作品的销售维持生计,复制则是被市场所认可的一种成功的方式。因此在市场经济的条件下,复制是农民画作者增加收入的重要途径。

问题的实质并不在于农民画作品是否可以复制,而是在于当下大多数农民画作者热衷于复制的时候大大减少甚至停止了对新作品的创作;而原创作品中,质量欠佳、东拼西凑的现象也较为普遍。这对于一个画种的发展来说极其有害,尤其是对像金山农民画这样还很年轻的画种来说,长期不创作将会导致原创能力的下降。从现在农民画的市场中,已经看到了这种危险性。由于农民画的市场开放,出于生活压力和经济利益的驱使,农民画作者的心态浮躁,急功近利,追逐眼前的利益。在这种情形下,还出现了一种"为市场而画"的倾向。很多作者坦言:顾客需要什么就画什么,市场上什么卖得好,他们就画什么。于是,很多优秀的金山农民画创作者都屈从于市场、为市场而画,而无意表达自己的情感生活和生存体验。这也是一种值得注意的倾向。

总之,我们应当加强而不是弱化辅导,同时需要完善辅导员制度,以确保金山农民画核心特征与独特风格;要提倡创新,但创新不能超越底线;要鼓励原创,引导农民画作者放眼长远、把更多的时间和精力投入到创作中去,不断地发展与提升其原创能力,以促进金山农民画的健康发展。

原载《杭州师范学院学报(社会科学版)》2006 年第 6 期

海外谢晋电影研究的东方主义症候

杨俊蕾

一、方法论类型与问题

海外谢晋电影研究的方法论类型集中表现为三种：其一是社会—文化研究和性别研究，通常以革命浪漫主义来概括谢晋电影的政治美学表现，着重研究其电影中不对称的社会关系。其二是借助西方"情节剧"理论进行理论观念的跨文化平移，研究谢晋电影的叙事样式与情节结构，电影内部空间与人物关系，以及影像所反映的社会现实与人物主体性等问题。第三种研究虽然表面上采用"情节剧"理论，但其方法论依据在于通过激活中国传统文化符码来重新解码—编码谢晋电影中的人物关系组合与情节发展指向。

1. 社会—文化研究

从 20 世纪 70 年代初期至今，海外的谢晋电影研究具有一个贯穿多年的共同点，即关注谢晋电影与中国当代历史政治的关联。社会—文化批评方法的特质决定了相关研究必然牵涉政治，而谢晋电影的现实主义特征和政治元素的展示为此类方法论提供了充裕的论说空间。这类研究的逻辑起点建立在谢晋电影的现实主义风格上，重视谢晋电影对中国当代社会现实的同步反映程度，注重电影主题与中国社会政治事件的关联程度。最早翻译谢晋电影的英国学者裴开瑞(Chris Berry)在纪念谢晋导演的国际学术研讨会上提出"文化身份"问题,即"谢晋究竟是否可以被称为'电影作者'"。尽管赋予谢晋"电影作者"称号意在致敬,但裴开瑞却难以单纯地仅分析导演的独特创作和作品的艺术风格。他发现,谢晋研究需要特别面对谢晋电影与中国时代政治之间的复杂关联。经过分析,他认为谢晋电影在全盛时期所引起的社会震动是因为作品中包含的社会映像,而后来谢晋电影被冷落也是因为整个社会氛围对前一历史时期的努力改写甚至有意淡忘。因此,需要在意识形态变化的语境中理解谢晋电影的接受视野的变化。谢晋作为"电影作者"的价值支点,最终仍然要回复到其电影的"政治冒险"以及"政治上的大胆与宣扬爱国主义之间的张力"①。

同样,纳卡吉马(Nakajima)也强调,即便用通常着重于审美风格研究的"作者理论"去观照谢晋电影,也无法忽略其作品中的"社会—文化、历史、政治—意识形态和产业的语境",因为其导演生涯"几乎跨越了现代中国史上的动荡时期",是"文革时期少数几个被准许拍电影的人之一",由于其"自我身份和策略选择"在时代顺序上表现出与社会语境各要素的互动,谢晋电影的风格因此被概括为"政治—历史的现实主义"②。

马兰清(Gina Marchetti)围绕《舞台姐妹》的探讨是这一研究的典型例子。

谢晋的《舞台姐妹》以1949年为分水岭,拍摄从20世纪30年代到50年代的人物命运,覆盖了中国现代史上两个主要政党的政权更迭。马兰清首先对影片中1949年前后两个历史时期进行语境解读。对于影片再现的1949年前旧社会演艺界实况,马兰清专注于越剧行业的黑暗,补叙"走码头的戏班里,年轻男孩出演女性角色并且被当作同性娈童。女演员也常常被充作娼妓"③的事件,

① Chris Berry, "Xie Jin as Auteur", in *Vernacular Modernity*, *National Identity*, *and Cultural Politics of Melodrama*: *A Tribute to Director Xie Jin—Shanghai International Film Forum*, 2009.

② Seio Nakajima, "A Sociological Analysis of Xie Jin as Cinema Auteur", in *Shanghai International Film Forum*, 2009.

③ Gina Marchetti, "Two Stage Sisters: The Blossoming of a Revolutionary Aesthetics", *Jump Cut*, No.34(March 1989). p.96.

将月红唱堂会时险些受辱的情节放大，又援引越剧演员的回忆录，强调戏曲班子被侮辱、被损害的氛围和窘境。

马兰清虽然同情《舞台姐妹》所展示的1949年前艺人的困顿命运，认为其真实地反映了中国特定的历史阶段，但并不认为"舞台姐妹"在1949年后接近新民主主义和社会主义思想是因为前一阶段受到的压迫所致，转而借助意识形态国家机器的理论，将影片1949年后的人物命运归因于政治宣传功能，断言《舞台姐妹》是毛泽东个人意愿在艺术和文化社会事件中的又一次显现。①

谢晋导演曾在创作谈中对《舞台姐妹》解释说，这部电影并非典型的"毛时代电影"，尽管导演屈从于当时的政治压力而增加了"传声筒"色彩，但片中主要人物竺春花，其心理动因更多地源自于历史本身，源自于角色自然产生的反抗意识，符合当时的历史情境。而事实上，《舞台姐妹》几经波折，不断修改的命运，恰恰呈现出影片与当时主流意识形态之间的多重对话关系。当然，在当时艺术家的个体自由与"组织讨论"（谢晋语）相互博弈的过程中，导演始终处于弱势，这也是无法忽视的。

2."情节剧"研究

谢晋的作品在中国电影界被笼统冠以"国产彩色故事片"的称呼，而海外研究者则常常借用"情节剧"概念加以命名，而这一命名俨然已经成为海外学者进入谢晋电影的基本共识。几乎每一位使用"情节剧"方法的海外学者，都会提及彼得·布鲁克斯的《情节剧想象》，这显然是他们共同沿袭的方法论基础。②有学者"认为谢晋电影同时吸收了好莱坞和中国情节剧的养分"，而且"似乎找到了解决精神创伤的办法"。③当然，海外学者充分意识到，对谢晋电影直接

---

① Gina Marchetti, "Two Stage Sisters: The Blossoming of a Revolutionary Aesthetics", *Jump Cut*, No.34(March 1989). p.103.

② Peter Brooks, *The Melodrama Imagination*, New Haven: Yale University Press, 1976.

③ Wang Ban, "Trauma and History in Chinese Film", in *Modern Chinese Literature and Culture* (Spring, 1999), pp.125-234.

套用"情节剧"理论,未必适当,因此希望细化,进而尝试"理论观念的文化平移"。尼克·布朗(Nick Browne)特别指明谢晋电影和欧美情节剧不尽相同,更确切的概括应该是"政治情节剧",代表作如《天云山传奇》《牧马人》《芙蓉镇》等,这些影片"密切关注右派形象及其罪行的性质和处罚,关注历史为之平反的过程"①。卡普兰(Kaplan)对是否能够顺利使用"情节剧"理论研究中国电影也有类似的疑惑,因为欧美情节剧产生于18世纪,使用这一方法对中国电影进行跨文化研究可能会造成"海外研究者的立场陷落于想象的他者中"。她在考察中国当代电影的生产环境之后,认为中国还没有构成产生情节剧的社会土壤。②

当谢晋电影被共识性地认定为"根据复杂的政治主题而创造的悲剧情节剧"③时,影片中的人物通常被抽去社会主体性,成为个性被压抑、自我被异化的政治符号,关于女性形象的读解尤其如此。在西方传统的"情节剧"理论视域中,女性形象被视为构成罗曼蒂克戏剧化的主要因素,但"情节剧"理论政治化之后,其模型发生改变,具体用到谢晋电影中的女主角身上,情节分析让位于政治暗示。

关于谢晋的《天云山传奇》,海外学者认为该片虽然在形式上使用了经典的情节剧模式,实际上却是服务于中国自1979年开始的改革开放政策。片中的女性命运与当时的政治主导话语构成"共谋"关系。卡普兰认为,尽管1979年完成的《天云山传奇》已经突破了中国电影中常见的"宣传"样式,却仍然没有达到情节剧的叙事程度。影片把女性的"幸福"依附在为国家效忠的工作上,"忽

① Nick Browne, "Society and Subjectivity: On the Political Economy of Chinese Melodrama", *New Chinese Cinema: Forms, Identities, Politics*. Cambridge University Press, 1994, p.41, p.47.

② E. A. Kaplan, "Melodrama/Subjectivity/Ideology: West Melodrama Theories and Their Relevance to Recent Chinese Cinema", *Melodrama and Asian Cinema*, (ed.) Wimal Dissanayake, New York: Cambridge University Press, 1993, p.9.

③ Jerry W. Carlson, "History, Characterization, and Narrative Patterning in Two Films of Xie Jin", in *Shanghai International Film Forum*, 2009.

视并低估了女性的主体性和性欲"，"女性把国家当作她的欲望的对象或者把性欲置换成为国家工作"①。冯晴岚对罗群的爱与奉献，不再是感人的浪漫情感，反倒成为女性主体性缺失的证明。

在情节剧方法论下受到主体性质疑的女性角色还包括谢晋的《芙蓉镇》。"情节剧的情节催人泪下，妇女们看起来是尤其有力的女性角色……然而他（谢晋）的女强人只有在和另一个更为强大的男性为伍时才能抵达成功。"在基普尼斯（Kipnis）有关《芙蓉镇》的研究中，胡玉音的"文革"悲剧被归罪于当时的"毛主义"（Maoist），而这个"毛时代"的牺牲品，在邓主义（Dengist）的领导下，获得了完整的家庭，个体生意重新开张。因此，《芙蓉镇》的女性形象塑造不仅在于拒绝毛主义的"性/性别/亲缘"规定，而且是为了帮助植根于当时已经在中国占据优势的完美的邓主义"性/性别/亲缘"②。在政治化的情节剧方法观照下，国家的时代政治变更成为步步对应女性命运的直接诠释。

3. 中国传统文化解码研究

使用中国传统文化符码来解读中国电影作品的海外研究者，其身份属性都带有华人或者华裔背景。一方面，中国电影中的传统文化元素对他们自身的文化成长经历构成意义的召唤；另一方面，在惯用的西方理论话语类型之外开掘中国电影文本意蕴结构的冲动，促使他们假道中国传统文化模式。比如，华裔学者丘静美把道家观念引入对《黄土地》的解读，以此来分析该影像文本为什么存在不能顺应西方理论理解的现象；而王跃进也曾引入"阴阳"等中国理念对西方的相关概念进行修正，对《红高粱》进行中国语境下的重新阐释。③

---

① E. A. Kaplan，"Melodrama/Subjectivity/Ideology：West Melodrama Theories and Their Relevance to Recent Chinese Cinema"，*Melodrama and Asian Cinema*，（ed.）Wimal Dissanayake，p.15，p.16，p.17.

② A.Kipnis，"Anti-Maoist Gender：Hibiscus Town's Naturalization of a Dengist Sex/Gender/Kinship System"，*Asian Cinema*（*Winter*，1996-1997），pp.66-75.

③ 转引自张英进《影像中国》，上海三联书店 2008 年版，第 145、166 页。

谢晋的艺术历程深受传统戏曲影响,是中国传统文化浸润而生的"最后一个大师"①。导演自述与相关研究数量丰赡,即便是初涉谢晋研究领域的海外学者,对此也有基本的前提性认知。②

在海外学者的相关研究中,阴阳概念曾被反复应用。中国古代的"阴阳"分野和中国当代政治格局中的"左右"派别被对应起来。马宁(Ma Ning)认为,中国情节剧电影的空间呈现以及空间中人物身份的布局方法,皆源自中国戏曲艺术中的场面调度,而后者又"受到中国古代阴阳学说的深刻影响"③。具体到谢晋拍摄的政治抒情剧影片,银幕上的左边是阴/反面人物,右边是阳/正面人物。而"中国传统舞台布局有阴阳之分……面向观众时,男性角色被安排在女性角色左边,从而男女演员的阴阳和舞台布局的阴阳构成平衡。从观众角度看,男性角色出现在女性角色右边。他们一同构成阴阳的结合"。马宁采用阴阳学说界定戏曲舞台人物站位排序,其目的在于分析谢晋电影作品中的人物与空间的关系。马宁由此推论说:"尽管银幕上人物的空间关系比舞台上的复杂得多,但是中国的电影制作者仍然经常采用舞台惯例,特别是那些具有戏剧背景的电影人。通常,银幕的右边与阳/正面价值相联系而左边与阴/负面价值相联系。"④可见,"这些表述依赖的是公共机构、传统、习俗,是为了达到某种理解效果而普遍认同的理解代码"⑤,从而以平移方式完成从中国古代戏曲到当代电影的全面置换。

以阴阳学说解读谢晋电影的两两对应结构,已经有批评者指出其中的不足,因为"某些结论显得过于整齐,还需要进一步的佐证,以证实它们的真实性"⑥。

①　陈犀禾《最后一个大师——论谢晋电影的政治意识、女性形象和叙事风格》,载《当代电影》2004年第1期。

②　Brittany M. Wellner, "Theatricality, Xie Jin and the Making of the post-Mao Chinese Audience", in *Shanghai International Film Forum*, 2009.

③④　Ma Ning, "Spatiality and Subjectivity in Xie Jin's Film Melodrama of the New Period", in *New Chinese Cinema: Forms, Identities, Politics*, Cambridge: Cambridge University Press, 1994, p.20.

⑤　Edward W.Said, *Orientalism*, New York: A Division of Randon House, 1979, p.22.

⑥　张英进《影像中国》,第73页。

其实，仅以戏曲舞台男女站位直接推演出电影画面的性别/价值的布局，这样的演绎缺乏对两种完全不同的艺术媒介作出必要的铺垫说明，并不像 80 年代中国电影"影戏说"理论那样侧重于从多重关系中总结归纳出中国电影与戏曲传统的逻辑关联。①

二、东方主义症候

萨伊德曾指出，社会—文化批评意味着"社会和文艺文化只能放在一起来研究"②，应该具有逻辑上的连贯性。采用社会—文化研究的海外学者面对谢晋电影有关新/旧中国影像的叙述，却由于价值立场的双重标准导致方法论运用上的裂隙。事实上，谢晋电影的"影像真实"并不意味着可以直接转化为呈现"真实中国"的历史教科书，不应该沿用西方固有的思维对中国当代史进行观照，以意识形态化的时代标签切分谢晋电影。

海外有研究者把谢晋电影置于中国前/后"文革"时期的特殊背景，多方证明其对主流政治的迎合态度和宣传功效，就此展开对中国政治生态的批评。甚而在进入研究对象之前，采用类似宣言式的"注释/Notes"，着意说明与中国彼时政治立场的对立。这些宣言与正文中关于谢晋电影的分析不构成真实意义上的互文关系，所采用的历史描述、名词概括以及语言修辞，溢出了文本分析的范围，接近西方主流媒体的宣导。③

政治维度作为社会文化研究的题中之义，不需要刻意回避。然而，如果研究者不是按照对象文本所能容纳的学理空间进行分析，而是有违相关的研究范

---

① 陈犀禾《论"影戏"》；钟大丰：《论影戏——初期中国的电影观念及其银幕体现》，载《北京电影学院学报》1985 年第 2 期。

② Edward W.Said，*Orientalism*，New York：A Division of Randon House，1979，p.27.

③ Ma Ning，"Symbolic Representation and Symbolic Violence"，in *Melodrama and Asian Cinema*，(ed.) Wimal Dissanayake，pp.56-57.

式,强调意识形态差异,其分享政治热点和凝聚公众注意力的意图已经不限于解读中国电影本身。一旦研究掣肘于意识形态,就很难不暴露出方法论上的逻辑矛盾,尤其在分析电影文本细节时,其主观选择性摇摆于突出强调或刻意忽略之间,显示出难以弥合的方法论矛盾。

就《舞台姐妹》的创作意图而言,影像呈现之所以"大部分是旧社会",一是要用"悲剧因素"反映旧社会戏曲艺人地位低下,对这些苦难的展示也婉转回答了竺春花为什么乐于接受进步思想的动员;二是为新社会提供"振奋"的精神,最重要的是其中包括了对"斗争"必然发生的历史动力的解释。①马兰清忽略上述情节中所蕴含的有关阶级反抗的必然动力的描述以及相应的政治批判指向,只接受影片前半部分即 1949 年前的叙事现实性,排斥后半部分包含的人物思想改变的动因。换言之,中国政党革命的意识形态内容被忽略,一旦涉及中国新民主主义和社会主义革命,研究者的政治批判意识却"一键恢复",把《舞台姐妹》定性为又一个"毛思想"宣传站。这与谢晋电影作品中的政治元素在海外被过度重视有关。当政党批判成为海外学者理解中国电影的中心坐标,谢晋及其作品首当其冲地受到了海外学者随之而来的政治附会。谢晋往往被视为"毛时代的电影人,是环境的产物,即便不是全然由政治塑形,也是敏锐感知(并常常接受)党和产业的指令"②。

雷恩斯(Raynes)一方面承认《舞台姐妹》是谢晋最出色的电影,但在介绍这部电影时,却有意突出电影拍摄年代的政治格局,在叙述影片情节前非常突兀地插入一句:"他在 1964 年拍出了自己最好的电影,就在刘少奇对毛取得压倒性优势的全盛时期:《舞台姐妹》自传性地记录了一个流动戏班在浙江以及 20世纪 40 年代以后在上海戏院重建的经历。"③论述的上下文关系间出现了文本

---

① 谢晋《我对导演艺术的追求》,中国电影出版社 1998 年版,第 56 页。

② Greg Lewis, "Xie Jin and Chinese Film Culture: the Formative Period, 1954-1965", in *Shanghai International Film Forum*, 2009.

③ Tony Rayns, "Let a Hundred Flowers ... the career of Xie Jin", *Monthly Film Bulletin*(July, 1988), pp.196-197.

裂隙和意义跨越,显然与学理训练无关。

与此同时,谢晋电影的海外旅行也受到"意在文外"的关注。如某些海外评论曾一度放大《芙蓉镇》影片本土版与海外版的差异——客观上承认《芙蓉镇》海外删减版是出于"缩短放映时间"等实际原因,主观方面却又坚称导演此举是为了"减轻电影的政治刺激性"。比如针对谷燕山在手术室外等候胡玉音剖腹产、闪回建国前战争场面那场戏。导演曾指出,将两组镜头组接成一个段落,包含了多层次的隐喻象征。"战争年代(谷燕山)为新中国流过血""胡玉音分娩的血""中国人民一百多年来受帝国主义列强欺压不知流了多少血",所以"流血镜头的寓意和给人的启示是很多的"①。遗憾的是,导演的创作自白没有被海外学者采信。雷恩斯虽然也理解到这一连串镜头所使用的快速交叉剪接(rapid crosscutting)和覆加声音(overlaid sound)在胡玉音困厄中产子与"新中国"艰难诞生这两者之间建立了清晰的蒙太奇式关联,却又特意指出这个段落的删除不是为了缩短时长,而是担心国外的观看效果。雷恩斯确信:"至少有一处剪切(谷燕山在胡玉音产下新生儿时的闪回)是出于担心争议性场景会在国外引起嘲笑。"

为什么新生儿呱呱坠地与新中国诞生这两个场景引发的相互关联的隐喻影像可能引发海外观众的"嘲笑"?按照亚里士多德《诗学》的逻辑划分,引起嘲笑的艺术作品属于喜剧类型,而喜剧摹仿的人物则是"比一般人更低劣的"②。但是《芙蓉镇》闪回段落中的人物谷燕山和胡玉音都是悲剧形象,导演的情感也蕴涵着悲剧色彩:谷燕山战场上负伤,"文革"时期内心受创,他冀望于曾经造就国家政权的军队力量。③因此,谢晋指出"影片中拍摄的部队医院是带象征性

---

① 谢晋《我对导演艺术的追求》,中国电影出版社 1998 年版,第 198 页。

② Aristotle, *On the Art of the Poetry*, trans. I. Bywater, Oxford: Oxford at the Clarendon Press, 1909, Chapter V, p.1449b.

③ 值得注意的是,谷燕山的愿望其实就是"文革"得以结束的真实力量之一。出版于 1981 的小说《芙蓉镇》和拍摄于 1987 年的同名电影,都是在该历史事件已然结束的前提下回顾历史。

的"①,军医拯救胡玉音母子生命时没有顾虑到阶级成分,这与《芙蓉镇》上仅仅因为胡玉音是富农分子就剥夺她的再婚权利构成对比;另外,"非常漂亮的"以至于"带着象征意味"的女军医采用先进的剖腹产医术保护新生命的诞生,和中国社会在80年代所亟须的科技现代化诉求相互应和。以上诸种解说都不可能归入喜剧类型,更无从引发"嘲笑"。

关于胡玉音产子的象征意义,基普尼斯另有一种阐释。他认为"只有坚定的反毛主义者胡(玉音)秦(书田)才能生出儿子",而"毛主义导致(谷燕山)阳痿,(胡玉音和桂桂)不能怀孕,(李国香和王秋赦)没有生儿育女的愿望,或者(黎满庚和妻子)只有女孩"。②显然,某些海外学者的具体研究已经偏离了西方语境中的技术主义路线,以时代阶段论把中国复杂的政治历史进程机械地归结为少数代表人物的个人行为,对于影片中普通个体在各个历史阶段的心理变化与情感表现视而不见③,反映出其研究范式中的东方主义症候。

撷取中国传统文化模式来研究中国电影的方法在海外不止应用于谢晋作品,还有整体性的比如关于"中国电影理论与传统美学的关系"研究。④这种思路最早源于应对西方理论直接进行跨文化分析时所遭遇的质疑和困境。比如产生于西方艺术实践之上的理论方法能否有效地进入他者文化语境?占据西方话语权力中心并且自居掌控"认知的先进性"的西方批评者是否能够避免跨文化解读中的新的文化殖民主义危险?⑤

正如萨伊德在《东方学》中的洞见——东方往往先被描绘成一个遥远且奇异的他者形象。马宁在对谢晋电影的论述中,强调"在前现代时期,不同的政治

---

① 谢晋《我对导演艺术的追求》,中国电影出版社1998年版,第198页。

②③ A.Kipnis, "Anti-Maoist Gender: Hibiscus Town's Naturalization of a Dengist Sex/Gender/ Kinship System", *Asian Cinema*(Winter, 1996-1997), pp.66-75.

④ Lin Niantong, "A Study of the Theories of Chinese Cinema in the Relationship to Classical Aesthetics", *Modern Chinese literature*(Fall, 1985).

⑤ 张英进《影像中国》,第135—147页。

团体或帮派想方设法把对立的党派或组织认定为不道德,并把他们划为外人/非人"。句中表现出未加检省的本质主义倾向,用笼统的"前现代时期"化简中国历史,继而加入"非人"概念,随意挪用的空洞能指显得似是而非。继而,在化简中国历史、虚拟概括中国社会的整体偏差下,论及中国当代现实:"在当代中国,虽然伦理政治准则可能有别于传统中国社会,特别是儒家和共产主义的元素结合不同,但政治运作仍然非常相似。"从传统到当代,偌大的历史跨度在西方熟知的中国文化符号的简单勾连中完成了从论据到论点的直接飞跃。

马宁还在具体分析谢晋电影之外对中国社会现实进行了超文本批判,这在学理谨严、规范至上的西方批评场域中是少见的,因为电影批评要遵从基本的影像逻辑和现实逻辑之间既依存又分立的双重前提,在从文本影像分析过渡到现实社会批判的环节中,必须注意指涉对象之间的确实相关性。马宁在研究谢晋电影空间性问题时举例说:"在与非集团内的客户进行经济交易时,中国商人会使用欺诈或其他诡计使利润最大化。类似的剥削关系广泛地应用在经济和政治领域中的外人身上。"①被贴上"欺诈""诡计"标签的"中国商人"首先是一个本质主义的、没有具体所指的整体性概念的概括,缺少必要的区分和限定;其次这个关于"中国商人"的例证与后文的谢晋电影影像解读不存在明确的逻辑关联,与文内涉及的电影文本没有互证。

造成这种突兀的深层动因显然与东方主义的潜意识不谋而合,类似的贬抑也曾出现在西方学者对阿拉伯社会的攻击中——"在阿拉伯社会,'重要的只是结果','为了达到目的可以不择手段'"②。对"阿拉伯社会"的曲解与对"中国商人"的指摘,在间隔数十年后还是如此的相似。不是用平等尊重的态度来对待东方,而是预先站在既定的出发点上,用西方关于东方的具有东方主义症候的

---

① Ma Ning, "Spatiality and Subjectivity in Xie Jin's Film Melodrama of the New Period", in *New Chinese Cinema: Forms, Identities, Politics*, Cambridge: Cambridge University Press, 1994, pp.16-18.

② Edward W.Said, *Orientalism*, New York: A Division of Randon House, 1979, p.48.

理论来描述现实世界和艺术作品中东方人的行为——"东方是非理性的,堕落的,幼稚的,'不正常的'"①。作为一位文化反省者,萨伊德洞穿了这一文化事实:西方在描述东方时往往相似,西方学者集体地形成同类观点,并把这个观点发展成为关于东方的普遍知识类型和研究方式。李陀在对西方中心主义的电影批评的建议中提出,海外学者"不仅要注意中国的电影文本,同时还要注意中国的学者怎样理解这些文本"②。

三、视点选择的权力

海外英语学界关于谢晋电影的研究起于上世纪 70 年代初期,迄今已经三十余年。在这些研究中,海外学者在选择文本对象时表现出趋同性,集中关注那些突出表现中国当代历史政治/政党主题的电影,围绕《天云山传奇》《牧马人》《芙蓉镇》《舞台姐妹》《红色娘子军》的研究数量最多。相反,谢晋电影中那些淡化政治、长于审美抒情的作品却少见海外反馈。比如儿童视角的《啊! 摇篮》在完成时间上接近《天云山传奇》,国内赞誉很高,却没有引起海外学者的兴趣。特别是谢晋导演在 1990 年前后拍摄的《最后的贵族》《清凉寺钟声》及《鸦片战争》,都不曾激起海外学者的阐释热情。这其实表明谢晋电影在海外学者的研究视野中并不是作为艺术创作整体存在,说明谢晋电影被选为研究对象并不是因为谢晋本人的创作水准或艺术趣味,而是因为部分谢晋电影中涉及的现实政治主题重合了西方对当代中国的热点兴趣,适合海外学者在解读影像中再造"影像中国"。

较早出现的谢晋电影研究局限于作品目录的索引,出版于 1972 年的《电影:中国电影及电影观众报告》转引法国学界资料,提要性地介绍了 1955—1964 年

---

① Edward W.Said, *Orientalism*, New York: A Division of Randon House, 1979, p.49.

② George S.Semsel, *Film in Contemporary China*, New York: Praeger, 1993, p.xi.

谢晋电影作品①。书中没有分析具体电影文本,仅以引文方式完成了对谢晋电影作品的评介,重点仍在于谢晋电影的政治影响。报告转述《舞台姐妹》"饱受谴责",《大李老李和小李》是"毒草电影",因为电影设计的"笑点激起了劳动大众的普遍不满"②。书中援引的批评观点来自"文革"期间中国官方电影期刊,如《大众电影》等对谢晋电影进行的批评。③在纪录式的文献准备阶段,海外学者并不清楚批判的真实指涉,直接引用大字报式的批判话语。

1987年英语学界出版了研究文集《中国电影:新中国艺术形态》,包含编者桑塞尔对谢晋的面对面访谈,书中采纳中国电影界的代际划分说法,把谢晋介绍为"最杰出的中国第三代导演",并且收录了中国年轻一代对"谢晋模式"的批评。④相较于70年代西方学者对于谢晋电影及相关批评的隔膜,这一时期英语学界撰写的中国电影史专著,如《中国电影:1949年后的文化与政治》对谢晋电影做出了更为广泛的评介,表现出返回中国真实政治历史语境中理解谢晋电影的意图。同样谈及《舞台姐妹》《大李老李和小李》,书中具体援引1961年《人民日报》相关文章,说明谢晋电影在当时受批评,其实是与夏衍艺术路线的实施有隐蔽关联⑤,再度证明谢晋电影的政治影响。除了著作类成果外,还有侧重呈现谢晋创作经历的综述文章《百花齐放》,以及着意谢晋主要作品整体研究的访谈辑录。⑥

---

① 这一现象巧合了德国东方学研究的某种状况。"What German Oriental scholarship did was to refine and elaborate techniques whose application was to texts, myths, ideas, and languages almost literally gathered from the Orient by imperial Britain and France." Edward W. Said, *Orientalism*, p.19.

② Jay Leyda, *Dianying* (*Electric Shadows*): *An Account of Films and the Film Audience in China*, Cambridge, Mass.: MIT Press, 1972, p.358.其所摘引的谢晋电影资料来源于 Régis Bergon, "Le Cinéma Chinois", *Cinéma 64* (Paris), May 1964. The Great Cultural Revolution in China, documents compiled by the Asia Research Centre(Rutland, Vermont, and Tokyo: Charles E.Tuttle, 1968).

③ 李道新《中国电影批评史 1897—2000》,中国电影出版社 2005 年版,第 361—362 页。

④ George S. Semsel, *Chinese Film*: *The State of the Art in the People's Republic*, New York: Praeger, 1987, pp.107-115, pp.182-183.

⑤ Paul Clark, *Chinese Cinema*: *Culture and Politics since 1949*, New York: Cambridge University Press, 1987, pp.64-65.

⑥ Da Huo'er, "Interview with Xie Jin", *Jump Cut*, No.34(March, 1989), pp.107-109.

这一时期还有单篇论文具体解读谢晋电影作品,比如从社会文化批评入手的《舞台姐妹:革命美学的高潮》等。

90 年代,海外谢晋电影研究出现新的变化。1993 年出版的《情节剧与亚洲电影》,1994 年出版的《中国新电影:形式、身份、政治》,收入了多篇以谢晋电影为研究对象、使用"情节剧"理论加以解读的论文,表现出海外学者有意使用西方理论进行跨文化分析的趋势。另外,性别理论也被应用于谢晋电影研究,其中《反毛主义性别:〈芙蓉镇〉移植邓时代的性/性别/亲缘系统》就是比较典型的一文。与 80 年代相似的是,这一时期研究的文本对象仍然集中于谢晋 80 年代的电影作品,90 年代的谢晋新作没有成为新的研究对象。研究中仍然沿用"毛时代(毛主义)""邓时代"等社会政治名词来阐释,导致电影中的人物角色只被当成表现中国社会政治变化的各种符号,他们作为"个体的人"的真情实感一再被忽略。

21 世纪前后,对谢晋电影的关注仍就把其作为回应中国现实事件的方式。比如报刊上对《鸦片战争》与香港回归相关联的报道①;2006 年出版的《银幕上的中国:电影与国家》也认为《鸦片战争》"标志了 1997 年香港回归中国",同时在电影时间表的对应栏里放入"邓小平辞世"。书中同时认为《鸦片战争》暗示出谢晋电影和新兴的第五代电影间的张力关系,是中国"史诗电影"被"大片"同化而趋消失的标志。②

自中国大陆学界的研究视角出发可以发现,英语学界谢晋电影研究呈现出的问题(有文化上的误读,有遮蔽后的挪用,有因为不同的意识形态语境所造成的前理解差异)的主要原因在于,西方学者不同程度地受到东方主义症候的影响,某些海外谢晋电影研究者在论述过程中存在断裂和矛盾的现象,这导致了

---

① "The Opium War", *Variety*(New York),2nd June,1997.

② Chris Berry, *China on Screen:Cinema and Nation*,New York:Columbia University Press,2006,p.232,p.211.

在构建"影像中国"时的想象性偏差。对谢晋电影的海外研究成果进行症候式阅读,指明误读和偏差的具体所在,指出潜隐其中的东方主义成分,并进一步分析其形成动因,目的就是以谢晋电影的海外研究为个案,在理论对话层面上进行文化还原工作。这或许是对海外学界构建"影像中国"进行回应和修正的必要之举,也或许可以作为构建海内外学术研究平等对话的前提之一。

原载《文艺研究》2010 年第 7 期

叙事学视阈下的西王母神话传说

张　勤

西王母的出现一方面源于与人类早期对于时空的先验性感知能力,另一方面也与早期人类在特定生存空间下的生存经验密不可分。二者使得西王母形象中既包含了神性的因素,又带上了人性的色彩。进入殷周时期,随着商、周二代与旧居泾渭流域的西部各族,包括亦已西迁的羌戎等部族之间在宗教信仰、政治制度、经济结构等方面的交流与融合,尤其是西周武王至成、康以来的,以"封建亲戚,以蕃屏周"(《左传·僖公二十四年》)为目的的"封建"制的出现,"纳上下于道德而合天子诸侯卿大夫士庶民以成一道德团体"①的姬周政治制度的确立,西王母走向了人神分离的历史轨迹。《山海经》中西王母无论身处"昆仑山",还是身旁有"建木",它们都是人间与神界的自由交往的代表,正所谓"凉风之山,登之不死。或上倍之,是谓悬圃……登之乃神"。但是到了原始社会末期,上古神话中人神合一的蛮荒色彩随着人认知能力的发展逐渐减退。表现在文学作品中,就是神话中神祇的形象由兽形逐渐向人兽合一,继而向人形的渐次演变。尤其是周代商之后,天佑君德思想的出现,同时出于维护天子的权威以及宗法、嫡庶等新制度稳定的需要,西王母神话出现了"人王化""世俗化"的

---

① 王国维《殷周制度论》,《观堂集林》第二册,中华书局 1984 年版,第 454 页。

萌芽,这为战国、两汉以及魏晋时期,西王母形象的仙化与道教化奠定了基础。随着西王母形象的演变,有关西王母神话传说的叙事作品从叙事形象、叙事角度、叙事结构等方面发生着改变,这种衍变发生在从古籍文献到民间传说中的西王母之形象生成的过程中。

一、先秦时期西王母形象的人王化演变

公元一千余年前的武王伐纣,源自姜戎部族的姬周取代殷商获得了对中原地区的统治权。"事鬼神""求占卜"神巫之风随着政权的更迭逐渐消亡,取而代之的是以祖先、礼乐为主体的宗庙文化的"天命"思想,这些发生在思想上、制度上的改变促使了以神巫文化为其主体特征的西王母神话向历史化和世俗化为主要特征的西王母传说的转变。

葛兆光曾经指出,构成殷人观念系统之一的是"殷商时代人心目中神秘力量的秩序化"①,代表这个神秘力量的首先是"帝"。关于"帝"的特征,葛兆光提出:"'帝'的语源意义是生育万物,很可能以'帝'这个字来表示声援万物的'天'……'帝'渐渐有了诸神之神的权威意义……而他又似乎高高在上,不享受生物或奴隶的牺牲,不受人间的祭祀,与先公先王先祖也没有血缘上的联系,它是一种超越了社会与人间的自然之神。"②除了"帝"之外,在甲骨卜辞中的"神鬼"也是殷人观念系统中重要组成部分。葛兆光指出,其秩序结构首先与人类早期的天地四方观念有关。③ 西王母的日、月二神的神祇特征即源于此。但是,周人代商,这个原本借助"巫"可以触及的"帝"被放到了天上,成为"天帝"。"帝"地位的上升割裂了人与神之间的直接联系,同时"亦惟纯佑秉德,迪知天

---

① 葛兆光《中国思想史》第一卷《七世纪前中国的知识、思想与信仰世界》,复旦大学出版社 2010 年版,第 20 页。

②③ 同上,第 21 页。

威"(《尚书·君奭》),"王其德之用,祈天永命"(《尚书·召诰》)等一系列天佑德君的统治理论,不但让周人的祖先成为人与神之间沟通的桥梁,而且在位的周天子也成为唯一能通达神灵之人。正是在周人这种"其惟王位在德元"(《尚书·召诰》)的天命观的影响下,"豹尾虎齿"及"善啸"的西王母逐渐从蛮荒的神巫环境中脱离出来,进入了周人以"天德"为核心的政治秩序中,成为圣王明君敷施德政、"自作元命,配享在下"(《尚书·吕刑》)的标志。因此就有了"禹学于西王母"、"尧封独山,西见王母"、黄帝时"西王母乘白鹿来献白环"等文学作品中的西王母。此时的西王母俨然已经成为帝王德行、明政的见证人。从这个角度来分析《穆传》中周穆王西见王母、王母东归拜见穆王的情节,极有可能是史官对周天子的溢美之词。

章学诚曾言:"史所贵者,义也;而所具者,事也;所凭者,文也。"[1]"义""事"和"文"成为史传文学三个重要组成部分。"史传的核心和灵魂或许是'义',但它首先是一个由'文'构筑的'事'的世界,一个叙述出来的世界。"[2]尽管有关西王母记载的作品不能称为史传文学,但是作为一个叙述出的世界,在西王母叙事作品中,同样存在一个"义""事"与"文"共同构筑的话语系统。而西王母叙事作品中"义"之所在,即王母所佩之"胜"。"戴胜"是西王母由"神巫"系统进入"人王"系统最鲜明的标识。有关西王母"戴胜"的记载,除了《山海经·西山经》《海内北经》《大荒西经》《穆天子传》《西王母传》等以外,还见于《淮南子》《汉书》《博物志》等先秦与魏晋南北朝时期诸子散文、作家辞赋作品以及杂史杂传等小说中。

> 西老折胜,黄神啸吟。[3]
>
> 　　　　　　　　　　　　　　　　　　　《淮南子·览冥训》

---

[1] 章学诚《文史通义》卷三,上海书店 1988 年版,第 63 页。
[2] 罗书华《中国叙事之学:结构、历史与比较的维度》,中国社会科学出版社 2008 年版,第 124 页。
[3] 〔西汉〕刘安撰,〔东汉〕许慎注《淮南鸿烈解》卷六,四部丛刊景钞北宋本。

低徊阴山翔以纡曲兮，吾乃今日睹西王母。暠然白首戴胜而穴处兮，亦幸有三足乌为之使。①

《汉书·司马相如传第二十七下》

聘王母于银台兮，羞玉芝以疗饥；戴胜慭其既欢兮，又诮余才笑之行迟。②

张衡《思玄赋》

在上述有关于西王母"戴胜"的记载中，"胜"俨然已是西王母"王者"形象的象征。"胜"为何物？在前文中已指出，它是狩猎经济下的产物，常被羌戎古族首领或巫师所佩戴，大部分用羊角或鹿角制成。这既与以丰产为主要内容的巫术相关，也是权威的标志。汉文献中关于"戴胜"的记载也很多，其中以宋人罗愿撰《尔雅翼》的解释作为详细，其书《释鸟四》云：

戴鵀，似山鹊而尾短，青色，毛冠具有文采，如戴华胜，故呼戴鵀，又称戴胜。郭璞注《方言》曰："胜所以缠纴。"然则胜者，是后世所谓梭耳，又名戴南。《汉书》"南任也"。楚语之转又名戴鵠。鵠者鸠之族也。《后汉舆服志》曰："上古穴居而野处，衣毛而冒皮，未有制度。后世圣人易之，以丝麻观翚翟之文，荣草之色，乃染帛以效之，始作五采，成以为服。见鸟兽有冠角□胡之制，遂作冠冕缨蕤以为首饰。"盖胜者女之器，而戴鵀之来为蚕候，故妇人首饰象之。盖汉自太皇太后皇太后以下入庙之服，其簪以瑇瑁为擿，长一尺，端为华胜，盖取此也。胜亦法度之物。故《山海经》曰："西王母梯几而戴胜。"《淮南鸿烈》言"夏桀之时，西老折胜，黄神啸吟"。以为西王母折其头上之胜，为时无法度焉。③

根据《尔雅翼》中所言，"戴胜"既与鸟冠有关，又与女子善于纺织有联系。所以

---

① 《汉书》卷五十七下，清乾隆武英殿刻本。
② 〔南北朝〕萧统撰，〔唐〕李善等注《六臣注文选》卷十五，四部丛刊景宋本。
③ 〔宋〕罗愿《尔雅翼》卷十六，石云孙点校，黄山书社1991年版，第169—170页。

被为女子的头饰。这样佩饰除了装饰作用,更多地具有"女性"的性别功能。张华注《禽经》论及"戴胜"时云:"农事方起,此鸟飞鸣于桑间,云五谷可布种也。"①进入农耕时代以后,女性的职能以居家纺织为主,与纺织有关的事象随之也进入了与女性相关的叙述话语中。例如扬雄《元后诔》一文中云:"寅宾出日,东秩旸谷,鸣鸠拂羽,戴胜降桑,蚕于茧馆。躬筐执曲,帅导群妾,咸循蚕蔟,分茧理丝。"②女子善于纺织,遵照节令气候施行农事,成为规范女子行为的标准。此种衡量的准则首先来自于女性从事桑蚕纺织的职能分工。对于女性而言,除了"生育"功能之外,纺织便成其为性别特征的"自然"意义。这种意义是根据人们将家庭分工的观念置于家庭结构、成员组成等社会关系中形成的。"男耕女织"作为两性性别符号,正是在社会分工的辨别中获得的。"布谷"或"戴胜"作为桑树成熟、采摘桑叶的时间标志也一同进入了女性的性别功能组合中,成为女性,尤其是德行女子的品评标准。

从社会分工的角度看,"德"不但成为"戴胜"文化内涵的内容之一,同时也成为西王母文化系统的组成部分。而这种"德"的内容在《汉书》之《哀帝纪》《天文志》和《五行志》中又因西汉儒学由诸子思想学说向大一统中央集权下的法律制度和意识形态的转变,即儒学向儒术的过渡③,带上了"刑"与"力"的色彩。因此出现了汉哀帝建平四年,大旱,关中一带民众盛传西王母筹的情况。《汉书·哀帝纪》云:"母告百姓,佩此书者不死,不信我言,视于门枢下,当有白发。"于是"民相惊动,喧哗奔走",有的"持火上屋,击鼓号相恐",以至于"京师郡国聚会,里巷阡陌设祭,张博具,歌舞祠西王母"。"德"与"刑"的结合,使得西王母形象中带上了政治权威的象征内涵。《淮南子·览冥训》所言"夏桀之时,西老折胜,黄神啸吟","胜"已经成为德君、仁政的"规律化"的标识。

---

① 〔周〕师旷撰,〔东晋〕张华注《禽经》,宋百川学海本。
② 〔西汉〕扬雄撰,〔明〕郑朴编《扬子云集》卷六,清文渊阁四库全书。
③ 葛兆光《中国思想史》第一卷《七世纪前中国的知识、思想与信仰世界》,第254—256页。

　　早期人类混沌时空观下的西王母与狩猎经济下的图腾西王母,在统治阶级有意识的改造之下,由人兽合体的神巫形象逐步脱离蛮荒色彩,变成了人神合一的人王形象。既然"王者施行善政,则玉胜作为祥瑞而出现的意思。"①那么佩戴"胜"的西王母也成为仁君德行表征的一种抽象化符号,与之交往的帝王往往成为贤君明王的典范。这促使了西王母神话与远古传说时代中的帝王传说的结合。二者结合的典型叙事就是有关西王母授符于黄帝的传说。有关这个故事的记载在魏晋以后的文献中多有出现,如《太平御览·祥瑞部下》引用《龙鱼河图》曰:"《黄帝出军决》曰,帝伐蚩尤,乃睡梦,西王母遣道人,披狐之裘以符授之,曰太一在前,天一备后,河出符信,战即克矣。"②又《初学记》卷二十六"器物部":"《黄帝出军决》曰,黄帝伐蚩尤,未克。西王母遣人被玄狐之裘,以符授之。"③此外,《北堂书钞·衣冠部下》:"黄帝伐蚩尤,未克。睡梦,西王母令道人被狐裘,以符授之。"④《佩文韵府》云:"蚩尤吐雾,西王母授黄帝宝符,以克之。"⑤等文献中都有记述。在以上叙事中可以看出,使得西王母与黄帝两个神话叙事出现合流的原因之一就在于"德刑""德力"观念的出现。实际上,《穆传》中周穆王西巡见西王母的历史故事、西王母见尧献白玉管的传说等,都是借西王母形象来证明帝王天子的权威性,用一种看似史传记录的方式来承认与强调,原本作为一个政治文化不甚发达的西部边陲民族,姬周取代了文化上比自己更为文明的殷商,这个历史更迭的合理性。同时也是对西汉中央集权制下,王权的统一与权威的"承认"。因此,从历史的维度来看,"戴胜"之西王母是具有浓厚政治色彩的王权符号,它是西王母由神巫形象向人王形象转变的标志性特征。

---

① 〔日〕小南一郎《中国的神话传说与古小说》,孙昌武译,中华书局1993年版,第46页。
② 《艺文类聚》卷十九,清文渊阁四库全书本。
③ 〔唐〕徐坚《初学记》卷二十六,清光绪孔氏三十三万卷堂本。
④ 〔唐〕虞世南《北堂书钞》卷一百二十九,清文渊阁四库全书。
⑤ 〔清〕张玉书《佩文韵府》卷七十六,清文渊阁四库全书。

二、秦汉以来西王母道教化演变

如果说西王母"戴胜"是在两汉时期社会政治背景下王权的符号化呈现,那么西王母文化系统中的数字"七"的出现,则是神巫思想与阴阳学说在文学作品中的模式化表现。当中既有人类早期"死而复生"的神巫思想的痕迹,又包含着秦汉以来的贵族与民间盛行的神仙方术观念。

西王母故事与数字"七"发生关联,主要见于《汉武故事》《博物志》《汉武帝内传》等志怪小说和杂史。《汉武故事》,旧题为班固撰,始见于东晋葛洪《〈西京杂记〉跋》,后唐初长孙无忌等编纂《隋书》,在"史部旧事类"中言及此书二卷,但亦未收录全文。司马光《资治通鉴考异·考异卷第一》评之云:"《汉武故事》,语多诞妄,非班固书,盖后人为之,托固名耳。"①后人评述《汉武故事》时,亦认为其所载之时与《史记》《汉书》等出入,实为"妖妄之语"。②《汉武故事》记载了汉武帝从出生到葬于茂陵,一生中的各种逸闻传说。主要以汉武帝求仙访道内容为主。从全书大量与方士方术相关的叙述来看,成书时间应不早于魏晋。鲁迅先生在《古小说钩沉》中以《初学记》《艺文类聚》《太平御览》《北堂书钞》等类书和《汉书》《隋书》等史书中汉武生平记载为底本,对《汉武故事》进行了校勘与校注,是目前较为完备的本子。《汉武故事》中汉武帝七月七日约见西王母之事,据《古小说钩沉》辑录如下:

> 七月七日,上于承华殿斋,日正中,忽见有青鸟从西方来,集殿前。上问东方朔,朔对曰:"西王母暮必降尊像,上宜洒扫以待之。"上乃施帷帐,烧兜末香。兜渠国所献也。香如大豆,涂宫门,闻数百里;关中尝大疫,死者相系,烧此香,死者止。是夜漏七刻,空中无云,隐如雷声,竟天紫色。有

---

① 〔北宋〕司马光《资治通鉴考异》,四部丛刊景宋刻本。
② 〔清〕姚振宗《隋书经籍志考证》卷十六史部六,民国狮石山房丛书本。

顷，王母至，乘紫车，玉女夹驭，载七胜，履玄琼凤文之舄，青气如云，有二青鸟如乌，夹侍母旁。下车，上迎拜，延母坐，请不死。母曰："太上之药，有中华紫蜜、云山朱蜜、玉液金浆；其次药有五云之浆、风实云子、玄霜绛雪，上握兰园之金精，下摘圆丘之紫奈；帝滞情不遣，欲心尚多，不死之药，未可致也。"因出桃七枚，母自啖二枚，与帝五枚。帝留核着前。王母问曰："用此何为？"上曰："此桃美，欲种之。"母笑曰："此桃三千年一着子，非下土所植也。"留至五更，谈语世事，而不肯言鬼神，肃然便去。东方朔于朱鸟牖中窥母，母谓帝曰："此儿好作罪过，疏妄无赖，久被斥退，不得还天；然原心无恶，寻当得还。帝善遇之。"母既去，上惆怅良久。

后上杀诸道士妖妄者百余人。西王母遣使谓上曰："求仙信邪？欲见神人，而先杀戮，吾与帝绝矣。"又致三桃曰："食此可得极寿。"使至之日，东方朔死。上疑之，问使者，曰："朔是木帝精，为岁星，下游人中，以观天下，非陛下臣也。"上厚葬之。①

在上文的辑录中，"七月七日"与"桃"和"东方朔"等事象是构成了西王母汉武系列仙话传说的基本母题。这样的叙述还见于张华所撰《博物志》所记：

汉武帝好仙道，祭祀名山大泽，以求神仙之道。时西王母遣使乘白鹿告帝当来，乃供帐九华殿以待之。七月七日夜漏七刻，王母乘紫云车而至，于殿西南面东向。头上戴七种（胜），青气郁郁如云，有三青鸟如乌大使侍母。时设九灯微灯。帝东面西向，王母索七桃，大如弹丸，以五枚与帝，母食二枚。帝食桃辄以核着膝前，母曰："取此核将何为？"帝曰："此桃甘美，欲种之。"母笑曰："此桃三千年一生实。"唯帝与母对坐，其从者皆不得进。时东东方所窃从殿南厢朱鸟牖中窥母，母顾之谓帝曰："此窥牖之小儿，尝三来盗吾此桃。"帝乃大怪之，由此世人谓方朔神仙也。②

---

① 鲁迅校录《古小说钩沉》，齐鲁书社 1997 年版，第 222—223 页。
② 〔东晋〕张华《博物志》卷三，清指海本。

两则故事中的"七月七日"中以数字"七"为核心的叙事主题,实与更为久远的阴阳学说相关。

卡西尔认为,除了空间、时间以外,"数是决定神话世界结构的第三个重大形式主题"①。与纯概念性、抽象逻辑领域中的"数"不同,在人类早期的神话思维观中,以"七""五"等数字都是以"整体情感性"②为其鲜明特征。这里所言的"整体情感性",就是指神话中出现的每一个具有特殊意义的"数"都包含着人类在神话思维阶段的某种情感,这些情感往往以敬畏感为代表。"七"在闪米特人宗教中代表七种神灵,即日、月与五大行星的代表,成为"七星神",所以"七"在古巴比伦文化中表示"全"的概念。在基督教文化中,上帝用六天创造了宇宙,第七天休息,"安息日"就在第七天,这天是教众聚会,与神交流祷告的日子。基督教中还将《旧约圣经》中之前的七卷书成为"七经"。所以"七"在基督教文化中是一个圣数,有着神圣与权威的含义。此外,在伊斯兰教、佛教中都有与"七"相关的文化。如佛教中的"七佛""七地""七世父母"等,伊斯兰教"开斋节"上的七大赞词,《古兰经》中的七层天等。"七"在中国传统文化中是一个既与天文现象相关,又与儒道思想联系的神奇数字。首先在殷墟出土的甲骨文中已经出来了许多包含数字"七"的文辞,如"贞旬无 卜 七月"(00139 正.9,《甲骨文合集》)、"贞于生七月勿有酘伐"(00811 反.3,《甲骨文合集》)、"☑霁庚子蓺鸟星七月"(11500 正.2,《甲骨文合集》)等。

"七"的甲骨文中作"十",早期金文承袭早期甲骨文字形。晚期金文为了与"十"区别,作"七"。《甲骨文字典》释"七"云:"于横画中加一小竖,会切断横画之意。丁山谓十本象当中切断形,自借为七数专名,不得不加刀于七以为切断,专字。(《数名古谊》)……甲骨文七字横画较长,后因十字由‖渐为十,十二

---

① [德]恩斯特·卡西尔《神话思维》,黄龙保、周振选译,柯礼文校,中国社会科学出版社 1992 年版,第 158 页。

② 同上,第 160 页。

形易混,篆文七字乃弯曲竖画作 ⌐ 以与十区别。"①可见,"七"本义与"切断""分割"有关。"一"为混沌,加以竖线以"分割",则突出强调"差别"之意。作为一个数字,"七"在古人看来是需要切分极限数,故有"天七"的说法。何为"极限数",《周易·系辞上》云:"天一、地二,天三、地四,天五、地六,天七、地八、天九、地十。子曰:'夫《易》何为者也?夫《易》开物成务,冒天下之道,如斯而已者也。'是故圣人以通天下之志,以定天下之业,以断天下之疑。"②在孔子看来,数字是圣人用以开启物智,探察世间万物之用。故《系辞上》亦云:"天数五,地数五,五位相得而各有合。天数二十有五,地数三十,凡天地之数有五十有五。此所以成变化而行鬼神也。"③从一到十都是中国传统文化中的极限数:二、四、六、八、十为地数,一、三、五、七、九为天数,天地之数既有差别,又可以结合。天地之数相合实为阴、阳结合。阴阳相合,化生无穷,行变化之道。由此可见,"七"还包含"差别"与"合和"的意思。又《易·复卦第二十四》"☷"(震下坤上)卦云:"复,亨。出入无疾,朋来无咎,反复其道,七日来复,利有攸往。"《彖》曰:"复,亨。刚反动而以顺行,是以出入无疾,朋来无咎。反复其道,七日来复,天行也。利有攸往,刚长也。复,其见天地之心乎。"④卦象有六爻,一爻为一日,六日之后,即会反复。因此,"反复其道,七日来复。"实为万物运行之道,"七"实为"端""始"之义。故《汉书·律历志》云:"七者,天地四时人之始也。"《说文解字》卷十四云:"七,阳之正也。从一,微阴从中斜出也。"⑤在传统丧俗中"头七",就是说以七日为一期,给死者要进行七七四十九日的丧礼,死者灵魂才能安息,也才能进入循环之路。正如同"一"代表混沌一样,"七"在中国传统文化中还代表"周而

---

① 徐中舒主编《甲骨文字典》,四川辞书出版社 1998 年版,第 1530 页。
② 黄寿祺、张善文撰《周易译注》,上海古籍出版社 2000 年版,第 556 页。
③ 同上,第 549 页。
④ 同上,第 204—205 页。
⑤ 〔东汉〕许慎撰,〔清〕段玉裁注《说文解字注》,浙江古籍出版社 2006 年版,第 738 页。

复始""顺势而为"之意。

由以上"七"所包含的象征意义来看,西王母与汉武帝"七月七日"之约,实际上是西王母神话中原生神话之"死则又育"神巫思想与"七"所包含的"周而复始"的道家学说进行的合流。西王母"生死"观之"死亡"含义逐渐被数字"七"所代表的"周而复始"的道家思想所消释。随着道家思想逐渐向道教信仰的过渡,西王母和数字"七"中所包含的人类早期有关生死转换的辩证思想经过《博物志》《汉武故事》的增添,到了《汉武帝内传》中则被长生不老的神仙信仰所取代。

至七月七日,乃修除宫掖之内,设座殿上。以紫罗荐地,燔百和之香,张云锦之帐。然九光之灯,设玉门之枣,蒲桃之酒,躬监肴物,为天官之馔。帝乃盛服立于陛下,敕端门之内不得妄有窥者,内外寂谧静肃也,以俟云驾。至二唱之后,即二吏也。忽天西南如白云起,郁然直来,遥趋宫庭间。云中有箫鼓之声,人马之响,复半食顷,王母至也。县投殿前有似鸟集,或驾龙虎,或乘音乘狮子,或御白虎或骑白麐音麟,或控白鹤,或乘科车,群仙数万,光耀庭宇。既至从官不复所在,唯见王母乘紫云之辇,驾九色斑龙,别有五十天仙侧近鸾舆,皆身长一丈同执彩毛之节,金刚灵玺带天策,咸住殿前。王母唯扶二侍女上殿。侍女年可十六七,服青绫之袿,古号切裾也。上服容眸流眄,莫见切衰,祝也。作眄非神姿清发,真美人也。王母上殿东向坐,着黄锦袿□,上夹下蜀,无絮长襦也。文采鲜明。光仪淑穆,带灵飞大绶,腰分头之剑,头上大华结,上花下鬐,戴太真晨婴之冠,履玄璃凤文之舄,视之可年卅许。修短得中,天姿庵霭,云颜绝世,真灵人也下。[①]

同样是对七月七日的西王母与汉武帝相见场景的描绘,与《博物志》《汉武故事》相比,在关于王母以及侍女服饰、王母驾临时的情景等方面,《内传》的叙述手法细致,文辞更为富丽。处处彰显出神仙气息。一方面"青鸟"和"七月七

---

① 〔东汉〕班固《汉武帝内传》,明正统道藏本。

日"的叙述母题被保留到了《内传》中,这是西王母神巫文化中神话思维在道教传说中的延续;另一方面通过青鸟形象向侍女形象的衍变,对王母侍从、服饰等铺排夸张的叙述,十分鲜明地突出了道教信仰的宗教色彩,西王母也完全成为了道教化的女神。

《内传》全文叙述了汉武帝即位之后追求神仙之道,好长生不老术。西王母为其诚心所感,遣侍女王子登约见汉武帝的故事。全文篇幅较长,具有较为完整的故事情节。在人物形象塑造、环境和人物服饰的描述、人物语言等内容上都具有浓厚方术色彩和强烈的求仙意识。全篇以主客问答的人物对话为主体,着重通过人物对话来展现人物性格,在"亦真亦幻"与"恍惚不可方物"的叙述中将汉武之性格,民间求仙访道之风盛行等历史事实呈现于读者面前。正如胡应麟所言:"凡变异之谈,盛于六朝,然多是传录舛讹,未必尽设幻语。"①在西王母由神巫向神仙的衍变过程中,西王母神话与汉武帝笃好神仙方术的历史事实结合的目的,更多地是为道教信仰而服务。例如,在得知到汉武帝有强烈的求仙欲望的情况下,西王母告诫汉武帝,求仙必先修身,所谓"夫欲长生者,宜先取诸身",只有做到了"贱荣乐悲",才可能"耽虚味道"。西王母、上元夫人与汉武帝对话中提到的:"亘久孜孜,不泄精液,于是闭诸淫,养尔神,放诸奢,从至俭,勤斋戒,节饮食,绝五谷,去臭腥,鸣天鼓,饮玉浆,荡华池,叩金梁,按而行之,当有异尔。"②等内容都是道教"守一"的修行方法。在西王母传授的修行之道中,还包括许多仙药饵食之方。例如《内传》中多处谈及到"长生不老"之药,药名众多,包括"金瑛夹草,广山黄木,昌城玉蘂,夜山火玉"等。这当中既包含"金瑛夹草""广山黄木"等植物药物,还有"夜山火玉"等矿物质药物。西王母与上元夫人对话中谈及的"成丹半剂,石象散一具"等俱是道教方术"服食"的内容之一。

---

① 〔清〕胡应麟《少室山房笔丛·己部·二酉缀遗中》,明万历刻本。
② 〔东汉〕班固《汉武帝内传》,明正统道藏本。

作为一篇"故事性叙述"①的志怪小说,《内传》充斥着大量修身养性之术与仙药服食之方放的内容。这反映出汉末魏晋时期,西王母的"母养群品,天上天下,三界十方女子之登仙得到者咸所隶焉"②的道教女仙之宗的功能正式形成。至此,西王母故事完成了由神话向仙化,继而向道教化方向的转变。

在《博物志》《汉武故事》和《汉武帝内传》中,西王母与汉武帝交往的故事主要是为道教以服食、守一和符箓主体的方术思想服务。西王母与汉武帝并不是此类志怪小说的"要义"。但是到了两晋时期,由于文人的加入,西王母与汉武帝、仙人与帝君交往的母题被逐渐引入文学作品中,西王母与汉武帝成为成神女与凡间男子交往的原型,西王母传授汉武帝修行之道的叙述被男女情爱内容所取代。例如《续搜神记》卷五中所记的"何广遇参军女"的传说:

> 豫章人,年少未婚。至田舍,见一女子云:"我是何参军女,年十四而夭,为西王母所养,使与下土人交。"广与之缠绵。其日于席下得手巾,裹鸡舌香。其母取巾烧之,乃是火浣。③

这则传说延续了西王母与汉武帝叙述中的"女真降临"母题,同时又将帝王与西王母相会母题进行了改变,二者组合可以被视为中国民间故事"人神恋"类型的早期雏形。与屈原的《山鬼》相比,前者属于荆楚神巫文化的产物,而后者则更多地带上了道教色彩。

除了"人神恋"类型中以凡人形象以外,在西王母道教化衍化过程中,汉武帝形象逐步被"东王公"形象所取代。"东王公"亦名"东皇公",这是两汉时期"阴阳交会"的阴阳五行学说最典型的代表。作为中国传统哲学思想组成部分的阴阳学说,阴阳互补、阴阳结合,是此学说的核心。独阳不生,独阴不育,阴阳结合才能孳生万物,种族才能保持繁衍的持续性。因此,秦汉以来一直以独居

---

① 宁宗一主编《中国小说学通论》,安徽教育出版社 1995 年版,第 545 页。
② 〔北宋〕张君房《云笈七笺》一百一十四棠五《西王母传下位道》,四部丛刊景明正统道藏本。
③ 〔东晋〕陶潜《搜神后记》,明崇祯津逮秘书本。

状态出现的西王母,必然要配以一位男性神祇才能完成阴阳合育的使命。由早期人类混沌一体的时空观中走来的西王母,当其进入男女有别、夫妻纲常的阶级社会后,其与"日"(阳)的关系被割裂了,退而求其次成为"阴"的象征。从"祭日于东,祭月于西,以别内外,以端其位"的"礼"的思想开始,到《吴越春秋》中"立东郊立以祭阳,名曰东皇公。立西郊以祭阴,名曰西王母"的记述,西王母配偶神"东皇公"出现在史传、小说等作品中。《神异经·中荒经》云:"昆仑之山有铜柱焉……上有大鸟,名曰希有,南向张左翼覆东王公,右翼覆西王母。……西王母岁登翼会东王公也,其柱铭曰:'有鸟希有,碌赤煌煌,不鸣自食,左覆东王公,右覆西王母。王母既东,登之自通,阴阳相须,唯会益工。'"[①]这里的东王公与西王母俨然成为"阴阳交会"阴阳学说思想的具象化呈现。

从《竹书纪年》《穆传》中出现西王母与帝王相交的故事以来,西王母与尧、舜、禹等上古帝王往来成为帝王圣贤的标志,这是德佑天下"王道"思想对上古神话的"征用"。此时的西王母成为帝王政绩的"符码"。两汉以降,近世帝王(汉武帝)与西王母相交传说的出现,更多源于阴阳五行说、神仙思想的盛行。此时西王母与其说是一种政权统治的产物,不如说是一种社会思潮的标识。围绕着西王母与汉武帝相交出现的各种文本,其叙事的意指始终朝向人类对以"永生"为代表的生命指向的探索。这都与西王母神话中所具有的"死亡"与"重生"的原初神格有着不可分割的联系。

本文原为张勤《文化人类学视野下的西王母传说研究》之一章,学苑出版社2013年版

---

① 〔西汉〕东方朔撰,〔东晋〕张华注《神异经》,《笔记小说大观》第三编,台北新兴书局1983年版,第37—38页。

重申理论

市场经济与市场文艺

吴中杰

近年来文艺界有一句流行的歌词,叫做"跟着感觉走"。这大概是对过去过分强调理智性和目的性的一种反拨。的确,无论是创作和鉴赏,都重在艺术感受,找不到艺术感觉,就如北京人所说的"找不到'北'",那是无法从事艺术活动的。大约就因为此,过去人们把美学叫做感觉学。但文艺毕竟并不限于直感,正如别林斯基所说,创作是无目的而又有目的,不自觉而又自觉,不依存而又依存。感觉总是依存在什么东西上面的,即使是玩文学的主儿,后面也有一只"看不见的手"在牵动着。"看不见的手",本是亚当·斯密在强调经济自由时,对于"市场机制"的形容,意谓自由的经济亦必受到市场机制的调控。实际上,这只"看不见的手"调控的不只是资本的运作,而是社会上一切事物,当然也包括文艺。

经济毕竟是社会发展的决定因素,经济体制的转换必将引起文化形态上相应的变革。20世纪八九十年代文艺领域中的各种变化,看似无序,不可捉摸,实际上大抵都与经济体制的转型有关。中国大陆自从改革开放以来,商品经济就得到相应的发展,后来又明确地宣布要从计划经济转向市场经济,与此同时,也就逐步地形成了文化市场,文艺上的事情也必须按照市场规律来运作,这就迫使文艺界的思维模式跟着起变化。从这个角度来加以观察,也许能比较清楚地看出八九十年代中国文艺思潮的发展规律来。

一、走出廊庙,面向市场

鲁迅曾将中国古代文学归纳成两种类型:廊庙文学与山林文学。①但是,他又说,真正的樵夫渔父是没有著作的,他们的著作是砍柴和打鱼,而那些肩出"隐士"招牌,挂在"城市山林"里的人,其实也是一种啖饭之道,他们的"谋隐",与另一些人的"谋官",在实质上并无二致。这些人写出来的"山林文学",当然也并非真正的山林文学。②这样看来,在中国,廊庙文学是最主要的。

中国的廊庙文学传统,是与它的经济政治制度有关的。中国长期处于封建专制社会,士人的唯一出路是走向廊庙,所谓"学成文武艺,货与帝王家",即此之谓。中国的文人,官瘾特重,汉代行九品中正制,还限制着寒族士子向上爬的机会。隋唐开始,实行科举制度以后,为中下层文人打开了一条通向廊庙之路,虽然能中举者为数毕竟不多,但这条出路却吸引着所有士子,使得他们即使"身在江湖",也仍"心存魏阙"。廊庙意识统治着文人的思想。他们总想能够做到重臣,为主子出谋划策,《出师表》《治安策》《十思疏》之类,是他们想做的文章。如果只以文辞书画见长,陪主人消遣,已是下人一等,但能与帝王或大官酬唱,也还是引以为荣的,而且能够谋得一只饭碗,倒也不错。直到商品经济兴起,文人才开始摆脱对于廊庙的依附。明清时代吴江画派、扬州画派、海上画派的出现,以及通俗文艺的繁荣;都是建筑在市场需求的基础上,他们的画风和文体也显然不同于宫廷画师和廊庙文学。但是毕竟由于中国商品经济基础的薄弱,与商品市场相适应的文艺,还未能占主流地位。直到五四新文化运动兴起,中国才出现了新的知识分子群体。这种知识分子与封建时代的士子不同之处,就在

---

① 鲁迅《帮忙文学与帮闲文学》,《鲁迅全集》第7卷。
② 鲁迅《隐士》,《鲁迅全集》第6卷。

于他们具有自由思想,独立意识。这种思想意识的形成,虽说是受到西方人文主义文化思想的启迪,但与当时高等学校具有相对之独立性,文化市场有了一定的规模有关。这使他们的自由思想和独立意识具有一定的物质基础。

但是,商品经济在中国的势力毕竟有限,大部分的学校都还在政府的控制之下,1927年以后的"国民政府"实行党化教育,教育的独立性愈来愈小了;那时,出版社和报社虽然大部份是民营的,但政府还是设立了书报检查机关来阻碍作家自由地思想。到1949年之后,中国的经济体制转到了计划经济的轨道,文化教育事业也相应地纳入了国家计划。1952年院系调整,取消了私立学校。还在1956年对私有经济进行全面改造之前,就先改造了私营出版社。1949年以后,还有一种现象很值得注意,这就是文人从政。而文人从政的结果,是再也写不出像样的作品来。

改变了这种情况的,是经济体制的转轨。自从实行市场经济以后,人们就业的机会多了,人的归属虽然尚未打破单位所有制,但流动性日益增大,文人下海成为一时的风尚。下海经商虽非文人合理的归宿,因为经商之后,他放下纸笔,改操算盘(或计算器),已经不再是文人,但是对于打破廊庙意识,还是很有好处的。而且,市场经济的范围还在不断地扩大。虽然至今为止,报刊和出版社还不允许私人经营,但也相当地市场化了。记得1957年复旦大学王中教授提出过报纸的二重性学说,此说认为报纸除了宣传性能之外,还有商品性能,因而应该注意读者的趣味,以便为读者所接受。这种理论被认为大逆不道,受到大规模的批判。而现在,报纸的商品性已成为不言而喻之事,各报从业人员对此都是极其重视的。这只要看看各家报纸都大登其广告,而且在文章和版面上尽量照顾读者的趣味,以求扩大发行量,就可以知道。于是,副刊增加了,各种周末版、娱乐版出现了,办得极其花哨。对比上海《解放日报》在1957年因刊登过越剧演员范瑞娟谈个人生活的文章:《我的丈夫,我的蜜月》,而大受指责的事,简直是不可同日而语。软性刊物也增加了,甚至有些理论性刊物也改版成为客厅刊物。出版社为了营利，也要出一些畅销书。而且还出现了出版商，他们因自己不能登记成立出版社，就搞出了一个变通的办法：向正式出版社买书号出书。买书号在目前的政策上是不允许的，但由于市场经济的需要，却无法禁绝。这种矛盾，只有在出版行业进一步市场化之后，才能解决。

市场经济的力量是相当强大的，它瓦解了廊庙文学的一统局面。于是出现了"自由撰稿人"。自由撰稿人并非新生事物，在中国也是早已有之，可以说凡有市场经济，即有自由撰稿人。清末民初那些靠润笔为生的画家作家，也就是自由撰稿人。鲁迅在 1927 年定居上海之后，不再教书，专事写作，也是靠稿费吃饭的自由撰稿。他与北新书局打官司索版税，是自然之事，如果收不来版税，何以为生？这种自由撰稿人，到 50 年代初期，还有不少。如傅雷、毕修勺，都是靠出卖译稿为生的，可称为自由翻译家。姚文元讥笑傅雷为要稿费的猛将，这是饱汉不知饿汉饥。傅雷是不拿工资，靠稿费吃饭的，他不能不计较。但自计划经济加强以后，自由撰稿人愈来愈难生存了。首先是取消了私营出版社，统一规划选题，自由撰稿人出书不容易了；其次，稿费被视为资产阶级法权，在姚文元等左派文人的呼吁下，稿酬标准不断降低，直至完全取消，这就使得自由撰稿人无以为生。"文化大革命"初期，傅雷夫妇自杀，是因为不愿受辱，但据说他们临死时身边只剩下很少的钱了，他们实在也无法再生活下去。现在的自由撰稿人是 80 年代后期实行市场经济之后，重新生长出来的。他们大抵是辞职下海，不过下的是文海，不是商海，比以前出现的"弃文从商"前进了一步。这也说明市场经济的发展，孕育了文化市场，为文人提供了自由活动的余地。他们与传统文人走着不同的道路，其中有些人还自称为"另类"。敢于自称"另类"者，表示了他们对于"正类"的蔑视。

而且政府也在把文艺团体往市场上推。本来，各地的作家协会都养有许多驻会作家，由国家发给他们工资。80 年代末期，传说要断奶，很引起一阵恐慌，报纸上还进行过讨论，有些作家对赞成断奶的人挖苦得非常尖刻，依恋之状可掬。虽然直到现在为止,对于驻会作家(或曰脱产作家)尚未完全断奶,但对许多刊物已经断绝供应,或即将断绝供应,包括《人民文学》这样金字招牌的刊物。而对于剧团,则分为几种:有全养(如京昆剧团、芭蕾舞团和交响乐团)、半养(如越剧团、沪剧团、话剧团、民族乐团等)和自负盈亏(如滑稽剧团、杂技团、评弹团等),于是相应出现了独立制作人、戏剧工作室之类。王朔等人在北京搞的"海马影视创作室",是开风气之先的事物,后来竞相效仿,如北京人艺的林兆华戏剧工作室、上海马莉莉文化工作室、广州王晓鹰工作室、绍兴茅威涛工作室等等,都相继成立,有些还运作得很好。

但由于文化市场发展得毕竟还不充分,目前要做没有依附的自由撰稿人或独立制作人、独立演出者,还很不容易。稿费还定有统一的标准,稿费标准还较低。虽说也要提高标准,但真是"千呼万唤始出来,犹抱琵琶半遮面。"光靠稿费吃饭是相当难的。于是有些严肃作家劳累致死,如王小波,而有些人则粗制滥造、一稿多投、或同样的内容写成很多篇稿子,甚至于做"二传手",剽窃别人的稿子来卖钱。他们好象是写稿为吃饭,吃了饭去写稿,失却了文化上和审美上的追求。

于是有些作家或戏剧工作室就寻求与企业家的合作。茅威涛工作室与咸亨酒店合作,将鲁迅的孔乙己改编成越剧演出,咸亨投资 150 万元,演满 60 场以前,咸亨不收钱,60 场以后,咸亨分成。因为孔乙己的活动场所是咸亨酒店,所以实际上剧组是到处给咸亨酒店做广告,演出到哪里,广告就做到哪里。《孔乙己》的演出,广告做得还比较自然,而有些广告就做得很勉强,商业性溢于言表。而有些作家为企业家写特写,因为拿了人家的钱,就不能不按照他的意思来写作,这样又出现了一个新问题,即刚摆脱了对廊庙的依附,却又陷入了对于商家的依附。作家艺术家的自我,仍然有失落之感。

随之而来的还有一个现象,即文艺批评的失落。过去的批评界是棍子横行的地方,姚文元是个代表人物,他一篇批评文章可以打倒一批人,可怕之极。现在则走向另一个极端,即大家都来抬轿子,有许多是"感情批评",甚至是"有偿批评"。80 年代介绍进来许多新的批评方法,人们各树一帜,相互竞争,煞是热闹。但是文艺批评最主要之点,却是失落了,即鲁迅所说的"坏处说坏,好处说好"①的批评本体。但要做到这一点,实在并不容易。有些人就公开地说:我们需要包装,不要批评。于是商业炒作之风大盛于文艺界,有些作品尚未出版,就大肆炒作,有些作家在传媒上频频亮相,进行自我炒作。有一本非文学类的书(《学习的革命》),据说前期的炒作费,就用了 6000 万元。于是,炒作代替了批评。前几年,就有人说到"批评的缺席"问题,此事至今未见有所改善。看来,在商业炒作面前,要使文艺批评复位,实在也并不容易。

还有一个值得注意的现象,是评奖活动。目前评奖活动之多,也是前所未有的。其实,评奖也是一种导向,而中国的许多作家和剧组却特别看重奖项,把获奖作为自己成绩的标帜,这样就容易跟着评委会的指挥棒转。而实际上,许多评奖活动并不是在艺术面前人人平等的,这里面有各种错综复杂的关系,所以评奖活动又成了公关活动。

当然,要有独立意识,并非一定要做自由撰稿人,有些在职人员也想摆脱传统思想和传统体制的束缚,走自己的路。青年作家朱文发起并整理的新生代作家的文学问答:《断裂:一份问卷和五十六份答卷》,就反映了这方面的要求。这些答卷,言词十分激烈,如说"作家协会早就成为少数人的自我服务的官僚机构",是"帮派斗争的衙门","它能使一些白痴免于失业,使另一些白痴找到否认是白痴的根据",说大专院校里的现当代文学研究,"首要的意义在于职称评定,次要意义在于培养一批心理变态的打手",并讽刺那些专家教授们"手里捧着书本,眼睛却盯着交通警察的指挥棒";而对于文学界最主要的两个奖项:鲁迅文学奖和茅盾文学奖,则根本否认其权威性,认为"那是扯蛋","它们把更优秀的

---

① 鲁迅《我怎么做起小说来》,《鲁迅全集》第 4 卷。

作品给遗漏和忽视了"。①这些尖刻的言词,当然会引起人们的反感,但我们也不难看出他们批评中具有合理性的一面,和他们要挣脱传统束缚的急切心理。只是他们否定得过了头,连鲁迅也要作为"老石头"搬开,就使人觉得其不自量力了。他们大概受了多年宣传文字的影响,将鲁迅看做一个"遵命文学"家,而不知道鲁迅其实是争取作家思想独立性的先驱。

二、审美趣味的转变

中国的文艺,由于在儒家思想影响之下,一向很重教化。五四时期,受到西方新思潮的影响,比较地重视文艺的审美作用,但由于启蒙思想占主导地位,所以仍从另一个角度强调了文艺的思想教育作用。革命文学运动起来之后,把文学作为宣扬阶级意识的工具,根本抹煞了它的审美性,直至"文化大革命",把这条路线推到了极端。"文革"结束之后,先是拨乱反正,接着出现了"新时期文学",对于"工具论"提出了质疑。但是,所谓"新时期文学",无论是"伤痕文学""反思文学",或者是"知青文学",也仍是以思想性见长。它们的很多作品,与其说是以艺术感人,无宁说是在政治上、思想上引起了读者的共鸣。

在现代文学史上,强调消遣性的,是鸳鸯蝴蝶派文学,但它在思想意识上带有浓厚的封建性,很不合时宜。在强大的启蒙思想氛围中,它是受批判的对象,而且自己也觉得低人一等,企盼着能得到新文学家的肯定。茅盾对张恨水的一部作品作了肯定性的评价,张恨水就引以为荣,非常高兴。但是,到了 90 年代,消遣性的市场文艺就有弥漫之势。

消遣性的市场文艺的兴起,是与市场经济相联系的,改革开放政策为它提供了发展的条件。大概在 80 年代初期,港台的通俗文艺就开始在大陆上抢滩。

---

① 《北京文学》1998 年第 10 期。

邓丽君的软性歌曲、金庸、梁羽生的武侠小说、琼瑶的言情小说、三毛的带有传奇性的散文，都相继在大陆畅销。在这些书籍、音带和影视的带动下，本土的市场文艺也相应地发展起来。于是，流行歌曲排挤了高雅歌曲，通俗文艺抢占了书籍市场。摇滚歌手崔健成为青年人的偶像，"痞子文学"作家王朔的作品畅销，都是这种情势造成的。甚至连当年的革命歌曲也要加以通俗化、摇滚化，才能流行。《红太阳》盒带之所以能买到500万盒，恐怕主要并非怀旧情绪作祟，其情趣还在于对庄严神圣的东西进行摇滚式的消解。

但对精英文艺起重要打击作用的，还是在1989年。启蒙性强的作品和评论受到抑制，而小女人小散文和私人化写作却蓬勃发展起来；以思想敏锐著称的鲁迅受到冷落，而周作人、林语堂、梁实秋的闲适散文却受到追捧。小女人小散文写的是身边琐事，表达的是小感情，人们之所以喜欢它，大概与对过去那些只讲大道理而缺乏情感的社论式文章的反感情绪有关，但是这类小散文看多了，就会把人弄得很猥琐。追捧周作人、林语堂、梁实秋，则多少包含着对过去批判运动的逆反心理，周作人等人的散文倒是高雅文艺，但周作人和林语堂在民族矛盾和社会矛盾十分尖锐的时刻提倡闲适散文，梁实秋在国难当头之日，鼓励写与抗战无关的作品，在当时都有点消解斗志的作用，现在虽然时过境迁，其消极面并不显得那么突出，也易于为人们所接受，但其闲适性能仍然存在。由此还引出一些谈吃、谈酒、谈烟著的书籍、文章，美其名曰"酒文化""茶文化""饮食文化"等。同时，戏说历史之风，也相当流行。这种文风也是从香港刮过来的，电视连续剧《戏说乾隆》是代表作，在大陆电视台播映时很受观众欢迎。以后类似的作品就一直不断。历史虽然被胡适称做任人打扮的小姑娘，这无非是说，人们常把历史剪裁得适合自己的观点，但在叙述态度上，还是有相当的严肃性的。而戏说派则简直是拿历史来开玩笑，无非是消遣消遣而已。

其实，启蒙主义作家都是爱国主义者，他们作品的尖锐性，是由于他们具有强烈的社会责任感。而对传统观念真正起解构作用的，则是消遣性的市场文艺。表现得最明显的是对理想主义和社会责任感的消解。有一位评论家在为王朔辩护时说:"多年来,文人中总不乏那种忧患疙瘩,先知先觉,动不动就独上西楼把栏杆拍遍,指出这个,警惕那个,还有特别值得注意的及其他。口气深沉而又惨痛,结果如何呢:太阳照样升起,月亮照样落去,天气依然冬暖夏凉,社会仍然一如既往地按照自己的发展规律奋勇前进。只是'永别了武器'。写字是一门职业,应该用职业的态度对待它。除此之外,一切蒙着严肃的虚假和卓尔不群的指点江山与愤愤不平,全是自己吓唬自己的扯淡!"①就道出了这层意思。

我国过去的文艺,无论是载道文艺、言志文艺、为政治服务的文艺或者是启蒙主义文艺,都有个共同的特点,即具有理想主义和强烈的社会责任感,虽然他们的社会理想并不相同。这种理想主义,往往体现在英雄形象身上。1949年以后,就强调要在作品中塑造无产阶级英雄人物。《红旗谱》中的朱老忠、《创业史》中的梁生宝、《红岩》中的许云峰和江姐、《欧阳海之歌》中的欧阳海,都是传颂一时的英雄人物,是青年学习的榜样。以"革命样板戏"为实践经验而总结出来的一套"三突出"写作原则,还把塑造革命英雄形象定为无产阶级革命文艺的基本任务。"文化大革命"结束以后的作品中,也还塑造了不少改革的英雄或为民请命的英雄,如《乔厂长上任记》中的乔光朴、《犯人李铜钟的故事》中的李铜钟,等等。即使并不塑造革命英雄形象的作品,也在批判中表现了一定的理想。而八九十年代出现的市场文艺,则消失了这种理想主义的思想力量,缺乏社会责任感。它们对于英雄人物和理想主义,大抵采取一种调侃的态度。王蒙评论王朔的作品是"躲避崇高"②,大抵说出了此类作品的特点。王朔自己则声称:"因为我没念过什么大书、走上革命的浪漫的道路,受够了知识分子的气,这口气难以下咽。像我这种粗人,头上始终压着一座知识分子的大山。他们那无孔

---

① 李路明《王朔究竟犯了什么罪?》,见高波编《王朔:大师还是痞子?》,北京燕山出版社1993年版,第47页。

② 王蒙《躲避崇高》,《读书》1993年第1期。

不入的优越感，他们控制着全部社会价值系统，以他们的价值观为标准，使我们这些粗人挣扎起来非常困难。只有给他们打掉了，才有我们的翻身之日。"①这其实是不实的遁辞。因为在王朔生长的年代，中国的知识分子早已失却了优越感，也无力去控制社会价值系统，长时期以来，他们一直是受批判和被改造的对象，即使在王朔开始写作的年代，知识分子也只不过刚从"臭老九"的重压下解放出来。王朔所要解构的是另一些人所控制着的"全部社会的价值系统"，只不过他善于"躲避"，不好直接说出，所以就找来知识分子这面人人可以敲打的庙头鼓，随意敲打一通而已。深知王朔其人的李晓明说："王朔是个特别聪明的人。他挺会做人，而且他绝对特别善于保护自己。"②他把矛头指向知识分子，大概也是保护自己的一种方法罢！

但是知识分子此时毕竟已经有了一点发言权，他们对人文主义的失落表示不满，于是发起了一场关于人文主义的讨论，意在找回人文精神。但是，人文精神一旦失落，要找回来似乎也并不容易。因为市场经济给人带来了急功近利的思想，而现在所倡导的知识经济，也大抵重在能立即转化为经济利益的科技知识，人文知识，则似乎有无用之感。在社会上，对人的评价标准是：谁会赚钱，谁就是英雄；对知识分子的评价标准是：谁能创收得多，谁的本领就高。青年们崇拜的对象、姑娘们择偶的对象也起了变化，不再是战斗英雄、劳动模范，也不是学者、教授，而是会赚钱、生活过得风光的人：经理、董事长、歌星、影星、球星等。所以，人文精神的讨论，并没有产生什么实际效果。因为人文主义多少总带点理想主义，而在市场经济下，崇尚的却是实利主义。这之间，是有很大差距的。

但是，在八九十年代文学中，也不能说完全没有理想主义，比如，张承志的作品就具有很强烈的理想主义，特别是他的长篇小说《心灵史》。但是，他所表现的却是一种宗教理想，他所颂扬的是回教中的哲合忍耶教派的原教旨。他甚

①　王朔《王朔自白》，《文艺争鸣》1993 年第 1 期。
②　《京城名流侃王朔：文化人的面孔》，见高波编《王朔：大师还是痞子？》。

至认为,鲁迅不知哲合忍耶,到底是一种遗憾。张承志崇敬鲁迅的硬骨头精神,但他却由此猜测鲁迅的祖上是"胡人",因为在他看来,东南汉族是不可能有这样的血性男儿的。正如青年批评家郜元宝所说的,他竟忘记了"会稽乃报仇雪耻之乡,非藏垢纳污之地"这句话。[1] 总之,这种宗教理想与人文主义的理想,是有很大的距离的。

那么,市场经济与人文精神是否水火不能相融的呢? 从历史上看,似乎不能下这样的结论。其实,西方文艺复兴时期的人文主义,就是在市场经济的基础上发展起来的,它正是市民思想的一种表现。人文主义在 20 世纪 90 年代中国的失落,并非市场经济的必然结果,其中有着较为复杂的原因:

首先倒是由于市场经济孕育得不充分之故。中国目前的市场经济是由计划经济转轨而来,还没有完全摆脱计划经济的模式,许多管理机制尚未及时转到市场经济的轨道上来。"看不见的手"和"看得见的手"同时在起作用。这在客观上助长了平庸和迷信思想的发展,不但导致理想的失落,而且出现了巫卜星相之书盛行,邪教组织活跃。"法轮功"的出现,是有一定的时代背景的。这类东西对于主流意识的消解作用,其实更大。

其次,西方后现代主义思潮的影响。近代中国由于后进的缘故,常常跟着西方的各种思潮转,有时还具有相当的盲目性。西方国家在发展资本主义的过程中,很强调个人奋斗,具有理想主义精神,从《鲁滨逊漂流记》到《红与黑》到《约翰·克里斯多夫》,宣扬的都是这种精神,马克斯·韦伯还认为新教伦理中的禁欲与奋斗思想对资本主义精神的发展起重要推动作用。后现代主义则是在西方的后工业社会里兴起的一种文化思潮,它反对中心性、整体性、体系性,消解启蒙时代以来的理性主义,它不要深度,而走向平面。这在西方,是对于理性主义的反动。但在中国,则连启蒙主义和理性主义都未发展得充分,就出现

---

① 郜元宝《二十今人志·张承志——在语言的地图上》,文汇出版社 1999 年版。

了后现代主义文化思想,这会使得我们的文化发展得很不健全。

因为受了后现代主义文化思潮的影响,人们的思想情趣和知识结构都发生了变化。评论家王干在《苏童意象》里对这位当令作家所描述的种种,是具有代表性的:"在他的起居室的屋顶上,张贴着两幅同样的美国性感女星黑白照。他喜欢流行歌曲,喜欢穿名牌服装,喜欢到南京大大小小中式西式的餐厅去锻炼自己的胃口,还喜欢一个人眯着眼睛在大街上闲溜找风景,还特别喜欢逛商场、百货商店(这几乎是女人才有的习惯),喜欢在歌厅里卡拉 OK 唱几句半生不熟的英文歌曲,镇一镇那些光有钞票没有文化的小老板,喜欢和朋友没日没夜地搓麻将,喜欢看《扬子晚报》《上海译报》《青年参考》。在他的书架上,找不到一本黑格尔,也没有康德的影子。在苏童的生活里,没有理想主义,没有英雄主义,没有启蒙,没有哲学,没有绿党,也没有'红太阳'(一种录音盒带的名字)。苏童在艺术上的追求则并不是一种象征——深度模式,他喜欢在语言的平面上自由潇洒不受拘束地滑行,他认为,'深度'对他来说可能是一个沉重的负担。"①

再则,知识分子地位的低下,使得他们失却了创造能力,即使有所创造,也不能产生大的影响。而知识分子是文化精英,是引导时代思想前进的阶层。市场经济应该加强他们的独立地位,而不是削弱这种地位。在发达国家里,大学教授们在经济上大抵属于中产阶级,这保证了他们理论创造和艺术创作的物质基础。如果在经济上迫使他们去依附资本,那么他们就会失却创造性,必然会走向平庸。虽说现在逐步走向世界文学,但一个民族,一个国家,如果自己没有创造,在文化上就难以得到独立的发展。而文化上的发展,则有待于经济上的繁荣。

我们应该寄希望于市场经济的进一步发展。

原载《复旦学报(社会科学版)》2000 年第 3 期

---

① 苏童《刺青时代》,长江文艺出版社 1993 年版,第 295 页。

谁的妇女节？

——性别理论之于文化研究

张岩冰

"三八"节那天收到一封大一女生的电子邮件称：今天是您的节日，祝您节日快乐。从措辞来看，这位女生并不认为"妇女节"与自己有多大关系。国内较早从事女性学研究的学者李小江也曾提及女大学生与女性学学者对"妇女"一词的抗拒。[①]"妇女"(woman)是女性主义的立足点和出发点，为什么女性，甚至从事女性学研究的女性却并不愿以这一词汇来确认自己的身份呢？

究其实，女大学生不接受"妇女"称谓，因为其中的"妇"字意味着为人妇为人妻甚至为人母，与她们的现实状态存在着巨大的年龄差距，这完全出自汉语语境，与 woman 一词的女性主义含义无关；而女学者不喜欢这一称谓则往往表达对其中强烈政治(而非学术)含义的抵触。从两类人群对这一术语的抗拒我们可以看出，作为女性主义出发点的"妇女"，实为假想的统一体，20 世纪 80 年代后学界对这一统一体的质疑，直接导致了女性主义向后女性主义/性别理论的转变。

朱迪思·巴特勒(Judith Butler)是性别理论的代表人物，她的《性别麻烦》就是"从女性主义政治是否能丢开一个妇女范畴的'主体'的设问开始"[②]的，她

---

① 参见李小江《关于女人的答问》，江苏人民出版社 1997 年版，第 15 页。

② 朱迪斯·巴特勒《性别麻烦》，宋素凤译，上海三联出版社 2009 年版，第 186 页。

认为女性主义的"我们"一直是,也只是一种幻想的建构;它有着自己的目的,却拒绝接受这个词语内在的复杂性与不确定性。这个"我们"指的是女性主义者们声称她们可以代表并为之代言的主体(在这里是"妇女"),在早期的女性主义者那里,"基于共有的压迫,人们一直呼吁妇女们联合起来,走到一起,忘掉她们的其他差异,在代表她们意愿的女性主义旗帜下团结起来"。①概言之,在早期女性主义者看来,共同面对父权的压迫,使女性之间的差异变得并不重要,然而巴特勒却认为"这个范畴根本上的不稳定性,使得女性主义政治理论建构基础上的限制受的质疑,打开了其他构想的可能性……"②本文开头的例子也证明,并非所有女性都认同一个统一的身份,区域、年龄、阶级、职业等因素,制约着女性对"同一"身份的认同。而"其他构想的可能性",正是后女性主义的性别理论研究得以拓展之处。

性别研究本身构成了文化研究的重要组成部分,甚至可以说性别是文化研究的轴心之一。在后女性主义理论中,妇女之间的被差异凸显出来,这种突显差异的性别理论遭遇文化研究,又有呈现怎样的状态呢? 陆扬愿意强调的是文化研究的政治内涵。他说:"诚如费克斯所言,文化研究关注的是工业社会内部,意义的生产和流通。意义不光来自于社会经验,同样来自于社会的个体成员,即是说,每一个人正是通过社会身份的建构,得以在工业化和后工业化社会中确立自己的位置和社会关系的。"③这可见,文化研究关注的是生活方式和个人身份的建构,在这一建构过程中,身份的认同与差异的彰显相互交错,而不同的亚文化则是这种认同与差异的最具代表性的表征。

正如巴特勒在《性别麻烦》中指出的那样,白人、中产阶级、已婚已育的女性在早期女性主义者那里成了全体女性的代表(异性恋、母性),在这样的身份认

---

① 安吉拉·麦克罗比《文学研究的用途》,李庆本译,北京大学出版社 2007 年版,第 90 页。
② 朱迪斯·巴特勒《性别麻烦》,第 186 页。
③ 陆扬《重申文化研究》,《文艺争鸣》2010 年第 17 期。

同之下,少女只是一个未长成的妇女,这一年龄女性的文化因此也就被忽略了。麦克罗比在其《女性主义与青年文化》等文献中,对英国伯明翰地区的工人阶级少女亚文化有过各个角度的研究,内容涉及她们的日常生活和文化活动。

在麦克罗比看来,作为青年亚文化的参与者,少女们建立起了不同于男孩的休闲和个人空间,如果说男性青年亚文化是一种"仪式的抵抗",少女们则有着自己不同的抗拒形式:对二手市场购置的衣饰加以改造,以此表达个性;女孩们聚在一起跳舞、听新潮少年音乐、讨论化妆术等休闲活动中,显现的是青春期少女对异性的渴望与恐惧并存的矛盾心态;少女母亲的产生是经济凋敝状态中无力的生存和反抗形式。麦克罗比还以文本细读的方式研究了《杰姬》这样销量巨大的少女杂志,解读了这一信息系统中的意识形态力量。她认为,在《杰姬》那看似绝不强加于人的态度中,在它看似面面俱到的生活指南式的编辑策略中,有一种意识形态的强制力量,它要求女孩按照社会对她们的要求,以个人主义的方式培养自己的女性气质,在与男性(男友)的关系中放弃自我,为将来走进家庭,成为被隔绝在家庭中的主妇做好准备。大众传媒以如此隐蔽的方式对女孩提出要求,希望女孩按照她们被要求的那样成长。批判理论常将大众设定为被大众传媒操控的对象,而青年,特别是少女则是最容易被操控的群体,然而在麦克罗比的研究中,女孩们的成长道路的确会部分受大众传媒其影响,但女孩并不是一个被动的接受者,她们会以"非暴力"的形式改造这些流行文化因素为我所用,以展现自我,并完成她们自己的"抵抗"。

麦克罗比关注的少女亚文化,基本都是 20 世纪 70、80 年代的英国伯明翰地区的区域性工人阶级少女亚文化,但对我们今天的文化研究不无借鉴意义。可惜,在今天的中国,尽管女性主义已经为显学,性别理论业已登堂入室,我们对女性自身差异性的关注却是明显不充分的。从文化研究的教材来看,英国本土化的阿雷恩·鲍尔德温等人撰写的《文化研究导论》中,专门介绍了麦克罗比对少女文化的研究成果;陆扬主编的国家级"十一五"规划教材《文化研究概论》，则致力于将西方文化研究理论介绍入中国，并结合中国具体文化现象，试图完成中国化的历程。在这本教材中，我们看到有两个专章，分别论及文化研究中的"性别研究"和"青年亚文化"研究。《性别研究》一章，对女权（性）主义及后女性主义及相关理论作了非常好的介绍和梳理，关注到了后女性主义/性别理论中对于性别多样化构成的关注。可惜在《青年亚文化》研究一章中，对麦克罗比等人的女性青年亚文化研究只字未提，而且在关注诸如超女、粉丝等青年亚文化现象时，未曾涉及性别维度，同样，在"性别研究"的框架内，也未见有年龄因素被提及。这应是一个缺憾。

那么年龄因素是否在当今中国（女性）文化中并不重要呢？或者说年龄这一维度在目前的中国文化研究中是否还不足以成为学者们的研究对象呢？我的答案显然是否定的。在此仅想举一例加以说明。

年轻人中流传有"十女九腐一宅"之说，"腐"，指"腐女子"，专门指称对于男男爱情情有独钟的女性，通常是喜欢此类作品的女性之间彼此自嘲的讲法。腐女子的"腐"在日文有无可救药的意思，而腐女子与之相近的是"同人女"一词，二者经常混用。"同人女"由动漫耽美（男男恋）文化延伸而来，原指进行同人创作的女性群体，后常特指创作与欣赏耽美类同人作品的女性，现在这一词汇经常泛指创作与欣赏一切耽美文学艺术作品的年轻女性，其年龄大都是 13—26 岁的女孩子，她们普遍热衷于"男男恋"爱情故事，并以欣赏和创作小说、动漫以及广播剧等方式来对这种另类的爱好进行表达。[①]"宅"在日语中多指对于色情文化的沉迷或是对人类接触有障碍的一种生活方式，引入中国后内涵被拓宽，指喜欢待在室内独处的生活方式。"十女九腐一宅"或许过于夸张，但从中不难看出，在年轻女性中，偏爱耽美文化者人数众多。

从年龄来看，同人女/腐女们都属年轻一代，大多未婚，她们所操持的语言

---

① 此处有关同人女的例证，部分参考复旦大学中文系在读研究生刘芊玥硕士论文开题报告。

(如攻、受、BL、GV),往往不为年长者所理解。这种亚文化参与者,年龄上具有鲜明的特色。

同人女/腐女们阅读并写作耽美作品,通过网络社区讨论耽美作品,在意念中完成对现实中男性的男男恋YY(意淫),并在阅读、写作、交流中强化自己的同人女/腐女身份认同。这些喜爱男男耽美作品的年轻女性,又往往厌恶女同性恋,而且她们喜欢的耽美作品中,女性要么是些无关紧要的配角,要么是纯爱的破坏者,面目可憎。这种奇特的性别赞同和身份认同,具有相当的普遍性,而且对她们现实的恋爱生活影响并不十分明显。

是普遍的中性化审美理想让人们无视性别的差异,还是男男恋只是理想化的异性恋的变形?是生活的压力和物欲的泛滥使真爱缺失,同性间的爱恋脱却了人间的烟火和铜臭气,更显爱之真谛?还是对这些年轻女性来说,男男恋文本中美型的男性,既满足了她们对异性的遐想,又不构成实质的"侵犯",因而构成了道德和身体上均有"安全"保障情感生活?这些猜测可以说从不同侧面构成了对同人女亚文化的解释,这些解释又不能完全穷尽同人女文化的特性及产生原因。

从同人女亚文化中,我们不难看出一种新型的性别意识:爱情可以超越一切,包括性别,异性恋不再是唯一道德的两性模式。这种性别意识看似暗合了巴特勒等人对于性别边界的拓展,然而现实生活中,她们几乎全部选择异性恋生活,并对女同性恋深恶痛绝,这又显然不同于时下流行的酷儿理论。与此同时,这一青年亚文化最初出现在日本,经由台湾,并通过同人漫画和广播剧(往往是地下出版物)的流布,在大陆的年青女性中产生越来越重大的影响,这样一种跨文化的传播途径,又超出了性别研究、青年亚文化研究的范围。

面对这样一个复杂多样又矛盾重重的研究对象,没有一种理论和研究方法能够解决所有问题,它需要研究者运用不同学科的方法,进行全方位的考察与分析,这样的研究重任,只有具有跨学科特色的文化研究能够担当得起。为此我欣赏陆扬所鼎力强调的文化研究的跨学科性质："文化研究的跨学科性质，主要表现在它同文学、社会学、人类学、传播学等学科，都有千丝万缕的联系，而且很多学科就是它从中脱胎而出的母体。同时，反过来它一方面在滋养和充实所有那些它受惠不浅的母体学科，一方面又对这些传统学科切切实实地构成了冲击。"①

应该说，文化研究不仅冲击并丰富它所脱胎的母体学科，而且也充实和冲击了使文化研究得以进行的各种理论。各种新马克思主义理论对 20 世纪 70 年代以来的文化研究产生了深远的影响，同时文化研究中对马克思主义理论的丰富和冲击也是最为显著的。作为文化研究的轴心之一的性别研究，也冲击并丰富着使这一研究得以进行的性别理论。文化研究不再单纯研究由女性从属地位而来的压迫与抗争主题，研究者也不再一味为广大妇女代言，而是在具体而多元的文化现象研究中，注重女性群体自身多样性的分析。女性文化多样性及对具体而多样的女性文化的研究，使女性主义批评扩展为视野更广阔的性别理论。

巴特勒的著述为我们提供了切入文化研究的更广大的性别视角，而麦克罗比的少女亚文化研究则提供了某种文化研究范例：性别视角从来都不是抽象的，它与年龄、阶级、区域等一系因素相关；青年亚文化也绝不是没有性别因素的，少女参与青年亚文化的形式与男孩不同，少女自身也形成了自己的亚文化。这些理论和研究范例的启示是，我们的文化研究不仅要面对具体的文化现象，而且要对文化现象作多维度的分析，研究中对任何一个维度的无视，可能导致的是对整个文化现象认识的不全面。

正如陆扬在《重申文化研究》中所言："在后现代'宏大叙事'渐成明日黄花，先锋理论的迷信渐被破除的今天，我们有充分理论重申文化研究，因为在它的

---

① 陆扬主编《文化研究概论》，复旦大学出版社 2008 年版，第 1 页。

背后不是别的,正是我们生生不息的当代生活方式。文化研究就是生活研究本身。"诸如要不要理论根源主要在西方的文化研究、有没有日常生活审美化的问题我们已经讨论了不少,或许我们真的不应再进行这种要不要的讨论,而应将研究的重点放在怎样进行文化研究、怎样研究中国的文化上。因为"文化研究就是生活研究本身"。

如果照应下本文的开头部分,我们应该说:或许没有一种被称作"妇女"的统一体,但我们希望每个女人,都有一个属于自己的快乐节日。

原载《文艺争鸣》2011 年第 9 期

理论是普通平常的

陆 扬

一、理论的变迁

理论如日中天的大好时光是在 20 世纪 80 年代。这一点,乔纳森·卡勒 1982 年出版的《论解构》开篇就说得很明白。《论解构》的副标题是"结构主义之后的理论与批评",理论与批评并提,而且居先,而这本书的框架是明白无误的文学批评。这或可说明,当是时理论就是批评,而且是比批评更重要的批评。作者开篇就为理论张目,指出传统认为文学理论是仆人的仆人:其目的在于给批评家提供工具,而批评家的使命,则是游刃有余地使用理论工具,阐释经典、服务文学。要之,理论就成了批评的批评。对此卡勒针锋相对提出,近年已有与日俱增的证据显示,文学理论应作别论。原委是当今文学理论中许多引人入胜的著作并不直接讨论文学,而在"理论"的大纛之下,紧密联系着许多其他学科。所以一点不奇怪,这个领域不是"文学理论"。它也不是时下意义上的"哲学",因为它不但谈黑格尔、尼采和伽达默尔,同样也谈索绪尔、马克思、弗洛伊德和拉康。它或者可以被称为"文本理论",假如认可德里达"文本之外一无所有"这个解构主义命题的话? 不过:

> 最方便的做法,还不如直呼其为"理论"。这个术语引出的那些文字,

/318/

并不意在孜孜于改进阐释，它们是一盘叫人目迷五色的大杂烩。理查·罗蒂说："自打歌德、麦考莱、卡莱尔和爱默生的时代起，有一种文字成长起来，它既非文学生产优劣高下的评估，亦非理智的历史、亦非道德哲学、亦非认识论、亦非社会的预言，但所有这一切，拼合成了一个新的文类。"①

这个新的文类，就是卡勒此时此刻鼎力推崇的理论。卡勒注意到，在"理论"大旗之下的许多著作，都是偏离了自己学科的母体在被人研读。如学生读弗洛伊德，却不顾后来的精神分析同他分道扬镳；读德里达，却对哲学传统一无所知；读马克思，却不同时深入政治和经济状态的研究。但是这并不妨碍卡勒给予"理论"高度评价，用他自己的话说，"理论"麾下的那些著作，都有本事化陌生为熟悉，洞烛幽微，让读者用新方式来思考自己的思想和行为惯例。应该说卡勒所言不虚，他自己这本高扬"理论"的《论解构》，在中国就成功扮演了解构主义批评的示范角色。

但是短短十五年之后，卡勒在他出版的一本小册子《文学理论入门》中，已经注意到理论的过剩了。同样是在开场白中，作者指出，有人告诉我们"理论"极大改变了文学研究的性质，可是这里说的"理论"，其实不是文学理论，即系统叙述文学性质和研究方法的学问。理论的确在无边泛滥，可是这些理论，大都同文学了无干系：

> 他们耿耿于怀的，恰恰是周围太多非文学问题的讨论，太多同文学鲜有干系的泛泛之论的争辩，太多晦涩艰深的精神分析、政治和这些文本的阅读。理论是一大堆名字（大都是外国人）。比如，它意味着雅克·德里达、米歇尔·福柯、露丝·依利格瑞、雅克·拉康、朱迪斯·巴特勒、路易·阿尔都塞、盖娅特里·斯皮沃克。②

---

① 乔纳森·卡勒《论解构》，陆扬译，中国社会科学出版社 1998 年版，第 2 页。

② Jonathan Culler, *Literary Theory: A Very Short Introduction*, New York: Oxford University Press, 1997, pp.1-2.

可见十五年之后，卡勒心目中的"理论"同样是浩瀚无边，同样是游离在文学之外。所以说明理论是什么，我们读到的同样还是《论解构》中的解结构、解中心模式。包括上面理查·罗蒂那段 1976 年发表在《佐治亚评论》上的引文，原封不动地又给他照搬过来，在《文学理论入门》中再引了一遍。虽然时过境迁，但理论在走下坡路的无奈心态，已是跃然纸上了。

理论之路的这个转变自然不是空穴来风。上世纪 80 年代末叶，美国《批评探索》的主编 W. J. T.米切尔访华时高谈阔论说，20 世纪文学最大的成就便是理论，具体说是以马克思主义、解构主义和女权主义三大主潮为代表的新近批评理论。诚然，它们曲高和寡，聚集在发达国家的中心高校里面，可是即便如此，它们也当仁不让地代表了 20 世纪文学的最大成就，反之，只有在殖民地和第三世界，小说和诗歌才津津有味被人品尝。这个无视乔伊斯、普鲁斯特、T. S.艾略特等等无数 20 世纪大家，偏偏把解构主义、女权主义一路视为文学至高成果的宏论，当时就叫人大吃一惊。同样也是十数年过去，2006 年在清华大学希利斯·米勒和 W. J. T.米切尔等诸多名家到场的一次比较文学和文化会议上，本文作者私下里问依然担纲《批评探索》这家大牌杂志主编的米切尔：还记得当初断言 20 世纪文学的最高成就是新潮批评、只有殖民地才津津乐道小说诗歌的豪言壮语吗？是不是还坚持这个立场？米切尔哑然失笑说，那都是信口开河，不算数的。就在这次会议上，希利斯·米勒的主题发言是《全球化和新电子技术时代文学研究辩》，他为之辩护的是恰恰是曾经被米切尔判定为老掉牙的纸质文本的传统文学。可见物是人非，此一时固非彼一时也。

比较来看，如果说卡勒 80 年代初的《论解构》是为德里达解构主义这一当时最高端的新潮理论做普及示范，那么到 90 年代末的《文学理论入门》，理论的示范显然是从高深路线转向了通俗路线。例证之一，便是该书题为"文学与文化研究"的第三章的有关论述。卡勒以文化研究为 90 年代人文学科中最显著的事件，而且指出它同文学有着最直接的关系：一些文学教授可能抛弃了弥尔顿,转向麦当娜,抛弃莎士比亚,转向肥皂剧,总而言之整个儿抛弃了文学钻研,改事文化研究。这一切,同文学理论又有什么关系?

二、理论与文化

"理论"一语的希腊词源是"theoria",意为沉思冥想、精神感知。这样来看,它的反义词是实践。雷蒙·威廉斯的《关键词》里对此有所交代:"17 世纪,理论和实践普遍被区分开来,如培根 1626 年出版的《新亚特兰蒂斯》;此外如'哲学……分为两个部分,即冥思者与实践者'(1657);'理论给人愉悦,实践则不然'(1664);'理论脱离实践鲜有所为'(1692)。"①要之,文学理论该是关于文学的沉思冥想和精神思辨,假如它超越了文学自身,那又有什么关系? 卡勒的解释是,理论诚然极大地丰富了文学研究,使得它充满活力,但"理论"并不仅仅是文学理论,它可以高屋建瓴地指导文学研究,也可以指导文化研究。而且,有鉴于文化研究同理论一样,内涵外延错综复杂、汗漫无边,理论同文化研究的关系,说起来比同文学研究还更要亲近一点:

> 如果你一定要问,这个理论究竟是什么"理论",那么回答就是诸如"表达实践"、经验的生产与表征,以及人类主体的建构之类——简言之,某种程度上就像最广义的文化。令人惊讶的是,诚如文化研究的发展所示,它错综复杂的跨学科性质、它之难于界说清楚,一如"理论"自身。②

可见,"理论"和"文化研究"就其极尽多元化的发展态势而言,在当今重归"审美"的文学本位立场来看,基本上就是难兄难弟。但即便是难兄难弟,也不等于

---

① Raymond Williams, *Keywords*: *A Vocabulary of Culture and Society*, New York: Oxford University Press, Reviewed Edition, 1983, p.316.

② Jonathan Culler, *Literary Theory*: *A Very Short Introduction*, New York: Oxford University Press, 1997, p.42.

没有分别。这分别在于"理论"是理论，文化研究是实践。所以据卡勒的定义，文化研究便是我们简言之称作"理论"的东西诉诸实践的过程。

由此我们可以来看文化研究的是是非非。文学是不是一种文化现象，一如文化曾经自豪地将文学定义为它的第一载体？如今当文化研究同理论一样变得无所不包之时，究竟是文学研究可望从文化研究之中汲取新的灵感，还是面临深重危机、有可能被文化研究取而代之？这些疑问困扰中国文艺学界已经有年。论者援引相关的西方理论资源，大体也是各取所需。例如耿耿于怀文化研究是邪门歪道的，可以引证哈罗德·布鲁姆早在1994年就撰成、然而迟至十年之后才有中译本面世的《西方正典》。这本大作号召文学重归审美传统，将文化研究的早期主流文化唯物主义同福柯的新历史主义、女权主义以及非洲裔和西班牙裔作家等一并发落为"憎恨学派"，判定它们刻骨仇恨"死去的欧洲白人男性"文学。或者不屑文化研究、认为它同样已是明日黄花的，可以引证特里·伊格尔顿2003年出版、2009年中译本面世的《理论之后》。这本书的作者把"文化"和"理论"并提为"文化理论"，在开门见山表明"文化理论"的黄金时期已经远去后，条分缕析来逐一剖析它的不是。遗憾的是，伊格尔顿的这本《理论之后》，也还是同文学鲜有干系，倒不如被读作文化研究的一种政治反思。所以，它本身也还是"理论之后"的一种理论。

理论应该是普通平常的。这个命题可以由伯明翰文化研究第一代理论"文化主义"的纲领"文化是普通平常的"来加旁证。雷蒙·威廉斯1958年发表的同名文章中，反复强调的主题便是，文化不仅仅是图书馆和博物馆里的高头讲章，而是日常生活本身。它是街头上《六点零五分特别节目》和动画片《格列佛游记》的海报，是公交车上的司机和女售票员，是城外的小桥、果园和青青草地，以及登高放眼望去，灰蒙蒙的诺曼底古堡，和延绵不绝山脉上的莽莽森林。这是雷蒙·威廉斯自小熟悉的威尔士故乡景色。作者告诉我们，就在这一带，他的祖父一生务农，直到五十多岁走出农舍，当了一名养路工。他的父亲在十五岁离开农田,先是在铁路上当脚夫,后来做了信号工,在山谷里铁道边上的小木屋里,工作毕生直到去世。至于他本人,先是上一块布帘隔开两个班级的乡村小学,十一岁读本地的中学,后来如众所周知,去了剑桥。

这一切意味着什么? 它意味着文化是普通平常的。威廉斯说,生活在这一块乡野,这样一个家庭里,他看到了文化的形态,看到了它的模式变换,同样也看到了心灵的成长:学习新的技能、适应新的关系,以及见证不同的语言和观念逐步出现。威廉斯讲到他的祖父在教区聚会上说起如何被迫离开农舍,泣不成声、义愤填膺。可是他的父亲,就在谢世前不久,说起他如何组建了工会分会,以及在村里创建劳工党支部,语调是平静且快乐的。而他自己,虽然说的是另一种方言,但是思想和他的祖辈们一脉相承。故此:

> 文化是普通平常的:这是首要的事实。每一个人类社会有它自己的形态、自己的目的、自己的意义。每一个社会在制度习俗、艺术和知识里表达了这些内容。社会的形成,即在于发现共同的意义和方向,其发展则是在经验、接触和发现压力下的一种能动的论辩和修正,同时将自身书写在土地之中。
>
> 社会是在发展,可是它也是由每一个个人的心灵造就和再造就的。①

由此我们接触到文化的两种阐述路径:一方面它是指某一种生活方式的全部,那是普通意义;另一方面它又是指艺术和求知,是开拓和创造的过程,那是特殊意义。我们可以发现,威廉斯这里所说的文化的两种理解路径,和他《关键词》一书中分辨的文化的三个层面是异曲同工的,即一方面是文化的第一个层面心灵的培育,以及第三个层面此一过程的物化结晶即知识和艺术;另一方面则是第二个源自人类学的定义层面:文化是一种特定生活方式的总和。威廉斯强调有人对文化的这两种理解是非此即彼的,但是他本人愿意坚持两者兼顾。故对于每一个社会、每一个个别心灵而言,文化都是普通平常的。

① Raymond Williams, "Culture is Ordinary", Ann Gray(ed.), *Studying Culture: An Introductory Reader*, London: Arnold, 2002, p.6.

威廉斯任教的剑桥大学是利维斯主义的大本营。F.R.利维斯秉承马修·阿诺德的传统,以文化为少数知识精英的专利,坚持一个民族的最优秀文化传承在经典文学里面。同样是在《文化是普通平常的》这篇文章中,威廉斯指出,利维斯为英国文化开药方,认定有一个古老的农业社会英国,其传统文化充满了伟大价值,不幸它被寡廉鲜耻的现代工业社会取而代之,致使平庸的趣味畅行其道,文学和艺术苟延残喘、日薄西山。所以惟有推广文学、推广高雅的趣味,这样至少可以在少数人当中,把最优秀的价值保留传承下来。但是在威廉斯看来,利维斯对当时大众文化随着美国文化入侵、大有泛滥成灾之势的担忧,是基于劣币驱逐良币的格雷欣法则(Gresham's Law),即劣质文化在驱逐优质文化。威廉斯认为这不是事实,理由是今天的优质文化也比过去繁荣得多:

> 优质文学的出版远较过去丰富,优秀音乐的听众也远多于过去,欣赏优秀视觉艺术的人数之众,为前所未有。如果根据格雷欣法则,劣币驱除良币,那么,就算计上人口增长的因素,何以《泰晤士报》比较它 1850 年实际上是垄断报业的那些时日,今日的发行量增长了几乎三倍?①

半个世纪之后,我们对今天的高雅文学和文化,还能有当年威廉斯的那一种自信吗?今天我们的优秀文学、优秀音乐和其他优秀艺术,比较半个世纪之前的那个饥饿中国,又是怎样一种光景?我们什么时候有过一个充满人文关怀的黄金时代?在新媒体发展突飞猛进、文学自身流通形式发生戏剧性变化的读图时代,我们又能在多大程度上为文学的生产和消费张目?要之,理论攀援后现代的各路思潮,极尽晦涩艰深,什么都谈偏偏不谈文学,或者最多是蜻蜓点水、浅尝辄止,思想起来,或许该是情有可原。因为文学本身在今天的文化与社会中,已经被无可奈何地边缘化了。乃至随着原创性的大师们相继辞世,理论终而被视为与文化一途,回到走大众路线的文化研究上面,又何尝不是一种幸事呢?

---

① Raymond Williams, "Culture is Ordinary", Ann Gray(ed.), *Studying Culture: An Introductory Reader*, London: Arnold, 2002, p.13.

三、普通平常的理论

这说明理论是普通平常的。我们还可以来看米歇尔·德塞都《日常生活实践》一书中阐发的抵制理论。诚如人所周知，它是文化研究的支柱理论之一。理论之难于定位于一端，或许在德塞都的身份上，竟也能够见出端倪。德塞都的著述涉及史学、哲学、心理分析和社会科学，他的头衔推究起来，或许只能冠以"法国学者"——指称模糊一如理论本身。但是我们可以发现，德塞都同样将表明，理论是普通平常的。

《日常生活实践》的主题是如何运用日常生活的平凡对象，来破解霸权意识形态的规训。作者开篇就指出，社会科学热衷于研究传统、语言、符号、艺术和文化，却不去审度人们如何在日常生活中就对象"做"了什么，而正是后者，使得普通人得以颠覆制度强加给他们的各种表征仪式。譬如，分析电视播出的图像以及看电视的行为，就必然也要同时研究文化消费者在此期间对这些图像"做"了什么。"做"也就是一种生产，它可以上溯到古希腊与诗歌同源的"poiēsis"一词。但这是一种隐蔽的生产，因为它分散到不同"生产"系统占领的领域，如电视、都市发展、商业等等，而且这些系统愈演愈烈的大肆扩张，也使得留给消费者对产品自主选择的空间日益狭小。但是说到底，消费也是一种生产，它迂回曲折、分散不成体统，但是悄无声息地渗透到每一个角落。它不是通过自己的产品，而是通过使用产品的方式，最终将有可能颠覆某个占据支配地位的经济秩序。

由此我们可以来看阅读的策略。也许它是德塞都抵制理论中与文学关系最为密切的一种。德塞都把此一分析的起点设定在当代文化及其消费的阅读上面。他指出，从电视到报纸，从广告到形形色色的商业招贴，我们的社会里图像恶性膨胀，一切事物的衡量标准都是看它能不能登台表演，转化为视觉形象。

我们看和读的冲动,已经渗入到了无意识之中。经济本身也转化为一种"症状记录",让人心平气和地来阅读。如此,生产和消费这一对矛盾,摇身一变成为写和读的两元对立。不仅如此,阅读图像也好,阅读文本也好,都被认为是最大程度上满足了消费者的偷窥欲望,仿佛整个社会变成了一个演艺社会,消费者也一个个变成了这个演艺世界中的偷窥狂。

德塞都指出,现实中的阅读行为恰恰相反,表现为一种沉默的生产:读者的眼光扫过页面,文本的形态匆匆而过,意义突然从字里行间蹦将出来,转瞬即逝,犹如在文字的空隙之间跳舞。但是除非读者记录下来,否则他在阅读的时间流程中其实是少有作为的,当时或者偶有心得,过后大多忘个精光。所以他不得不买下图书,而后者不过是阅读过程中"失落"记忆的一个替代品。读者由此在他人的文本中迂回地找到了快乐。诚如罗兰·巴特《文本的快乐》所言,语词变成了沉默历史的出口:巴特在司汤达的文本里读普鲁斯特;读者在晚间新闻里读他的童年景观。作者和读者的空间,由此意味深长地彼此交叠起来:

> 这一转变使文本成为居所,就像一家出租的公寓。它转瞬之间将另一个人的财产转移到一个租来的空间之中。房客凭借他们的行为和记忆,使公寓的装饰风格发生相应变化。这又像说话人所为,在使用的语言中,既嵌入了他们的母语信息,又通过他们的口音和"措辞"等等,嵌入了他们自己的历史。①

可见,读者作为房客,可以悄无声息改写、重写作者房东的文本空间。由此阅读不复是种被动的消费行为,反而是读者消费过程中即兴的装饰行为,是充满了批评家偏偏视而不见的生产性和创造性。在德塞都看来,这一生产性和创造性,有似中世纪行吟诗人的艺术理论,它肯定不是被动的理论。创造性渗透到文本,甚至传统之中,而使当代消费的程序构成一种微妙的"房客"策略,心照不

---

① Michel de Certeau, *The Practice of Everyday Life*, trans. Steven Rendall, Berkeley: University of California Press, 1984, p.xxi.

宣地将匿名读者的无数差异,写入君临天下的规训文本。很显然,如果说德塞都的这类理论,还多少相似罗兰·巴特可读的、可写的两种文本的转换,那么此种理论举譬日常生活中最平凡对象的阐释路径,足可以再一次显示,理论不仅仅是华丽艰深的高头讲章,它同样见诸普通平常的日常生活。事实上,由日常生活实践来颠覆资产阶级主导意识形态的戒律和规训,这是德塞都抵制理论的基本策略,也是文化研究政治理论的基础所在。

再来看特里·伊格尔顿的《理论之后》。作者开篇就说,文化理论的黄金时代早已过去,称拉康、列维-斯特劳斯、阿尔都塞、罗兰·巴特和福柯已经是数十年之前的故事,就是雷蒙·威廉斯、露丝·依利格瑞,以及布尔迪厄、克里斯蒂娃、德里达、西克苏、哈贝马斯、詹姆逊和赛义德这一班大师们筚路蓝缕的早期著作,也都早已成为明日黄花。伊格尔顿认为打那之后,少有著述可以比肩这些开创性人物的雄心壮志和独创新见。这或许是当下流行的"理论死了"说法的由来,因为上面这些理论的父亲和母亲们,大都也已谢世而去了。真可谓沧海桑田、情随事迁,让人感慨系之。

值得注意的是,伊格尔顿列数的以上这些理论大师们,除了哈贝马斯,大都跟文学有着这样那样的缘分;伊格尔顿本人为中国读者最为熟悉的作品,也还是那本后现代理论的启蒙读物《文学理论导论》。耐人寻味的是,伊格尔顿闭口不谈文学,统而论之将上述人等的著述一并称为"文化理论"。这就好像当初先是将拉康、福柯、德里达推崇为后结构主义的三驾马车,然后供奉为后现代理论的宗师,及至理论衰落,终而拉过文化,变成了文化理论的领军人物。由是观之,与其说是"理论死了",不如说是知识范式的流变。伊格尔顿也意识到我们已经没有可能回到索绪尔之前那个所谓"前理论"的天真时代。《理论之后》一书中的最后一段话应该是意味深长的。伊格尔顿指出,没有理论,便没有人类的精神生活,故我们永远不可能生活在一个"理论之后"的时代。后现代主义的思想方式可能已是强弩之末,但是:

　　说到底，正是理论使我们确信，宏大叙事已是明日黄花。也许回过头来，我们能够将理论本身视为它曾经十分痴迷的琐小叙事之一。而在这一点上，是以一种新的挑战姿态展示了文化理论。如果它意在阐述一个雄心勃勃的世界历史，那么它也肯定有着自己相应的资源，这些资源的深度和广度，一如它所面临的局势。它耗不起再来老生常谈阶级、种族、性别的同样叙事，即便它们是不可或缺的话题。它需要冒一冒有备之险，冲破使人窒息的正统教义，探究新的话题，特别是那些迄今它一直在莫名回避的话题。①

可见，理论改弦易辙，走普通平常的日常生活路线，是为势所必然。琐小叙事、一如真实世界的深度广度、莫名回避的新话题，这一切都指向理论从文学、哲学走向文化研究的或许是无可奈何的必然之路。不过，伊格尔顿洋洋洒洒的理论自信，其实也足以见出一种被他判定为消逝远去的后现代宏大叙事作风。后理论时代中理论之无所不在，一如后现代时代现代性之无所不在。

　　今天文学被边缘化已经是不争的事实。这个事实在制度层面上普及现代性，话语层面上跟风后现代性的当代中国，或许竟已是姗姗来迟。韩寒和郭敬明挤走了刘心武们的小说市场，梨花体从被人嗤之以鼻到渐入佳境登上大雅之堂，女作家自揭伤疤招贴卖点，直揭到亲姐妹共侍一夫。这一切多少类似美国已故批评家莱斯利·费德勒早在 1982 年出版的《文学是什么》一书上、下篇的两个标题："颠覆标准""开放经典"。我们的标准言人人殊，一路颠覆下来，时至今日可以说基本上已经没有可以被人普遍接受的文学标准。我们的经典已经在接纳韩寒和郭敬明，是不是也可以一样接纳如今流行的以《诛仙》为代表的玄幻小说、以《鬼吹灯》为代表的盗墓小说以及《梦回大清》一类穿越小说？这好像也并非天方夜谭。

---

① Terry Eagleton, *After Theory*, London: Penguin Books, 2003, pp.221-222.

文学曾经是什么？我们今天还有文学吗？这是费德勒《文学是什么》(*What was Literature*，注意这里的"是"是过去时)的标题给予我们的启示。费德勒说："对于文学而言，这个过程早在罗兰·巴特和德里达之前两千多年就已经开始了。亚里士多德抱着我们今天看来肯定是最认真的动机，针对他的老师柏拉图，就他那个时代的大众戏剧展开了辩护。"①这是将今日的大众社会文学现象，上溯到了亚里士多德时代。当今天的文学现象渐行渐远疏离经典路线，我们的理论又能在多大程度上阐释当下的变迁时代？它有没有必要盲目跟风？或者令铺天盖地的批评家，眼巴巴守住屈指可数的若干高端作家？本文的结论是，理论作为实践的指导和阐释，理应具有它自己的尊严，它有权利也有可能守住它这一份不盲从时尚的尊严。在急功近利的全球化商品大潮中，对于文学自身价值的迷失，理论是无力回天的。因此它从曲高和寡的后现代话语过渡到文化研究，自有一种必然性。而诚如威廉斯反复强调的文化理念，理论无论对于每一个社会还是个人，都将是普通平常的。

原载《文艺研究》2010 年第 9 期

---

① Leslie Fiedler, *What Was Literature*: *Class Culture and Mass Society*, New York: Simon and Schuster, 1982, p.38.

编　后　记

　　2011年10月，我跟朱立元和张德兴在巴黎第八大学开一个题为《文学理论/法国理论》(*Théorie de la littérature/French theory*)的研讨会，当时有昔年德里达的同事，曾经担任巴黎国际哲学学院主任的伊芙琳·格洛丝曼(Evelyne Grossman)一段发言，给众人留下很深印象，是以多年之后来编这部文集，我依然愿意回顾这段后来由我记述下来的文字，并且斗胆将当时的话题来命名这部文集，那就是：理论是谦卑的。

　　理论之所以是谦卑的，是因为理论的主体是脆弱的。格洛丝曼对文学理论在中国被定为成"文艺学"表示赞成，认为"文艺学"的意思按照她的理解，就是美学加上文学。但是说到底，格洛丝曼认为，后现代语境中的主体是脆弱的。这不仅仅是身份认同方面的问题，还涉及人的非人性问题。针对在法国，中学里就告诉学生，16世纪是人文主义或者说人本主义的时代，在这之前，人不占据世界中心，占据宇宙中心的是上帝。但是，人果真就能替代上帝的中心位置吗？今天我们怎么来看人身上的动物属性即非人性？换言之，人的本性之中是不是原本就包含了非人性？是不是惟其如此，我们可望超越古典理性的人性概念，将人的各种无限的侧面包括进来？故而"法国理论"并不是巴黎出产的时尚，并不是趾高气扬的文字，反之"理论"是谦卑的，它提醒人的自我中心意识是多么愚蠢，提醒人的身上存有非人性的动物属性。而理论真正关心的，是主体怎样在传统中消解,是我们生命的短暂。应当说格洛丝曼并非危言耸听,我们的人性是脆弱的,而且脆弱得神秘莫测。这样来看,德里达晚年痴迷犹太神秘主义,阿尔托总是说上帝就在我的背后,该都是期望最终能给理论找到一个支撑点吧。

这部文集收入复旦大学文艺学教研室同仁及先辈 20 世纪 80 年代以来,以"理论"为主题的代表性学术论文,除了蒋孔阳先生收入两篇,余皆一人一篇。篇目编排上分为美在创造中、实践存在论美学、马克思主义美学问题、中国诗性和思性、艺术理论与评论,以及重申理论这样六个板块。复旦大学同国内大多数高校相似,20 世纪 80 年代异军突起,转瞬即成燎原之势的美学研究,是在文艺学这个二级学科麾下发展起来的。事实上它也成为复旦文艺学最为耀眼的亮点。在蒋孔阳、吴中杰、应必诚、蒋国忠、朱立元、王振复等人的共同耕耘下,复旦文艺学曾经长时间是全国唯一一家文艺学重点学科。

蒋孔阳同李泽厚、周来祥、刘纲纪他们那一代人那样,都是建国之后成长起来的美学大家,可以说是群策群力,开创了以实践美学为主体的中国自己的马克思主义美学新局面。蒋先生温柔敦厚、少言寡语,唯在文字里心骛八极、皓首穷经而且神采飞扬。亚里士多德《阐释篇》开篇就说,言语是内心经验的表征,文字是言语的表征。蒋孔阳的文字似乎跳过了言语这个中介,直接表出波涛汹涌的内心经验。本书收入蒋孔阳两篇文章。《美学研究的对象》大体是从朱光潜的传统,更为明确地确定艺术为美学研究的主要对象,从而有别于蔡毅以自然美为中心的典型论,以及李泽厚实际上是以美感经验为中心的多元论。《美在创造中》则旁征博引、排沙简金,立足"多层累的突创",抽丝剥茧深入阐述了他的创造论美学。假如认可中国的文艺学和美学有一个成果斐然的复旦学派,那么毋庸置疑,蒋孔阳的创造论美学,就是这个学派的灵魂所在。

朱立元在蒋孔阳创造论实践美学的基础上,在马克思《巴黎手稿》实践思想中引入海德格尔的存在论,形成了他独树一帜的实践存在论美学。虽然类似提法可以上溯到他1992年出版的《历史与美学之谜的求解》,但是时理论内涵尚还单薄。10年以后,朱立元发表《走向实践存在论美学》等一系列文章,建构起沿承蒋孔阳美学的一个新的马克思主义美学体系。朱立元的基本立论是,海德格尔的存在论打破主客两分的认识论,返回人与世界最本原的存在,马克思高于海德格尔的地方,是用实践范畴来揭示这一"此在在世"的基本形态。故实践存在论美学的真正理论基础是马克思,从实践存在论出发,美学能够超越主客二分的认识论思路,从而对主流派实践论美学有所突破。收入本书的《略谈当代中国语境中的实践存在论美学》一文,便是针对董学文等人的质疑,系统阐述了实践存在论美学的基本立场。

应必诚是《红楼梦》研究专家,但是他收入本书的《〈巴黎手稿〉与美学问题》侃侃而谈同陆梅林商榷,引证德文原文和俄文译文来阐释《手稿》中的"尺度"问题,令人眼目一新。应必诚的结论是,人的实践活动,是充满激情的,甚至可以说,没有人的激情,就没有人的创造和实践活动。故在对象中表现自己、实现自己的本质力量,说到底也就是把主体人的内在尺度运用到对象上去,创造出符合自己理想的实用对象和审美对象。蒋国忠的文章《本质真实是细节真实与关系真实的统一》刊于《复旦学报》1983年第6期,时间上较应必诚上文论《巴黎手稿》早15年,属于改革开放以来马列文论研究的一批早期文献。蒋国忠长期从事马列文论的教学,后来调任复旦大学艺术教育中心主任,转事审美教育,并在本人美育教学经验基础上,提出了"审美艺术"的理念。

王振复著有《中国美学范畴史》3卷,收入本书的《诗性与思性:中国美学范畴史的时空结构》一文,应是他梳理中国美学范畴史浩大工程的一个心得。文章有意解答针对中国美学范畴史合理性的一系列疑问,比如,中国美学的术语、命题与范畴不像西方古代美学那样具有鲜明的知性意义和可分析性,它们通常是模糊的、含蓄的、多义的与游移的,这诚然是中国生命文化与自古天人合一的哲学使然,但这并不等于"美学范畴史";而即使有"美学范畴史"。又凭什么称它具有一个诗性与思性相统一的时空结构？对此作者的答复是,中国美学范畴史的所有美学命题与范畴既是诗性也是思性的。既是天人合一也是天人相分的。唯其如此,才能在理论上奠定中国美学范畴史研究的方法论依据。这就是中国美学范畴史上诗性和思性双重融合的时空结构。

郑元者的文章《完全的艺术真理观:艺术人类学的核心理念》是作者回顾当年创立艺术人类学专业的一个理论说明。1997 年,蒋孔阳和郑元者在《文艺理论研究》第 2 期上发表过一篇对话《关于马克思主义人类学美学的思考》,蒋孔阳重申美是多层累的突创,美感也不是单纯的,必密切关联民族文化传统和生存环境,故除了充分吸收心理学的成果外,还应该从人类学的学科视角出发展开深入的探索。这篇对话的背景是郑元者相继在复旦大学开设《人类学美学》《艺术人类学导论》课程,并在是时系主任陈思和支持下,在中文系创建了艺术人类学的博士、硕士,民俗学的硕士学位授予点,2004 年经国务院学位办公室正式批准。这可见,复旦大学的文艺学,已经是在中国语言文学和社会学这两个一级学科麾下,实际上有文艺学、艺术人类学、民间文学和民俗学四个二级学科,汇聚在一个教研室里了。

吴中杰的文章《市场经济与市场文艺》不是应景之作。吴中杰是鲁迅研究专家。所以他这篇反思"人文主义失落"的文章,首先就想到了鲁迅。他指出,鲁迅曾将中国古代文学归纳成两种类型:廊庙文学与山林文学。但是,鲁迅又说,真正的樵夫渔父是没有著作的,他们的著作是砍柴和打鱼,而那些肩出"隐士"招牌,挂在"城市山林"里的人,其实也是一种谋生之计,其"谋隐"与另一些人的"谋官",本质上并无二致。是以在中国,廊庙文学是最主要的。诸如《出师表》《治安策》《十思疏》之类。直到商品经济兴起,文人才开始摆脱对于廊庙的依附。明清时代吴江画派、扬州画派、海上画派的出现,以及通俗文艺的繁荣,就都是建筑在市场需求的基础上。这样来看市场经济和市场文艺这个话题,可谓弥久历新。姚文元讥笑傅雷为要稿费的猛将,这是饱汉不知饿汉饥。可是知识精英即使有所创造,也不能产生大的影响。这当中的是非,只有吴中杰这样的大家,可以在侃侃而谈之间,令人恍然觉悟。

复旦文艺学向来藏龙卧虎,我的以上介绍不过是管中窥豹,但见一斑。所谓东鳞西爪,难免挂一漏万。理论大多数时候有一种不屑随俗的高傲,不但高视阔步、高谈阔论,而且高屋建瓴、高瞻远瞩。与其说它是从文学文本中抽绎出来的原则和理路,不如说它是睥睨天下,摧古拉朽的先知预言。在中国,20世纪80年代改革开放以来,曾经充满了理论的渴望。西方一百多年间各路叛逆思潮,从尼采、海德格尔、弗洛伊德到结构主义和后结构主义,就在十余年里,令人目不暇接地扑面而来,几乎就是在一眨眼之间,完成了从现代性到后现代的过渡转型启蒙。有鉴于这一切大体上是发生在文学批评和美学领域,美国批评家乔纳森·卡勒是时热销的《论解构》一书里,有一段话不失为一个形象概括:

> 文学理论的著作,且不论对阐释发生何种影响,都在一个未及命名,然经常被简称为"理论"的领域之内密切联系着其他文字。这个领域不是"文学理论",因为其中许多最引人入胜的著作,并不直接讨论文学。它也不是时下意义上的"哲学",因为它包括了黑格尔、尼采、伽达默尔,也包括了索绪尔、马克思、弗洛伊德、欧文·戈夫曼和拉康。它或可称为"文本理论",倘若文本一语被理解为"语言连接成的一切事物"的话,但最方便的做法,还不如直呼其为"理论"。①

但是认真推算起来,"理论"的上述大好光景不过也就持续十多年功夫,到90年代,已经开始出现形形色色的"理论死了""理论之后"的说法。这些概括应该说不是言过其实,就是杞人忧天。理论作为我们认识世界的概念体系,它不可能消亡,凡有实践,必有理论。理论之前有理论的历史,理论之后我们依然也还是

---

① Jonathan Culler, *On Deconstruction*: *Theory and Criticism after Structuralism*, Itahca: Cornell University Press, 2007, p.8.

生活在欣欣向荣的理论世界里。但凡我们愿意铭记理论是谦卑的、理论是普通平常的,理论必如影随形依傍着我们的文学和艺术心结。我相信这也是复旦文艺学的风格,收入本书的二十四篇文章,便是例证。最后,本书编订过程中,我的学生耿璐做了大量工作,在此予以致谢。

编选者

2017 年 1 月